Franz Kabelka

Kubanische Krokodile

Roman

EDITION TANDEM

Ich wurde schon so oft totgesagt.
Wenn ich wirklich gestorben bin,
wird mir das niemand glauben.
Fidel Castro, zitiert nach Harald Dietl: Cuba

Wer hat gesagt, die Revolution ist ein Drachen?
Nein, nein, die Revolution ist eine Schlange,
die sich in den eigenen Schwanz beißt.
Tierno Monénembo: Kubas Hähne krähen um Mitternacht

Immerhin, zu wissen, dass wir keinem trauen können,
ist ein beruhigendes Gefühl,
viel schlimmer ist es, wenn man nicht weiß,
wer die Guten sind und wer die Bösen.
Ángel Santiesteban: Wölfe in der Nacht

Prolog

Die Festung erhebt sich über der Bucht wie ein Monolith, den Außerirdische vor Jahrtausenden mit unbekannter Absicht hingeklotzt haben. Im zarten Rosa des anbrechenden Tages wirkt El Morro noch trutziger, noch mächtiger, als der von tausenden Sklavenhänden errichtete Bau im hellen Tageslicht erscheint. Abgesehen vom Pfeifen der Vögel, die vom Aufwind getragen den massiven Bau spielerisch umkreisen, ist nichts zu vernehmen. Nicht das Geknatter alter amerikanischer Karossen, die mit sechzig und mehr Jahren auf dem Buckel wundersamerweise noch immer brav ihr täglich Werk verrichten; und auch nicht der Lärm jenes LKW, auf dessen Ladefläche bald an die dreißig Angestellte herangekarrt werden, um hier als Billettverkäufer, Wächter oder Fremdenführer ihren Dienst anzutreten. Noch hat auch keiner der Kunsthandwerker draußen auf dem dafür reservierten Gelände seinen Stand aufgebaut, um Touristen seine Waren anzupreisen: aus schwarzem Tropenholz gedrechselte Tanzpaare; blütenweiße, gehäkelte Tischtücher oder handgefertigte Perkussionsinstrumente, allesamt ebenso gediegen wie preiswert. Frühestens in zwei Stunden werden die potenziellen Kunden anrollen, in Privattaxis oder *taxis colectivos*, je nach Größe des Geldbeutels. Eine Tafel an der Mauer zeigt an, dass man sich hier vor einem *Patrimonio de la Humanidad* befindet: einem von der UNESCO ausgewiesenen Weltkulturerbe. El Morro de Santiago de Cuba beziehungsweise El Castillo San Pedro de la Roca – so lauten die beiden Namen für eines der besterhaltenen Beispiele spanisch-amerikanischer Militärarchitektur. Nachdem El Morro

Ende des neunzehnten Jahrhunderts seinen militärischen Nutzen eingebüßt hatte, diente die ehemalige Festung während der Unabhängigkeitskriege als Gefängnis. Jetzt ist sie nur noch Museum und Touristenmagnet, mitunter auch märchenhafte Kulisse für die Fotoshootings von Hochzeitspaaren oder Mädchen, die hier an ihrem fünfzehnten Geburtstag, der *fiesta de quinceañera*, in kostbarer Robe fotografiert und gefilmt werden, ganz wie echte Bräute.
Im Halbdunkel bewegt sich ein Mann über die hölzerne Brücke, die über einen Graben zum Haupteingang führt. Federnd sind seine Schritte, voller Energie. Kurz hält der Mann inne, wirft einen Blick in den Abgrund unter sich. Rechts neben dem Tor sind Felsblöcke in die Mauer verbaut, und eben dort macht der Mann sich zu schaffen. Wieder in aufrechter Position, hält er einen großen Schlüsselbund in der Hand. Er wählt einen Schlüssel, steckt ihn in das rostige Schloss. Das Gekreische von Metall auf Metall und ein lang gezogenes Quietschen sprengen die morgendliche Ruhe.
Der Mann zieht das Tor hinter sich zu und durchquert den Raum, der sich unter einem fünfhundert Jahre alten Tonnengewölbe erstreckt. In Bälde werden hier Bedienstete Eintrittskarten ausstellen und den Besuchern versichern, leider über keinerlei Wechselgeld zu verfügen. Eine Etage tiefer findet sich das Modell der Festung, daneben Schautafeln zur Geschichte derselben. Einer langen, erfolgreichen Geschichte, denn niemals wurde diese Festung von Feinden erobert.
Sämtliche Türen werden von dem Mann routiniert geöffnet; kein Zweifel, er ist mit allem hier vertraut. Just als er in den Innenhof gelangt, fällt der erste Sonnenstrahl über die hohe, mit Zinnen bestückte Mauer. Der Mann durchmisst den Hof, dann steigt er eine steinerne Treppe hoch und sperrt eine letzte Tür auf. Hinter

ihr liegt eine kleine quadratische Kammer, in der es kein Mobiliar gibt, keinerlei Dekor. Nur eine kleine Steintafel, eingelassen im gepflasterten Boden, erinnert an die ursprüngliche Bestimmung dieser fensterlosen Zelle: Hier wurde einst gefoltert. Gebrandmarkt, geblendet, gemordet.
Hinter Mauern, zu massiv, als dass je ein Schrei sie durchdrungen hätte.
Im Zentrum des Quadrats lässt der Mann sich nieder. Reglos, mit kerzengeradem Rücken, verharrt er eine Weile in dieser Position. Dann zückt er einen weiteren Schlüssel, mit dem er das Schloss einer schweren, eisernen Bodenklappe öffnet. Als er die Klappe anhebt, verrät deren grässliches Quietschen, dass die Scharniere seit einer Ewigkeit nicht geschmiert wurden.
Und noch etwas anderes ist zu vernehmen: Erstickte Hilferufe, aus modriger Tiefe. Auf Englisch und mit einem eindeutig amerikanischen Akzent.
Der Mann lässt sich davon nicht beeindrucken. Er nimmt den leinenen Sack von seinem Rücken, befestigt ein Seil daran und lässt den Sack hinab in das schwarze Loch. Ein unangenehmer Geruch liegt in der Luft, eine Mischung aus Moder und Exkrementen. Was soll's!, ermahnt er sich, an ein bisschen Gestank ist noch keiner gestorben. Und endet nicht selbst das opulenteste Mahl über kurz oder lang als Scheiße?
Zwieback und ein Stück Käse hat er mitgebracht, außerdem eine große Flasche Mineralwasser. Letztere zu organisieren war alles andere als eine Selbstverständlichkeit. In diesem Land herrscht doch immerzu Mangel, zurzeit eben an Mineralwasser. Nicht, weil keines produziert würde, sondern weil die Vermieter von Privatwohnungen tonnenweise Mineralwasserflaschen hamstern, um sie ihren Gästen später zu völlig überhöhten Preisen verkaufen zu können. Gangster,

Mafiosi allesamt, genau wie vor der Revolution! Weshalb sich ein einfacher Kubaner so schwer tut, seinen täglichen Flüssigkeitsbedarf zu decken.
Und den seines Gefangenen. Der schließlich nicht verdursten darf!
Sonst wäre wohl alles umsonst.

1

Erst als die Stewardess sie fragt, ob sie das leere Fläschchen und den Plastikbecher abräumen dürfe, man befinde sich nämlich bereits im Sinkflug, wird Frieda bewusst, dass dies gerade ihr erster Schnaps seit fast zwei Jahren war.

Vierzigprozentiger Alkohol aus einer karibischen Destillerie. Ein Prozent für jeden Jahresring einer gewissen Frieda Prohaska.

Die zwei Deziliter Rum hätte sie bei ihrem ersten Kubaflug locker weggesteckt. Aber sie ist das goldbraun schimmernde Zeug nicht mehr gewohnt. Wie auch! So *clean*, wie sie die ganze Schwangerschaft und das knappe Jahr danach hinter sich gebracht hat. Nun, da das Flugzeug in leichte Turbulenzen gerät, spürt sie, wie der Alkohol im Blut sie ein wenig abdriften lässt, geistig beziehungsweise seelisch. Wer will das schon so genau auseinanderhalten ...

Keinen Monat ist es her, dass sich der kleine Erzengel davongemacht hat. Rafael, der geborene Flüchtling. Flüchtiger als die unbeständigste aller organischen Verbindungen. Der sie allein zurückließ in ihrem Waldviertler Exil, in windzerzauster Steinheide. Dabei hatte sie, die alte Abtreiberin, die Fremdgeherin, ihn so ins Herz geschlossen! Nach einer einzigen Nacht auf der Matte eines indischen Yogi war sie in den *Fruchtgenuss* gekommen, wie sie ihre ungeplante Schwangerschaft ironisch nannte. Und die sie, nach Wochen des Zweifelns und Mit-sich-Ringens, schließlich annahm; nicht zuletzt, weil Leo sie dabei unterstützte. *Qué alegría* – welche Freude! Hieß so nicht ein Album des John McLaughlin-Trios aus den frühen

Neunzigerjahren, mit *One Night Stand* als dem Top-Track darauf? Eingespielt unter Mitwirkung von Trilok Gurtu, dem himmlischsten aller Perkussionisten. Auch ein Inder.

Ja, welche unglaublichen Glücksgefühle, welch nie gekannte Nähe! Der schiere Duft des Kleinen, sein Gluckern beim Wechseln der Windel. Hätte ihr vorher einer gesagt, dass Windelwechseln Spaß machen kann, sie hätte ihn ausgelacht. Aber mit einem Schlag befand sie sich selbst in der Schleife: *Du du du du!* oder *Ja, was macht denn mein Putzi, ja was macht es denn?* Zerfließend beim Genießen seiner ersten Silben, seiner ersten Gehversuche. Bis ihr dann, über Nacht, der große Knöcherne ein weiteres Mal seine dürre Rechte auf die Brust legt. Eine Metapher, die Jahr für Jahr auf dem Salzburger Domplatz zur Schau gestellt wird und doch nichts von ihrem Schrecken verloren hat: die archaische Geste, das tief verankerte Zeichen. Es vermag frau – egal, wie modern sie sich gebärdet – heute ebenso zu brandmarken wie den Jedermann im uralten Spiel vom Leben und Tod.

Rafi verschwand ebenso schnell, wie er auf diesem Planeten gelandet war. Als sei er herabgestiegen zu ihr, aus irgendwelchen Wolken direkt auf sie geplumpst, um selig nuckelnd an ihrer Brust zu liegen; für alle Zeiten, wenn es nach ihr gegangen wäre.

Aber es ging nicht nach ihr. Natürlich nicht.

Ging es das je?

Gerade einmal elfeinhalb Monate hat es gedauert, bis er zurückkehrte in seine Wolke.

Rafael, Wolkenkind!

Was genau es mit dem plötzlichen Kindstod auf sich hat, hat man ihr nie schlüssig erklären können. Aber selbst wenn: Was hätte es geändert? Was bringen rationale Begründungen, wenn es um dein Empfinden

geht? Nimmt es dir nur ein Jota deiner Trauer?
Mangels klarer Erkenntnisse verwies man auf Statistiken und Listen von Risikofaktoren: das besonders gefährliche erste Lebensjahr; die Risikogruppe der Spätgebärenden und nicht stillenden Mütter; die besonders gefährliche Bauchlage und und und. Im Nachhinein kannst du dir alles herunterladen und dir ausmalen, was auf dich zutrifft ...
Spätgebärende – durchaus.
Verzicht aufs Stillen – ganz und gar nicht.
Passivrauchen seitens des Säuglings – nein!
Schlafen im separaten Zimmer – zugegeben.
Aber wie all das berechnen, wie diese Mixtur von Zutreffendem und Nicht-Zutreffendem in eine Gesamtrechnung einspeisen? Ergibt es am Ende einen Quotienten, der die immer im Raum stehende Frage der Schuldzuweisung löst?
Wenn einen der Tod so verfolgt durch all die Jahrzehnte, musst du ihn als Partner akzeptieren lernen und ihm zuzwinkern, wie einem alten Freund. Hat sie sich das nicht schon mehrmals geschworen?
Es begann mit Mutters Suizid, ausgeführt mit dem eigenen Schnitzelmesser. Dann die Ermordung ihres Kollegen Lussnig in Indien. Und schließlich Leos Unfalltod, kurz nachdem er erklärt hatte, er werde sich wie ein Vater um das damals noch Ungeborene in ihrem Bauch kümmern, auch wenn es nicht von ihm sei. *Was stammt schon originär von uns? Was zeugen wir tatsächlich mit unserem Samen?* Das sagte er in seiner letzten Nacht, in ihren Armen. Bevor ein Betrunkener ihn auf einer gottverlassenen Landstraße im Waldviertel von der Straße abdrängte und Leos Hirn sich auf einem Baumstamm verteilte, der als einziger einer ganzen Allee nicht gefällt worden war. Absurd, unfassbar! Ähnlich unfassbar wie der Tod des Schrift-

stellers Horváth, der, mitten in der Großstadt Paris, von einem herabfallenden Ast erschlagen wurde.
Tragische Zufälle?
Nein: *Nichts ist jemals zufällig ...*
Wo hat sie diesen Satz gelesen? Genau, in dem schmalen Roman des Guineers Tierno Monénembo über seine kubanischen Wurzeln.
Nichts ist jemals zufällig auf Kuba.

*

Schade, dass sie den Verkauf von Duty-Free-Artikeln im Flugzeug eingestellt haben, sie hätte gerne ein Fläschchen Hochprozentigen erworben! Natürlich gäbe es auch in Holguín Rum zu kaufen, man müsste nur wissen wo. Aber in knapp zwei Stunden will sie sich in der Casa de la Trova ja bereits mit Fermín treffen, da wird sich ein Einkaufsbummel schwerlich ausgehen.
Fermín vulgo *Fidelito*, der kleine Fidel, wie Frieda ihn insgeheim getauft hat. Weil er sich genau so gerne reden hört wie ein gewisser, um einen Kopf größerer, Revolutionsführer. Castro wusste immer, was das Schicksal – nein: das Rad der Geschichte! – für Kuba vorherbestimmt hatte. *Unser Stolz hat uns vom Sklaventum befreit.* Dieses Zitat ist tatsächlich auf Fermíns Mist gewachsen, aber es würde auch gut zu dem großen Bärtigen passen, der in seinen unzähligen Redemarathons zu ähnlichen Schlussfolgerungen kam. Aus seinem Munde wäre der Spruch sicher zum Klassiker geworden. Jedenfalls bei all den gläubigen Kommunisten, die jahrzehntelang kritiklos an seinen Lippen hingen.
Nun ja, Fidel Castro Ruz wird künftig keine Sprüche mehr von sich geben. In einer hölzernen, mit der kuba-

nischen Fahne drapierten Kiste, kleiner als der Sarg eines Kleinkindes, wird seine Asche zurzeit in einem Konvoi durchs Land gefahren. *Karawane der Freiheit*, so nannte man 1959 den triumphalen Einzug der siegreichen Revolutionstruppen in Havanna. Siebenundfünfzig Jahre später rollen die Militärfahrzeuge in umgekehrter Richtung, also von der Hauptstadt über Santa Clara und Holguín nach Santiago de Cuba, um den toten *Comandante en Jefe* zu seiner letzten Ruhestätte zu geleiten.

In gewisser Weise ist diese Reise eine Folge von Rafaels Tod, davon ist Frieda überzeugt. Nie wäre Fillinger sonst auf die Idee gekommen, ausgerechnet sie, die Freelancerin, mit dem Auftrag zu betrauen. „Du warst als Einzige von uns schon zwei Mal in Kuba", lautete sein Argument während der Themenkonferenz. Sie wusste, dass es sich dabei um einen Vorwand des Chefredakteurs handelte, der ihre Situation kannte und es gut mit ihr meinte. Zwei Tage rang sie mit sich, dann stimmte sie zu. Vielleicht war Fillingers Angebot ja tatsächlich eine Chance, die kalte, knöcherne Hand auf ihrer Brust abzuschütteln?

Alles war besser, als in Wien oder im Waldviertel vor sich hin zu brüten, ausgesetzt den mitleidigen Blicken der Kollegenschaft, der Freunde und Verwandten. Fillinger hörte kein Danke von ihr. Doch sie sah ihm an: Er verstand, dass sie verstanden hatte ...

„Eine gediegene Hintergrundreportage für *opinion* über die derzeitige Situation auf Kuba, basierend auf persönlichen Eindrücken und Gesprächen mit einfachen Leuten. Und bloß keine Statements von Parteibonzen!"

Genau so lautete sein Auftrag.

„Am besten, du hältst dich fern von Havanna", riet ihr Fillinger, „die Meinung der Wiener ist schließlich auch

nicht repräsentativ für die der Österreicher!"
Dass eine tiefschürfende Recherche abseits ausgetretener Pfade für eine offiziell akkreditierte Journalistin schwieriger sein würde als für eine anonym Reisende, war sowohl Frieda als auch dem Chefredakteur klar. Andererseits hat ein Presseausweis auch gewisse Vorteile.

„Letztlich musst du selbst entscheiden, ob du als Reporterin oder als Touristin unterwegs sein willst", sagte Fillinger und schürzte die Lippen. „Solltest du auffliegen, können wir dir von hier aus kaum helfen."

Die Entscheidung, auf eine Akkreditierung zu verzichten, fiel ihr dennoch leicht.

Es wäre nicht schwierig gewesen, anlässlich der Beisetzung von Fidel Castro auf die Schnelle ein provisorisches Visum zu bekommen, womit sie sich unmittelbar nach Einreise beim CPI, dem *Centro de Prensa Internacional*, hätte melden müssen, um einen Presseausweis zu erhalten. Es gibt auf Kuba nur dieses eine Pressezentrum, und es befindet sich in der Nähe des Hotels *Nacional* in Havanna. Das Einhalten des Amtswegs hätte bedeutet, dass ihr die *umgekehrte Karawane der Freiheit* mit Fidels Urne in jedem Fall entgangen wäre, war diese doch längst unterwegs zu ihrer finalen Destination.

Wichtiger noch: Einer offiziell registrierten Journalistin würde man viel genauer auf die Finger schauen als einer Touristin. Wenn sich die Situation seit ihrem letzten Kubabesuch auch deutlich entspannt hat, was die Überwachung von Ausländern betrifft, will sie sich gewiss nicht von irgendwelchen sogenannten Betreuern vorschreiben lassen, wie, wo und was sie zu recherchieren hat!

„Nachdem du eh keinen Presseausweis benötigst, habe ich dir einen Flug über Frankfurt nach Holguín gebucht.

So sparst du dir den Inlandsflug und kommst locker zu Fidels Begräbnis zurecht."
Sagte Chefredakteur Fillinger und verabschiedete sich mit einer Umarmung.

*

Sanft setzt die Maschine auf. Frieda atmet tief durch: ihre dritte Landung auf kubanischem Boden!
Diesmal wird sie nicht, wie 2009 bei ihrem ersten Besuch, das Spanischwörterbuch im Flugzeug vergessen. Und sie wird sich hüten, wie 2012 in jene Fallen zu tappen, die diverse Überlebenskünstler für allzu naive Touristen aufstellen.
Vor vier Jahren bereiste sie die Insel als Teil einer österreichischen Delegation, die hauptsächlich aus Kommunisten bestand, oder zumindest aus klaren Sympathisanten der kubanischen Revolution. Aus Leuten, die schon containerweise gesammelte Hilfsgüter nach Kuba geschickt hatten. Was den unschätzbaren Vorteil hatte, dass die Delegation Zutritt zu Fabriken, Schulen, Krankenhäusern und Gewerkschaftseinrichtungen hatte, in die man sonst schwerlich gekommen wäre. Ein gewisser Fermín Ochoa leistete ihnen damals als Übersetzer gute Dienste. Er übersetzte auch jene Fragen Friedas, die die anderen als ungehörig, weil zu kritisch, empfanden. Jedenfalls erhielt sie so Einblicke in die kubanische Infrastruktur, die ihr hoffentlich auch bei diesem Auftrag helfen würden.
Um flexibel zu sein, hat sie nur das Quartier für die erste Nacht in Holguín reserviert. Ihre Spanischkenntnisse sind mittlerweile solide genug, um sich alleine durchschlagen zu können. Abgesehen von einigen wenigen Fixpunkten möchte sie spontan entscheiden

können, wohin der Weg sie führen soll. Dass die Reise in Holguín beginnt, passt gut, denn den Osten Kubas kennt sie kaum, so lernt sie neue Gegenden kennen. Auch der vage zeitliche Rahmen, den der Chefredakteur vorgab, hat zu ihrer Entspannung beigetragen: *Zwei bis vier Wochen, Frieda, das kannst du selbst bestimmen. Hauptsache, wir bekommen ordentliches und originäres Material von dir.*
Er sagte *originär*, nicht *originell*!
Sie legt den Gurt ab und streckt ihre Glieder. Kuba, ich komme, flüstert sie – *aquí estoy de nuevo.*
Als sie hinaustritt auf die Gangway, hüllt eine wohlige Wärme sie ein. Und das am 1. Dezember! *Yes, we can!*, kommt ihr in den Sinn, Obamas euphorischer Wahlslogan von 2008. Wenn auch dieses Wir-Gefühl sich am Ende als Illusion erweisen sollte.
Wie auch immer: Für ein paar Wochen wird sie der klirrenden Kälte des Waldviertels entkommen, ebenso wie dem graubraunen Matsch auf dem Wiener Gürtel ...

*

Alle Passagiere haben die Maschine verlassen. In der Ankunftshalle warten sie in vier langen Reihen darauf, abgefertigt zu werden. Eine halbe Stunde steht Frieda nun schon am Ende von Schlange Nummer drei, doch sie scheint nicht kürzer zu werden. Ausgestattet mit einer provisorischen Einreiseerlaubnis für Journalisten wäre diese Prozedur in Havanna vermutlich kürzer ausgefallen. Was soll's, denkt sie: Vielleicht dient dieses Prozedere ja weniger der Sicherheit als dazu, sich von Anfang an mit jener Eigenschaft vertraut zu machen, die hierzulande überlebenswichtig ist: widerspruchslos warten, ausharren zu können. Warum nicht die Wartezeit nutzen, um sich auf die Kontrolle vor-

zubereiten? Immer hübsch neutral dreinschauen, ermahnt sie sich, nicht lächeln oder gar auf ironisch machen, das vertragen Grenzbeamte nirgendwo. Erst recht nicht hier, wo jeder Einreisende den Behörden als potenzieller Spion gilt, der womöglich im Sold des amerikanischen *imperio* steht.
Endlich wird sie in den Verschlag gewunken, wo die Überprüfung der Personalien stattfindet. Dort wird sie erst einmal angeherrscht.
„Einen Schritt zurück!"
Der junge Mann hinter der Glasscheibe sieht eigentlich gut aus, seine Uniform sitzt, als wäre sie maßgeschneidert. Doch seine Augen sind kalt, abweisend. Sie begreift, dass man sie gerade fotografiert oder filmt und dass das Kameraobjektiv sie nur in einem bestimmten Winkel richtig erfassen kann. Der Zöllner hält ihren Pass in der ausgestreckten Hand, als wäre er weitsichtig, mit seinen Augen scannt er ihr Bild. Ein ums andere Mal geht sein Blick vom Dokument hoch zu ihren Augen und zurück. Vielleicht, weil sie auf dem Foto noch eine andere Frisur hat?
„*¡Un momento!*"
Er erhebt sich, verschwindet aus der Kabine. Scheiße, der wird doch jetzt nicht spinnen und sie hier rösten lassen, während er sich eine Zigarette genehmigt! Sie spürt, wie der Schweiß ihr die Bluse verklebt. Wenige Sekunden später kehrt der junge Beamte in Begleitung eines älteren Uniformierten in das Kabäuschen zurück.
„*¿Es ... Usted?*"
Der Ältere, ein ziemlich voluminöser Afrokubaner, dessen Uniformjacke trotz der Hitze bis oben hin zugeknöpft ist, stellt die Frage schärfer als nötig.
„*Sí, señor.*" Wie dünn, wie kleinlaut ihre Stimme klingt! Sie räuspert sich, um die Kehle frei zu kriegen.
„*Pero su pelo ...*"

„Das Passfoto ist schon ein wenig älter. Aber hier, auf dem Visum, sehen Sie ... Da trage ich die Haare wie jetzt."
„Die Fotos in Visum und Pass müssen übereinstimmen. *No están en orden!* Sie verstehen mich doch, oder?"
Natürlich versteht sie ihn. So tadellos und scharf, wie er artikuliert.
„Nun, eine Frau ändert schon mal ihre Frisur oder die Haarfarbe. Das wird in Kuba nicht anders sein, oder?"
Verdammt, wollte sie nicht jede Ironie vermeiden! Doch wider Erwarten hellt sein Blick sich auf.
„Da haben Sie recht, *señora*, da haben Sie allerdings recht." Er flüstert seinem jungen Kollegen etwas ins Ohr, das sie nicht versteht. Wie auf Kommando lachen beide drauflos. Es ist ein derbes Männerlachen, das ebenso abrupt endet, wie es begonnen hat.
„¿Profesión?", fragt er, nun wieder ganz der korrekte Beamte.
„Künstlerin", sagt sie, „Malerin und Fotografin."
„Okay. Und wohin soll Ihre Reise Sie führen?" Wieder ist es der Ältere, der sie anredet. Offensichtlich hat er jetzt völlig das Kommando übernommen.
„Hauptsächlich in den Osten", sagt sie wahrheitsgemäß. „El Oriente. Santiago, Guantánamo, Baracoa. Diese Ecke Ihres schönen Landes habe ich bei meiner letzten Reise vor vier Jahren nämlich nicht besuchen können."
„Vor vier Jahren?" Die Stirn des Uniformierten legt sich in Falten. „Wegen Sandy womöglich?"
„Genau, wegen des Hurrikans. Damals war es ja Touristen nicht erlaubt, Santiago zu besuchen."
„Stimmt. Wir haben es nicht so gern, wenn uns die Leute beim Aufräumen im Weg stehen. Erst recht nicht, wenn ein Supersturm alles verwüstet hat."
„Wobei Kuba, wie alle Welt weiß, bedeutend besser für

solche Notfälle gerüstet ist als alle seine Nachbarn, inklusive der Vereinigten Staaten."

Einen Augenblick lang fürchtet sie, mit ihrem Lob gar zu dick aufgetragen zu haben. Auch wenn sie tatsächlich denkt, dass Kuba in Sachen Hurrikan-Frühwarnung vorbildhaft ist. Doch ihre Angst ist unbegründet: Er wirft ihr einen Blick zu, als habe sie ihm gerade ein persönliches Kompliment gemacht. Dann bedeutet er seinem Kollegen, ihr den Pass zurückzugeben.

„*¡Bienvenida a Cuba!*", sagt er in einem merklich wärmeren Tonfall. „Genießen Sie Ihren Aufenthalt und grüßen Sie mir Santiago. Ich bin nämlich selbst ein *Santiaguero*. Direkt aus der Wiege des Son und der Revolution."

Sie atmet tief durch. Darf sie jetzt endlich raus aus dieser miefigen Kabine? Die Bluse klebt ihr an der Haut, es ist einfach ekelig hier drinnen.

„Oh, ist das da Ihre Kameratasche, *señora*?"

Sein fachkundiges Auge hat den kleinen roten Rucksack als das identifiziert, was er ist: eine Kameratasche, die nicht gleich jedem potenziellen Dieb ins Auge springt.

Sie nickt.

„Darf ich mal sehen?"

Sie reicht ihm den Rucksack. Vorsichtig, fast ehrfürchtig zieht er die schwere Nikon mit dem aufgesetzten Teleobjektiv heraus. Auch wenn sich *opinion*, wie die meisten Journale, längst keinen eigenen Fotografen mehr für die Bebilderung der Reportagen leistet – beim Equipment wenigstens lässt man sich nicht lumpen und setzt auf professionelle Modelle und Originalobjektive, die sich auch eine Freelancerin wie Frieda ausleihen darf.

„Sehr schön." Der Schwarze nickt anerkennend. „Und sehr teuer, wenn mich nicht alles täuscht."

„Gebraucht gekauft", lügt sie. „Aber man kann recht ordentliche Bilder damit schießen. Die Sonnenuntergänge am Strand von Siboney sollen ja traumhaft sein, nicht wahr?"
Seine Antwort ist ein abgründiges Lächeln.
„Ein Dreihunderter-Tele?"
„Ein Vierhunderter."
„Besitzer solch großer Objektive interessieren sich oft für andere Motive als Sonnenuntergänge", flüstert er. Direkt in ihr Ohr.
„Ich verstehe nicht ganz", stellt sie sich dumm. Wie es jetzt wohl um ihren Teint bestellt ist? Doch er gibt ihr kommentarlos die Tasche zurück. Winkt sie durch, alles ist gut. Nur der Blick des jungen Beamten ist noch immer gleich dunkel, gleich abweisend. Offenbar muss er sich erst seine Sporen im Kampf gegen etwaige Feinde der Revolution verdienen.
„Und beachten Sie die Tafeln mit der durchgestrichenen Kamera darauf!", ruft der Ältere ihr nach. „Wäre doch jammerschade, wenn ein *compañero* Ihre hübsche Ausrüstung kassieren würde."
Frieda deutet mit ihrer freien Rechten ein Winken an. „*Claro que sí*", sagt sie, mehr zu sich als für ihn bestimmt.
Die Sonne steht schon tief, die Menschen werfen lange Schatten auf dem orangefarbenen Linoleumboden. Frieda gesellt sich zur Masse der Wartenden entlang der quietschenden Förderbänder in der Gepäckausgabe. Übernächtig und müde harrt man der schweren Koffer, die einen, zusammen mit der Kreditkarte, als Vertreter einer anderen, reicheren Welt ausweisen.
Ich darf nicht vergessen, noch genügend Geld zu wechseln, bevor ich mir ein Taxi suche, denkt Frieda. Und, nicht zu vergessen, schleunigst eine Telefon- und Internetkarte zu besorgen. Ohne die läuft in Kuba gar

nichts, sofern man sich nicht darauf versteht, illegal Leitungen anzuzapfen.
Aber auf so etwas würde sich eine inkognito reisende Journalistin ohnehin nicht einlassen.

*

Fidel siempre.
In knalligem Rot leuchten die beiden Worte auf dem überdimensionalen Plakat. Auf ewig Fidel. Darunter ein Porträt Castros. Der Fotograf hat sich nicht bemüht, den Verfall des ewigen Führers zu kaschieren. Die olivgrüne Militärkappe auf dem greisen Haupt: eine unfreiwillige Karikatur: Selbst im hohen Alter von neunzig darf er nicht lockerlassen. Muss den Agilen mimen, den Unerschütterlichen. Wobei er Letzteres vielleicht ja tatsächlich geblieben ist, bis zu seinem letzten Atemzug.
Aus heiterem Himmel fällt ihr die schreckliche Diskussion ein, die vor zwei Jahren in einem ayurvedischen Wellnessresort stattfand. Leo und sie beim Abendessen, ihnen gegenüber ein amerikanisches Pärchen, das nicht müde wird zu betonen, wie paradiesisch es hier doch sein *könnte*. Wenn man bloß etwas *aufräumen* würde. Die Scheiße vom Strand entfernen, zum Beispiel, oder die streunenden Hunde einfangen und irgendwo entsorgen, irgendwie. Der Garten Eden nach amerikanischer Vorstellung.
Sie und Leo sahen sich vielsagend an, schwiegen die längste Zeit. Jedenfalls so lange, bis der Reisschnaps, den sie vor dem Essen heimlich gekippt hatte, seine Wirkung zeigte und sie sich nicht mehr zurückhalten konnte.
„Sie meinen wohl so sauber wie in Kuba unter Batista oder wie in Panama unter Noriega oder in Nicaragua

unter Somoza? Mit hygienisch einwandfreien Spielkasinos und Bordellen für die Reichen, beschützt von der CIA oder von Mafiabossen oder der United Fruit Company?"

Was eine längere, ziemlich sinnlose Debatte zur Folge hatte. Obwohl Leo sie vermutlich nur beruhigen wollte, gewann sie mehr und mehr den Eindruck, er würde die Amis verteidigen. Jedenfalls fühlte sie sich nicht wirklich unterstützt von ihm. Am Ende artete die Diskussion aus in einen bösen Streit zwischen Leo und ihr. Etwas begann – diffus, aber heftig – in ihr zu wüten, während er, mit seinen wie immer ruhig vorgetragenen Argumenten, zu verbergen suchte, wie er ihren Rückfall verabscheute. Besoffen während der Reinigungskur! Sie spürte, wie sie sich zunehmend von ihm entfernte, was aber beide nicht zu thematisieren wagten. Längst war das eigentliche Thema gegessen, das amerikanische Pärchen schmollend in seinem Apartment verschwunden. Es ging nur mehr um das lautstarke Ausleben der jeweiligen Frustration. Am Ende war sie aus dem Wellnessresort geflüchtet und hatte sich in der Gartenlaube der benachbarten Anlage einem Yogalehrer an den Hals geworfen.

Der, ohne es jemals zu erfahren, neun Monate später zu Rafaels Vater werden sollte.

2

Er blickt aus dem Fenster, wie jeden Tag, wenn er frühstückt. *Wenn* es denn etwas zu beißen gibt.
Es ist ein Blick in eine unscharfe Ferne. Auf geborstenen Beton, auf die kläglichen Reste einer Mietskaserne. In der seine Eltern ihre letzten Tage verbracht hatten. Wo sie erschlagen wurden, *erschlagen vom langen Arm der Vereinigten Staaten*, wie der Santero es bei ihrer Beisetzung ausdrückte. Natürlich war damit die jahrzehntelange Handelsblockade Kubas durch die Yankees gemeint. Jenes Verbrechen, das die Kubaner entlastet von den eigenen Sünden. Wobei: auf die Schnelle erschlagen oder langsam erstickt im Staub der Armut – was macht es am Ende für einen Unterschied?
Für seine Eltern wie für Tausende andere auch ...
Das Maß an Lebenserfahrung hängt davon ab, wie viele liebe Menschen man schon zu Grabe getragen hat.
Von wem, bitte, stammt dieser weise Spruch?
Es ärgert ihn zu sehen, wie die Tasse in seiner Rechten zittert – als wäre er ein Tattergreis! Ein bisschen etwas von der dünnen braunen Flüssigkeit schwappt über, verbrüht ihm den Handrücken. Ist das wirklich dieselbe Faust, mit der er es schaffte, Jugendmeister in seiner Provinz zu werden, an die Boxakademie in Holguín zu kommen? Die Tasse: ein Geschenk seines Vaters. Der behauptete, sie von Teófilo Stevenson höchstpersönlich erhalten zu haben; für irgendeinen Dienst, den er dem großen Champion einmal erwiesen hatte. Angeblich ...
Trink nur recht oft aus dieser Tasse, hieß es immer, damit du wirst wie er: ein Großer, ein Held! Einer, der

aus Niederlagen gestählt hervorgeht.
Elf Mal kubanischer Meister und dreifacher Olympiasieger – was mehr soll man dazu sagen? Höchstens dies: dass Stevenson trotz vieler Angebote nie sein Land verriet. Die Amerikaner boten ihm Millionen, eine Profikarriere. Er verzichtete darauf. Fidel hatte den Profisport auf Kuba nun einmal verboten, und Teófilo klagte nicht. Blieb der, der er war: ein Amateur mit professioneller Einstellung. Teófilo Stevenson wusste, was er, der Afrokubaner, der Nachfahre von Sklaven, Fidels Revolution verdankte.
Was ist eine Million Dollar gegen acht Millionen Kubaner, die mich lieben?, soll er gesagt haben. Das imponierte Vater.
„Siehst du, Sohn, so verhalten sich Helden!"
Gegen Ende, als Vater ein bisschen wunderlich wurde, verwendete er solche Phrasen immer öfter. Sein Sohn konnte das Geschwätz von den Helden der Revolution schon nicht mehr hören, von *orgullo*, Stolz, und *patria o muerte*, Vaterland oder Tod. Aber was willst du machen, wenn dein Vater sentimental wird, senil? Wenn er Sachen aufführt, für die er sich ein paar Jahre zuvor noch geschämt hätte?
Eines Tages besorgte sich Paco Rivera Santos, der alte Kommunist, doch tatsächlich eine Keramikstatue von Babalú Ayé, wie der heilige Lazarus bei den Anhängern der Santaría genannt wird. Zuvor hatte Vater mit *orishas*, den afrikanischen Göttern, nie etwas am Hut gehabt. Okay, hatte er wahrscheinlich auch dann nicht, jedenfalls nicht so, wie ein Christ sich das mit dem lieben Gott vorstellt. Babalú Ayé mit seiner farbenfrohen Kleidung wirkte einfach beruhigend auf sein Gemüt. Die Figur stand auf einem kleinen Altar in einer Ecke des einzigen Raums, wo gegessen, gearbeitet und geschlafen wurde, seit Neuestem auch gebetet. Babalú

Ayé sei nicht nur für die Heilung von Krankheiten wie Pocken und Lepra zuständig, erzählte der Vater, sondern ebenso für Wunder im materiellen Bereich. Darum flehte der ehemalige Atheist ihn auf Knien an, doch bitteschön eine neue, angemessenere Wohnstätte aufzutreiben für einen verdienten Frontkämpfer wie ihn. Was Lazarus alias Babalú Ayé natürlich nicht fertigbrachte; oder auch verweigerte, wer will das schon wissen.

Also begann *er* sich nach einem neuen Quartier für die Eltern umzusehen, über Monate hin und am Ende sogar erfolgreich – scheinbar wenigstens. Ein Freund hatte ihm gesteckt, dass im sogenannten Roten Bunker auf der Nordseite der Stadt eine Wohnung seit über einem Jahr leer stehe. Es hätten sich in dem Block schon andere ohne Erlaubnis der Behörde einquartiert. In anderen, kapitalistischen Ländern werde so etwas als Hausbesetzung bezeichnet. Er fand das übertrieben: Mit Geduld und Spucke würde – das zeigte die Erfahrung – der Zustand schon irgendwann legalisiert werden. Es kam nur darauf an, den längeren Atem zu haben. Auf jeden Fall würde es dort besser sein als in der elenden Wellblechhütte, in der Vater und Mutter hausten wie Tiere. Die hatte nicht einmal einen Estrich, geschweige denn ein gemauertes Fundament, beim geringsten Regen wurde sie regelmäßig überschwemmt. Sandy, der Hurrikan von 2012, gab ihr den Rest. Der Staat investierte eine Menge in den Wiederaufbau Santiagos. Aber Blechhütten, die irgendwo am Stadtrand illegal errichtet worden waren, fielen natürlich nicht unter dieses Programm. Für sie wurden auch keine Arbeitsbrigaden organisiert, die andernorts mit sozialistischem Eifer dabei halfen, zerstörte Häuser wieder instand zu setzen, und das unbezahlt und in der Freizeit.

Im Grunde war der Rote Bunker abbruchreif, als seine Alten in die Wohnung Nummer 23 im dritten Stock einzogen. Ein Quartier, in dem keine Fensterscheibe mehr heil war und die Fußböden Löcher aufwiesen, größer als die im uralten Moskwitsch, den der Vater fuhr. Wenn man die billigen Fetzen wegzog, die sie verbargen, konnte man direkt in die Wohnung darunter schauen. Zu hören war das, was dort vor sich ging, ohnehin ständig, aber man war es ja gewohnt, über wenig Privatsphäre zu verfügen. Auch die Wände wiesen dreieckige Öffnungen auf, die man aber absichtlich eingebaut hatte; sie dienten dazu, Frischluft hereinzulassen, damit in der Regenzeit nicht alles verschimmelte. Es dauerte eine ganze Weile, bis er es schaffte, seinen Vater von den Vorteilen der betonierten Bleibe zu überzeugen. Strom für Licht und Kochen konnte man mit wenig technischem Know-how von einem nahen Verteiler abzweigen, so machten es alle im Viertel. Die Polizei schaute weg, was sonst hätte sie tun sollen. Der Vater nörgelte zwar noch eine Weile herum, weil er die Freunde in seinem *barrio* vermisste, mit denen er immer auf der Straße Domino gespielt hatte. Am Ende sah auch er ein, dass es keine Alternative gab. Und die Mutter war ohnehin überglücklich: Endlich verfügte sie, erstmals, über eine eigene, wenn auch winzige, Küche.
Er half den Eltern dabei, die Wände neu zu streichen, die Löcher im Fußboden zu stopfen und die Bude mit dem nötigsten Inventar auszustatten. Als sie endlich alles beisammenhatten, rumpelte die Erde. Nur ein kleines bisschen, nichts im Vergleich zu einem richtigen Beben. Aber es reichte, um die Wohnungsdecke von Nummer 23 zum Einsturz zu bringen. In der Parteizeitung *Granma* hieß es später, es sei nur der *soliden sozialistischen Bauweise* zu verdanken gewesen, dass

nicht der gesamte Rote Bunker flachgelegt wurde. Das bekamen seine Eltern wenigstens nicht mehr zu lesen.

3

Fermíns Anschrift hat Frieda gut versteckt, auf Fermíns ausdrücklichen Wunsch hin.

„Muss ja nicht ein jeder wissen, dass ich mich mit einer Ausländerin treffe“, hatte er im letzten Telefonat gemeint. „Wäre nicht so gut, wenn sie ein Foto von mir bei dir fänden. Und schon gar nicht die Adresse meiner Wohnung, die gebe ich dir nur für den Notfall. Am besten, wir treffen uns am Abend deiner Ankunft in der Casa de la Trova, die ist leicht zu finden. Dort fällt es auch nicht auf, wenn wir miteinander quatschen.“

Eine Stunde wartet sie nun schon auf ihren Fidelito, und wacker hat sie sich bisher jeglichen Alkohol verbeten. Was insbesondere in diesem Schuppen alles andere als leicht fällt, wo der Cuba Libre in annähernd derselben Dosis konsumiert wird wie Bier im Münchner Hofbräuhaus. Und ob im eisgekühlten Longdrinkglas der Rum oder die Cola die Oberhand hat, wissen die Götter. Jedenfalls scheinen nicht mehr viele im Publikum nüchtern zu sein. Insbesondere die älteren ausländischen Männer, die hier von den kubanischen Mädchen um Drinks angebettelt werden, fallen bereits deutlich durch ihre Lautstärke und dummen Sprüche auf.

Immer wieder wandert Friedas Blick zur offenen Tür des Lokals, durch die ständig Leute herein- und hinausströmen, doch von Fermín keine Spur. Ob er auf den Termin vergessen hat? Auf ihren Anruf vor einer halben Stunde hat er auch nicht reagiert. Andererseits: Wenn er gerade auf dem Weg war, konnte er, der nur über ein Festnetztelefon verfügt, natürlich nicht er-

reicht werden. Also ein bisschen Geduld, Frieda, ermahnt sie sich, *tranquilo*. Schließlich bist du hier in Kuba, da gehen die Uhren anders.
Gleich neben dem Eingang hängt ein vergilbtes Gemälde von Faustino Omara, genannt El Guyabero, nach dem dieser Club benannt ist. Am unvermeidlichen Panamahut und an seinen großen Brillengläsern ist der dürre Holguíner Musiker leicht zu erkennen. Ein wenig ähnelt er mit seinen vielen Falten Rubén Gonzales, dem Pianisten des legendären Buena Vista Social Club.
„Ein Frauenheld wie selten einer!" Der Daumen des Wirts deutet auf das Porträt. „Seien Sie bloß froh, dass er schon tot ist. Selbst mit seinen fast hundert Jahren hätte er Sie noch angemacht, der alte Casanova."
„Woran ist er denn gestorben? An Syphilis?"
„Ach wo, an Leberkrebs. Also ganz standesgemäß. Und Sie wollen wirklich keinen Schuss Rum in Ihre Cola? Es geht das Gerücht, dass wir in den nächsten Tagen keinen Alkohol mehr ausschenken dürfen, wegen Fidels Begräbnis. Könnte also für längere Zeit die letzte Gelegenheit sein ..."
„Nein, danke, eine Limette reicht."
Es ist nicht wegen dem Leberkrebs, dass sie auf die hochprozentige Zugabe verzichtet. Vorläufig jedenfalls. Sie will einfach ihrem Interviewpartner nüchtern gegenübertreten. Erst die Arbeit, dann der Lohn. Im Dos Estrellas, wo sie gleich nach der Landung eingecheckt hat, wartet auf ihrem Nachtkästchen das, was sie unmittelbar nach ihrer Ankunft erworben hat: eine Flasche Ron Santiago de Cuba Extra Añejo, zwölf Jahre lang in aller Ruhe in alten Eichenfässern gereift. Sie kaufte sie in einer schmuddeligen Bar gleich gegenüber der Pension und brachte sie, in neutrales Zeitungspapier gehüllt, schleunigst auf ihr Zimmer. Dieser Rum

stelle, versicherte ihr der Verkäufer, den gleich alten und gleich teuren, aus unerfindlichen Gründen aber viel bekannteren Havana Club geschmacksmäßig in den Schatten. Der Preis für die braungoldene Kostbarkeit überraschte dann aber doch: Mit fünfunddreißig CUC entsprach er in etwa dem Monatslohn eines kubanischen Arbeiters.

Am Nachbartisch wird es plötzlich lebendig.

„Karl hoaß i, und des isch gnua! Jawoll!"

Der da unter Einsatz seines ganzen Körpers auf sein Gegenüber einredet, nein, einbrüllt, verfügt über einen alpinen Akzent. Frieda stellt überrascht fest, dass sie angesichts der österreichischen Mundart ein Hauch von Sentimentalität überkommt: ein waschechter Tiroler, mitten im tiefsten Oriente! Was solche Kontraste an Gefühlen in einem auslösen können! Der ungewohnt sentimentale Anflug ist allerdings schnell wieder vorüber, erweist sich der gut Siebzigjährige doch bereits nach wenigen Worten als ausgesprochener Schweinigel.

„Organisation, mein Junge, Organisation isch alles! Schau, bei mir schaut das so aus: im Sommer Thailand, Kuba im Winter. Wozu hab i denn meine nette kleine Wohnung in Kitz. Die lasst sich um gutes Geld vermieten, solang ich weg bin, an deine deutschen Landsleut' vor allem. An die Deppen, die meinen, unbedingt beim Hahnenkammrennen dabei sein zu müssen, weil sie ja was Besonderes sind. Weil das ja das Höchschte isch, publicitymäßig. Oder, ah nit schlecht, beim Kitzbühler Generali Open. Für die Miete kann ich ma das ganze Jahr über frische Muschis leisten, verschtehsch, wo immer auf der Welt! Die in Phuket sind die jüngsten, also richtig saftig, haha. Aber: Die Nutten hier haben die bessere Technik. Werden leider a immer unverschämter, was den Preis angeht. Früher sind's für ein Glasl Cuba Libre mit dir ins Bett

g'stiegen, heute wollen's zwanzig CUC dafür, die kleinen Kommunistinnen. Das nenne ich den Niedergang des Sozialismus."
Frieda ist drauf und dran, dem Widerling ihre Meinung zu sagen, als die Tür aufschwingt und ein Mann eintritt, der sofort ihre Aufmerksamkeit auf sich zieht. Liegt es an seinem langen lockigen Haar, das, wie früher bei den Hippies, mit einem bunten Stirnband zusammengehalten wird, oder einfach an seiner guten Figur? Der Mann flüstert dem Barkeeper etwas ins Ohr, dann lässt er seine Blicke durch den Raum schweifen, auf der Suche nach einem freien Tisch. Als er nicht fündig wird, nähert er sich ohne Umschweife Friedas Platz.
„Darf ich?", fragt er auf Englisch.
Seine Stimme klingt angenehm, und sein Lächeln wirkt natürlich, sympathisch.
„Bitte sehr!"
Nachdem der Kellner das bestellte Getränk, eine Bierflasche Marke Bucanero, bringt, stoßen sie an.
„Ioannis Vazelios", stellt er sich vor. „Aus den Staaten."
„Frieda Prohaska", sagt sie, „aus Österreich."
„Angenehm. Von Beruf Journalist", sagt er.
„Von Beruf Journalistin", sagt sie. Plaudertasche, rügt sie sich im selben Augenblick. Hatte sie sich nicht vorgenommen, das für sich zu behalten? Und jetzt erzählt sie es dem erstbesten Fremden.
„Oh, welch eine Koinzidenz!", flüstert er.
„In der Tat", gibt sie in derselben Lautstärke zurück. Beide lachen, lauter als beabsichtigt. Vergessen ist der idiotische Tiroler, vergessen auch Fermín, ihr absenter Informant. Die Hoffnung auf fetzige Musik macht sich in ihr breit. Letzteres spricht sie auch aus.
„Sie wissen aber schon, dass die angekündigte Gruppe heute nicht auftreten wird?", sagt er.

Nein, das weiß sie nicht – woher auch? Und befindet man sich hier nicht in einem Lokal, das berühmt ist für seine allabendliche Livemusik?
„Grundsätzlich richtig“, klärt Ioannis sie auf. „Wegen Fidels Tod sind aber alle Lustbarkeiten bis auf Weiteres gestrichen. Die Trauer der Kubaner um ihren großen Führer darf durch nichts gestört werden.“
Sein Sarkasmus ist unüberhörbar.
„Eigentlich bin ich eh nicht wegen der Musik da, sondern weil ich jemanden treffen wollte“, sagt sie. „Aber anscheinend wurde ich versetzt.“
„Sie haben Freunde hier?“
„Freunde ist zu viel gesagt. Nur ein alter Bekannter, den ich von einem früheren Besuch her kenne. Wahrscheinlich hat er den Termin einfach verschwitzt. Na ja, Sie wissen schon ...“
Er nickt verständnisvoll.
„Darf ich fragen, wo in Holguín Sie wohnen?“
„Im Dos Estrellas, einer kleinen Pension. Und Sie?“
„Im Islazul Pernik. Man fragt sich, wie dieses Hotel es schaffen konnte, auf dreieinhalb Sterne zu kommen. Es dürfte noch aus der Blütezeit des Kalten Kriegs stammen, vermutlich benannt nach der gleichnamigen bulgarischen Stadt.“
Sieh an, staunt Frieda. Ein Amerikaner, der sich in Osteuropa auskennt.
„Sie sind also nicht zufrieden mit Ihrer Bleibe?“
„Sagen wir so: Wenn man ein Faible für sozialistischen Plattenbau hat, kommt man im Pernik auf seine Rechnung. Es gibt sogar einen hübschen, blau gefärbten Swimmingpool dort, leider ohne Wasser. Muss man sich halt dazudenken, so wie manches in diesem Land. Und Sie, sind Sie mit Ihrer Unterkunft zufrieden?“
„Absolut. Die Besitzer, ein älteres Pärchen, sind dem allgemeinen Trend gefolgt und haben ihre halb ver-

fallene Villa zu einer *casa particular,* einer kleinen Pension, umgebaut. Recht hübsch, muss ich sagen. Es hat sogar eine Dachterrasse, für romantische Nächte."
Verdammt, das hätte sie sich jetzt verkneifen sollen! Aber er scheint die letzte Bemerkung ohnehin überhört zu haben.
„Außerdem", beeilt sie sich hinzuzufügen, „sind meine beiden Gastgeber glühende *fidelistas*, die mich eingeladen haben, morgen dabei zu sein, wenn die sterblichen Überreste Fidels durch Holguín gefahren werden."
„Woher wollen Sie wissen, dass sie Anhänger von Castro sind?"
„Als ich in ihrer Küche die Formulare ausfüllte, lief der Fernseher in voller Lautstärke. Sie brachten eine Doku über das Leben Castros, von den Anfängen bis zu seinem Tod. Laura Inés, meine Gastgeberin, hatte Tränen der Rührung in den Augen, als der junge Fidel zusammen mit Che zu sehen war."
Ioannis blickt nachdenklich auf seine Bierflasche, auf deren Etikett der Kopf eines Freibeuters abgebildet ist.
„Woran denken Sie?"
„An eine andere Laura Inés, die, würde sie noch leben, jetzt vermutlich Tränen ganz anderer Art in den Augen hätte. Sie wissen nicht, wen ich meine?"
„Nein, sollte ich?"
„*Las Damas de Blanco*, die Damen in Weiß. Sie sind Ihnen sicher ein Begriff?"
„Natürlich. Die in weißen Kleidern gegen die Regierung demonstrieren."
„Genau. Nun, eine gewisse Laura Inés Pollán war deren Sprecherin, in ihrer Wohnung in Havanna trafen sich einst die Dissidenten aus dem ganzen Land. In den hiesigen Medien wurde sie als gefährliche Staatsfeindin hingestellt. 2011 starb sie unter ungeklärten Umständen, weshalb manche die kubanische Regie-

rung beschuldigen, mit ihrem Tod zu tun zu haben. Präsident Barack Obama kondolierte damals sogar ihrer Familie."

„Sie kennen sich wirklich gut aus. Darf ich fragen, für welche Zeitung Sie arbeiten?"

„Für keine Zeitung – für ein Journal. Es nennt sich TIME Magazine. Vielleicht haben Sie ja schon davon gehört."

Mein lieber Schwan! Da hockt sie jetzt wohl einem echten Profi gegenüber, womöglich einem Promi auf dem Gebiet des Journalismus! Immerhin handelt es sich bei TIME um die auflagenstärkste Wochenzeitschrift der Welt und die wichtigste in den USA.

Sie setzt ein breites Lächeln auf. „Ja, ich glaube, dieser Name ist in unserer Redaktion schon einmal gefallen. Ich bin freie Journalistin bei *opinion*, müssen Sie wissen. Ist ebenfalls ein Wochenmagazin, nur halt mit etwas ... äh ... anderen Dimensionen."

„Und angesiedelt in Wien. Ich weiß."

Für den Bruchteil einer Sekunde glaubt sie tatsächlich, er habe schon von *opinion* gehört. Aber natürlich hat er nur geraten, ins Blaue hinein.

Beide grinsen entspannt. Bei solch ungleichen Voraussetzungen kann man sich Revierkämpfe ersparen.

„Hätten Sie nicht auch Lust, dabei zu sein, wenn sie Fidel heim nach Santiago bringen?", fragt sie. „Erlebt man ja nicht alle Tage, diesen Totenkult."

„Klar, sehr gerne. Ich wusste gar nicht, dass die Karawane hier morgen vorbeizieht. In dieser Sache haben eindeutig Sie einen Informationsvorsprung, Frau Kollegin!"

„Das kommt vielleicht daher, dass ich nicht in einem Nobelhotel für Amerikaner abgestiegen bin, sondern dort, wo man noch Kontakt hat zur einheimischen Bevölkerung."

„Sie meinen zu jenem Teil der Bevölkerung, der kritiklos nachbetet, was der Führer befiehlt ..."
Das beiderseitige Flachsen geht noch eine Weile weiter, und Frieda genießt es, wie Vazelios locker und dennoch sachkundig mit ihr parliert, von Überheblichkeit keine Spur. Der Wechsel vom Sie zum Du geht ohne Aufhebens vonstatten. Sie merkt es daran, dass er sie ab einem gewissen Zeitpunkt mit dem Vornamen anspricht. Seine Aussprache von *Frieda* tönt überraschend vertraut, ohne das von Briten und Amerikanern sonst so gerne breitgequetschte R. Sie fragt ihn, ob er Deutsch spreche, er verneint. Dafür behauptet er, sich auf Spanisch, Französisch, Griechisch und sogar Arabisch ganz passabel ausdrücken zu können. Vor allem Letzteres gebe in seiner Heimat mitunter Anlass zu Stirnrunzeln.
„Wer sich bei uns für fremde Sprachen interessiert, gilt schon fast als unamerikanisch. Jedenfalls, wenn man die Stimme des einfachen Volkes als Maßstab nimmt."
„Ioannis ist ja auch nicht eben ein typischer Vorname für einen Amerikaner, oder?"
„Nein, und Vazelios erst recht kein typisch amerikanischer Familienname. Aber welcher Name verdient schon das Attribut typisch? In den USA stammen wir doch alle von irgendeiner Sippe aus *good old Europe* ab, oder von Juden, Chinesen, Arabern ... Meine Eltern kommen beide aus Kreta, in meinen Adern fließt also reinstes griechisches Blut. Und dennoch fühle ich mich so amerikanisch, wie man sich nur fühlen kann."
Wie schön, denkt Frieda, so eindeutig und positiv empfände sie auch gerne. Sie hat mit ihrer nationalen Identität immer noch Probleme, obwohl ihre Vorfahren väterlicherseits schon vor vier oder fünf Generationen aus Böhmen in die K&K-Metropole ausgewandert waren.

Als die Müdigkeit sie übermannt, beschließt Frieda die angenehme Unterhaltung zu beenden. Ehe sie ins Dos Estrellas aufbricht, vereinbaren sie, sich am nächsten Tag um fünfzehn Uhr bei der Methodistenkirche an der Carretera Central zu treffen, um dort gemeinsam auf den Konvoi mit Fidels Urne zu warten. Ioannis vermutet, dass Fidel noch selbst angeordnet hat, wie seine Leiche von Havanna nach Santiago de Cuba überführt werden soll. Er war immer schon ein großer Meister der Inszenierung.
„*Hasta pronto*", sagt sie zum Abschied.
„*Hasta siempre*", lautet seine Antwort.
Die zwei auf die Wangen gehauchten Küsschen spürt sie noch, als sie längst im Taxi sitzt.

4

Sie erwacht und registriert: ein Wunder! Der Extra Añejo steht immer noch ungeöffnet auf ihrem Nachtkästchen. Hat sie es tatsächlich fertiggebracht, die Flasche Rum unangetastet zu lassen? Ehe sie mit Rafi schwanger war, wurde geschluckt, was immer ihr an Hochprozentigem in die Finger kam. Anlässe fanden sich zur Genüge: Erfolg, Misserfolg, Langeweile, Erregung ... Anders gesagt: Es brauchte keinen speziellen Anlass, um zu trinken. Überraschenderweise hat ihre Leber das alles mehr oder weniger unbeschadet überstanden. Eine Entziehungskur kam für sie nie in Frage. Dazu hätte sie sich ja eingestehen müssen, wie abhängig sie von dem Zeug längst war. Mit der Schwangerschaft erledigte sich das Problem wundersamerweise, vorübergehend jedenfalls ...

Gerade ist sie mit dem Duschen und Föhnen fertig, als es an der Tür klopft. Laura Inés, ihre Wirtin, eskortiert Frieda in den Frühstücksraum, ein quadratisches Zimmer im Dekor der kubanischen Neoromantik. Laura Inés scheint eine große Liebhaberin dieses Stils zu sein: an der Decke weiße Girlanden aus Stuck, die Wände in penetrantem Pink mit aufgemalten grüngelben Fantasiepflanzen, dazu gepolsterte Sitzmöbel, die aus der schwülstigen Hinterlassenschaft des Bayernkönigs Ludwig II. stammen könnten. In kitschig lackierten Rahmen hängen zahlreiche Porträts an der Wand; die meisten von ihnen zeigen lebende, ein paar auch bereits verstorbene Familienmitglieder, wie Laura Inés munter erklärt, während sie Kaffee und Spiegeleier mit Schinken serviert.

„Sieh mal! Ist er nicht ein hübscher Junge, unser José?“

Sie zeigt auf einen schlanken Mann in weißem, eng anliegendem Anzug.
„Und weißt du, wo das Foto aufgenommen wurde? In Wien, ja, in einer großen Tanzschule! Da staunst du, nicht wahr?"
„Allerdings!", bestätigt Frieda. „Und was hat er da gemacht?"
Laura Inés' Blick geht ganz nach innen, als sie das Bild von der Wand nimmt und Frieda stolz präsentiert.
„Oh, er lebt immer noch dort! Als Tanzlehrer. Unterrichtet lateinamerikanische Tänze, vor allem Rumba und Cha-Cha-Cha. Und natürlich den Son Cubano."
Spontan geht ihre gedrungene Figur in Tanzposition: der linke Arm adrett erhoben, das Becken vorgewölbt, keck der Blick. Sekunden später verblasst sie wieder zur biederen Gastwirtin.
„Die Liebe zum Tanzen hat er von mir, sein Vater macht sich leider nichts daraus. Aber jetzt ist Ramón doch stolz darauf, dass einer aus unserer Familie es dank seiner Begabung ins Ausland geschafft hat. Ich meine, nicht nach Miami, wo der ganze Abschaum hingeht, sondern ins richtige Ausland."
Sie hängt das Bild wieder an die Wand.
„Aber natürlich sind wir auch ein bisschen traurig, weil wir den Jungen höchstens zwei Wochen im Jahr sehen. Wenn er auf Besuch kommt, bringt er uns immer irgendwelche Süßigkeiten aus Österreich mit. Unser Josito ist wirklich ein guter Junge ... Darf ich dir noch etwas Kaffee nachschenken?"
Gerne lässt Frieda sich zu einer zweiten Tasse verführen.
„Und José will auf Dauer in Österreich bleiben?"
Es ist Laura Inés anzusehen, wie sie mit sich ringt. Dass die Frage ihr Schmerzen bereitet. Dann gibt sie sich doch einen Ruck.
„Mein Sohn hat ja jetzt einen festen Freund in Wien,

wenn du verstehst. Weshalb er, fürchte ich, nicht so schnell nach Kuba zurückkehren wird. Es wäre für die beiden hier sehr hart. In Havanna, ja, da denkt sich keiner mehr etwas dabei, wenn zwei Männer Händchen haltend im Park sitzen, aber in Holguín – unvorstellbar!"

„Hat sich diesbezüglich nicht schon manches zum Besseren verändert? Ich habe gehört, dass sich Raúl Castros Tochter Mariela höchstpersönlich für die Rechte der Homosexuellen starkmacht."

„Stimmt. In den Siebzigerjahren wäre mein Junge noch wegen seiner sexuellen Orientierung ins Arbeitslager gesteckt worden. Mariela Castro Espín hat als Abgeordnete im kubanischen Parlament einmal sogar ihre Zustimmung zu einer Regierungsvorlage verweigert, weil im Gesetzestext HIV-Positive und Homosexuelle nicht vorkamen. Wobei dieses Gesetz gerade die Minderheiten im Land schützen sollte! Mariela war die erste kubanische Abgeordnete, die so etwas gewagt hat."

Vielleicht tust du dir dabei halt ein bisschen leichter, wenn du die Nichte von Fidel bist, sagt sich Frieda. Dass revolutionäre Theorie und Praxis auch in dieser Frage auseinanderklaffen, ist für sie keine wirkliche Überraschung. Dass aber eine bekennende *fidelista* hier zumindest vorsichtige Kritik äußert, ist doch bemerkenswert. Was sie ihrer Wirtin auch sagt.

Ganz gegen ihre sonstige Gewohnheit antwortet Laura Inés nicht sofort mit einem Wortschwall, denkt lieber erst ein Weilchen nach.

„Weißt du, wir alle machen Fehler", erklärt sie schließlich mit erhobenen Armen, „warum nicht auch die Revolution? Und Fidel hat diesen Fehler immerhin eingestanden. Außerdem kann selbst das beste Gesetz die Realität nicht über Nacht verändern. *El cambio*, der

große Wandel, er fällt nicht vom Himmel. Ich bete nur, dass ich es noch erlebe, dass mein Josito auch in Holguín erhobenen Hauptes auf der Straße gehen kann."
Innerlich muss Frieda lachen. Macht es nicht den besonderen Charme des kubanischen Sozialismus aus, dass hier, wo Religion laut Staatsdoktrin keine Rolle spielen sollte, für die Durchsetzung politischer Ziele gebetet wird? Und das von einer eingefleischten Genossin!
Da Fermín auch am Morgen nicht telefonisch zu erreichen ist, entschließt Frieda sich, ihn zu Hause aufzusuchen. Laura Inés rät ihr, eine Pferdekutsche als Taxi zu nehmen, so bekomme man am meisten mit von der Gegend. Frieda folgt ihrem Ratschlag. Neben dem Kutscher hockend genießt sie den Atem dieser Stadt. Nur der ständige Blick auf die beiden Pferdehintern ist gewöhnungsbedürftig. Vom Kutschbock aus lässt sich der Einfallsreichtum der Kubaner, gepaart mit einem Sinn fürs Praktische, beobachten: Die Pferdeäpfel plumpsen hier nicht auf die Straße, sondern werden von einer sackförmigen Plane aufgefangen, um später als Dünger genutzt zu werden. Der lasse sich sogar gewinnbringend veräußern, erklärt ihr der Kutscher fröhlich.
Sie hat ihm Fermíns Adresse angegeben. Ein bisschen schmutzig sei es dort, warnt der Kutscher, und vielleicht auch gefährlich für eine so schöne Frau. Ob er sie nicht doch lieber auf den Kreuzberg, den Loma de la Cruz, bringen solle, mit seiner famosen Aussicht! Höflich besteht sie darauf, in die Calle Frexes kutschiert zu werden.
„Ich möchte mich mit einem alten Bekannten treffen."
„Ach so", meint er und zwinkert zweideutig. „Das ist dann natürlich etwas anderes."
In der Calle Frexes gibt es tatsächlich keine großen

Attraktionen. Genauer gesagt wirkt das ganze Viertel überaus heruntergekommen. Auf der staubigen Straße jagen Halbwüchsige einem zerrupften Fußball hinterher. Als sie die hellhäutige Frau auf dem Kutschbock erblicken, ertönen laute Pfiffe. Frieda bezahlt und verzichtet auf das Angebot des Kutschers, auf sie warten zu wollen.
„Sie werden hier kein Taxi finden, das sie ins Zentrum zurückbringt!“, warnt er sie.
„Ist schon okay, ich komme zurecht“, wimmelt sie ihn ab. Ein pummeliges Mädchen, von ihr nach der Nummer 34b befragt, deutet auf eine zweistöckige, ärmlich anmutende Mietskaserne.
Frieda beobachtet, wie das Kind den anderen etwas erzählt und dabei auf das Haus deutet, das Frieda gerade ansteuert. Vor dem Wohnblock versucht sie ein letztes Mal, Fermín telefonisch zu erreichen. Wieder hebt er nicht ab. Nun denn, dann wird es eben eine kleine Überraschung werden.
An der Haustür des Blocks 34b finden sich jede Menge Schildchen neben den Klingelknöpfen, doch auf keinem steht ein Name, nur das jeweilige Stockwerk und die Wohnungsnummer. Sie überlegt schon, wahllos ein paar Klingeln zu drücken, als sich im ersten Stock ein Fenster öffnet und ein Kopf erscheint, dekoriert mit knallig bunten Lockenwicklern.
„*¡Hola!* Kann ich helfen?“
Trotz der in Aussicht gestellten Hilfe klingt die Stimme schroff und abweisend. Vielleicht handelt es sich bei der Dame ja um die kubanische Ausgabe einer Concierge, deren Hauptaufgabe darin besteht, Fremde im Blick zu behalten.
„Guten Tag, *señora.* Ich möchte gerne zu Fermín Ochoa. Wissen Sie seine Wohnungsnummer?“
Die Frau schüttelt energisch den Kopf.

„Hier wohnt kein Fermín."
„Ich denke doch. Vor wenigen Tagen habe ich noch mit ihm telefoniert, da hat er mir diese Adresse gegeben."
Der Unterkiefer der Lockenwicklerschönheit wackelt verdächtig.
„Sie irren sich. Machen Sie, dass Sie fortkommen!" Der Kopf verschwindet, lautstark wird das Fenster zugeschlagen.
Die rüde Abfuhr weckt Friedas Kampfgeist. Sie verdrückt sich, ein Stück von der Haustür entfernt, in den Schatten eines Balkons, um zu beobachten, wer in Nr. 34b aus- und eingeht. Als eine alte, bucklige Frau, gestützt auf zwei Stöcke, aus dem Haus kommt, folgt sie ihr in einem gewissen Abstand. Auf einer metallenen Bank lässt die Alte sich nieder. Als Frieda fragt, ob sie sich ein wenig zu ihr setzen dürfe, erntet sie ein fröhliches Nicken.
„Nur zu, Schätzchen, nur zu! Bist wohl neu in der Gegend, wie?"
„Ja", nickt Frieda. „Aber Sie, Sie wohnen doch in 34b?"
„Weiß nicht, ob man das wohnen nennen kann. Jedenfalls verbringe ich hier schon mein halbes Leben. Oder auch etwas länger, wenn man es recht bedenkt."
Ein heftiger Hustenanfall lässt sie kurzfristig verstummen.
„Dann kennen Sie wohl jeden in Ihrem Block, oder?"
„Ah, ich kenne jeden im ganzen verdammten *barrio*, Schätzchen, und jeder kennt mich! Ich heiße übrigens Alfonsina."
„Sehr erfreut – Frieda. Kennen Sie auch einen gewissen Fermín, Alfonsina?"
„Fermín Ochoa oder Fermín Guerrero Lopez? Es gibt zwei Fermíns in unserem Block."
„Ochoa. Ich suche Fermín Ochoa."

„Tja, schlechte Wahl. Der ist vor zwei Tagen übersiedelt."
„Übersiedelt? Aber ich habe doch erst ..."
„Wir nennen es so, wenn die Staatssicherheit einen für eine Weile unter ihre Fittiche nimmt. Sie verstehen?"
Alfonsina hustet erneut und spuckt ein bisschen Schleim in den Staub.
„Fermín ist verhaftet worden?", erregt sich Frieda. „Aber weswegen?"
„Was für eine Frage, Schätzchen! Wegen konterrevolutionärer Umtriebe, was sonst! Passt fast auf alles. Es reicht ja schon, wenn einer im Suff die Klappe zu weit aufreißt. Von der falschen Gesinnung zur falschen Tat ist es nur ein kleiner Schritt. Wer das wohl gesagt hat?" Die Alte kichert, als hätte sie soeben einen Witz zum Besten gegeben.
Frieda ist bestürzt. Warum muss es ausgerechnet Fermín erwischen, einen *compañero* der ersten Stunde? Der immer mit solcher Inbrunst *Hasta siempre* gesungen hat. Der Reden schwingen kann wie Fidel, mit derselben Leidenschaft, wenn auch vor weniger Publikum. Wieso wandert einer wie er ins Gefängnis, während die echten Konterrevolutionäre, die, die sich rechtzeitig nach Miami abgesetzt haben und von dort aus gegen Kuba agitieren, unbehelligt auf Urlaub in ihre alte Heimat kommen dürfen, nur um hier weiterzuhetzen?
Eine seltsame Logik ist das, *muy extraño!*
Sie drückt der Frau die Hand. „Danke, dass Sie mir das gesagt haben, *señora*. Als ich vorhin nach ihm fragte, wurde mir versichert, es gebe keinen Fermín in diesem Block."
„He he!", gluckst Alfonsina. „Das war sicher Maria Ángeles, die mit den scheußlichen Lockenwicklern. Kein Wunder, dass sie nichts von ihm wissen will: Sie

ist es, die Fermín denunziert hat! Eine verdammte Hexe, wenn Sie mich fragen."
Oder eher eine Vertreterin der Inquisition, die Hexen auf den Scheiterhaufen bringt?
Mit einer innigen Umarmung bedankt sie sich ein zweites Mal bei Alfonsina, dann macht sie sich zu Fuß auf in Richtung Stadtzentrum. Vorbei geht es am Stadium Calixto García Íñiguez, dem betonierten Symbol für die Baseballverrücktheit der Kubaner, in ihrer Intensität durchaus vergleichbar mit jener der Amis. Wie Kuba wohl aussähe, hätte Fidel Castro als junger Mann die Einladung angenommen, Baseballprofi in den Staaten zu werden? Vermutlich wäre die Insel heute der einundfünfzigste Bundesstaat der USA, regiert von der Mafia ...
Calixto García, nach dem in Holguín nicht nur das Stadion, sondern auch der zentrale Park und eine Straße benannt sind, war, laut Ioannis' gestriger spätnächtlicher Lektion, ein berühmter Sohn der Stadt. Der Mann kämpfte in gleich drei Unabhängigkeitskriegen gegen die Spanier. Dass er dabei durch die Vereinigten Staaten unterstützt wurde, könnte man aus heutiger Sicht als Ironie der Geschichte betrachten. Ursprünglich wurde er sogar auf dem amerikanischen Nationalfriedhof Arlington beigesetzt, ehe seine sterblichen Überreste in ein eigens für ihn errichtetes Museum in Holguín umgebettet wurden. Im Calixto García-Park blickt seine weiße Statue für einen Soldaten ungewöhnlich milde auf die Passanten herab. Gestern Nacht auch auf Frieda, ehe sie das Taxi zurück in die Pension nahm.
„Woran ist er eigentlich gestorben, der große General?", wollte sie zuletzt von Ioannis wissen. „Bajonett oder Kugel?"
„Weder noch", lautete seine Antwort. „An einer

schlichten Lungenentzündung, während er sich gerade auf einer diplomatischen Mission in New York befand. Das Feld des Soldaten ist dort, wo er fällt – welcher amerikanische Präsident hat das doch gleich gesagt?“

5

Er hat Paul Simon immer schon gemocht, aber *The Boxer* wurde schnell zu seiner Lieblingsnummer – musste es fast werden! Jeder aus der Branche weiß, ob da einer aus eigener Erfahrung berichtet oder nur vom Hörensagen:
And a fighter by his trade / And he carries the reminders / Of ev'ry glove that laid him down.
Er trägt eine hässliche Narbe an der Schläfe, den *reminder* an seine erste bittere Niederlage. Der Uppercut des Kameraden Darío traf ihn in dem Moment, als der Gong zum Ende der zweiten Runde ertönte. Er ging zu Boden wie ein Sack, schlug auf mit blankem Schädel. Normalerweise boxten sie nicht ohne Kopfschutz, aber an jenem Tag bestand Bonzo González, der Cheftrainer, darauf. Er war ein Großer seines Fachs, hatte fast alle Talente aus dem Osten des Landes irgendwann einmal unter seinen Fittichen gehabt. Bonzo wollte ihnen beweisen, dass auch Amateure wie sie wenigstens ein paar Mal in ihrem Boxerleben erfahren müssten, wie es sich anfühlt, eine voll in die Fresse zu kriegen. Ungeschützt, ungeschönt. Um härter zu werden, um zu lernen wegzustecken. Ohne vorher einzustecken, wird es das nicht spielen, behauptete Bonzo. Faselte etwas von Dialektik. Dialektik, erfahren am eigenen Leib! Unabhängig davon, ob du Profi werden willst oder Staatsamateur: Du musst wissen, wie es ist, ausgeknockt zu werden. Für diese körperliche *und* psychische Erfahrung gibt es keinen billigen Umweg. Echten Kämpfern wird nichts geschenkt – nirgendwo, und schon gar nicht auf Kuba. Denkt an unsere Revolution, denkt an Moncada! Erst das Fiasko des 26. Juli

1953 hat den gloriosen Sieg vom 1. Januar 1959 ermöglicht!
Predigte Boxlehrer Bonzo González. Predigen sämtliche Lehrer der Revolution, von Anfang an bis heute. Lehrer sind: Prediger, und Prediger: Lehrer. Hierzulande stellt keiner diese Gleichung in Frage.
Die Narbe am Handgelenk ist sein zweiter *reminder*. Einer, den er nie mehr vergessen wird und der mit Boxen nichts zu tun hat. Der Balken traf ihn, als er versuchte, durch Staub und Schutt zu den Verschütteten vorzudringen. Ein Nachbar holte ihn im letzten Moment heraus, ehe auch noch der Rest der Decke einstürzte.
Er schrie, lange und laut. Was die Eltern nicht lebendig machte.
Immerhin half es, das Dröhnen in seinem Kopf zu übertönen, ein paar Stunden lang.
Die Angst, es könnte ihn einmal zu fest am Kopf erwischen und er würde an Demenz oder Parkinson erkranken wie der große Muhammad Ali, hat sich in letzter Zeit verstärkt. Vor zwanzig Jahren sah er im Fernsehen, wie Alis Hände zitterten, als er das olympische Feuer in Atlanta entzündete. Er, der berühmt geworden war durch sein lässiges Umtänzeln der Gegner, bewegte sich mit zweiundfünfzig wie ein tatteriger Greis. Schon viel früher, im Jahr 1981, wurde er in einem Interview gefragt, ob er Hirnschäden davongetragen habe von all den Schlägen, die Frazier, Foreman und Larry Holmes ihm verpasst hatten, vor allem im Kampf gegen Holmes hatte er ja nicht viel mehr als einen fetten Boxsack abgegeben. Ali wies den Interviewer rüde zurecht: Nein, er sei fit wie eh und je, ob man das nicht sehe! Es war einfach nur peinlich. Später wurde nachgewiesen, dass die Ärzte bei ihm schon vor dieser schauerlichen Niederlage beginnenden Morbus Parkinson diagnostiziert hatten. Dennoch hatten

seine Manager ihn in den Kampf getrieben, als Schlachtvieh, das noch ein letztes Mal ein paar hunderttausend Dollar einbringen sollte. Am Ende war der vielleicht größte Boxer aller Zeiten, der sich von seinem vorgeblichen Sklavennamen Cassius Clay befreit hatte und lieber ins Gefängnis als nach Vietnam ging – was ihm in Kuba hohen Respekt einbrachte –, wie ein Baby auf fremde Hilfe angewiesen.

Logisch, solch ein Schicksal wünscht sich keiner! Als Athlet verdrängst du es so gut wie möglich oder bildest dir ein, dem finalen K.O. dank besserer Gene oder einer speziellen Beziehung zum Allmächtigen entkommen zu können. Doch mach dir nichts vor: Selbst im Amateurbereich, trotz des Kopfschutzes, sind Hirnschäden unvermeidlich, wenn du die Sache nur lang genug betreibst.

Parkinsonanwärter bist du allemal.

Bisweilen bildet er sich ein, selbst schon am Beginn einer degenerativen Erkrankung zu stehen. Langsamer, reaktionsschwächer ist er allemal geworden, auch sein Geruchssinn ist seit einiger Zeit gestört. Bonzo González hatte oft genug gepredigt, welche Opfer man für eine große Boxerkarriere in Kauf nehmen müsse. Aber von Parkinson war nie die Rede gewesen.

Seine Karriere wurde nicht dadurch beendet, dass er ein paar Mal zu hart ausgeknockt worden wäre; nein, das blieb ihm zum Glück erspart. Wenn er im Ring stand, war eigentlich immer alles gut, selbst bei einer Niederlage.

Es braucht Zeit zu verstehen, dass die Schmerzen, die man in diesem Geviert erleidet, nichts sind im Vergleich zu dem, was sie einem außerhalb des Rings antun. Dort, wo es angeblich gesittet und zivilisiert zugeht und man von Vater Staat beschützt wird.

So wie er und die Seinen!

6

Pünktlich um fünfzehn Uhr trifft Frieda bei der Methodistenkirche, dem vereinbarten Treffpunkt, ein. Tausende haben sich bereits an der Carretera Central versammelt, viele von ihnen mit Bildern von Fidel in den Händen. Darunter auch ein gehäkeltes Porträt des verstorbenen Vorsitzenden, eindeutig die originellste Abbildung. Parteitreue Ordner bemühen sich, die Massen in Zaum zu halten, ein Genosse dirigiert einen Schülerchor beim Absingen patriotischer Lieder. Bekannte und weniger bekannte Sprüche Fidels und Che Guevaras werden skandiert: *Vaterland oder Tod! oder Egal, wer fällt und wer stirbt: Die kubanische Revolution wird nicht verschwinden* oder – als größtmögliche Identifizierung mit dem Verstorbenen – *Yo soy Fidel, ich bin Fidel.*
Es ist ein ungewöhnlich heißer Dezembertag. Nicht wenige haben als Sonnenschutz knallig bunte Schirme dabei, worüber niemand sich beschwert, obwohl vielen dadurch die Sicht genommen wird. Frieda findet die Disziplin der Leute sagenhaft. Selbst kleinen Kindern scheint es nichts auszumachen, in der Sonne zu braten. Von Ioannis ist noch nichts zu sehen, aber auf der anderen Straßenseite entdeckt Frieda Laura Inés und deren Mann Ramón. Als sie den beiden zuwinkt, reagiert ihre Gastgeberin hektisch.
„Komm, Frieda, komm doch herüber zu uns! Wir haben etwas für dich!"
Aus einer Plastiktasche zieht Laura Inés einen rotweiß-roten Stoff – die österreichische Flagge!
„Ich habe sie selbst genäht!", verkündet Laura Inés mit sichtlichem Stolz, „wo doch unser Sohn jetzt ein halber

Österreicher ist. Bei seinem nächsten Besuch werde ich sie ihm mitgeben. Aber *du* darfst sie einweihen, wenn du magst. Ich würde mich jedenfalls sehr darüber freuen."
Zögerlich nimmt Frieda das Stück Stoff entgegen. Nie wäre ihr daheim die Idee gekommen, am Nationalfeiertag oder bei ähnlichen Anlässen die Fahne hinauszuhängen. Dass ihr das erstmals im Ausland abverlangt wird, hat schon etwas Bizarres an sich. Andererseits: Wenn sie der guten Frau damit einen Gefallen tut ...
Es wird dich schon niemand dabei fotografieren, wie du Fidel die letzte Ehre erweist, sagt sie sich und befestigt die Flagge an den zwei Stangen, die Ramón ihr hinhält.
„Du nimmst diesen Stock und ich den da", kommandiert Laura Inés und schiebt Frieda vor in die erste Reihe. Sie selbst positioniert sich breitbeinig zwischen den beiden Flaggen.
Ramón deutet nach oben: Im Tiefflug nähert sich ein Militärhubschrauber, in dessen offener Tür ein Kameramann hockt.
„Hey, die sind vom staatlichen Sender, die filmen den Konvoi schon die ganze Woche!", ruft Laura Inés begeistert. „Vielleicht kommen wir heute Abend im Fernsehen!"
Frieda schüttelt den Kopf: Worauf hat sie sich da nur eingelassen! Als dann auch noch Ioannis auftaucht, ist ihr das Ganze vollends peinlich. Doch er findet die Sache nicht weiter schlimm.
„Wenn du wüsstest, zu welch unpassenden Gelegenheiten wir Amerikaner oft die Fahne schwingen, würdest du das hier als absolut harmlos betrachten", tröstet er sie. „Außerdem wird sich dieses Video kaum bis nach Österreich verbreiten."
„Ach, Sie sind Amerikaner!", ruft Laura Inés, die mit-

gehört hat. „Wie schön! Schade, dass ich keine amerikanische Flagge dabeihabe."
Auf der anderen Straßenseite fällt Frieda ein großer muskulöser Schwarzer auf, auf dessen Schultern ein vielleicht dreijähriges Mädchen hockt. *Yo soy Fidel*, ist auf ihrer Stirn zu lesen. Das T-Shirt des Vaters hingegen schmücken silberne Großbuchstaben, die in Summe das Wort *PROGRESS* ergeben. Es liest sich wie ein Aufschrei, wie ein Protest.
Frieda macht Ioannis darauf aufmerksam.
„Oh, in diesem Land ist manches gleichzeitig möglich", lautet sein lakonischer Kommentar. „Gleichzeitig ist aber auch vieles unmöglich."
Das Warten geht weiter. Zwei geschlagene Stunden stehen sie jetzt bereits am Straßenrand. Wann immer einer „Sie kommen!" ruft, erweist es sich als Falschmeldung. Frieda hat das Herumstehen längst satt, wie andere auch. Doch niemand verlässt seine Position in der Schlange. Nach fast sechzig Jahren Castro weiß ein jeder: Auf den *Máximo Líder* gilt es zu warten. Gilt es auszuharren, mit Geduld und Würde.
Warum sollte sich das ändern, nur weil der größte aller Führer tot ist?

*

Ioannis stupst sie an. Fragt, wie beiläufig, was eigentlich ihr nächstes Ziel sei.
„Santiago de Cuba", antwortet sie, „die Wiege der Revolution. Sowie die letzte Ruhestätte des Führers der Revolution."
„Ja, irgendwann schließt sich bei jedem der Kreis", konstatiert Ioannis. „Und wann soll es losgehen?"
„Sobald ich ein Viazul-Ticket ergattere. Ich habe nichts reserviert."

„Und was, wenn ich sogar deren zwei besäße, für den Bus heute Nacht? Ursprünglich hätte ich ja einen Kamera-mann dabeigehabt, aber der ist krank geworden. Wenn du magst, schenke ich dir die Fahrkarte. Dafür darfst du ja mit deiner tollen Linse" – er zeigt auf ihr Teleobjektiv – „ein paar hübsche Fotos für mich schießen."

Damit hat er sie jetzt wirklich überrascht. Ob dieses Angebot ein unmoralisches ist? Sie blickt ihm in die Augen, kann darin nichts Bedenkliches erkennen. Zumal er ja wohl um einige Jahre jünger sein dürfte als sie.

Was andererseits auch nicht viel zu besagen hat ...

In diesem Augenblick geht ein Raunen durch die Reihen, es ist so weit: Drei grüne offene Jeeps, besetzt mit älteren Militärs, die wie versteinert vor sich hinstarren. Auf dem mittleren Jeep Fidels Urne, drapiert mit der kubanischen Flagge und weißen Blumenbouquets. Ob Castro, der Meister der Inszenierung, das noch selbst geplant hat? Überall werden Handys gezückt, Fahnen und Poster geschwenkt. Sogar von den Dächern der angrenzenden Häuser wird gewunken, geschrien. Frieda hält ihre Kamera hoch und versucht, ein paar Schnappschüsse von der Szenerie zu erhaschen, insbesondere von der Urne im Auge des Hurrikans. Schon im nächsten Augenblick könnte ein Sturm hinwegfegen über alles. Ihr ist nicht ganz wohl in dieser Menschenmenge, wie immer, wenn sie es mit dem Phänomen einer aufgewühlten, unberechenbaren, schreienden Masse zu tun bekommt. Sind es echte Trauerbekundungen oder einstudierte Phrasen, die sie zu hören bekommt? Jedenfalls kullern vielen die Tränen über die Wangen, so auch über jene von Laura Inés. *Nuestro comandante para siempre*, ruft sie voller Leidenschaft. Nach nur wenigen Sekunden ist das

Spektakel vorbei. Weitergewandert wie La Ola, die berühmte Welle in den Fußballstadien. Laura Inés wischt sich die Tränen weg und drückt Frieda fest an sich.
„Danke, dass du mitgekommen bist, ich bin so froh darüber! Und gleichzeitig blutet mein Herz."
Frieda weiß nicht, was sie sagen soll. Stumm beobachtet sie, wie Ramón und seine Frau die kubanische Fahne von den Stangen lösen und in einem hingebungsvollen Ritus zusammenfalten. Dann verabschieden sie sich von Frieda und Ioannis und machen sich auf den Heimweg. So wie sie ist jetzt halb Holguín zu Fuß unterwegs, die meisten mit gesenkten Häuptern. Die, die den Kopf heute hoch tragen, werden wohl gar nicht erst erschienen sein, sagt sich Frieda. Plötzlich fällt ihr ein, dass sie noch eine Entscheidung zu fällen hat. Sie dreht sich zu Ioannis um.
„Entschuldige, aber ich glaube, ich habe dein Angebot noch gar nicht beantwortet."
„Durchaus verzeihlich, angesichts der historischen Dimension dieser Stunden", lächelt er.
„Wenn auch Laura Inés und Ramón nicht gerade glücklich darüber sein werden – ja, ich nehme dein Angebot an. Sehr gerne. Wann soll es losgehen?"
„Freut mich, freut mich wirklich sehr! Unser Bus fährt um 3.55 Uhr beim Busbahnhof ab, aber wir sollten mindestens eine halbe Stunde vorher dort sein. Die nehmen es sehr genau mit der Kontrolle der Tickets, mitunter sind die Busse auch überbucht. Da empfiehlt es sich, ganz vorne in der Schlange zu stehen. Wenn du willst, hole ich dich um drei mit einem Taxi ab. Dafür bräuchte ich allerdings die Adresse deiner Pension."
„Die weiß ich, wenn ich ehrlich sein soll, auch nicht. Aber du darfst mich gerne dorthin begleiten."
Was folgt ist ein letzter Spaziergang durch Holguín, mit einem Umweg über die von Scheinwerfern be-

strahlte Statue von General Calixto García. Über einen kleinen namenlosen Park erreichen sie die Pension Dos Estrellas.

„Schade, dass du nicht länger bleiben kannst“, wird Laura Inés Frieda am Ende des Tages ins Ohr flüstern. „Aber ich verstehe dich, meine Liebe! Ist doch ein verdammt hübscher Kerl, dieser Ioannis. Viel Glück!“

7

Irgendwo zwischen Bayamo und Jiguaní wacht Frieda auf. Die digitale Uhr im Bus Marke Yutong zeigt fünf Uhr zwanzig. Ioannis dürfte auch gerade aufgewacht sein, seine Augen sind ganz klein und rot gerändert. Müde zeigt er auf die wogenden Silhouetten, die die Straße auf beiden Seiten säumen. Als die Scheinwerferstrahlen des Busses sie erfassen, ist zu erkennen: Es handelt sich überwiegend um Kinder. Um Kinder und Jugendliche in Schuluniformen. Für den Bus gibt es jetzt fast kein Durchkommen mehr.

„Verdammt, halte dich gefälligst in der Mitte!", herrscht der dicke schwarze Chauffeur seinen jüngeren, hellhäutigen Kollegen an, der zurzeit am Steuer sitzt und brav nickt. Ein gewöhnungsbedürftiges Bild für Frieda, aber außer ihr scheint es niemand ungewöhnlich zu finden, dass ein Afrokubaner so mit einem Weißen schimpft. Vielleicht ein Zeichen dafür, dass sich die ehemaligen rassistischen Grenzziehungen auf der sozialistischen Insel weitgehend aufgelöst haben? Wenigstens etwas, das man dieser Revolution zugutehalten darf ...

„Ob die alle freiwillig hier ausharren, um Fidel die letzte Ehre zu erweisen?", fragt sie Ioannis, der interessiert das morgendliche Treiben beobachtet.

„Kaum", lautet seine Antwort. „Ist wohl eher ein Klassenausflug der kubanischen Art. Bei dem keiner fehlen darf, selbst wenn er oder sie todkrank ist."

Um sechs Uhr morgens, kurz vor Contramaestre, steckt der Bus dann endgültig fest. Frieda schiebt sich als Frühstückersatz einen Kaugummi in den Mund. Zu allem Überfluss ist ihnen auch noch ein Lastwagen entgegengekommen, der erst einen Meter vor dem Bus angehalten hat. Das Geschrei des genervten Busfahrers weckt die letzten Fahrgäste. Draußen treiben selbst ernannte Ordner die Leute von der Straße, damit der LKW zurücksetzen kann. Erst nach einer guten Viertelstunde geht die Fahrt im Schritttempo weiter. In jeder größeren Ansiedlung wiederholt sich das unglaubliche Schauspiel: Es sind Tausende und Abertausende, die herbeieilen, um einen Blick auf die fahrende Urne zu erhaschen. Selbst draußen auf dem Land, wo weit und breit kein Haus zu sehen ist, kommen sie über die Felder gelaufen und reihen sich geduldig ein in das endlose Spalier.

„Warst du eigentlich schon einmal in Baracoa?“, fragt Ioannis.

„Nein – und du?“, fragt Frieda zurück.

„Ja, zwei Mal. Ich liebe diese Gegend, vor allem den Humboldt Nationalpark. Du solltest auch einmal eine Trekkingtour auf den El Yunque machen, von dort siehst du an schönen Tagen angeblich bis Haiti. Weißt du was: Ich schlage vor, wir nehmen gleich den Anschlussbus über Guantánamo nach Baracoa, Santiago läuft uns nicht davon. Außerdem dürfte es wegen Fidels Begräbnisses ohnehin schwer sein, dort eine Unterkunft zu finden. Einverstanden?“

Frieda ist alles recht, solange er organisiert und sie noch ein wenig pennen kann.

Nach Dos Ríos wird der Bus wieder langsamer, doch diesmal sind keine Menschenmassen schuld daran. Frieda, die unmittelbar hinter dem Fahrer sitzt, sieht, wie zuerst einige rote Lämpchen aufflackern, um schließlich auf Dauerrot umzuschalten. Der Motor stellt ab, und der Bus rollt auf der dreispurigen *autopista* aus, zum Glück unmittelbar neben einem breit ausladenden Baum. Die beiden Fahrer schnappen sich

eine Werkzeugkiste, ziehen ihre Jacken aus und verwandeln sich in schnaufende, schwitzende Mechaniker. Sogar irgendwelche Schläuche werden ausgepackt und angeschlossen, doch der Versuch, den Motor wieder zu starten, scheitert ein ums andere Mal. Immer mehr Fahrgäste wanken schlaftrunken ins Freie und nutzen den unfreiwilligen Stopp, um im Gebüsch ihre Notdurft zu verrichten oder um eine zu rauchen. Trotz der morgendlichen Stunde ist es schwül, die Luftfeuchtigkeit beträgt gefühlte neunundneunzig Prozent.
„Und was machen wir, wenn wir den Anschlussbus nicht mehr erreichen?", fragt Frieda und bietet Ioannis ihre Wasserflasche an. Er lehnt dankend ab.
„Dann werden wir uns wohl ein Taxi suchen müssen."
„Aber die Strecke beträgt doch mindestens zweihundert Kilometer!"
„Richtig. Ich rechne mit über vier Stunden Fahrzeit. Aber was tut man nicht alles, um die Palmen von Baracoa wieder zu sehen!"
Der Motordeckel des Busses wird zugeknallt, die beiden Busfahrer haben aufgegeben. Ihre vormals blütenweißen Uniformhemden sind gezeichnet von Ölspuren und Straßenstaub.
„Und jetzt?", fragt Ioannis den Dicken. „Was geschieht jetzt?"
„Jetzt warten wir, bis sie uns eine Kiste schicken zum Abschleppen. Oder einen Ersatzbus."
„Und bis wann darf man damit rechnen?"
Idiotische Frage!, scheint das Achselzucken des Fahrers zu bedeuten. Erschöpft lässt er sich neben seinem Kollegen im Schatten des riesigen Kapokbaums nieder, dessen dreieckige Brettwurzeln ihnen als Rückenstütze dienen. Auch Frieda und Ioannis ziehen sich wieder in den Schatten zurück, und der Amerikaner versucht sich an gymnastischen Übungen. Dazu öffnet er die

obersten Knöpfe seines Hemds und krempelt beide Ärmel hoch. Auf seinem rechten Bizeps erscheint eine kleine, blau-weiß tätowierte Flagge, die Ioannis durch sein Muskelspiel zum Pulsieren bringt. Es wirkt, als würde sie im Wind wehen. Frieda staunt; nicht wegen dieses Effekts, sondern weil in ihrem Weltbild Tätowierungen und Intelligenz einfach nicht zusammenpassen. Dabei steht doch außer Zweifel, dass es sich bei Ioannis Vazelios um einen höchst intelligenten Kollegen handelt.
Und zudem um einen höchst attraktiven.
Er hat ihr Staunen durchaus registriert.
„Eine Jugendsünde!", schmunzelt er, „mit sechzehn bist du eben auf der Suche nach deinen Wurzeln. Und die stecken bei mir nun einmal tief in griechischer Erde."

*

Sie müssen weniger lang warten als befürchtet. Mit knapp zwei Stunden Verspätung erreichen sie gegen Mittag den Busbahnhof von Santiago. Ioannis erkundigt sich bei einem Uniformierten, ob der Bus nach Baracoa schon weg ist.
„Heute gehen keine Busse mehr, nach nirgendwo."
„Und wieso das?"
„Na deswegen!"
Der Mann zeigt hinüber zu den vier roten Fabrikshallen, wo die Leute sich im Spalierstehen üben.
„Weil Fidels Asche jede Minute hier eintrudeln wird, deshalb. Wegen des Konvois sind alle Straßen gesperrt."
„Und morgen?"
Der Mann in seiner beigen Uniformjacke bleckt amüsiert die Zähne. „Wer will das wissen? Heute ist heute und morgen ist morgen ..."

Ioannis gibt es auf. Schnell erwirbt er noch zwei schandbar überteuerte Mineralwasserflaschen, dann macht er sich auf die Suche nach einem Taxi. Flaschen und Gepäck lässt er bei Frieda zurück.
Sie hockt auf den Stufen, neben sich die beiden Koffer, und betrachtet müde das Treiben vor den Fabrikshallen: die Rufe der Ordner, die Parolen der Schüler, das Meer von Fahnen und Postern. Das alles hat sie bereits in Holguín erlebt, bloß: Die Kulisse ist jetzt eine andere. Die roten Hallen mit ihren eigenwilligen steilen Dächern gehörten einst Bacardi, aber lange nachdem der Rumbaron und seine Familie Kuba verlassen haben, wird dort immer noch Rum nach den alten Rezepturen produziert. Behauptet jedenfalls der Reiseführer, in den Frieda sich vertieft hat. Einen Augenblick lang ist sie in Versuchung, ihre Flasche Hochprozentigen aus dem Rucksack zu ziehen, aber sie beherrscht sich. Nicht nur, weil der öffentliche Konsum von Alkohol während dieser Tage der Staatstrauer tabu ist. Nein, es reizt sie auch herauszufinden, wie lange sie es schafft, den Rum unangetastet zu lassen.
Als die drei grünen Jeeps sich nähern, erhebt auch sie sich. Wieder kreist ein Hubschrauber über der Szenerie, die Regisseure dieses Schauspiels überlassen nichts dem Zufall.
„Passen Sie auf Ihre Koffer auf, *señora*!“
Frieda fährt herum. Ein Mann steht hinter ihr, groß und athletisch gebaut. Das weiße Hemd schmiegt sich eng an seinen Oberkörper an.
„Mein Gott, haben Sie mich erschreckt!“, stammelt sie. „Aber danke für die Warnung.“
Er blickt sie ernst an. In seiner Miene findet sich keine Spur jener servilen Dienstbarkeit, mit der Touristen sonst oft begegnet wird.
„Gerne geschehen“, antwortet er und macht einen

Schritt rückwärts. So, als wolle er damit ausdrücken, dass es nicht seine Absicht war, sie zu erschrecken. Sein Teint und seine Gesichtszüge verleihen ihm ein indianisches Aussehen, wie es einem in Südamerika oder Mexiko öfter als in Kuba begegnet.
Im selben Moment kehrt Ioannis zurück. Seinem Blick ist anzumerken, dass er bei der Taxisuche keinen Erfolg hatte.
„Wir werden wohl unter einer Brücke schlafen müssen“, meint er. „Bildlich gesprochen. In Santiago gibt es meines Wissens keine Brücken.“
Der Mann hinter Frieda setzt wieder einen Schritt nach vorn.
„Kann ich Ihnen behilflich sein? Was suchen Sie denn?“
„Ein Taxi“, antworten Frieda und Ioannis wie aus einem Mund. „Nach Baracoa“, ergänzt er. „Kennen Sie jemanden, der uns hinbringen würde?“
„Heute?“
„Jetzt!“, sagt Frieda.
„Ich könnte Sie fahren“, sagt der Indio, „falls Sie mit meiner alten Kutsche Vorlieb nehmen.“ Er zeigt auf einen knallroten Wagen, der gleich neben dem Busbahnhof abgestellt ist. „Baujahr 1941“.
Frieda kennt sich nicht besonders aus bei Autos, bei amerikanischen Oldtimern schon gar nicht. Aber dieses blecherne Ungeheuer sieht tatsächlich älter aus als alles, was man auf Kubas Straßen, dem größten Freilichtmuseum der Welt, so zu sehen bekommt.
„Und damit schaffen wir es über die Berge?“, fragt sie skeptisch.
Der Mann nickt. „Ich denke, unsere Chancen stehen nicht schlecht. Der Motor ist so gut wie neu, stammt aus einer russischen Karre, späte Achtzigerjahre.“
„Herrlich!“, meint Frieda zu Ioannis, „ein russischer

Motor in einem amerikanischen Oldtimer. Wenn das nicht symbolträchtig ist!"
Sie handeln den Fahrpreis aus, dann werden die Koffer aufs Dach gepackt und mit einer Leine festgezurrt.
„Verraten Sie uns Ihren Namen?", fragt Ioannis.
„Osvaldo."
„Schöner Name", sagt Frieda. „Erinnert mich an einen mittelalterlichen Ritter und Dichter. Oder war es ein Raubritter?"
Osvaldo hält ihrem neckischen Blick stand, ohne die Miene zu verziehen. „Der Preis für das Benzin kommt natürlich noch dazu", erklärt er, ehe er sich hinter das Steuer klemmt.
Als der Motor knatternd anspringt, wirft Frieda einen letzten Blick auf die Motorhaube des Wagens. Irgendwie erinnert deren geschwungene, vorne sich verjüngende Form an die Schnauze eines Hais, mit kiemenförmigen Lüftungsschlitzen und starren Scheinwerferaugen.
Nur die glänzend rote Farbe der Karosserie passt nicht ganz ins Bild.

*

Bienvenidos a Guantánamo, primera trinchera antiimperialista. So ist es auf einem riesigen Plakat am Straßenrand zu lesen: Willkommen im ersten antiimperialistischen Schützengraben. Auf einer anderen Tafel heißt es: Kuba wird die Ideen, für die es gekämpft hat, nie aufgeben. Mehr Parolen als an diesem Teilstück der Carretera Central lassen sich kaum wo finden.
Guantánamo heißt nicht nur die östlichste Provinz Kubas, sondern auch deren Hauptstadt. Osvaldo fährt extra langsam die Hauptstraße entlang, vielleicht, damit seine Fahrgäste ein bisschen etwas vom Flair

der Stadt und dem der *guantanameras*, der hiesigen Mädchen, mitbekommen, oder er möchte einfach die alte Karre zu schonen. Außerdem ist er extrem wortkarg. Wann immer Ioannis während der langen Fahrt versucht, ein bisschen etwas aus ihm herauszukitzeln, bekommt er nur ein *Sí* oder *No oder No sé* als Antwort. Umso überraschender, als Osvaldo selbst eine Frage stellt.

„Was sagen Sie als Amerikaner dazu, dass die USA hier einen Militärstützpunkt unterhalten? Gegen unseren erklärten Willen!"

Ioannis muss nicht lange nachdenken. „Ich finde es beschissen, offen gesagt. Vor allem, weil unsere Regierung die unbeschränkte Verlängerung des alten Pachtvertrags praktisch erzwungen hat. Außerdem wurde in Guantánamo Bay nach Nine-Eleven zusätzlich zur Militärbasis ein Internierungslager für angebliche Terroristen errichtet. Was an sich schon eine Vertragsverletzung darstellt."

Osvaldos Lippen verziehen sich zu einem spöttischen Lächeln.

„Habt ihr Amerikaner euch jemals an Verträge gehalten, wenn es um euren *backyard* ging? Alleine dass ihr ganz Mittelamerika als Hinterhof bezeichnet, ist doch Arroganz pur. Und angesichts dessen, was sich dort unten abspielt" – er zeigt nach Süden, in Richtung Meer –, „würde ich nicht von einem Internierungslager sprechen. Ihr betreibt dort eine verdammte Folterstätte, nicht mehr und nicht weniger!"

Seine Augen glühen im Rückspiegel.

Ioannis nickt traurig. „Da muss ich Ihnen leider absolut recht geben. Dabei hat Obama bereits vor seiner ersten Wahl versprochen, das Lager zu schließen. Aber die Widerstände der Militärs und der Republikaner waren wohl zu groß."

„Ich verstehe schon, warum er klein beigegeben hat“, erklärt Osvaldo, „falls er die Schließung überhaupt vorhatte. Es ist nun einmal ausgesprochen praktisch, dort eine Folterstätte zu betreiben, wo einem niemand auf die Finger schauen kann. Und unter eurem neuen Präsidenten wird sich daran auch nichts ändern.“

Nein, gewiss nicht, stimmt Frieda ihm innerlich zu. Nach all dem, was der derzeitige *President Elect* in seinem Wahlkampf an Bösartigkeiten von sich gegeben hat, steht zu befürchten, dass sich der außenpolitische Kurs der USA gegenüber Kuba unter Donald Trump eher wieder verschärfen wird. Zumal er vor allem dank der Stimmen der Exilkubaner den wahlentscheidenden Bundesstaat Florida gewonnen hat.

Eine ganze Weile herrscht Schweigen im Auto. Ioannis wirkt irgendwie betreten und versucht sich mit dem Überprüfen seiner Mails und SMS abzulenken. Interessant, sinniert Frieda, wie schnell aus einem hauptberuflichen Fragesteller plötzlich der peinlich Befragte werden kann.

Kurz nach der Stadt zweigen sie rechts ab, südlich von ihnen erstreckt sich die Bahía de Guantánamo. Von der wenige Kilometer entfernten Militärbasis der Amerikaner sind nur ein paar Antennen und eine Landebahn zu sehen, doch Frieda hat ein flaues Gefühl im Magen: Wenn man sich vorstellt, was dort unten gerade mit den Gefangenen passiert ...

Ab einem Kaff namens Tortugilla führt die Straße direkt am Meer entlang. Ein rauer, wenig einladender Küstenstrich, kein einziger Mensch ist am Strand zu sehen, geschweige denn im Wasser. Nach circa 50 Kilometern zweigen sie links ab, nun geht es hoch in die Berge. Frieda staunt, wie steil die Straße hier ansteigt. Weit und breit nichts als Wälder und Bäche, da und dort eine Finca. Mitunter quietscht es verdächtig, wenn der Oldtimer sich etwas zu schnell in die Kurve legt. Als es dann wieder abwärts geht, wird Frieda mulmig zumute. Zum Glück fährt Osvaldo die Serpentinen im niedrigsten Gang, auch er scheint nur beschränktes Vertrauen in die vorsintflutlichen Bremsen seines Autos zu haben.

Da Frieda hinten sitzt, kann sie die markanten Konturen des Fahrers ausführlich studieren, ohne dass er es merkt. Seine Backenknochen sind ausgeprägt, die kurzen Haare blauschwarz, die Nase ist auffällig breit. Über sein rechtes Handgelenk zieht sich eine lange Narbe, die noch nicht allzu alt sein kann. Als Osvaldo die Ärmel seines weißen Baumwollhemds hochkrempelt, kommen beachtliche Muskeln zum Vorschein. Unbehaart, wie seine Unterarme sind, weisen sie einen größeren Umfang auf als Friedas Oberarme.

„Haben Sie Kinder, *señora*?"

Die Frage kommt aus heiterem Himmel, lässt Frieda erstarren. Sie bringt kein Wort heraus, schüttelt nur heftig den Kopf. Als wäre ihr ein Brocken in die Kehle geraten, der weder auszuspucken ist noch zu schlucken. Wurde ihr früher diese Frage gestellt, reagierte sie in der Regel locker darauf, schummelte sich gar mit einem Witzchen darüber hinweg. Wieso gleicht ihre jetzige Reaktion der eines Karnickels vor der Schlange? Natürlich: wegen Rafi. Sei's drum, sie wird ihr Geheimnis nicht preisgeben, nie und nimmer!

Sie merkt, dass Ioannis sie von der Seite mustert, doch sie verweigert ihm den Blickkontakt.

„Und Sie", versucht sie abzulenken, „haben Sie Kinder?"

„Nein", antwortet er, „dazu bräuchte ich zuerst eine Frau."

Sein Lächeln wirkt scheu, anders als bei den meisten Männern in diesem Land. So lächelt kein Macho, lautet Friedas Befund; eher ein einsamer Wolf.

„Leben Sie eigentlich ausschließlich vom Taxifahren?"
„Niemand in Kuba lebt von einem einzigen Job", erklärt er. „Außer vielleicht ein paar hohe Funktionäre in der Partei."
„Für mich haben Sie die Statur eines Profiboxers", meldet sich Ioannis zurück.
„In diesem Land gibt es keine Profisportler", sagt Osvaldo. „Aber alle Achtung, Sie haben ein geschultes Auge. Was sind Sie von Beruf?"
„Journalist."
„Journalist? Beim Fernsehen oder bei einer Zeitung?"
„Beim TIME Magazine, einer Wochenzeitschrift. Schon mal davon gehört?"
„Gehört, ja, aber noch nie gelesen. Bei uns gibt es keine ausländischen Zeitschriften." Es ist ihm nicht anzumerken, wie er diese Feststellung bewertet.
Ioannis beugt sich vor. „Sie sind tatsächlich Boxer?"
„Ich war einer. Aber jetzt ist es vorbei damit."
„Wieso", setzt Frieda nach, „haben Sie sich bei einem Kampf verletzt?"
Er zögert mit seiner Antwort.
„Nicht bei einem ... Kampf." Unvermittelt wechselt er das Thema.
„Haben Sie eigentlich schon eine Unterkunft in Baracoa?"
Sowohl Frieda als auch Ioannis schütteln den Kopf.
„Wenn Sie wollen, bringe ich Sie zur Casa Ykira, vielleicht hat Ykira noch ein freies Zimmer. Sie ist mit Abstand die beste Köchin in ganz Baracoa, und ihr Haus liegt im absoluten Zentrum."
Ioannis und Frieda blicken einander an. Sagte er soeben *ein freies Zimmer*? Aber woher soll der Mann auch wissen, dass sie kein Paar sind? Und wäre es jetzt nicht ein bisschen aufwendig, ihm den genauen Status ihrer Beziehung zu erklären?

Falls das überhaupt möglich ist ...
„Gerne", meint der Amerikaner, nachdem Frieda es vorzieht, trotz seines fragenden Blicks zu schweigen. „Auf zur Casa Ykira."
Das Glück ist ihnen hold: Die gute Ykira hat sogar noch zwei Zimmer frei, und das Haus wirkt mit seinen vergitterten Fenstern, den knallig blauen Wänden und den hölzernen Schaukelstühlen auf der Terrasse vertrauenserweckend. Sie hieven die Koffer vom Dach des Wagens, bezahlen Osvaldo und verabschieden sich. Ehe er einsteigt, überreicht er beiden handgeschriebene Kärtchen mit einer Telefonnummer darauf.
„Für den Fall, dass Sie in Santiago ein Taxi brauchen. Hätten Sie auch eine Visitenkarte für mich?"
Frieda schüttelt verneinend den Kopf, aber Ioannis zieht eine Karte aus seiner Geldtasche, auf der das TIME-Logo prangt.
„*Bueno*", sagt Osvaldo, während er die Karte zwischen seinen Fingern tanzen lässt. „Vielleicht sieht man sich ja wieder einmal."
„Ja, warum nicht", meint Ioannis leichthin. Mit seinen Gedanken ist er schon woanders.
Von der Holzveranda der Casa Ykira aus beobachtet Frieda Osvaldo beim Versuch, den Motor wieder zu starten. Hat dieser Mensch während der fast vier Stunden, die wir mit ihm verbrachten, nur ein einziges Mal gelacht?, fragt sie sich. Abgesehen von seinem höhnischen Gelächter, als er sich mit Ioannis über die Vereinigten Staaten unterhielt?
„Eins noch", sagt Osvaldo und steckt seinen Kopf durch das offene Wagenfenster. „Beim Haupteingang der Kathedrale finden Sie ein Denkmal von Hatuey. Lesen Sie, was unter seiner Büste geschrieben steht, es ist wirklich sehr informativ!"

8

Im Raum befanden sich nur eine Handvoll Leute: Notario Fuentes, Pedro Martínez Lorca, sein Schwager, Tante Vivi, Mamas Schwester aus Las Tunas, und er selbst. Das Begräbnis steckte ihm noch schwer in den Knochen, aber er war trotzdem froh, die Testamentsgeschichte gleich im Anschluss hinter sich bringen zu können. Wo es doch ohnehin nichts zu verteilen gab – was sollten die Eltern schon hinterlassen haben außer ein paar alten Fetzen?

„Wir warten noch ein paar Minuten“, erklärte der Notar, *„falta una persona.“*

Wer soll noch fehlen, fragte er sich, wer außer Margy war denn noch übrig von dieser kaputten Familie? Warum Rosa Margarita, seine Schwester, nicht dabei sein konnte, hatte ihm ihr Ehemann gleich nach seiner Ankunft erklärt: Brustkrebs, zum Glück rechtzeitig entdeckt, aber sie fühle sich einfach zu schwach für eine Reise. Das würde er wohl verstehen? Klar verstand er das. Und er wollte sie auch sofort anrufen, trösten.

„Lass das mal besser sein, Osvaldo“, hielt Pedro dagegen, „Margy will nicht darüber reden, das hat sie ausdrücklich betont. Sie wird sich selbst bei dir melden, sobald sie dafür bereit ist.“

Natürlich respektierte er ihren Willen, auch wenn er sich lausig dabei fühlte. Nicht dass er zu Margy je ein besonders enges Verhältnis gehabt hätte; schon gar nicht in den letzten Jahren, nachdem sie abgehaut war nach Florida, zur großen Scham und Schande der patriotischen Eltern. Sie hatten sich vielleicht drei Mal getroffen seither, und diese Treffen trugen nicht dazu bei, die geschwisterlichen Bande zu vertiefen. Die

Treffen fanden natürlich auf kubanischem Boden statt, ihn ließen sie ja nicht ins Ausland reisen. Außer einmal, im Jahre 2003, als er mit der nationalen Boxmannschaft zu den Panamerikanischen Spielen nach Santo Domingo reiste. Wo er sich vor seinem Einsatz dummerweise eine Grippe einfing und deshalb nicht in den Ring steigen konnte, kein einziges Mal!

Plötzlich ging die Tür auf und er glaubte, seinen Augen nicht trauen zu können: Die, auf die sie warten mussten, war niemand anders als Tonya. Tonya Mendez Coroza, die Osvaldo beim letzten Karneval kennengelernt hatte, vor knapp sechs Monaten. Gleich in der ersten Nacht waren sie zusammen im Bett gelandet, was hauptsächlich dem beiderseitigen Alkoholspiegel zuzuschreiben war, ein paar Tage später versuchten sie es dann noch einmal nüchtern. Was, alles in allem, für sie beide nicht so toll war, als dass sie auf eine Fortsetzung erpicht gewesen wären. Zumal sie auch außerhalb des Betts nicht viel miteinander anzufangen wussten. Wenn sie sich zufällig wo über den Weg liefen, machten sie anstandshalber ein wenig Smalltalk, aber das war's dann auch schon.

Was, um alles in der Welt, hatte sie hier zu suchen? Ihrem Blick nach zu urteilen war sie ebenso schockiert wie er. Sie kamen nicht dazu, sich auszutauschen, denn der Notar sah demonstrativ auf die Uhr und bat alle Platz zu nehmen. Er selbst saß hinter einem scheußlich grünen Tisch, auf dem einige Papiere lagen. Osvaldo wusste nicht warum, aber irgendwie fühlte er sich eher wie bei einer Gerichtsverhandlung als bei einer Testamentseröffnung.

Dabei hatte Notario Fuentes noch gar nicht zu reden begonnen ...

Wie Osvaldo zu Recht vermutet hatte, gab es nur Schrott zu erben. Tante Vivi erhielt ein altes Kofferradio zugesprochen, Pedro nahm für Rosa Margarita einen Koffer voll mit Mamas abgetragenen Kleidern entgegen und ihm wurde Papas einziger Anzug überreicht, der ihm mindestens zwei Nummern zu klein war. Danach lüftete Fuentes, wohl ohne sich dessen bewusst zu sein, das große Geheimnis.

„Und Tonya Mendez Coroza, uneheliche Tochter von Paco Rivera Santos und Celia Mendez, erhält auf ausdrücklichen Wunsch ihres leiblichen Vaters diese Schatulle mit den darin befindlichen zweihundertfünfzig US-Dollar. Wie der Verstorbene in seinem Testament anmerkt, hat er diese Summe angespart, um, ich zitiere, *eine kleine Gutmachung dafür zu leisten, dass ich mich in all den Jahren seit Tonyas Geburt und dem Tod ihrer Mutter nicht um meine Tochter gekümmert habe.*"

Osvaldo starrte die Schatulle an. Sie war ihm durchaus bekannt, allerdings nicht als Sparbüchse, sondern als heiliger Aufbewahrungsort sämtlicher familiärer Dokumente und als solcher tabu für alle außer für den Vater. Wie viele Pesos der für seine uneheliche Tochter wohl auf die Seite gelegt hatte, und für wie lange? Bei einem monatlichen Einkommen von umgerechnet etwa dreißig Dollar musste er Jahre dafür gebraucht haben. Und wie hatte der Alte es geschafft, die *pesos cubanos*, die er vom Staat erhielt, in harte US-Dollar zu wechseln, ohne dass dies je einem aufgefallen wäre? Wozu ein schlechtes Gewissen einen armen Schlucker treiben kann – Osvaldo konnte es nicht fassen!

Ob Tonya schon vor der Testamentseröffnung etwas über die Existenz ihres leiblichen Vaters gewusst hatte? Er glaubte nicht daran; andernfalls hätte sie ja zwei Mal einen halben Inzest in Kauf genommen. Wie auch immer: Tonya wehrte sich keine Sekunde gegen das unverhoffte Erbe, verstaute die Schatulle vielmehr blitzartig in ihrer Tasche und ließ diese bis zum Ende der Veranstaltung nicht mehr aus den Augen. Wer wollte ihr das auch übel nehmen? Andererseits dürfte nachvollziehbar sein, warum er ihr am Ende der Versammlung nicht eben um den Hals fiel. Genau genommen reichten sie einander nicht einmal die Hände. Tante Vivi brummelte zum Abschied etwas von schwerer Enttäuschung und niemals zu tilgender Schande; doch er glaubte zu spüren, dass sie in Wahrheit kaum darunter litt, dass die Familie mit einem Schlag Zuwachs bekommen hatte. Sie, die gelernte Rumba- und Sontänzerin, hatte sich schon immer ein Kofferradio gewünscht, um jederzeit und an jedem beliebigen Ort die alten Hüften schwingen zu können. Und genau so ein Radio konnte sie jetzt als kostbare Beute heim nach Las Tunas bringen.

9

Primer Rebelde de América, der erste Rebell Amerikas, steht ganz oben auf der Tafel. Danach ist angeführt, auf welch grauenhafte Weise Hatuey den Tod fand. Frieda liest vor, Ioannis übersetzt. Sie findet, dass das Antlitz des kämpferischen Indios eine gewisse Ähnlichkeit mit dem von Dominik Paris, einem Südtiroler Skifahrer, aufweist, von dem der Amerikaner natürlich noch nie gehört hat. Im Inneren der Kathedrale – die Bezeichnung *Catedral* ist angesichts der bescheidenen Größe der Kirche eigentlich übertrieben – befindet sich eine Kopie der *Cruz de la Parra*. Jenes hölzernen Kreuzes mit Goldbeschlägen, das angeblich von Christoph Kolumbus höchstpersönlich stammt. Dabei hat, wie Ioannis weiß, die Überprüfung des Holzes längst ergeben, dass es nicht älter als zweihundert Jahre sein kann. Egal: So leicht lässt sich ein historisches Artefakt nicht vom Podest stoßen. Hauptsache, es lassen sich Touristen damit anlocken.
„Zeit für Musik!", verkündet der Amerikaner, als sie wieder im Freien stehen.
Beide haben sich frisch gemacht und stehen, mit einem Cocktail in der Hand, auf der Hochterrasse der Casa Ykira, die nur über eine schwindelerregende eiserne Wendeltreppe zu erreichen ist. Blicken hinaus in Richtung Osten, aufs offene Meer, wo sich die Umrisse einiger Fischerboote abzeichnen.
Ioannis will einen Mann treffen, dem er absolut vertraut: Miguelito, Chef der hiesigen Casa de la Trova. Auch wenn er seit Jahren diesen Club leitet und ein höheres Tier bei der Gewerkschaft ist, spare er laut Ioannis nicht mit kritischen Kommentaren zur Politik

seiner Regierung.
„Und wo wirst du dich mit ihm treffen?"
„An seiner Arbeitsstätte natürlich. Und du bist herzlich eingeladen mitzukommen."
Konkurrenzgefühle scheint der Amerikaner keine zu kennen. Aber die Wiener Zeitschrift *opinion* stellt für das TIME Magazine wohl auch nicht unbedingt einen ernst zu nehmenden Konkurrenten dar.
In der Casa de la Trova sind um zwanzig Uhr noch wenige Gäste anzutreffen. Eine Altherrenband ist eben dabei, im Halbdunkel ihre Instrumente auf die Bühne zu schleppen. Frieda und Ioannis nehmen auf zwei wackeligen Stühlen Platz. Sie genießen es, dass es hier kein TV gibt, denn auf sämtlichen Fernsehkanälen läuft dieser Tage nichts anderes als die Doku von Fidels Werdegang in Endlosschleife. Der einzige Kellner, ein schlaksiger Kerl, lehnt, mit dem Rücken zu ihnen, an der Bar, vertieft in eine Zeitung. Es hat nicht den Anschein, als sei er am Umsatz beteiligt.
Da Ioannis' Fingerschnippen keine Reaktion zeitigt, versucht Frieda ihr Glück.
„Spannende Neuigkeiten?", fragt sie. Ihr Zeigefinger tippt auf das Blatt vor ihm, die Titelseite der Parteizeitung *Granma*. Soll er die Ironie nur mitbekommen. Der Kellner würdigt sie keines Blickes, während er antwortet.
„Spannend? Was soll hier spannend sein, verdammt noch einmal? Das einzig Spannende in diesem Land ist doch, ob du am Abend genug zusammengekratzt hast, um nicht hungrig ins Bett gehen zu müssen."
„Beziehungsweise durstig", versucht es Frieda nochmals mit einer Andeutung. Langsam scheint er zu kapieren.
„Was soll's denn sein, Schätzchen: Cola mit Limone oder ohne?"

„Wie wär's mit einem Bier?"
„No hay."
Frieda zeigt mit gerunzelter Stirn auf die Vitrine, in der ein Dutzend Bierflaschen ausgestellt sind. Gut gekühlt, wie es den Anschein hat, und sehr verführerisch. Der Bursche nimmt die Parteizeitung, bedeckt damit die Flaschen.
„Aus dem Auge, aus dem Sinn. Am Ende ist die gute alte *Granma* ja doch noch für etwas gut", grinst er. „Wissen Sie nicht, dass die Regierung jeglichen Alkoholkonsum bis auf Weiteres verboten hat? Die Leute sollen nicht zu gut aufgelegt sein. Jetzt, wo er endlich unter der Erde ist."
„Na, na! Reden wir so über unseren *Máximo Líder*, Fernando? Über den *Comandante en Jefe*? Und das vor Fremden!"
Der den Kellner so mit deutlicher Ironie zurechtweist, steht in der offenen Tür und lacht, lacht lauthals. Ioannis geht auf ihn zu, beide umarmen sich. Es ist Miguel vulgo Miguelito, der laut Ioannis ehrlichste Mensch auf Erden. Vielleicht auch nur ein bisschen schizophren: ein Kritiker der Regierung und gleichzeitig Repräsentant derselben.
„Schön, dich wieder mal hier in unserem Club zu haben!", ruft Miguel mit ehrlicher Begeisterung. „Bist du beruflich unterwegs, oder privat?"
„Grundsätzlich beruflich, du kennst mich ja. Aber zum Glück lässt sich das Angenehme diesmal mit dem Nützlichen verbinden. Darf ich dir Frieda vorstellen, eine Kollegin aus Österreich. Wir haben uns in Holguín kennengelernt."
Sie streckt ihm ihre Rechte entgegen. Er ergreift sie, haucht einen Handkuss darauf.
„Machen sie das nicht so in Österreich?", lächelt er schelmisch.

„Nur noch Kavaliere der ganz alten Schule", gibt Frieda zurück, „oder *galanteadores*, Schwerenöter. Aber woher wissen Sie davon?"
„Oh, ich hatte schon öfters Gäste aus Österreich in meinem Lokal, da waren wohl auch eine paar alte Kavaliere darunter." Sein Mienenspiel wechselt schlagartig. „Leider seid ihr zur falschen Zeit gekommen, wir dürfen derzeit wirklich keinen Alkohol ausschenken. Wenn die Polizei einen dabei erwischt, verliert man schnell die Konzession. Aber vielleicht ist der Spuk ja bald vorüber – vor allem dann, wenn genügend Touristen sich darüber beschweren."
„Und bei wem, bitte, sollte man sich beschweren?", fragt Ioannis.
Miguel blickt sich um. Langsam beginnt der Raum sich zu füllen. „Egal bei wem", flüstert er dem Amerikaner ins Ohr, „die Leute vom CDR, dem Komitee zur Verteidigung der Revolution, haben ihre Ohren ohnedies überall."
Er lässt es sich nicht nehmen, sie selbst zu bedienen, und die von ihm empfohlene Cola mit Limette, Minze und zerstoßenem Eis mundet tatsächlich. Aber warum haben sowohl Ioannis als auch Frieda den Eindruck, dass diese Cola irgendwie nach Rum schmeckt?
Wie auf ein geheimes Kommando beginnt die Band eine Rumba zu spielen. Sofort streben die ersten Paare der kleinen Tanzfläche zu. Becken wiegt sich an Becken, synchron und in einem lasziven Wiegen, das einen schon beim bloßen Zusehen in Entzücken versetzt. Die kubanische Rumba hat mit dem europäischen Standardtanz nur wenig gemein. Zum Glück, wie Frieda findet.
„Darf ich um einen Tanz bitten?"
Miguel hält ihr lächelnd die Hand hin. Sie ergreift sie, ohne zu überlegen. Auf die Rumba folgt ein Son,

danach eine Guaracha. Sie, die sich selbst immer als klägliche Tänzerin gesehen hat, staunt, wie leicht, wie entspannt sie dank der sicheren Führung Miguels über die Tanzfläche schwebt. Wahrscheinlich macht er das mit den meisten Touristinnen so, der alte Charmeur. Er wird schon Übung darin haben, steife Europäerinnen zu entkrampfen.

Urplötzlich nimmt sie die Hand von seiner Schulter. Ihr ist eingefallen, wie das ungeborene Kind einst in ihrem Bauch so herrlich zu strampeln begann, als sie – hochschwanger – auf einem Dorfball Polka tanzte.

„Danke", sagt sie. „Aber mir ist nicht ganz wohl ..."

„Kein Problem", meint Miguel und geleitet sie zurück an ihren Tisch. „Es war mir eine Ehre!"

Ioannis rückt ihr den Stuhl zurecht. „Wie findest du ihn?", fragt er und deutet auf Miguel, der gerade damit beschäftigt ist, sich eine neue Tanzpartnerin anzulachen. „Ein Prachtbursche, nicht wahr?"

„Ein Macho", versetzt sie trocken. „Aber tanzen kann er, das muss ihm der Neid lassen."

„Und er ist auch nicht wählerisch, was Aussehen und Alter seiner Auserkorenen betrifft", findet Ioannis und zeigt auf das Fass von Frau an Miguels Seite, eine gut Sechzigjährige. „Eben ein wahrer Kommunist."

Keine Stunde später hat Miguelito jedes weibliche Wesen im Lokal mindestens einmal auf die Tanzfläche abgeschleppt. Als der Wirt sich wieder zu ihnen gesellt, will Ioannis von ihm wissen, was sich seit der Machtübernahme durch Raúl Castro in den letzten Monaten und Jahren geändert hat. Miguel zuckt leicht resignativ mit den Schultern.

„Ach, weißt du, es ist nicht leicht, in diesem Land ein Aufrechter zu bleiben. Zu viele Versuchungen. Zu viele Süchte, die gestillt werden wollen."

„Ich dachte, die Revolution hätte längst all eure

Grundbedürfnisse gestillt? Tönt es so nicht aus den Parteiorganen?"

„Die Frage ist halt: Wie definierst du Grundbedürfnisse? Wohl wahr: Keiner und keine muss sich hierzulande mehr prostituieren, um überleben oder auf eine höhere Schule gehen zu können. Die meisten, die ihren Körper verkaufen, tun das, um sich ein modisches Outfit oder das neueste Smartphone leisten zu können. Oder einen Internetanschluss, der einem erlaubt, geistig die Grenzen des eigenen Viertels zu überwinden. Was meinst du, mein Freund: Ist das ein Grundbedürfnis oder nicht? Richtig, Raúl Castro hat den privaten Handel endlich zugelassen, auch wenn der Staat mehr als die Hälfte der Einnahmen kassiert, und ja, wir dürfen jetzt auch unsere kleine Wohnung als *casa particular* an Touristen vermieten und dafür selbst auf dem Fußboden schlafen. Aber nach wie vor ..." – Miguel schirmt mit der Hand seine Lippen ab – „nach wie vor gibt es keine freien Wahlen in diesem Land, und nach wie vor giltst du als Vaterlandsverräter, wenn du etwas gegen die Partei sagst."

„Und darum arrangiert man sich mit den bestehenden Verhältnissen – so wie du? Leitest die Casa de la Trova, mischst in der Gewerkschaft mit. Obwohl du die Parteibonzen nicht riechen kannst!"

„Du sagst es, mein Freund! Darum arrangieren wir uns und hoffen, dass dieses Land noch vor Nordkorea und dem Iran sein Schurkenimage loswird. Dass wir endlich Gnade finden vor den Augen des Imperiums." Er faltet die Hände und wirft sich in eine demütige Pose, um seinen Worten Nachdruck zu verleihen.

„Manchmal weiß ich nicht, welche Regierung du mehr hasst", versucht Ioannis ihn nochmals zu provozieren, „die kubanische oder die amerikanische?"

„Hassen? Ich? Ich hasse niemanden. *Oiga, hombre*: In

den Neunzigerjahren habe ich so wie Hunderttausende hungernde Kubaner Schlangen und Gras gefressen, weil die Sowjetunion sich unter Gorbatschow von der Weltbühne verabschiedete und niemand mehr unseren Zucker haben wollte. Wen hätte ich dafür hassen sollen? Die Russen, die Amis? Nein, ich denke, solange der Ball im Spiel und die Zeit nicht abgelaufen ist, solange darf man hoffen und bangen ... Das Schlimme ist, dass nicht wir es sind, die die Länge der Spielzeit bestimmen. Und das sage ich, der begnadetste Baseballspieler von Baracoa."

Miguelito lächelt Ioannis an, der lächelt zurück. Ein fast zärtliches Lächeln, wie Frieda beobachtet, welch ein eingespieltes Team! Frau könnte fast neidisch darauf werden.

„Ich mach mich jetzt mal auf die Socken", sagt sie. „Es war ein langer Tag."

„Ich kann dich gerne begleiten", erklärt Ioannis. Es klingt wenig überzeugend.

„Nicht nötig. Ich finde allein nach Hause."

Sie schnappt sich die Handtasche, verschwindet nach draußen. Miguelito bekommt keine Gelegenheit zu einem zweiten Handkuss.

Die stampfenden Rhythmen aus dem Lokal begleiten sie, bis sie um die Ecke biegt. Das spärliche Licht der Straßenlaternen tunkt die Fassaden der Häuser in ein fast mystisches Orange.

Sie legt den Kopf in den Nacken, studiert den Nachthimmel. Das große W der Kassiopeia steht tief, ist aber hier, wo die Lichtverschmutzung gering ist, gut zu erkennen. „Gut, dass du dort oben auf mich wartest, mein Kleiner", murmelt sie und staunt zugleich: Wieso sagt das eine, die an keinen Gott, an kein Jenseits glaubt? Irgendetwas muss sich verselbständigt haben, abgekoppelt vom kritischen Verstand. Ein totes Kind

kutschiert einsam durchs Universum, mutter-, vaterlos. Aber es ist da, ohne jeden Zweifel.
Sie sucht den Großen Wagen. Jenes Sternbild, das ihr zuhause immer das vertrauteste gewesen ist. Vergeblich. Das karibische Firmament: fremder, kälter noch als der Waldviertler Himmel.
Komm, Rafi, kein anderer wartet auf mich! Wenn du magst, kannst du zu mir unter die Decke kriechen ...
Der Schriftzug *Casa Ykira* auf dem Holzschild wirkt unscharf, verschwommen. Was wohl weniger den gemalten Lettern zuzuschreiben ist als dem Zustand der Betrachterin.

*

Mitten in der Nacht wird sie von einem Geräusch geweckt. Sie richtet sich im Bett auf und lauscht. Es ist stockdunkel und mucksmäuschenstill im Zimmer, die hölzernen Läden vor dem Fenster dichten gut. Da, erneut: ein Kratzen an der Tür. Ob Ykira eine Katze hat, die sich auf diese Weise Einlass verschaffen möchte? Doch halt, jetzt ist aus dem Kratzen ein Klopfen geworden, leise und zögerlich. Also doch keine Katze. Frieda ist unschlüssig, was sie tun soll. Ob sie die Tür überhaupt abgesperrt hat vor dem Schlafengehen? Auf nackten Sohlen schleicht sie durch den Raum und legt das Ohr ans massive Holz der Tür. Nichts ist zu hören, abgesehen von ihrem eigenen Atem. Dennoch hat sie das starke Gefühl, dass da draußen jemand steht und das Gleiche treibt wie sie. Vielleicht sind unsere Ohren nur Zentimeter voneinander entfernt, denkt sie und ein Schauer überkommt sie. Mit einem Mal sind Schritte zu vernehmen, die sich zu entfernen scheinen. Sie überwindet ihre Angst, drückt so leise wie möglich die Türklinke hinunter. Die Tür öffnet sich einen Spalt,

sie hat doch tatsächlich vergessen abzusperren. Draußen auf dem Gang, erhellt von einer einsamen Glühbirne, kann sie gerade noch den Rücken des nächtlichen Besuchers erkennen, ehe dieser um die Ecke verschwindet: Es ist Ioannis, der Spätheimkehrer.
Schon nach dem ersten gemeinsamen Abend in Holguín war ihr erstmals der Gedanke gekommen, ob ein Schäferstündchen mit dem jungen Apoll für sie in Frage käme. Besser nicht, lautete der nüchterne Befund. Nach all dem, was in letzter Zeit passiert ist, hat Sex jetzt eine ganz andere Bedeutung für sie als zuvor.
Um acht Uhr erscheint sie wie vereinbart im Esszimmer, zwei weitere Gäste hocken bereits am gedeckten Tisch. Von Ioannis ist nichts zu sehen. Ykira schenkt ihr aus einer altertümlichen Thermoskanne Kaffee ein. So nebenbei teilt sie ihr mit, dass der Amerikaner überraschend abreisen musste.
„Er wollte es dir in der Nacht noch persönlich sagen; aber du hast wohl bereits geschlafen, als er an deine Tür klopfte."
Dann sollte der nächtliche Besuch also eine Verabschiedung werden! Was sie sich auch immer so einbildet ...
„Und das hat er mir für dich gegeben." Ykira legt ein kleines weißes Kuvert neben Friedas Tasse. „Damit du dir keine Sorgen machst."
„Danke, Ykira."
Frieda deponiert den Brief auf einem freien Stuhl und beginnt mit dem Frühstück. Sie möchte nicht dabei beobachtet werden, wenn sie seine Nachricht liest. Ob er sauer ist, dass sie ihm gestern Abend einen Korb gab, als er tanzen wollte? Oder hat er eine billige Ausrede erfunden, um sich von ihr absetzen zu können, ohne ihr dabei in die Augen schauen zu müssen?
Schließlich hält sie die Ungewissheit nicht länger aus, öffnet das Kuvert mit dem Messer. Auf einem schlichten

Bogen Briefpapier findet sich Ioannis' handgeschriebene Nachricht an sie:

Liebe Frieda!

Sei mir bitte nicht böse, dass ich so plötzlich abgereist bin, aber der Grund hiefür ist ein wirklich dringender. Ykira wird dir schon gesagt haben, dass ich in der Nacht noch vergeblich versucht habe, dich persönlich zu informieren. Nachdem du heimgegangen warst, erhielt ich einen Anruf von einem alten Freund und Kollegen, Julio Esteban, der in Santiago de Cuba seit Jahren für Prensa International, die große lateinamerikanische Nachrichtenagentur, arbeitet. Wir wollten uns nächste Woche bei ihm treffen, um unsere Eindrücke von der gegenwärtigen Situation auszutauschen, und ich hätte dich ihm gerne vorgestellt. Doch nun droht Julio seine Akkreditierung als Journalist zu verlieren, er hat bei seinem letzten Interview wohl die falschen Fragen gestellt. Deshalb mein überhasteter Aufbruch mit dem Nachtbus: Ich will versuchen, Julio in dieser Situation beizustehen, ehe er womöglich abgeschoben wird. Ein bisschen Solidarität unter Kollegen, du verstehst.

In jedem Fall würde ich mich sehr freuen, wenn wir uns in ein paar Tagen in Santiago wiedersehen könnten! Genieße du in der Zwischenzeit Baracoa, es gibt dort viel Interessantes zu sehen und jede Menge spannende Gesprächspartner. Leider kann ich dich jetzt nicht wie erhofft in den Humboldt Nationalpark begleiten. Solltest du in irgendeiner Hinsicht Hilfe benötigen, wende dich vertrauensvoll an Miguel. Er kann dir auch sagen, wo du die örtlichen Repräsentanten der Santaría findest, die du ja treffen wolltest. Meine Adresse in Santiago bekommst du per SMS, sobald ich weiß, wo ich wohnen werde.

Herzlich

Ioannis Vazelios

Sie liest den Brief ein zweites und drittes Mal und atmet tief durch. Das klingt alles sehr ehrlich, überzeugend; andererseits bereitet ihr Ioannis' Absicht, sich für einen gefährdeten kubanischen Kollegen einsetzen zu wollen, plötzlich ein schlechtes Gewissen: Was hat *sie* denn getan, als sie in Holguín feststellen musste, dass Fermín Ochoa festgenommen worden war – vielleicht sogar genau deshalb, weil er mit Leuten wie ihr Kontakt gepflegt hatte? Nichts hat sie unternommen, nicht den geringsten Versuch! Und Ioannis hat sie vom Schicksal des kleinen Dolmetschers nicht einmal erzählt. Warum eigentlich nicht? Womöglich wäre ihm mit seiner großen Erfahrung sogar die rettende Idee gekommen?
Nachdenklich bittet sie Ykira um eine zweite Tasse Kaffee.
„So viel du möchtest!", lächelt ihre großzügige Gastwirtin. „Vielleicht auch noch ein zweites Omelett?"
„Oh nein, danke, vielen Dank! Aber ich würde dich gerne um ein paar Informationen bitten."
In der Folge erfährt Frieda von Ykira nicht nur, wo die hiesige Santaría-Gemeinde zu finden ist, sondern auch, dass diese ausgerechnet heute ein wichtiges Ritual feiert.
„Das solltest du dir auf jeden Fall ansehen", empfiehlt Ykira, „beziehungsweise anhören, denn die machen jede Menge Krach bei ihren Feiern. Auf jeden Fall lernst du da mehr als durch jedes noch so lange Interview."
Frieda findet das eine ausgezeichnete Idee, befürchtet aber, dass man sie als Andersgläubige beziehungsweise Ungläubige womöglich nicht bei einem solchen Ritual dabeihaben wolle.
„Lass mich nur machen", sagt Ykira, „einer dieser Santeros ist mir ohnehin noch etwas schuldig."

10

Nach der Testamentseröffnung lud Pedro ihn ein, sich gemeinsam zu besaufen.
„Wie es Tradition ist, Osvaldo!"
Er sagte es in einem Ton, der keinen Widerspruch duldete. Es gab keinen Grund, die Einladung auszuschlagen. Nun, da er wegen seiner Verletzung nicht mehr in den Boxklub ging, brauchte er sich auch wegen eines allfälligen Katers nicht groß Gedanken machen. Pedro schlug vor, das Besäufnis auf der Dachterrasse des Iberostar Casa Granda, Ecke Calle Heredia und San Pedro, stattfinden zu lassen. Beim Casa Granda handelte es sich um ein Viersternehotel, das Osvaldo trotz seiner vielen Jahre in Santiago noch nie von innen gesehen hatte. Sie fuhren mit dem Lift hoch, und er staunte über den fabelhaften Ausblick, den man auf die Glockentürme der Catedral Nuestra Señora de la Asunción, den gesamten Parque Céspedes und hinunter bis zur Bahía de Santiago hatte. Von hier oben sah die Welt gleich ganz anders aus – wohlgeordneter und übersichtlicher als aus der Perspektive, die er sonst auf sie hatte.
Vor allem, wenn eine ganze Flasche Rum vor einem steht. Es geht doch nichts über ein gepflegtes Gelage, das der Schwager aus Miami finanziert.
„Erzähl mir, wie es dir so geht, Osvaldo! Margy sagt, du hast mit dem Boxen aufgehört?"
Er präzisierte, das sei noch keineswegs fix, aber momentan würde er sich auf seine zwei anderen Jobs konzentrieren. Pedro fand es großartig, wie er es schaffte, sowohl als Security zu arbeiten als auch Taxi zu fahren.

„In El Morro bin ich bloß von Montag bis Mittwoch aktiv", relativierte er, „den Rest der Woche kutschiere ich Touristen durch die Gegend. Das bringt fünfmal so viel. Andererseits kann ich die Anstellung beim Staat schon deshalb nicht aufgeben, weil sie mir sonst gleich Stress machen würden."
Pedro verstand, worauf er anspielte. Ohne Konzession als *taxista* zu arbeiten ist immer mit einem gewissen Risiko behaftet, auch wenn die meisten Taxifahrer in Kuba über keinen offiziellen Wisch verfügen. Zwar hütet sich die Polizei im Allgemeinen, streng dagegen vorzugehen, weil das, volkswirtschaftlich betrachtet, einem Eigentor gleichkäme; wenn man freilich allzu frech absahnt, ohne dem Staat seinen Anteil zu überlassen, können sie schon lästig werden. Außerdem erwirbt man nur mit einer legalen Anstellung einen Pensionsanspruch.
„Und ihr – wie geht es euch so?", fragte er Pedro. „Ist ja eine verdammte Scheiße, das mit Margy!"
„Noch dazu eine, die saumäßig ins Geld geht", klagte Pedro. „Wer in den Staaten nicht privat versichert ist, legt für Untersuchungen und Therapien ein Vermögen hin, ihr könnt euch das hier nicht vorstellen! Ich weiß nicht, wie wir uns auf Dauer all die Bestrahlungen, Chemos und den ganzen Mist leisten sollen. Obama hat zwar groß eine Gesundheitsreform versprochen, aber bisher ist davon nicht viel zu sehen."
„Tja, Politiker und ihre Versprechen! Da ist es wohl egal, wo sie gerade hocken. Aber warum kommt Margy nicht zurück, wenigstens für die Dauer der Behandlungen? Bei uns ist die medizinische Versorgung doch kostenlos, wie du weißt."
„Wie würden wir denn dastehen vor unseren Leuten! Erst aus diesem Scheißland abhauen und dann zurückkommen und um Hilfe betteln? Das kann nicht

dein Ernst sein, Osvaldo!“

Er argumentierte, Rosa Margarita müsse als kubanische Staatsbürgerin nicht betteln, sondern habe ein Anrecht auf medizinische Betreuung, aber Pedro winkte ab. Sprach von *orgullo*, vom Stolz der Kubaner, der hochzuhalten sei, egal wie dreckig es einem gehe. Auch wenn man jetzt in Little Havana seine Brötchen verdiene und nicht mehr in La Habana.

„Aber wir lassen uns nicht unterkriegen, *chico*, wirst sehen. Ich hab da auch schon so einen Plan.“

Worum genau es sich dabei handelte, ließ er sich erst viel später entlocken.

Die Sonne war längst hinter der Bahía de Santiago untergegangen, als Osvaldo ein Licht aufging: Sein lieber Schwager hatte einen Coup ausgeheckt, der versprach, ordentlich Kohle abzuwerfen. Ein Partner in Miami und einer auf Kuba würden reichen, um das Geschäft abzuwickeln, versicherte er.

Nur drei Eingeweihte also. Und dass alle drei ein und derselben Familie angehörten, war das Besondere an Pedros Plan.

11

Auf ihrem Koffer hockend blickt sie hinüber auf El Yunque, den wolkenverhangenen Tafelberg im nahen Humboldt Nationalpark. Wie lange es wohl her ist, dass Alexander von Humboldt hier forschte, endemische Tierarten wie die Bienenelfe oder das Monte-Iberia-Fröschchen entdeckte, ehe er nach Südamerika weiterreiste? Gerne hätte sie den Nationalpark zusammen mit Ioannis besucht, aber die überstürzte Abfahrt des Amerikaners zerstörte den Plan.
Über einen scheppernden Lautsprecher wird der Bus nach Santiago ausgerufen, und sogleich setzen sich die ersten Fahrgäste in Bewegung, um einzusteigen. Frieda will deren Beispiel folgen, als sich eine schwere Hand auf ihre Schulter legt.
„Diesen Bus nimmst du besser nicht!"
Sie erschrickt, dreht sich um. Was will der riesige dunkelhäutige Mann von ihr? Oder verwechselt er sie mit jemandem?
„*¿Qué pasa?*", fragt sie und ärgert sich gleichzeitig darüber, wie dünn ihre Stimme klingt. Richtiggehend eingeschüchtert.
Der Mann ist offenbar der Meinung, dass die schiere Wiederholung seiner Worte Erklärung genug sei. Ein zweites Mal ruft er, noch lauter, noch entschiedener als zuvor:
„Nicht diesen Bus!"
Die Leute um sie herum treten einen Schritt zurück, doch niemand gedenkt sich einzumischen. Der Mann scheint eine bekannte Persönlichkeit zu sein.
Erst jetzt erkennt Frieda ihn wieder: Es ist derselbe hünenhafte Schwarze, der gestern die Kulthandlungen

zu Ehren Oshuns leitete, an der sie auf Vermittlung Ykiras als Gast teilnehmen durfte. Am Vorabend war er allerdings von Kopf bis Fuß in ein weißes Gewand gekleidet, die Amtstracht der Santaría-Priester. Indem er das Hufeisen in seiner Linken mit einem eisernen Stab rhythmisch traktierte, verwandelte er es in das denkbar lauteste Perkussionsinstrument und versetzte damit die junge Frau, die ausgestreckt vor ihm auf dem Lehmboden lag, in zuckende Ekstase. Wozu das Ganze genau diente, blieb unklar, Frieda vermutete einen Initiationsritus dahinter, beeindruckend in jedem Fall. Und gleichzeitig irgendwie unheimlich, auch wenn die Mehrzahl der Tanzenden lachte.
Ist es das gestrige Erlebnis oder die Autorität seiner durchdringenden Bassstimme, was sie so verunsichert? Zuhause würde sie sich einen solchen Ton seitens eines Fremden nie und nimmer gefallen lassen. Unvermittelt langt er in seine Tasche und zieht ein Amulett heraus. „Hier, nimm das! Ich sehe, dass dein *Orí* verwirrt ist. Du hast zu wenig *Ashé*, Frau, das bringt deine Seele aus dem Gleichgewicht. Dieser Stein wird dich beschützen, wenn du darauf vertraust."
Ogottogott! Da ist sie wieder, die gute alte Bedingungslogik, ohne die, wie bei jedem esoterischen Mumpitz, gar nichts läuft: Wenn du nicht glaubst, ohne jeden Zweifel, kann dir nicht geholfen werden. Ergo ist, falls sich keine Wirkung einstellt, halt dein mangelnder Glaube daran schuld und nicht etwa die Wirkungslosigkeit des angeblichen Heilmittels. Hat sie das nicht schon zur Genüge erlebt, als sie sich in Indien mit Ayurveda und Gurugläubigkeit herumschlug, oder zuhause bei denen, die auf homöopathische Globuli schwören? Mit dem Unterschied, dass dieser Mann nichts von ihr verlangt. Statt abzukassieren dreht er sich urplötzlich um und taucht in der Menge

unter.
Während sie nachdenklich das Amulett – einen weißen, glattpolierten Stein an einer schwarzen Schnur – um den Hals legt, fällt sie die Entscheidung, ganz aus dem Bauch heraus. Unwillkürlich muss sie schmunzeln. Sie weiß, dass es eigentlich verrückt ist, dass es all ihren Prinzipien diametral widerspricht; und doch: Sie beschließt, dem Befehl des Santero zu gehorchen. Steigt nicht in den startbereiten Bus, aus dem der Chauffeur ihr ein letztes Mal ungeduldig winkt, verschiebt tatsächlich die Abreise. Schließlich muss sie Ioannis, der sie hier sitzen gelassen hat, nicht gleich nachlaufen wie ein braves Hündchen, aber echt nicht! Und die gute Ykira wird sicher nichts dagegen haben, ihr das bereits geputzte Zimmer oben im ersten Stock auch zu dieser späten Stunde wieder zu überlassen. Sagen wir, der Priester hat mit seinen Sprüchen nur meinem eigenen Bedürfnis ein bisschen nachgeholfen, rechtfertigt sie sich vor sich selbst. Dann winkt sie ein Bicitaxi herbei, um sich zurück in die Stadt kutschieren zu lassen.

*

Während die Sonne aufgeht über Baracoas geköpften Palmen, wird ihr von Ykira ein üppiges Frühstück serviert: weiße weiche Brötchen, die obligate Tortilla mit kleinen Gemüsestücken darin und ein Kaffee, dem man dank des vielen Milchschaums kaum anmerkt, dass bei den Kaffeebohnen gespart und stattdessen gemälztes Getreide verwendet wurde. Dazu die aufgetürmten Fruchtstücke, eine wunderbar duftende Pyramide aus Melonen-, Guaven- und Bananenwürfeln, die derzeit so schwer aufzutreiben sind. Und das im absoluten Früchteparadies Kubas, wo es alleine um die

zwanzig verschiedene Bananensorten gibt. Normalerweise! Seit dem letzten Hurrikan, Matthew hieß er, gibt es in der ganzen Region kaum noch Obst. Der zwölf Stunden dauernde Wirbelsturm hat nicht nur die meisten Häuser ihrer Dächer beraubt, er hat auch so ziemlich alles, was Früchte trägt, zermalmt. Vermutlich musste Friedas rührige Gastgeberin ihre Beziehungen in Santiago oder Holguín spielen lassen, um für ihre Gäste den üblichen Frühstücksstandard zu sichern.
Ykiras Vater kam in der Zeit der Kubakrise auf die Insel. Er stammte aus der ehemaligen Sowjetunion, was der Grund dafür sein dürfte, dass Ykiras Teint deutlich heller ist als der der meisten Baracoaner. Aber an diesem Morgen wirkt ihr Gesicht fast ungesund blass, wie das einer Kranken.
„Warum bist du eigentlich geblieben, *amor*?", fragt sie Frieda.
Frieda zuckt mit den Schultern. Soll sie Ykira die Wahrheit erzählen? Lieber versucht sie es mit einem Kompliment.
„Vielleicht einfach, weil ich nochmals dein fantastisches Frühstück genießen wollte?"
Heute nimmt Ykira die Huldigung nicht wie üblich mit einem scheuen Lächeln zur Kenntnis. Ihr Blick bleibt ernst, ihr Mund angespannt.
„Ich frage, weil du sehr viel Glück gehabt hast, meine Liebe, sehr viel Glück! Nein, nicht Glück: Gott hat seine schützende Hand über dich gehalten."
Frieda ist überrascht von Ykiras ungewohntem Pathos, doch die Erklärung folgt sogleich.
„Der Bus, den du gestern nehmen wolltest – er ist in den Bergen abgestürzt. Keine halbe Stunde von hier, oben in den Serpentinen. Zuerst haben sie geglaubt, die Bremsen hätten versagt oder dass der Chauffeur zu wild gefahren sei. Aber dann haben sie seinen Ab-

schiedsbrief gefunden. Jetzt ist es Gewissheit: Er hat den Bus absichtlich abstürzen lassen. Und kein Einziger hat überlebt."

Ykiras Handflächen wischen mehrmals gegeneinander, als wolle sie das Gesagte damit bestätigen. Alles Blut ist aus Friedas Gesicht entwichen.

Du nimmst diesen Bus nicht, nicht diesen Bus! Du willst doch nicht sterben, oder?

Ausgerechnet sie, die über Religion und Magie sonst höchstens ein müdes Lächeln verliert, soll durch die Beschwörung eines Santaríapriesters davor bewahrt worden sein, Opfer eines erweiterten Suizids zu werden? Trotz des warmen Morgens klappern ihre Zähne. Einen ähnlichen Kälteanfall hatte sie erlebt, als sie von Leos Unfall aus dem Radio erfuhr.

Und wie komme ich jetzt nach Santiago?, denkt sie. Als könne sie Gedanken lesen, meint Ykira, dass morgen sicher noch kein Ersatzbus fahren werde.

„Ich gebe dir Bescheid, sobald sie einen neuen schicken. *„¿Está bien?"*

„Está bien", sagt Frieda und gibt ihrer überraschten Gastgeberin einen Kuss auf die Wange. „Wenn ich so lange bleiben darf ..."

*

Es hat nicht lange gedauert, dann ist der Entschluss gefasst: Wenn sie schon im abgelegenen Osten dieser Insel festsitzt, kann sie die Zeit auch nutzen, um die Küstengebiete um die Mündung des Yumurí zu besuchen. Im Canyon des Flusses sollen noch Abkömmlinge der Taínos leben, die einst dieses Gebiet beherrschten, ehe Columbus und seine Kumpane sie vertrieben oder umbrachten, indem sie sie in Kupfer- und Goldminen für sich schuften ließen. *Rede vor*

allem mit den einfachen Leuten, hat Fillinger, ihr Chef, betont, *und mit Angehörigen von Minderheiten.* Die Indios am Río Yumurí wären schon von daher die idealen Gesprächspartner.
„Wo kann ich einen Wagen mieten, um mir die Gegend anzusehen?“, fragt sie Ykira.
„Ich kenne einen Jeep – und auch den Fahrer dazu“, sagt diese. „Es wäre keine gute Idee, allein zu fahren.“
„Wieso nicht?“
Aber sie bekommt keine Antwort. Natürlich, Ykira hat schon recht: Selbst wenn ihr einer sein Fahrzeug gegen gutes Geld anvertraute – was würde sie im Fall einer Havarie machen? Welche Nummer rufst du an, wenn du das kubanische Pendant eines mitteleuropäischen Automobilklubs benötigst? Wieder einmal muss sie feststellen, wie wenig sie im Grunde von den alltäglichsten Dingen in diesem Teil der Welt weiß. Und doch will sie in ihrem geplanten Artikel aufzeigen, was die Menschen hier bewegt, was sie fühlen und denken. Vielleicht ist das Vorhaben einfach zu ambitioniert, zu hochmütig? Vielleicht ist auch sie angetrieben von einer Arroganz, die sich von jener der spanischen Eroberer dem Wesen nach nicht unterscheidet ...
Keine halbe Stunde später knattert es vor der Veranda, und ein verhutzeltes weißhaariges Männchen hüpft aus dem Jeep.
„Diego Velázquez“, stellt er sich vor. „Genau wie der historische, falls Sie wissen, wen ich meine.“
„Diego Velázquez de Cuéllar, spanischer Eroberer und Gründer von Baracoa?“
„Sehr gut“, grinst Diego. „Sagen wir fünfundzwanzig CUC, und ich und mein Jeep“ – er streichelt liebevoll über die olivgrüne Motorhaube – „stehen Ihnen den ganzen Tag zur Verfügung.“

Auf Friedas Stirn tauchen ein paar Runzeln auf.
„Also gut, zwanzig CUC. Weil Sie doch eine so kluge Dame sind."
Frieda ergreift seine ausgestreckte Rechte. Sie spürt die Schwielen eines harten, arbeitsreichen Lebens und kommt sich schäbig vor, den Fahrpreis heruntergehandelt zu haben. Aber Diego scheint bester Dinge zu sein, und sie unterhalten sich über mögliche Ausflugsziele. Frieda betont, dass sie vor allem mit Einheimischen sprechen will.
„Ich habe einige gute Freunde in dieser Ecke, die reden gerne mit Ihnen. Ich schlage vor, wir fangen bei Rosa an. Sie ist berühmt für ihren Kakao und immer froh über Besuch."
Eine halbe Stunde später, circa fünfzehn Kilometer südlich von Baracoa, stehen sie vor Rosas bescheidener Finca, die umgeben ist von Palmen und Kakaobäumen. Beziehungsweise dem, was davon übrig geblieben ist nach dem letzten Hurrikan. Die Kronen fast aller Palmen sind zerzaust, die Früchte der Kakaobäume verfaulen am Boden.
„*Perdido*", sagt Diego trocken, während Rosa resignativ mit der Achsel zuckt, „die ganze heurige Ernte: verloren."
Frieda fällt nichts Tröstliches ein. Unsicher betrachtet sie die ärmliche, verschrumpelte Gestalt vor ihr: Welch unsäglich traurige Miene! Von Freude über den Besuch kann keine Rede sein.
„Vor vier Jahren gab es schon mal einen Totalausfall wegen Sandy", erklärt Diego weiter, „und heuer hat Matthew hier gewütet. Señora Rosa wird ihre Finca wahrscheinlich verkaufen müssen. Sie ist nicht die Einzige, der dieses Schicksal droht."
„Und die Regierung – hilft sie euch nicht?" Sie richtet die Frage an Rosa, bekommt jedoch keine Antwort.

Abgesehen von einem neuerlichen Achselzucken und dem zu einem kläglichen Lächeln verzogenen Mund.
„Man wird sehen", antwortet Diego statt ihr. „Es wurde den Hauptbetroffenen schon das eine oder andere versprochen, billige Kredite etwa. Aber Rosa bewirtschaftet diese Finca doch ganz allein. Wie soll sie da je einen Kredit zurückzahlen?"
„Alleine? Gibt es keinen Mann, keine Kinder?", legt Frieda nach. Sie kann nicht glauben, dass dieses spindeldürre Wesen nur auf sich gestellt den ganzen Laden hier schmeißt.
Diego rollt die Augen. „Ihre Kinder leben in Santiago de Cuba und kommen höchstens, um ein paar Tage bei der Ernte zu helfen – wenn es eine gibt. Und Rosas Mann ist schon vor Jahren mit einer Jüngeren durchgebrannt. Na ja, Sie wissen schon ..."
Oh ja, Frieda weiß schon, wie das so ist! Nicht, dass ihr Partner sie wegen einer anderen verlassen hätte; aber verlassen, ja, das wurde sie wohl.
Die Frau tut ihr unendlich leid, doch sie weiß nicht, wie sie es bekunden soll.
„Kommen Sie hierher!", winkt Diego. Er zeigt auf eine kleine, per Hand zu bedienende Kakaomühle und auf alte Kakaobohnen, die in knallig bunten Plastikschalen aufgetürmt sind. Als wären sie Demonstrationsobjekte in einem Landwirtschaftsmuseum. Daneben liegt ein Ding aus Metall, aus dem sieben rechteckige Rippen herausragen. Auf jeder einzelnen ist in Blockbuchstaben BARACOA eingestanzt.
„Damit wird die weltberühmte Schokolade aus Baracoa hergestellt. Wenn Sie möchten, können Sie Rosa ja ein paar Tafeln abkaufen ..."
Das tut Frieda dann auch und lässt sich dazu noch ein Kilo Kakaopulver einpacken. Als Rosa versucht, ihr auf den Zehn-CUC-Schein herauszugeben, winkt sie ab.

„*Buena suerte!*", flüstert sie beim Abschied, „viel Glück!"
Rosas Blick bleibt dunkel und trübe, aber sie winkt, als der Jeep sich in Bewegung setzt. Erst jetzt wird Frieda bewusst, dass die Frau kein einziges Wort gesprochen hat, weder mit ihr noch mit Diego.
„Ich denke, sie wird es nicht mehr lange machen", sagt Diego leise und lässt den Motor aufheulen.
„Aus gesundheitlichen Gründen?"
„Das auch."
Beide schweigen, eine ganze Weile lang. Auf offener Strecke, sie haben gerade eine Brücke überquert, hält Diego an.
„Fällt Ihnen etwas auf?"
„Was meinen Sie?"
„Etwas Ungewöhnliches. Etwas überaus Ungewöhnliches, um genau zu sein!"
Frieda steigt aus dem Jeep und streckt sich. Auf einem Pferd nähert sich aus der Gegenrichtung ein Mann mit Strohhut und gelbem T-Shirt. Auf einem zweiten Pferd, das er an der Leine führt, sind frisch zugeschnittene Holzbretter festgezurrt, gut und gerne doppelt so lang wie das Tier, das sie trägt.
„Meinen Sie die?" Frieda zeigt auf die Pferde.
„Was soll an denen ungewöhnlich sein?", fragt Diego zurück. „Hier kann sich keiner einen Lastwagen leisten. Aber gucken Sie doch ..."
Er deutet auf eine Palme, die zwischen Straße und Meer auf einer kleinen Anhöhe steht. Einen Meter über dem Boden gabelt sich der Stamm der Palme, wie bei einer überdimensionalen Stimmgabel. Im Gegensatz zu den meisten Palmen in dieser Gegend sind die beiden Blattkronen gut erhalten und leuchten in einem saftigen Gelbgrün.
„Nun, wie gefällt Ihnen das?"

„Fantastisch“, ruft Frieda, „welch eine Laune der Natur!“
„Welch ein Wunder der Natur“, korrigiert Diego sie. „Wir stehen vor der vermutlich einzigen Doppelpalme in ganz Kuba, wenn nicht auf der ganzen Welt. Und nicht einmal Matthew konnte ihr etwas anhaben. Das sollte einen doch irgendwie optimistisch stimmen, oder?“
Beide lachen. Nach dem tristen Besuch bei Rosa wirkt dieses Lachen befreiend.
„Sie meinen, die Natur ist am Ende stärker als alles andere?“
„Lassen Sie mich mit einem Sprichwort antworten: *Si la vida te da mil razones para llorar, dale a la vida mil y un razones para sonreir.* Gibt dir das Leben 1000 Gründe zu weinen, gib ihm 1001 Gründe zu lächeln. Sie wissen schon: Wir Kubaner sind eben Überlebenskünstler.“
Nein: Lebenskünstler, denkt sie und schießt noch schnell ein Foto von der Palme, ehe sie weiterfahren.

12

Details sollte er erst erfahren, wenn er sich fix entschieden hätte.
„Jedenfalls kann ich versprechen, dass niemand dabei zu Schaden kommen wird." Pedro hob pathetisch seine Hand, wie zum Schwur.
Eine Million Dollar. Das war der Betrag, der von Anfang an im Raum stand. Ein Viertel davon würde jeder der drei Akteure bekommen, das vierte Viertel war für Margys Behandlungen reserviert. Was ihm als durchaus fair erschien.
„Mit zweihundertfünfzigtausend Dollar auf der hohen Kante brauchst du dein Leben lang nicht mehr Taxi fahren oder Fremdenführer spielen", meinte Pedro. „Dafür kannst du dir ein ganzes Hotel kaufen und die Kohle für dich arbeiten lassen."
Pedro wusste genau, wo er den Hebel ansetzen musste. Schon das Privileg, als Privater ein Zimmer vermieten zu können, bringe einem im heutigen Kuba mehr *dinero* ein als jeder Akademikerberuf. Gar ein Hotel zu besitzen wäre ein gigantischer Selbstläufer, eine nie versiegende Geldquelle – jetzt, wo der Staat voll auf den Tourismus setzte statt auf Zucker und Rum.
Osvaldos Zweitjob als Angehöriger des Sicherheitsdienstes von El Morro sei ein Glücksfall für das Unternehmen, erklärte Pedro. Immerhin verfüge die Festung über ein Jahrhunderte altes unterirdisches Kerkersystem. Da ließe sich ein Gefangener leicht unbemerkt für ein paar Tage unterbringen.
„Wir brauchen nur einen finden, der bei einem amerikanischen Konzern beschäftigt ist. Firmen bringen Lösegeld leichter auf als Angehörige. Was ist schon

eine Million Dollar für ein großes Unternehmen? Peanuts, die sich womöglich noch abschreiben lassen! Deswegen riskieren sie keinen Aufstand, da gehe ich jede Wette ein."

Osvaldo hielt nichts dagegen. Zumal ihm die Vorstellung sympathischer erschien, ein anonymes amerikanisches Unternehmen anzuzapfen als irgendwelche unschuldigen Privatpersonen. Darauf hatte man sie schließlich seit Kindheitstagen gedrillt: Das *imperio* wird von skrupellosen Politikern regiert. Und von ebenso skrupellosen Firmen.

Was lag näher, als in Anbetracht dessen etwaige Skrupel ein wenig zurückzustellen? Den Dieb zu bestehlen – hat das nicht schon immer einen speziellen Reiz ausgeübt? Wenn dieser Dieb dann auch noch der erklärte Klassenfeind ist, schlägt sich das ganz und gar nicht mit einem revolutionären Ethos.

Und schließlich: Es würde ja niemandem etwas geschehen ...

*

Niemandem würde etwas geschehen, hieß es. Jedenfalls nichts Lebensbedrohliches. Aber natürlich galt es, sich entsprechend abzusichern und alle Eventualitäten zu erwägen. Also erwogen sie, während die Flasche Rum zwischen ihnen hin- und herwanderte. Wenn man eine Entführung plant, gibt es so manches, was den schlauesten Plan gefährden könnte.

Meinte der Schwager und befasste sich erst einmal mit Grundsätzlichem.

Beide Seiten hätten bei einem solchen Deal gewisse natürliche Vorteile, erläuterte er. Die schiere Übermacht an Personal und technischen Hilfsmitteln seien klare Pluspunkte der Polizei, während das Überraschungsmoment und die Unberechenbarkeit den Kidnappern zugute kämen. Seine Trümpfe genau im richtigen Moment auszuspielen, sei demnach spielentscheidend. Wie aber gewährleisten, dass man nicht übervorteilt wird, insbesondere in der heiklen Phase des Austauschs von Ware und Lösegeld? In einer normalen Geschäftsbeziehung herrscht üblicherweise ein gewisses Grundvertrauen; nicht so bei Deals dieser Art. Da wissen beide Seiten: Wer dem anderen einen Vertrauensvorschuss gewährt, befindet sich automatisch in der schlechteren Position.

Erklär mal der Katze, sie möge dem Hund vertrauen, der sie gerade hetzt! Nein, Vertrauen ist keine Option ...

Die – laut Pedro – Mutter aller Fragen bei Entführungsgeschichten: Wie und wo kann sicher abkassiert werden? Schließlich stellt die Übergabe des Lösegelds das größte Risiko für Kidnapper dar.

Und genau deshalb käme hier Yamil ins Spiel, Pedros Bruder. Seine Idee mit der Drohne, die den menschlichen Boten ersetzt, klang auch für Osvaldo ziemlich überzeugend.

Was die Sache indessen komplizierte: Dass sich die Ware, also das Entführungsopfer, noch auf kubanischem Boden befinden würde, während die Geldübergabe auf amerikanischem Territorium stattfinden sollte. Andererseits ließe sich daraus vielleicht sogar ein Vorteil erzielen, spekulierte Pedro. Was genau er damit meinte, erschloss sich Osvaldo nicht, nicht an diesem Abend.

„Und was, wenn sie so etwas wie einen Gewährsmann fordern?“, fragte er, „der vor Ort überprüfen soll, ob wir unseren Teil der Abmachungen erfüllen? Werden wir uns darauf einlassen?“ Er schob die Rumflasche zu Pedro hinüber.

„Nur im äußersten Notfall“, sagte Pedro, trank und

schob die Flasche gleich wieder zu ihm zurück. „Ein solcher Gewährsmann ist immer auch ein gefährlicher Zeuge. Aber wenn wir es schaffen, den Entführten dazu zu bringen, unsere Bedingungen mit entsprechendem Nachdruck zu übermitteln, werden sie vielleicht darauf verzichten ..."
Erst später sollte ihm klar werden, was unter *entsprechendem Nachdruck* zu verstehen war. Obwohl Pedros süffisantes Grinsen ihm hätte verraten können, dass es nichts Gutes bedeutete.
Weder für das potenzielle Opfer noch für sie.
„Und wenn die Sache schiefgeht?", fragte er irgendwann. „Wenn wir in den Abgrund stürzen, *hombre*?"
„Dort warten schon jede Menge fette Expolitiker, das würde eine weiche Landung", blödelte er sich über Osvaldos Sorge hinweg.
Als der Rum in der Flasche langsam zur Neige ging, wandten sie sich anderen Themen zu. Wichtigeren, tieferen ... oder was man im Suff so dafür hält.
„Denkst du nicht auch, dass jeder Mensch etwas Besonderes ist, etwas Einzigartiges?", nuschelte Osvaldo. Abgefüllt mit Rum tendierte er dazu, sentimental zu werden. Und wenn dann auch noch das schlechte Gewissen dazukommt ...
Wegen einer todkranken Schwester, über die man kaum etwas weiß!
„Einzigartig? Könnte ich nicht bestätigen", murmelte der Schwager. „Dazu kenne ich viel zu viele verdammte Idioten."
„Es geht nicht darum, ob wir den anderen sympathisch finden oder nicht oder wie klug einer ist", hielt er dagegen. „Beweist nicht allein die Tatsache, dass kein Mensch dem anderen gleicht, wie wichtig jeder Einzelne ist? Wie unersetzlich!"
Pedro grunzte laut auf. Wahrscheinlich spürte er, dass

eine solche Ansicht nicht ganz ungefährlich war, wenn es hart auf hart ging. Insbesondere bei einem so schweren Delikt wie Entführung.
„*¡Tonterías!*“, knurrte Pedro, „nach dieser Logik wäre auch jede Pflanze, jeder Köter unersetzlich! Unterschiedlich auszusehen bedeutet noch gar nichts. Jedenfalls nicht, dass der Mensch die Krone der Schöpfung darstellt oder so'n Zeugs!“
Und dass selbiger Mensch deshalb auch nicht besonders schützenswert sei, sollte das wohl heißen ...
Welche Antworten darf man sich auf blöde Fragen erwarten? Genau: ebenso blöde! Vor allem, wenn beide Diskutanten jeweils um die zwei Promille Alkohol im Blut haben.
Im Nachhinein wünschte er, er hätte sich nüchterner mit der Sache befasst!

13

Jedes einzelne hölzerne Fischerboot in der Bahía de Mata trägt am Heck die Aufschrift Guantánamo, was anzeigt, in welcher Provinz sie sich hier befinden. René Hernández Rubio, den Diego wie einen Freund begrüßt und der sie in seine bescheidene Hütte bittet, verdient als Musiker einer lokalen Band den einen oder anderen Peso dazu, indem er bei Festen zum Tanz aufspielt. Sogar eine CD hat er vorzuweisen, selbst gebrannt zwar und ohne Hülle, aber was spielt das für eine Rolle? Mit nacktem Oberkörper trägt er voller Inbrunst sein Lied vom Río Yumurí vor, während die ganze Familie andächtig um ihn herumsteht und so tut, als würde sie ihn zum ersten Mal singen hören.
Frieda fragt sich, ob Diego etwas dafür einstreift, dass er Touristen bei Leuten wie Rosa oder René vorbeibringt. Aber wie sollte sich so ein Geschäftsmodell rechnen? Nein, es scheint dem Alten ein Herzensanliegen zu sein, seinen Fahrgästen einen tieferen Einblick in die realen Lebensumstände der Menschen seines Umfelds zu vermitteln, als die offiziellen Touren von Cubanacán und Co dies leisten. Dabei kann Diego gar nicht wissen, dass Frieda mehr als nur ein privates Interesse an solchen Einblicken hat.
Ehe sie weiterfahren, fragt René sie, ob sie eigentlich wisse, was der Name Yumurí bedeute. Sie gibt zu, keinen blassen Schimmer zu haben.
„Es kommt von *ya murí* – ich bin schon gestorben.“
Dazu nickt er mehrmals heftig mit dem Kopf, was wohl so viel heißen soll wie: *du verstehst*?
Ja, darauf kann sich Frieda mittlerweile einen Reim machen. Interessant nur, dass der Name aus dem

Spanischen kommt und nicht aus der Sprache der Betroffenen, der Taínoindianer.
Nachdem sie René noch eine selbstgebrannte CD abgekauft hat – ohne große Hoffnung, diese würde auf ihrem CD-Player zuhause funktionieren –, schlendert Frieda ein wenig am Strand herum, während Diego sich im Schatten einer Palme zur Siesta niederlässt. Das Dorf hat kein Restaurant zu bieten, nicht einmal eine Bar. Sehnsüchtig blickt Frieda hoch zu den Kokosnüssen, allesamt außer Reichweite. Auf hölzernen Böcken liegt, mit dem Kiel nach oben, ein Boot, das drei Afrokubaner mit weißer Farbe bemalen. Frieda tritt näher und grüßt mit einem *¡Hola!*, die Männer grüßen zurück. Sie wirken scheu und unsicher; vielleicht, weil sie nicht wissen, wie sie mit einer alleine reisenden Frau umgehen sollen. Plötzlich scheint einer eine Idee zu haben und flüstert sie seinen Genossen zu. Alle drei lachen, als er Frieda seinen Pinsel in die Hand drückt und mit dem Zeigefinger auf den Kübel mit der weißen Flüssigkeit deutet.
Sie versteht. Nimmt den Pinsel, taucht ihn ein.
Versucht sich daran zu erinnern, wie es sich anfühlte, als sie, hochschwanger, eigenhändig die Wohnung im Waldviertel ausmalte. Wie glücklich war sie damals, wenige Wochen vor ihrer Niederkunft, vor *seiner* Ankunft! Die großen Babyaugen sollten schöne, saubere Wände sehen, befreit vom Schmutz der Vergangenheit. Alles sollte schön sein für *es*, das Wesen noch unbekannten Geschlechts. Bis zuletzt wollte sie nicht wissen, ob es ein Mädchen werden würde oder ein Junge. Hatte der Frauenärztin sogar ausdrücklich untersagt, es zu verraten. Rücken und Schultern schmerzten nach der ungewohnten Arbeit, aber das machte nichts: Alle drei Zimmer erstrahlten wie neu.
So wie das Neugeborene sie anstrahlte. Eine Tabula rasa,

dank derer alles möglich schien. Die große Zäsur. Die Chance, dem Leben eine neue Richtung zu geben ...
Verbissen taucht Frieda den Pinsel in die weiße Farbe, verschmiert sie in immer hektischeren Strichen auf dem Bootsrumpf. Sie spürt, wie das Blut ihr beim Bücken in den Kopf schießt. Die Mittagshitze trägt das Ihre dazu bei, dass ihr Gesicht rot anläuft. Der älteste der drei Männer nähert sich ihr mit ernster Miene.
„Es ist genug, *señora*“, sagt er, „Sie sollten sich nicht überanstrengen.“
„Geht schon“, ruft sie, den Blickkontakt vermeidend. *„No hay problema.“*
Er muss ihr den Pinsel förmlich aus der Hand drehen. Verlegen macht sie sich auf den Rückweg. Als sie den Jeep sieht, wischt sie sich eine Träne aus dem Augenwinkel. Diego scheint dennoch zu spüren, dass mit ihr etwas nicht in Ordnung ist.
„Ich schlage vor, wir kräftigen uns jetzt erst einmal. Bis zum Strandrestaurant *La Playita* sind es keine zehn Minuten, da gibt es zu jeder Tageszeit etwas zu futtern. Haben Sie eigentlich schon einmal Teti probiert?“
Sie schüttelt den Kopf. Versucht tapfer zu lächeln.
„Nein, was soll das sein?“
„Lassen Sie sich überraschen. Ich verrate nur so viel: Teti gibt es nur hier, die finden sie nirgends sonst auf der Welt.“

*

Was für den einen die größte Köstlichkeit ist, bringt die andere kaum runter.
Teti, die nur in jener speziellen Mischung von Süß- und Salzwasser vorkommen, wie sie die Mündung des Río Yumurí aufweist, ähneln eher Maden als Fischen. Gebraten mit geschlagenen Eiern werden sie im *La*

Playita serviert. Diego scheint, seinem Geschmatze nach, die lokale Spezialität zu genießen. Auf seinem faltigen Antlitz liegt breit ein versonnenes Lächeln. Bescheiden hält er sich, obwohl Frieda ihn zum Essen und Trinken eingeladen hat, an das billige Gericht, dazu ein Glas Wasser. Sie drängt ihn, noch etwas zu bestellen, doch er winkt ab.
„*No, gracias*, ein alter Mann wie ich braucht nicht mehr so viel. Aber essen Sie doch, *señorita!* Ist ja noch halb voll, Ihr Teller!"
Sie bringt es nicht über sich, etwas stehen zu lassen. Wenn Millionen Chinesen es schaffen, Heuschrecken und Schlangen zu verspeisen, ohne mit der Wimper zu zucken, musst du dich angesichts dieser winzigen Würmer auch nicht zieren, Frieda! Was hat die Weltgesundheitsorganisation unlängst verkündet: Angesichts des weltweit wachsenden Bedarfs an Eiweiß werde man sich daran gewöhnen müssen, künftig Insekten statt Schweine und Rinder zu konsumieren, schon aus ökologischen Gründen.
„Wieso findet sich eigentlich nirgends Rindfleisch auf der Speisekarte?", will sie von Diego wissen.
„Ganz einfach: weil es nicht genügend Rinder gibt. Vor allem Kühe dürfen nicht geschlachtet werden, damit ausreichend Milch zur Verfügung steht. Schließlich garantiert der Staat für jedes Kleinkind eine bestimmte Menge an Milchpulver, die mit der *libreta*, unserem Bezugsscheinheft, eingelöst werden kann, so wie Reis oder Öl auch. Und selbst Bullenfleisch ist rationiert, nur Kranke und ein paar Privilegierte kommen in den Genuss eines Steaks."
Also gibt es auch im kommunistischen Kuba heilige Kühe, wenn auch aus anderen Gründen als in Indien, denkt Frieda. Welche Ironie: Während dir dort eine Anklage wegen Mordes droht, wenn du eines der

Viecher überfährst, die am Straßenrand grasen, wirst du in Kuba für dieselbe Tat beklatscht, weil du dafür gesorgt hast, dass endlich wieder ein bisschen Rindfleisch in die staatlichen Läden kommt. Vorausgesetzt natürlich, es handelt sich bei dem Verkehrsopfer um ein männliches Rind, da ja auch hier nur Bullen sanktionslos getötet werden dürfen. Nicht eben gendergerecht, wenn auch – ausnahmsweise – einmal zu Lasten des männlichen Geschlechts ...

„Was ich nicht ganz verstehe", hakt sie nach, „wieso züchtet man nicht einfach mehr Rinder?"

Diego lächelt mild. „Ich habe Zeiten erlebt, da gab es auf Kuba genügend Rindfleisch für alle. Natürlich könnte man wieder mehr auf Rinderhaltung setzen, anstatt daraus eine politische Sache zu machen, mit Verboten und Ausnahmegenehmigungen und all dem Mist. Aber: *Quien hace la ley hace la trampa*, heißt es bei uns, wer das Gesetz macht, macht auch das Schlupfloch. In den großen Touristenhotels wird deshalb durchaus Rindfleisch angeboten, egal, ob es von Bullen stammt oder von Kühen."

Staunend schüttelt Frieda den Kopf. Sollte sie bei Diego tatsächlich auf einen Regierungskritiker gestoßen sein?

„Und das lassen sich die Einheimischen einfach so gefallen?", fragt sie, in der Hoffnung, aus ihm noch mehr Widerständiges herauszukitzeln.

„Ach, wissen Sie, wir sind schon zu lange daran gewöhnt, manche Dinge nicht zu bekommen, jedenfalls nicht auf direktem Wege. Ein kubanisches Sprichwort lautet: Wenn du etwas willst, rede nicht darüber – handle! Was bringt all das Jammern außer Magengeschwüren? Gute Kontakte zu haben, das ist das Wichtigste. Wenn du als Fleischfresser im *combinado cárnico*, in der staatlichen Schlachtfabrik, einen

Freund oder Verwandten sitzen hast, schaut die Welt gleich besser aus. Und du ersparst dir, zehn Jahre lang darauf zu warten, dass die Partei Neuerungen beschließt. Ich erinnere mich, dass Fidel einmal gefragt wurde, ob man den ewigen Mangel an Rindfleisch nicht endlich beheben könne. Fidel legte seinen Kopf schief und runzelte die Stirn: Na klar, sagte er, aber das Problem muss erst gründlich analysiert werden, dann könne der nächste Parteitag darüber entscheiden. Gründliche Analyse! Das sagte er immer, wenn es für etwas keine logische Erklärung gab. Oder wenn er ein Problem nicht angehen wollte."

Bei uns würde in so einem Fall erst einmal eine Kommission eingerichtet, sinniert Frieda, auch damit lassen sich Dinge verschleppen. Jetzt, da sie schon einmal so weit vorgedrungen sind, findet sie es an der Zeit, Diego die Mutter aller Fragen zu stellen. Zumal hier kein Zuhörer zu befürchten ist.

„Würden Sie sagen, dass Sie trotz all Ihrer Kritik ein treuer Kommunist sind?"

Mit einer Papierserviette putzt sich Diego seufzend die letzten Reste der gebratenen Teti von den Lippen.

„No soy comunista, soy fidelista!" Er sagt es langsam und leidenschaftlich, mit der Betonung auf *fidelista.*

„Lässt sich das wirklich trennen?", hakt Frieda nach, „ist nicht jeder Anhänger von Fidel notwendigerweise auch Kommunist?"

„Keinesfalls", erklärt Diego entschieden. „Ich denke, diese Gleichsetzung ist mit ein Grund dafür, dass der Westen und vor allem die USA unsere Revolution immer falsch eingeschätzt haben. Wer weiß, ob Fidel selbst jemals ein echter Kommunist war. Er war Schüler in einem Jesuitenkolleg, hat drei Päpsten die Hand geküsst, und in jedem Zimmer seines Anwesens hingen Kruzifixe! Wenn Sie mich fragen: Ich glaube nicht, dass er jemals voll hinter dem stand, was offiziell Parteilinie war. Nixon und Reagan und Bush senior, sie alle haben ihn doch nur deshalb als Kommunisten gebrandmarkt, weil er die Spielhöllen der Mafia geschlossen und amerikanische Firmen enteignet hat. Als die Yankees 1960 aus Rache den gesamten Weltmarkt für Kuba sperren ließen, wollte uns außer den Sowjets niemand helfen. Das zwang Fidel doch förmlich in die Umarmung Chruschtschows! Der clevere Glatzkopf wusste genau, wie man die Eitelkeit Fidels und seine schwache wirtschaftliche Position nutzen konnte. Genau betrachtet hat – und das ist meine feste Überzeugung – erst die kurzsichtige Politik der Amerikaner und die schlaue der Russen Fidel Castro und damit Kuba in die Fänge des Kommunismus getrieben. Jedenfalls mehr, als Karl Marx oder Lenin das je hingekriegt hätten."

Was für eine Analyse aus dem Mund eines einfachen Kubaners!, staunt Frieda.

„Was waren Sie eigentlich von Beruf, Diego?"

„Lehrer an der Grundschule", sagt er. „Ich bin schon seit fünf Jahren in Rente, aber jetzt spiele ich Fremdenführer. Mache ich gerne und ist ja auch eine Art zu unterrichten", lacht er.

Dass er von seiner Lehrerpension kaum überleben könnte, behält er diskret für sich.

*

Nach dieser politischen Lehrstunde geht es weiter zum Río Yumurí. Vor der großen Brücke, die den Fluss überquert, biegt Diego rechts ab.

„Warten Sie hier", sagt er, „ich erkundige mich, ob ein Boot frei ist."

Frieda sieht gleich mehrere leere Ruderboote bei der

Anlegestelle liegen, aber sie macht Diego gar nicht erst darauf aufmerksam. Vermutlich will er wieder einem seiner Freunde eine Kundschaft zuführen – und warum auch nicht? Jeder hier macht seine kleinen Extrageschäfte, ist angewiesen auf sie. Wie sonst willst du überleben, bei vierzig Euro im Monat?

Sie spaziert ein Stück den Hügel hinauf und beobachtet drei Männer dabei, wie sie aus einer Herde ein großes weißes Schaf auswählen, es gemeinsam auf den Rücken zwingen. Während einer das eine Ende des Seils um die Hinterbeine des Schafs schlingt, wirft ein Zweiter das andere Ende über den waagrechten Ast eines Baumes. Es ist mit Sicherheit nicht das erste Mal, dass die drei das machen – so routiniert, wie sie zur Sache gehen. Das Schaf wird hochgezogen, bis es frei vor ihnen baumelt, mit dem Kopf nach unten. Dann fixiert einer der Männer das Seil am Baumstamm. Bei der ganzen Prozedur gibt das Tier keinen Laut von sich. Auch nicht, als der Dritte sich ihm mit der Machete nähert. Frieda weiß, was als Nächstes passieren wird, aber sie dreht sich nicht weg. Das ist der Tod, und dazu musst du stehen, jedenfalls als Fleischesserin. Und hat sie nicht gerade Schaffleisch besonders gern?

Es ist nur ein leises Zischen zu hören, als die scharfe Klinge die Kehle des Tiers durchtrennt.

Nachdenklich kehrt Frieda zum Jeep zurück. Kurz war sie in Versuchung, von der Szene ein Foto zu schießen, hat den Gedanken aber sogleich wieder verworfen. Sie ist doch keine Kriegsberichterstatterin! Und was konkret würde sie mit so einem Bild illustrieren wollen – dass auf Kuba miserable hygienische Bedingungen herrschen beim Schlachten? Oder eher, dass dem Tier hier der Stress und die Kälte moderner Tötungsfabriken erspart bleibt, weil kein fremder Metzger Hand anlegt,

sondern der Bauer selbst, den das Tier kennt und vor dem es keine Angst hat? Vergleicht Frieda das soeben Erlebte mit dem, was zuhause in Penzdorf an Schlachttagen im Hof der Fleischerei ablief und im halben Dorf zu hören war – jenes ohrenbetäubende Quieken der Schweine, die schon am Geruch erkannten, was auf sie zukam –, muss sie nicht lange überlegen, welcher Tötungsmethode sie den Vorzug gäbe. Aber ist es im Grunde nicht verrückt, solche Vergleiche anzustellen? Ethisches Schlachten, oder was?
Tod bleibt Tod, wie du es auch drehst und wendest.
Ya murí ... Jedenfalls macht dieser Ort seinem Namen alle Ehre.
Unten am Fluss hört sie Diego, der nach ihr ruft. *„¡Me voy!“*, ruft sie zurück. Am Ufer liegt ein kleines Boot mit Außenbordmotor, darin ein älterer Mann mit unverwandtem Blick. Neben Diego steht lächelnd eine gedrungene, vielleicht vierzigjährige Gestalt.
„Das ist Galiniuska Estevez, kurz Galy“, stellt Diego sie vor, „sie wird dir jetzt die Besonderheiten des Canyons zeigen.“
„Fein“, sagt Frieda, „ich freue mich.“ Sie schüttelt der Frau mit dem russisch klingenden Vornamen die Hand und vergisst ganz darauf, den Preis für die Fahrt auszuhandeln. Diego bleibt am Ufer zurück, das Boot liegt auch so schon tief im Wasser.

*

Gemächlich steuert sie der hagere Alte durch den Cañón del Río Yumurí, immer mit einem Respektabstand zu den steilen Felswänden.
„Es gibt viele Höhlen in diesen Wänden“, erklärt Galy. „Dort lebten zur Zeit von Columbus die Taínos, die Ureinwohner Kubas.“

„Die von den Spaniern ausgerottet wurden?“
„Genau. Oder die sich selbst umbrachten, indem sie sich von Felsen wie diesen herunterstürzten, weil sie nicht als Sklaven in den Silberbergwerken schuften wollten.“
Auf ihrer Fahrt flussaufwärts begegnen ihnen Männer, die durchs seichte Wasser stapfen und ganze Baumstämme hinter sich her ziehen. Auch so kann man sich billig Brennmaterial besorgen, erkennt Frieda.
Bei der sogenannten Mandelinsel verlassen sie das Boot, und Frieda beschließt, kurz im Fluss zu schwimmen. Galy verfolgt jede ihrer Bewegungen – oder bewundert sie nur Friedas Bikini? Jedenfalls erweist sie sich als profunde Kennerin der lokalen Flora. Von jedem Pflänzchen beschreibt sie dessen Wirkstoffe, als wäre sie ein weises altes Kräuterweibchen. Dabei ist sie keine vierzig und voller Sehnsucht, endlich einmal ins Ausland zu kommen.
„Kennst du keinen, der mich zur Frau haben möchte?“, fragt sie. „Ich hätte gerne einen Mann aus Europa. Die Männer hier sind zu nichts zu gebrauchen.“
Will sie damit ausdrücken, dass die hiesigen zu arm sind? Frieda zieht es vor, sich jeden Kommentars zu enthalten.
Galy pflückt eine Blüte, steckt sie Frieda ins Haar.
„Die Blume der Freundschaft“, ruft sie, „wie gut sie dir steht!“ Und gleich erhält Frieda auch noch einen kastanienähnlichen Samen von Galy, genannt *ojo de buey*. Angeblich ein Glückssymbol.
„Am besten, du steckst ihn in deine Geldbörse. Dann wird dir nie das Geld ausgehen.“
Frieda vermeint, beim Initiationsritual der Santería in Baracoa schon ähnliche Samen gesehen zu haben. Galy ist ganz begeistert davon.
„Klar, sie machen Ketten und Amulette daraus, die

dazu dienen, magische Kräfte zu bündeln und böse *orishas* zu besänftigen."
„Du glaubst daran?"
„Ich glaube es nicht, ich weiß es! Die Geister und Dämonen bestimmen unser Leben. Im Guten wie im Schlechten ..."
Sie winkt. „Komm, jetzt zeig ich dir noch eine Frucht, die vor allem für uns Frauen ganz wichtig ist."
Frieda wird zu einem kaum fünf Meter hohen Baum geleitet, an dem kürbisgroße grüne Früchte hängen, *güira* genannt.
„Getrocknet verwenden wir die Schale als Klangkörper für Rumba-Rasseln, weshalb die Frucht auch *planta de música* heißt. Wichtiger aber ist ..." – Galy senkt die Stimme, um die Bedeutung ihrer Worte zu unterstreichen – „welche Zauberkraft in ihrem Fruchtfleisch steckt. Kocht man es zusammen mit Honig, Wasser und Rum, wird daraus eine Paste, die *miel de güira*. Ein Wunder der Natur, das gegen Entzündungen aller Art hilft, auch gegen Asthma und sogar gegen Krebs. Nur wenn du schwanger bist, darfst du von der *güira* nicht essen. Das könnte leicht zu einem Abortus führen, so wie bei mir."
Wieder lächelt Galy, woraus Frieda folgert, dass Galys Schwangerschaftsabbruch gewollt war. Aber sicher ist sie sich nicht. Es wäre nicht das erste Mal, dass das Mienenspiel der Kubanerin nicht zu ihren Worten passen würde.
„Und hier hätten wir noch eine *noni*, die beste Medizin gegen Arthrose ..."
Bald ist es Zeit, zur Boca de Yumurí zurückzukehren, wo Diego im Jeep auf sie wartet. Alle drei im Boot schweigen. Galy, weil sie die Führung für beendet erachtet; Frieda, weil ihr seit dem Wort Abortus wieder ihr verlorenes Kind durch den Kopf schwirrt; und der

Alte hinten am Steuer hat ohnehin noch nicht den Mund aufgebracht. Zurück an der Anlegestelle verlangt Galy stolze 25 CUC für die einstündige Führung, für Boot und Benzin ist noch extra zu bezahlen. Frieda ärgert sich, den Preis nicht vorher ausgehandelt zu haben, zähneknirschend zahlt sie die unverschämt hohe Summe. Sie fühlt sich ausgenommen, gemolken wie eine reiche Kuh. Nicht genug damit, wünscht sich Galy von ihr auch noch ein kleines Geschenk: *por la amistad entre Austria y Cuba* – der österreichisch-kubanischen Freundschaft zuliebe. Wie wäre es etwa mit dem hübschen Bikini, den Frieda trug, als sie im Fluss badete? Wo sie beide doch fast die gleiche Figur hätten. Und überhaupt seien sie sich ja so ähnlich ... Jetzt reicht es Frieda endgültig, grußlos wendet sie sich ab.
Als sie zu Diego in den Wagen steigt, zieht sie die Blume der Freundschaft aus dem Haar und wirft sie zornig zum Fenster hinaus.

14

John Martin lehnt an seinem Bürofenster im sechsten Stock der US Embassy und versucht die Zeit mit Glotzen totzuschlagen.
Durch das blau getönte Glas blickt er hinunter auf den Malecón, die einstmalige Prachtstraße Havannas, wo in der morgendlichen Rushhour jede Menge Autos unterwegs sind. Wobei *jede Menge* natürlich relativ ist: Verglichen mit dem Verkehrsaufkommen amerikanischer Großstädte ist das hier ein Klacks. Dabei macht nicht einmal die Anzahl der Fahrzeuge den wesentlichen Unterschied aus, sondern deren durchschnittliches Alter. Die schwarzen Wolken aus den Auspuffen all der vorsintflutlichen Buicks, Oldsmobiles, Chevrolets und Pontiacs, die über die sechsspurige Uferpromenade rattern, werden heute von einem gnädigen Westwind verweht, sehr zur Freude der vielen Halbwüchsigen, die auf der Ufermauer hockend unermüdlich ihre Angelleinen ins Wasser werfen in der Hoffnung, die tägliche Ration Reis und Bohnen mit ein paar Happen Fisch aufbessern zu können. Auch die flanierenden Touristen scheinen die auffrischende Brise zu genießen und nehmen es lachend in Kauf, wenn ihnen ein über die Brüstung schwappender Brecher eine salzige Dusche verpasst. Und trotz der frühen Stunde spazieren bereits einige Vertreterinnen des horizontalen Gewerbes keck den Gehsteig auf und ab, mit klimpernden Armreifen und freizügig zur Schau gestellten Dekolletés. Es ist nur eine Frage der Zeit, bis die nächste Polizeipatrouille sie kontrollieren und kurzfristig vertreiben wird; ein sich täglich wiederholendes Ritual, dessen Zweck niemand so genau weiß,

denn kaum sind die Polizisten weg, sind die spärlich bekleideten Damen auch schon wieder da.
Was soll's, denkt Special Agent John Martin, dergleichen zweckbefreite Rituale kennt man auch daheim in den Staaten, ja vermutlich auf der ganzen Welt. Und Martin weiß, wovon er redet, ist er doch beruflich viel herumgekommen in den letzten Jahrzehnten, auf so ziemlich allen Kontinenten. Er mag nicht mehr der Jüngste seines Fachs sein, und auch wenn der einstmals stramme Sixpack mittlerweile verdrängt wurde durch ein veritables Bäuchlein, kann Martin sich damit trösten, dass seine abnehmende Fitness für die Bewältigung jener Aufgaben, für die er seit März an der amerikanischen Botschaft in Havanna zuständig ist, keine Rolle spielt. Außerdem ist sein Aufgabengebiet nirgends formell definiert, auch der offizielle Titel Verbindungsoffizier sagt wenig aus über seine Agenda.
Es war Bill B. Markey höchstpersönlich, einer der obersten in der CIA-Hierarchie, der ihn nach Wiedereröffnung der Botschaft vor einem Jahr für den Posten abstellte, angeblich auf ausdrücklichen Wunsch des Präsidenten. Ein ausgewiesener Fachmann für heikle Missionen wie er, meinte Markey, sei in Zeiten wie diesen in Havanna genau am richtigen Ort. Wobei in *Zeiten wie diesen* implizierte, dass selbige Zeiten weiterhin instabil waren und das politische Tauwetter, das Obama und Raúl Castro gerade eben eingeleitet hatten, noch keine grundlegende und langfristige Verbesserung der Beziehungen zwischen den USA und Kuba garantierte. Allzu viele wehrten sich nach wie vor mit Händen und Füßen gegen ein Ende der amerikanischen Sanktionen; wer wüsste das besser als ein alter Hase wie Martin.
Dass ihm im Zuge seines Kubabesuchs der amerikanische Präsident die Hand schüttelte, hat sich tief ins

Körpergedächtnis des Agenten eingegraben. Wie viele Mitarbeiter im weit verzweigten Netz der US-Dienste können sich schon damit brüsten, jemals von ihrem Präsidenten durch einen Händedruck geadelt worden zu sein? Keine Chance, dass sich so etwas wiederholen könnte; jedenfalls nicht unter dem gerade gewählten nächsten Präsidenten namens Donald Trump, der vor einem knappen Monat, zur Überraschung aller, die Wahl gegen Hillary Clinton gewonnen hat.

Den Großteil seiner fünfundfünfzig Lebensjahre hat John Martin seinem Heimatland im Ausland gedient. Er erinnert sich an etliche hochrangige Politiker und Wirtschaftstreibende von Nicaragua bis Chile, mit denen er beruflich zu tun hatte. Die meisten von ihnen sind längst nicht mehr in Amt und Würden, manche auch nicht mehr am Leben. Und kaum einer von ihnen ist ihm je sympathisch gewesen. Aber Sympathie ist ohnehin kein Kriterium in seinem Gewerbe, genauer betrachtet ist sie sogar schädlich. Äquidistanz zu halten, so gut es eben geht – diese Grundeinstellung hat man ihm schon früh beim FBI, seinem ersten Arbeitgeber, eingetrichtert. Als er dann seine Karriere bei diversen Auslandsdiensten fortsetzte, wurde diese Einstellung noch wichtiger; immerhin erlaubte sie einem, auch mit Befehlen klarzukommen, deren Sinn nicht so leicht zu erkennen und deren finaler Zweck einem persönlich vielleicht sogar zuwider war. Umso froher war er, als er im Zuge der Vorbereitungen zu Obamas Kubabesuch ins Team geholt wurde. Es gibt Schlimmeres, als mit Sicherheitsfragen beauftragt zu werden, viel Schlimmeres! Hatte er doch bisher eher Missionen auszuführen, die die Sicherheitsapparate anderer Staaten auf Trab hielten. Als *cushy number* hat sich sein neuer Job an der Botschaft bisher erwiesen, als die sprichwörtlich ruhige Kugel, welche ein

etwas müder Haudegen wie er nun gerne zu schieben bereit ist.
Alles in bester Ordnung also, denkt John Martin, noch nicht ganz im Ausgedinge und doch weitgehend stressbefreit. Und das bei einer durchaus anständigen Bezahlung, auch wenn die Boni für die Liquidierung diverser Zielpersonen jetzt natürlich wegfallen. Man ist oben angekommen, auf der höchsten Sprosse der persönlichen Karriereleiter – was mehr kannst du dir als männlicher Mittfünfziger wünschen? Das neue Leben als Botschaftsangehöriger, es macht sich. In einer Stadt, die nie zur Ruhe kommt, wo fetzige Musik und schmackhafte Cocktails dich locker durch die Nacht bringen.
Und nicht zu vergessen die kurvigen, willigen Mädchen an jeder Ecke, zu jeder Stunde ...
Wären da bloß nicht diese verdammten Kopfschmerzen! Irgendwie müssen sie mit der mysteriösen Klangkulisse zusammenhängen, die die US Embassy seit einigen Wochen heimsucht: metallische Geräusche, die mal leiser, mal lauter aus den Wänden zu kommen scheinen, eine akustische Heimsuchung, deren Ursprung im Dunkel liegt. Fast ein jeder der gut zwanzig Mitarbeiter der *US Embassy in Cuba* kann davon ein Lied singen: Schwindel, Kopfschmerzen, Konzentrationsschwierigkeiten – die Symptome ähneln den klassischen Folgen einer Gehirnerschütterung.
Nur dass keiner von ihnen je eine Gehirnerschütterung erlitten hätte!
Ob es sich tatsächlich um einen perfiden Angriff handelt, wie einige meinen, um eine neuartige *sonic weapon*, die der kubanische Geheimdienst gegen das Botschaftspersonal einsetzt? Immerhin haben die Kubaner dieses Haus schon seit jeher für symbolhafte Aktionen und Demonstrationen ausgewählt, erinnert

sich Martin. Am frechsten und augenfälligsten wohl durch die Installierung des sogenannten *Monte de las Banderas*, einer Ansammlung von Fahnenmasten direkt vor dem Botschaftsgebäude, an die die Kubaner während der Bush-Ära schwarze Flaggen hängten, um den Blick auf die Neonbänder im obersten Stockwerk zu verdecken. Zugegeben, die Leuchtschrift war eine gezielte Provokation, man wollte damit die Bewohner Havannas mit Nachrichten aus US-amerikanischer Perspektive versorgen; ähnlich wie damals, als aus Flugzeugen Flugblätter abgeworfen wurden, die die kubanische Bevölkerung zur Konterrevolution überreden sollten. Geholfen hat das eine ebenso wenig wie das andere, nur das gegenseitige Misstrauen wurde dadurch befeuert. Damit konfrontiert, dass sie für die gesundheitsschädliche Beschallung der amerikanischen Botschaft verantwortlich zeichnen, lachen die Vertreter des Regimes: Ihr seid es doch, die seit über fünfzig Jahren verhindern, dass Kuba an moderne Technologie herankommt, heißt es dann – wie könnten wir Ultraschallwaffen einsetzen!
Ein Argument, dem eine gewisse Logik nicht abzusprechen ist.
Andererseits: Vielleicht liefern ja die Chinesen nicht nur Busse und humanitäre Hilfsmittel an Kuba. Was, wenn sie nach dem Rückzug der Russen jetzt die kommunistischen Machthaber auf der lästigen Karibikinsel auch mit Militärtechnologie ausrüsten?
Das Läuten des Telefons reißt Martin aus seinen Überlegungen. Am anderen Ende der Leitung ist eine schnarrende, höchst unangenehme Stimme zu vernehmen: TB, der neue Botschaftssekretär, will ihn sprechen. *In meinem Büro und sofort, wenn irgend möglich.* Diese Phrase benutzt Timothy Benton eigentlich ständig. Vom Typ her ist er der geborene Antreiber.

Frischfleisch von der American Academy of Diplomacy, so hat ihn Missionschef DeLaurentis einmal spöttisch genannt, *noch nicht richtig abgehangen.* Jene Art von Frischfleisch, die trotz aller zur Schau gestellten Vitalität – oder sollte man es Karrieregeilheit nennen? – ein wenig modrig riecht. Denn Timothy Benton fungiert nicht nur als die rechte Hand des Botschafters, er steht auch politisch verdammt weit rechts.
Martin will gerade anklopfen, als er merkt, dass die Tür einen Spalt breit offensteht. Deutlich ist zu vernehmen, wie der Sekretär jemanden am Telefon abkanzelt.
„Wir ziehen das jetzt durch, dass das mal klar ist! Und wenn der Nigger im Oval Office noch so große Töne spuckt ... Ja, das habe ich Ihnen doch schon zig Mal versichert, zum Henker: Natürlich werde ich das decken. Machen Sie sich doch nicht in die Hose, Mann!"
Der Rest ist für Martin nicht mehr zu verstehen. Vermutlich, weil Benton seine Lautstärke plötzlich gedrosselt hat. Es ist ja auch nicht unbedingt clever, wenn ein amerikanischer Diplomat den immer noch regierenden Präsidenten als *Nigger* bezeichnet. Noch dazu mitten im Feindesland, wo die Wände bekanntlich Ohren haben.
Lautlos zieht John Martin die Bürotür zu, dann klopft er resolut gegen das weiß lackierte Holz.
„Herein", knurrt Benton. Hastig verabschiedet er sich von seinem Gesprächspartner am Telefon, um sich mit einem aufgesetzten Grinsen Martin zuzuwenden.
„Kaffee gefällig?"
Er deutet mit der ausgestreckten Hand auf den abgewetzten Lederfauteuil, vermutlich ein Relikt aus den Anfangstagen der Botschaft in den frühen 1950er Jahren.
„Gerne", nickt Martin und lässt sich auf dem massiven

Möbelstück nieder. Man versinkt förmlich darin, was vielleicht durchaus beabsichtigt ist. Benton betätigt einen Knopf an der Espressomaschine, die sich mit einem Pfauchen in Gang setzt. Martin registriert, dass es sich bei dem Apparat um ein teures italienisches Modell handelt. Es dürfte nicht leicht gewesen sein, an dieses Teil heranzukommen. Wobei: Ein junger aufstrebender Diplomat wie Timothy Benton braucht vermutlich nur mit den Fingern zu schnippen, und schon öffnen sich ihm jede Menge Kanäle. Offizielle wie auch inoffizielle ...

„Wie geht es Ihnen heute, John?"

„Gut, danke", antwortet Martin überrascht. Noch nie hat er erlebt, dass TB jemanden nach seiner persönlichen Befindlichkeit fragt, dazu ist er viel zu selbstverliebt. „Abgesehen von den Kopfschmerzen natürlich. Aber damit bin ich nicht allein, wie Sie wissen."

„In der Tat, in der Tat. Mittlerweile leiden wir alle unter dieser verdammten Attacke. Aber ich garantiere Ihnen: Wir werden das nicht länger tatenlos hinnehmen!"

„Ist denn bereits geklärt, dass es sich tatsächlich um einen Angriff von außen handelt, Sir? Es gibt ja auch Experten, die meinen, dass ..."

„Worum sonst soll es sich handeln, John?", unterbricht ihn Benton. „Beweist nicht schon die zynische Reaktion der kubanischen Behörden, dass sie ihre Finger im Spiel haben? *Wie sollten wir die Technik dafür haben, wo ihr uns doch seit fünfzig Jahren den Hahn abdreht* ... Mit solchen Sprüchen werden wir abgefertigt, wenn wir uns beschweren. Aber was die können, können wir schon lange. Auge um Auge, Zahn um Zahn! Das ist die einzige Sprache, die diese kommunistischen Kanaken verstehen."

Kanaken nennt er die Kubaner! Nicht unbedingt der Begriff, den man sich aus dem Munde eines Diplomaten

erwarten würde. Aber wenn du dich unter deinesgleichen wähnst, lässt du dich schon mal zu deftigeren Sprüchen hinreißen als auf einem Staatsbankett.
„Und an welche Maßnahmen haben Sie konkret gedacht, Sir?"
Bentons Lippen blasen sich zu einem Schmollmündchen auf. „So lassen Sie doch endlich den *Sir* weg, John! Ich bin Timothy, oder ganz einfach Tim." Er streckt Martin seine Rechte entgegen, die dieser, wenn auch zögerlich, ergreift.
Eigentlich hasst er es, wenn auf diese Weise Hierarchieunterschiede verwischt werden sollen. Aber eine ausgestreckte Hand ist eine ausgestreckte Hand; sie zu ignorieren käme einer schlimmen Brüskierung gleich. Kann er sich das in seiner Position leisten? Nein, so die schlichte Erkenntnis. Allzu schnell könnte es wieder vorbei sein mit dem gemütlichen Leben des Verbindungsoffiziers John Martin.
„Okay", lächelt Benton, „zu Ihrer Frage: Ich denke, man könnte als kleine Revanche auf dem Anwesen eines verdienten alten *comandante* gewisse ... sagen wir einmal ... Substanzen ausbringen, die einen ähnlich unangenehmen Effekt haben wie die Ultraschallwaffen der Kubaner. Vielleicht sogar einen noch wesentlich unangenehmeren. Ich meine, wenn die auf fiese Methoden zurückgreifen, müssen wir sie auch nicht mit Glacéhandschuhen angreifen. Was halten Sie davon, John?"
Martin nimmt sich ein paar Sekunden Zeit, ehe er antwortet. Natürlich ist ihm klar, dass er gerade ausgetestet wird. Was nie lustig ist und schon gar nicht dann, wenn ein Vorgesetzter den Test aufgesetzt hat. Da gilt es, seine persönliche Meinung als Tatsache zu präsentieren, als ein Substrat aus jahrzehntelanger Beobachtung und nüchterner Analyse.

„Wenn ich ganz ehrlich sein soll, Sir ... äh ... Timothy, halte ich wenig davon. Sie wissen, wie oft vergeblich versucht wurde, Fidel zu liquidieren, auf die eine oder andere Art. Er selbst hat sich gebrüstet, über einhundertsechzig Attentatsversuche überlebt zu haben, dank der Loyalität seiner Untergebenen. Und natürlich auch dank der rigorosen Schutzmaßnahmen rund um seine Person. Jetzt, wo der Alte endlich weg ist, wird sich auch sein Bruder und Nachfolger gewappnet haben. Ich denke also, es dürfte ziemlich aussichtslos sein, irgendwelche Chemikalien unbemerkt in Raúl Castros Haus einzuschleusen. Abgesehen von den nicht absehbaren politischen Implikationen. Im Übrigen: Was hält eigentlich DeLaurentis von dieser Idee?"
Bentons Miene hat sich während Martins Ausführungen verfinstert, doch bei der Nennung des Missionschefs schaltet er blitzartig auf ein verbindliches Lächeln um.
„Jeffrey kann dazu noch gar keine Meinung haben, John. Ganz einfach deshalb, weil Sie der Erste sind, mit dem ich diese Sache bespreche. Es gilt erst einmal auszuloten, was technisch machbar beziehungsweise sinnvoll wäre. Und wer vermöchte das besser einzuschätzen als ein so erfahrener Special Agent wie Sie?"
Was für ein gerissener Hund!, denkt Martin. Kaum spürt er Widerstand, macht er sich aalglatt aus dem Staub. Schafft es sogar noch, dem ein Kompliment umzuhängen, den er gerade am liebsten erwürgen würde. Vielleicht lernt man das ja an der Diplomatenakademie?
„Apropos", setzt Benton fort und gibt dabei ein Räuspern von sich, das ein wenig an das Knurren einer Bulldogge erinnert. „Wo wir schon über politische Implikationen philosophieren: Was halten Sie eigentlich davon, unsere Sanktionen gegen Kuba aufzuheben? Glauben Sie – also ganz unter uns –, dass das eine

gute Idee wäre? Immerhin gab es da in letzter Zeit Signale von höchster Stelle ..."
Du meinst wohl von Seiten des Niggers im Weißen Haus, ergänzt Martin für sich. Wir beide wissen, dass Obama im Kongress die Aufhebung des Handelsboykotts in Aussicht gestellt hat, gesetzt den Fall, dass das kubanische Regime in Sachen Menschenrechte zu Zugeständnissen bereit wäre. Was, erwartungsgemäß, lautstarke Reaktionen der republikanischen Seite zur Folge hatte. Und hat nicht der siegreiche Präsidentschaftskandidat Trump während seines gesamten Wahlkampfs klargemacht, was er von Obamas Appeasement-Politik gegenüber Kuba hält? In Anbetracht der ideologischen Überfrachtung dieses Themas ist die Falle, die Benton da für ihn aufgestellt hat, gar zu plump, fast ein bisschen beleidigend.
„Ich habe dazu absolut keine Position", lügt Martin und schüttelt bekräftigend den Kopf, während er Bentons Blick gelassen standhält. Wenn es darauf ankommt, hat sich John Martin immer auf sein Pokerface verlassen können. „Aber ich denke, der noch regierende Präsident wird schon wissen, was für unser Land das Beste ist, oder?"
Das *Oder* hat er sich jetzt einfach nicht verkneifen können. TB soll ruhig spüren, dass auch er es versteht, einen heißen Ball zurückzuspielen, sein Gegenüber mit einer scheinbar harmlosen Frage unter Druck zu setzen. Wer bastelt denn da gerade so überaus emsig an seiner Karriere, *in Zeiten wie diesen?* Immerhin: Noch ist in Washington ein Demokrat am Ruder.
Timothy Benton quittiert Martins Antwort mit einem milden Lächeln. Was bedeutet: Nur sein Mund lächelt, seine Augen können sich nicht dazu entschließen. Faszinierend, findet Martin, als wäre eine andere Instanz für sie zuständig.

„Nun, das war's schon, ich will Sie nicht länger von Ihrer Arbeit abhalten", sagt Benton übergangslos und eskortiert Martin zur Tür. „Ach ja, noch eine Bitte: Kein Wort zu DeLaurentis über unseren kleinen Gedankenaustausch, okay? Wir wollen doch nicht unnötig irgendwelche Pferde scheu machen, oder?"
„Natürlich nicht, Sir ... äh ... Timothy!"

*

Zurück in seinem Büro schnappt sich Martin das Handy und verlässt damit die Botschaft. Ein bisschen Vorsicht walten zu lassen, das gilt auch für ihn selbst. Wer weiß, wer alles bei Telefonaten mithört, solange man sich im Gebäude befindet? Wenn sie uns beschallen können, können sie auch mitschneiden, was wir so zu besprechen haben, da helfen auch die besten technischen Abwehrmaßnahmen nichts.
Angesichts dieser Binsenweisheit ist es eigentlich unglaublich, was Benton vorhin am Telefon von sich gegeben hat. Ist er wirklich so naiv, oder wähnt er sich aus einem bestimmten Grund unverletzlich, unantastbar? Die Nummer, die John Martin in sein Handy eintippt, hat er schon lange nicht mehr angerufen. Ob sie überhaupt noch aktuell ist? Als er die sonore vertraute Stimme hört, hat sich die Frage erledigt.
„Hi, Fred, hier John. Ich hoffe, du kannst dich noch an mich erinnern?"
„Mein Gott: John Martin! Unser Mann fürs Grobe! Bringst du gerade wieder einmal einen *bad guy* zur Strecke oder haben sie dich mittlerweile aus der Agency entlassen?"
„Weder noch, Fred. Aber wie es aussieht, verläuft mein Leben jetzt in etwas geregelteren Bahnen, was auch nicht schadet."

Martin erklärt seinem alten Freund – dem einzigen, den er je bei der CIA hatte –, dass *aus unserem Mann fürs Grobe* inzwischen *unser Mann in Havanna* geworden ist. Was Fred Zimmermann hörbar zum Schmunzeln bringt.
„Ein Schreibtischjob für den begnadetsten Terminator, den wir je hatten! Wie tief kann man eigentlich sinken, Johnnyboy? Aber im Ernst: Was ist der Grund dafür, dass du dich nach so langer Zeit wieder meldest? Das kann doch nur bedeuten, dass du etwas von mir willst, richtig?"
„Richtig", bestätigt ihm Martin schnörkellos, „ich bräuchte ein paar Informationen, mein Freund. Dafür winkt auch der edelste Rum, der hierzulande aufzutreiben ist. *Deal or no deal?*"
„Unter zwölf Jahre Lagerung im Eichenfass geht da aber gar nichts!", erklärt Fred. „Na ja, mal sehen, was ich für unseren Mann in Havanna tun kann."
Es stellt sich heraus, dass Fred tatsächlich eine ganze Menge für ihn tun kann, und das in Rekordzeit. Schon nach wenigen Minuten ruft er zurück und liefert Martin, was dieser wissen will: alle möglichen Informationen über einen gewissen Timothy Benton, betreffend akademische Laufbahn, Glaubensbekenntnis, politische Neigungen und – warum nicht, wenn sie schon dabei sind – auch noch über dessen sexuelle Vorlieben. Die Archive der CIA sind dank moderner Abhörtechniken und aufgrund der umfassenden Datenzusammenführung seit Nine Eleven mittlerweile allwissender als der liebe Gott. Was notorische Pessimisten befürchten lässt, die schiere Menge an gesammelten Informationen und Daten könnte eines Tages in einem gewaltigen kosmischen Akt der Selbstvernichtung enden, als digitales Schwarzes Loch gewissermaßen, das die Menschheit auf das geistige Niveau

der Neandertaler zurückkatapultiert. Sei es, wie es sei: Bis dahin kann es doch recht nützlich sein, dank eines Insiders wie Fred Zimmermann ein paar Details über ekelige Typen à la TB zu erfahren ...
Dass Timothy Benton nur aufgrund der Protektion eines republikanischen Senators an die amerikanische Botschaft in Havanna gekommen ist, geht aus den Unterlagen ebenso hervor wie die Tatsache, dass er enge Beziehungen zu militanten Exilkubanern in Miami hatte und sich ziemlich ungeniert als deren Lobbyist betätigt. Auch seine Vorliebe für besonders junge Mädchen ist aktenkundig, wobei er sich da gerade noch auf legalem Terrain zu bewegen scheint.
„Wie das mit der Tätigkeit eines Diplomaten zusammenpasst, der in der US Embassy in Havanna stationiert ist?“, fragt sich Fred Zimmermann.
„Eigentlich ein No-Go“, lautet John Martins Kommentar.
„*Tempora mutantur, nos et mutamur in illis*“, witzelt Fred, „oder einfacher: *The times are a-changing.* Du weißt ja selbst am besten, wie das heute so läuft. Die geeichten Diplomaten, denen es darum ging, einen Interessenausgleich herzustellen, sind im Aussterben begriffen, und radikale Jungspunde reißen das Ruder an sich. Pass bloß auf, alter Gauner, dass du dabei nicht selbst unter die Räder kommst!“
Was Martin seinem Freund verspricht. Und die Flasche Rum werde er bei seinem nächsten Besuch in Langley persönlich vorbeibringen, will er noch anmerken, doch Fred Zimmermann hat bereits den Hörer aufgelegt.
Bildlich gesprochen, natürlich!
Denn mit klobigen Telefonhörern schlägt man sich bei der Agency schon lange nicht mehr herum.

15

Das Kimpton Epic an der Mündung des Miami River könnte idealer nicht liegen. Nicht, wenn man vorhat, im Herzen von Miami ein paar Nächte in gediegener Atmosphäre und unter dem Signum von vier Sternen zu verbringen, ohne dass einen die gut vierhundert Dollar für das billigste Zimmer reuen würden. Vor hundert Jahren standen hier nur hölzerne Fischerhütten, heute ragt ein Tower neben dem anderen in den Himmel. Der Ausblick vom 16. Stock, wo sich die beiden Pools inmitten einer schmucken Wohlfühloase befinden, ist umwerfend, ganz wie die Hotelhomepage es verspricht. Ein Sonnenuntergang am Pool, mit einem feinen Cocktail in der Rechten und einer willigen hübschen *latina* zur Linken, wäre mit Sicherheit etwas, was einen für viel Ungemach entschädigen könnte.

Yamil kann sich gut vorstellen, in seinem künftigen Leben (seinem dritten, wie er es gerne im Stillen nennt) mit guten Freunden einmal eine Nacht hier zu verbringen. Nicht, dass er im stinkvornehmen Finanzzentrum dieser Stadt je eine Bleibe benötigen würde. Aber wieso sich nicht durch eine solche Übernachtung dafür belohnen, genau hier das Tor zu eben jenem dritten Leben weit aufgestoßen zu haben? Ein Leben, in dem materielle Sorgen der Vergangenheit angehören und endlich jene Träume realisierbar würden, mit denen man sich im ersten und im zweiten Leben ständig gepusht und über Wasser gehalten hatte. Um die ewige Ödheit – egal unter welcher Fahne – durchstehen zu können; um irgendwie weiterzuwursteln, trotz eines schandbar schlecht bezahlten Jobs. Oder, noch übler, komplett ohne Job, so wie das in Kuba meist der

Fall war. Dem jüngsten Sohn einer bekannten Dissidentenfamilie beruflich unter die Arme zu greifen, rangierte auf der Prioritätenliste der Lokalpolitiker nun einmal nicht weit oben.

Das erste Leben dauerte für Yamil Martínez Lorca fast auf den Tag genau fünfundzwanzig Jahre lang und spielte sich weitgehend im Norden Havannas ab, in der Nähe des Ortes, wo Ernest Hemingway, der begnadete amerikanische Schriftsteller, einst seine *finca* gehabt hatte.

Als Yamil eines Abends die Chance erhielt, zusammen mit einem Freund auf ein von ihnen gestohlenes und danach in monatelanger Arbeit renoviertes Boot zu springen, begann tags darauf sein zweites Leben: in den Vereinigten Staaten von Amerika, *yes, Sir!* Die Überfahrt nach Florida war nicht nur dank des guten Wetters erfolgreich, sondern wohl auch deshalb, weil die kubanischen Militärs und Zollbehörden sich – auf höchste Order – um Flüchtlinge wie sie nicht mehr kümmerten, sobald die einmal auf hoher See waren. Wer durchkam, kam durch; wer nicht, mochte ertrinken. Wie die meisten Flüchtlinge, die von Kuba aus nach Miami kamen, hatte er bereits Verwandte vor Ort, in seinem Fall sogar einen älteren Bruder, der ihn die ersten Monate finanziell unterstützte und bei sich wohnen ließ. Er gab Yamil auch regelmäßig gute Tipps, wie er es im Land der unbeschränkten Möglichkeiten nach oben schaffen sollte. Aber ehe man einen halbwegs silbrigen Streifen am Horizont zu sehen bekam, pflegte regelmäßig etwas schiefzugehen, und Yamil landete wieder ganz unten. Also verpflichtete er sich als Freiwilliger bei der U.S. Army und verbrachte dort, alles in allem, zwei mehr oder weniger sinnlose Jahre. Zwei Dinge hielten ihn dennoch bei der Stange: Das erste war die Zusage, nach dem Militärdienst

einen kostenlosen Collegezugang zu erhalten (woraus dann allerdings nichts wurde, das Büffeln war einfach seine Sache nicht); und zweitens konnte man seine technischen Fertigkeiten in der amerikanischen Armee gratis vertiefen beziehungsweise auf einen Level bringen, der deutlich über dem auf Kuba üblichen lag. Zuhause wusste zwar jeder Rotzlöffel, wie Telefon- oder Internetleitungen anzuzapfen waren, aber wirkliche technische Neuerungen kannte man nur vom Hörensagen. Insbesondere der Einsatz von Kampfdrohnen, wie im Irak oder Afghanistan bereits an der Tagesordnung, faszinierte Yamil, und ohne jemals selbst in den Nahen Osten abkommandiert worden zu sein, durfte er sich bald zu Recht etwas auf seine Fertigkeiten in diesem Bereich einbilden.
Als sein Bruder Pedro davon hörte, konnte er Yamils Faszination für Drohnen nicht nachvollziehen. Abgesehen von militärischen Zwecken – welchen praktischen Wert sollten diese Dinger denn haben? Spielzeug für Technikfreaks nannte er sie. Damit künftig Lufttransporte durchzuführen, etwa von Briefen und Paketen – würde das nicht nur für zusätzliche Arbeitslose, etwa bei der Post, sorgen? Beschäftige dich doch mit praktischen Dingen und lass die Finger von allem, was dir kein Geld einbringt! So oder so ähnlich lauteten die Ermahnungen des Älteren. Aber Pedros negative Haltung änderte sich schlagartig, als er Yamil in seine Pläne für ein gemeinsames Projekt einweihte und man nach einer Möglichkeit suchte, wie ein erklecklicher Haufen Dollar vom Übergabeort in einen sicheren Hafen transportiert werden könnte. Bekanntlich stellt dieses Detail meist den Knackpunkt dar bei solchen Projekten. In dem Moment, wo du physisch in Erscheinung treten musst, um die Beute einzustreichen, bist du am verletzlichsten, am anfälligsten. Die

meisten Entführungen scheitern nicht daran, dass das Opfer sich wehrt oder die Angehörigen nicht zahlen wollen, sondern an einem lächerlichen Fehler. Der gerne dann passiert, wenn es darum geht, das Lösegeld sicher zu versorgen.
Und plötzlich war Yamils Hobby nicht mehr das Ziel von Pedros Spott.
Ach ja, was tut man nicht alles für den großen Bruder! Auch wenn es sich nicht gerade alltäglich anhörte, was Pedro von ihm verlangte, so klang es auch nicht besonders gefährlich: Zuerst einmal hatte er das kleine weiße Kuvert mit dem Foto eines Unbekannten, welches Pedro ihm per Handy geschickt und er ausgedruckt hatte, frankiert in einen Postkasten zu werfen. „Dass du mir nur ja nicht den Gummi der Marke abschleckst", hatte der Bruder ihm wiederholt eingeschärft. Sämtliche Anweisungen erfolgten ausschließlich auf telefonischem Wege, seitdem Pedro auf Kuba war, aus Sicherheitsgründen, wie der Bruder betont hatte. Vor allem gelte es peinlich genau darauf zu achten, keine Fingerabdrücke oder gar genetische Spuren zu hinterlassen.
„Kein Härchen, keine Schuppe darf zurückbleiben für die, die diesen Brief erhalten! Und kein Wort zu irgendwem!"
¡Por supuesto no! Man mochte zwar nicht der Hellste der Familie sein, aber es war offensichtlich, dass Bruderherz da etwas eingefädelt hatte, das Verschwiegenheit voraussetzte. Für seine Dienstbarkeiten werde er auch ein stolzes Sümmchen kassieren, hatte Pedro erklärt, da müsse er sich keine Sorgen machen. Was Yamil auch nicht vorhatte. Ein konkreter Betrag war zwar nie genannt worden, aber das kümmerte ihn nicht. Zu seinem älteren Bruder hat man Vertrauen, absolutes Vertrauen. Vor allem, wenn der einer der

wenigen ist, von denen man noch nie übers Ohr gehauen wurde. Der einem sogar ab und zu hübsche *chicas* zutrieb wie Luisa, die natürlich auch der kubanischen Community angehörte. Bei ihrem ersten Date trug Luisa ein T-Shirt mit der Aufschrift *Fuck Fidel*, quer über ihre prallen Möpse. Da wusste er gleich, dass sie die Richtige für ihn war, zumindest für ein paar Nummern. Ja, Pedro und er standen seit jeher zusammen, eisern, wie nur Brüder es können, die früh gelernt haben, sich ohne fremde Hilfe in einer neuen, völlig anderen Welt zu behaupten.
All diese Gedanken gehen Yamil durch den Kopf, seitdem er die Wohlfühloase des Kimpton Epic betreten hat. Es war einfacher als geplant, hier herauf zu gelangen. Für den unwahrscheinlichen Fall, dass ihn jemand an der Benutzung des Lifts hätte hindern wollen, hat er sich die Visitenkarte einer Fotoagentur besorgt, um sich als Profifotograf auf der Suche nach schönen Blickwinkeln auf die Biscayne Bay und den Miami River ausgeben zu können. Aber niemand trat ihm in den Weg, als er den Fahrstuhl bestieg und auf die Zahl 16 drückte. Auf der Terrasse ist es jetzt Zeit für die tägliche Gratisweinverkostung, ein *special service* des Hotels, und kaum dass Yamil sich in Bewegung gesetzt hat, wird ihm auch schon ein Glas Wein in die Hand gedrückt. Er nippt daran und findet das Zeug ekelhaft. Was manche Menschen wohl dazu bringt, für alte Weinflaschen ein halbes Vermögen auszugeben? Yamil selbst ist zeitlebens Biertrinker gewesen, Bier- und Rumtrinker, um genau zu sein, und er hat auch für sein drittes Leben nicht vor, getränkemäßig die Fronten zu wechseln. *But never say never*, ermahnt er sich, vielleicht vermögen ja neue Bedingungen auch den Geschmack zu ändern. Insbesondere, wenn du dir bald etwas um Quantensprünge Qualita-

tiveres leisten kannst, als in ganz Kuba jemals aufzutreiben wäre.
Schon der Ausblick vom 16. Stock auf die Biscayne Bay und die zahlreichen vorgelagerten Inseln ist durchaus imposant. Um wie viel großartiger müsste die Sicht erst vom höchsten, dem 56. Stockwerk aus sein? Vor zwei Tagen hat Yamil bei der Hotelrezeption angerufen und sich erkundigt, wie man als Handwerker aufs Dach gelangen könne, um dort Reparaturarbeiten durchzuführen. Eine misstrauische Stimme fragte zurück, welche Tätigkeiten er denn konkret auszuführen habe, schließlich befände sich dort oben nichts außer Kühlaggregaten und Entlüftungsschächten. Kommentarlos hatte er aufgelegt, diese Auskunft reichte vollauf.
Er betrachtet die braun gebrannten Körper auf den gemütlichen Liegen am Rande der Pools. Wie relativ am Ende doch die Regeln sind, die die Weißen bezüglich der richtigen Hautfarbe aufgestellt haben, denkt er. Über Jahrhunderte hinweg haben sie alle Andersfarbigen mit ihrer Anschauung angesteckt, wonach als überlegene Rasse die jeweils hellhäutigere gilt. Selbst die einst so stolzen Ureinwohner Lateinamerikas streben heute mit allen Mitteln danach, dem Idealbild ihrer weißen Unterdrücker möglichst nahe zu kommen und am Ende selbst zum *chele* zu werden, zum Hellhäutigen oder gar Blonden. Ein Trend, dem bisweilen auch prominente Dunkelhäutige, wie etwa Michael Jackson, verfallen. Chemische Mittel und Kortisonsalben zwecks Hautaufhellung auf der einen und gesundheitsschädliche Sonnenbäder auf der anderen Seite, nur um in den Genuss eines bronzenen Teints zu kommen. Wie lächerlich, wie absurd!
Yamil möchte sich eine Zigarette anzünden, wie er es immer macht, wenn er etwas nervös ist. Aber seine

Hand steckt das Päckchen schnell wieder in die Sakkotasche zurück. Noch immer hat er sich nicht daran gewöhnt, dass in seiner neuen Heimat das Rauchen im öffentlichen Raum so gut wie überall verboten ist. *Mierda*, denkt er, wenigstens das war in Kuba besser. Sein Blick geht hinüber auf das drei Meilen entfernte Fisher Island, von dem wegen der vielen Hochhäuser auf Brickell Key nicht viel zu sehen ist. Schon gar nicht der kleine Bootshafen, wo eine gewisse Santa Lucía vor Anker liegt. Ein schlichter Außenborder, mit Hilfe dessen er einen Schatz zu bergen gedenkt. Er legt den Kopf in den Nacken, doch vom Dach des Hotels ist von hier aus nichts zu sehen. Egal, die Bilder auf der Hotelhomepage reichen für eine grobe Orientierung, die sehr bald ja durch aktuelle Livebilder verfeinert werden wird. Durch Aufnahmen aus eben jener Videokamera, die er eigenhändig in seinen kleinen Liebling eingebaut hat. Ebenso wie die metallenen Klauen an der Unterseite, die den Quadrocopter zu einem modernen Greifvogel machen.
Yamil findet es aufregend, genau da zu stehen, wo in wenigen Tagen massenweise bewaffnete Polizisten herumschwirren werden, in Zivil, versteht sich, und vermutlich ebenso nervös wie er jetzt. Einer von ihnen hoffentlich mit einem Paket in der Hand, das nach seinen – Yamils – Angaben verschnürt und durch eine Plastikfolie geschützt ist.
Es wird klappen, es muss klappen, redet er sich ein. Der Plan des großen Bruders wird funktionieren, und sie werden reich sein! Mit zweiunddreißig ist es noch nicht zu spät, eine Familie zu gründen. Wozu es natürlich erst einmal eine Frau braucht. Am besten wohlproportioniert und aus der kubanischen Community stammend.
Dass eine solche *latina* bedeutend leichter aufzutreiben

ist, wenn du über eine prall gefüllte Geldbörse verfügst, weiß niemand besser als er.

16

Er sitzt im Verhörraum des Polizeipräsidiums von Santiago de Cuba, ihm gegenüber Teniente Yonatan Berluza Mendez.

Osvaldo wünschte, der Teniente hätte ihm seinen Namen nicht gesagt. Es teilt ja auch der Henker dem Verurteilten nicht seine Identität mit, ehe er ihn köpft oder ihm die Giftspritze setzt.

Warum hat er das bloß getan?

Vielleicht, um ein für alle Mal klar zu stellen, dass an ihm, an seiner Person, kein Vorbeikommen ist. Yonatan bedeutet Geschenk Gottes auf Hebräisch, auch das hat er ihn beizeiten wissen lassen. Osvaldo mag es nicht, wie ihn dieses Gottesgeschenk ansieht, und er hasst sein Lächeln. Welch ein fieser Schönling: hoch aufgeschossen, mit breiten Schultern und schmaler Taille, vermutlich besucht er jeden Tag ein Fitnessstudio. Dazu eine Uniform, die wie angegossen sitzt. So etwas kriegst du nicht von der Stange, das gibt es nur maßgeschneidert, um teure Devisen.

Man könnte ihn als eine rundum stattliche Erscheinung bezeichnen, wäre da nicht seine Hakennase, die ihm im Untersuchungsgefängnis den Spitznamen *El Buitre* eingebracht hat: der Geier. Kein schönes Tier, aber angeblich sehr nützlich, wenn es um die Entsorgung von Kadavern geht.

Auch der Teniente kreist erst lange über einem, ehe er beginnt, den Untersuchungshäftling mit seinen Fragen zu löchern, in seinen Eingeweiden herumzuhacken.

Wie er beim Gehen die Hüften nach vorne drückt, dieses stolzierende Staksen, erinnert er Osvaldo ein wenig an Paco, seinen Vater. Der hatte denselben Tick; aber er fiel ihm erst auf, als der Vater nach Jahren der Abwesenheit endlich auf Dauer heimkehrte zu ihnen. Zu Weib und Kind, die natürlich nie etwas erfahren durften von seinem Leben in Angola. Vom Gemetzel in Malariasümpfen oder von verbotenen Früchten, die man sich nachts im Lager gönnte. Erst recht nicht von den eventuellen Folgen eines solchen Genusses. Bei Ángel Santiesteban Prats, dem zuerst gefeierten und später in Ungnade gefallenen kubanischen Schriftsteller, kannst du nachlesen, wie armselig sich die Söhne der Revolution dort drüben fühlten und wie wenig ehrenhaft sie sich mitunter verhielten. Vielleicht, weil es etwas anderes ist, ob du zuhause gegen deine Unterdrücker kämpfst oder als Söldner im Ausland?

„Erzähl von deinem Vater, *chico*. Von Paco Rivera Santos. Er war doch ein echter Patriot, nicht wahr? Kämpfer der ersten Stunde, und sicherlich das große Vorbild für seinen einzigen Sohn. Nicht wahr, du missratener Hurensohn?"

Er soll ihn doch in Ruhe lassen, ihn nicht mit seinem schlechten Atem quälen, und mit den Erinnerungen an *ihn*!

An einen Vater, den er, vor seinem sechsten Geburtstag, vielleicht drei oder vier Mal bei seinen sporadischen Heimaturlauben zu Gesicht bekam.

Von 1983 bis 1985 ließ sich der Alte in der DDR zum Fahrzeugmechaniker ausbilden, bis er genug hatte von der Korrektheit der deutschen Genossen. Aber anstatt seine neu erworbenen Fähigkeiten an der Heimatfront zu nutzen, verpflichtete er sich zu drei Jahren Militärdienst in Angola. Zwecks Rettung der dunkelhäutigen Genossen vor den einmarschierenden Truppen Südafrikas. Zwecks selbstloser Unterstützung der damals noch kommunistischen Befreiungsbewegung MPLA, des Movimento Popular de Libertação de Angola.

Vater sah sich wie Tausende andere in den Fußstapfen Che Guevaras, seines Idols. *¡Hasta siempre, comandante!* Che, der nach dem Sieg der kubanischen Revolution und der Ausrufung des neuen Menschen sein Ministeramt in Havanna bald satt hatte und lieber diverse afrikanische und lateinamerikanische Staaten mit seinem Verständnis von internationaler Solidarität beglückte. Das ging so lange gut, bis ein stinknormaler Feldwebel in den bolivianischen Bergen die Träume des selbsternannten neuen Menschen mit einem Kopfschuss beendete. Was Vater, so wie Hunderttausende andere Kubaner auch, nicht davon abhielt, weiterzuträumen und ein wenig dazu beizutragen, im heißen Afrika an den Rädchen des Kalten Kriegs zu drehen. Insgesamt sollen um die 50.000 kubanische Zivilisten und 400.000 Militärs in Angola zum Einsatz gekommen sein, wenn man den offiziellen Zahlen trauen darf. Aber wie hält es einer drei Jahre lang im Dschungel aus, zerstochen von Moskitos, geplagt vom Durchfall, tagtäglich bedroht von Sprengfallen und Heckenschützen? Und – nicht zuletzt – gequält von den Gedanken an seine Liebste und die beiden Kinder in elftausend Kilometern Entfernung?

Am besten, er besorgt sich eine neue Geliebte vor Ort, eine attraktive junge noch dazu, die als Freiwillige gekommen ist, um die Kinder der MPLA-Kämpfer zu unterrichten. Auch wenn sie daheim nicht einmal ihre Lehrerausbildung abgeschlossen hat. Egal: Die Revolution hat ihren Kindern immer schon beigebracht, wie wichtig es ist, Bildung und medizinische Hilfe an Bedürftige weltweit weiterzugeben. Kein anderes Land hat so viele Lehrerinnen und Ärzte produziert wie Kuba, nur um den Großteil davon gleich zu exportieren. Und auch wenn der kubanische Staat an die 1000 Dollar pro Lehrkraft einstreifte, während dieselbe

Lehrkraft mit einem Taschengeld von zehn Dollar vorliebnehmen musste: Die Aussicht, der Tristesse zuhause wenigstens für eine gewisse Zeit zu entkommen und etwas von der Welt zu sehen – wenn auch nur vom rot eingefärbten Teil derselben –, war für manche Lehramtskandidatin Motivation genug, sich für einen solchen Auslandseinsatz zu melden.

Doch Ende der Achtzigerjahre wurde die Lage auch für die Kubaner in Angola schwierig. Die Truppen der UNITA griffen, von Südafrika unterstützt, gezielt kubanische Kooperationsprojekte an, vorzugsweise Schulen und Krankenhäuser. Auch das Lager von Vater wurde von Granaten getroffen, seine Geliebte dabei zerfetzt. Eines von 2000 zivilen kubanischen Opfern in Angola.

Kurz zuvor hatte sie aber noch entbunden und einem Mädchen das Leben geschenkt. Ein hübsches, immerzu lächelndes Baby, das nach dem Tod seiner Mutter schnell von einer anderen jungen Lehrerin adoptiert wurde.

Dass Mutter und Ziehtochter an die zwanzig Jahre im schönen Cienfuegos, *La Perla del Sur*, lebten, ehe sie nach Santiago übersiedelten, spielt für diese Geschichte keine Rolle.

Fakt ist, dass Osvaldo seine Halbschwester erst vor Kurzem beim größten Karneval der Karibik kennenlernte. Und dass er ihretwegen den Schock seines Lebens erlitt.

*

Er erzählt und erzählt, und der Teniente hört zu, ohne ihn zu unterbrechen. Doch seine Miene verrät, dass er dabei nichts für ihn Wesentliches erfährt. Auch wenn er nicht alt genug sein kann, um selbst in Angola

gekämpft zu haben, und auch wenn kaum einer der Heimkehrer freiwillig über seine Erlebnisse *dort drüben* redet: Die, die diesen Krieg selbst erlebt und überlebt haben, schweigen zumeist, aus Scham vermutlich. Oder es wird ihnen von offizieller Seite verboten, davon zu berichten. So wie Ángel Santiesteban Prats.
„Traurig, gewiss", sagt der Teniente, Anteilnahme heuchelnd. Nur um sofort zu ergänzen: „Aber internationale Solidarität ist nun einmal nicht zum Nulltarif zu haben!"
Ja, er weiß schon, er kennt all diese Sprüche! Wenn die Kubaner einen Weltrekord halten, der nie und von niemandem je übertrumpft werden kann, dann den beim Sprücheklopfen. So unterschiedlich die dabei gewonnenen Erkenntnisse auf den ersten Blick auch sein mögen – am Ende läuft es doch darauf hinaus, dass nichts gratis ist auf dieser Welt. Das sah auch sein Vater so, diesbezüglich machte er sich nichts vor. Was hilft die blecherne Tapferkeitsmedaille am Revers, wenn du keinen Job hast, um deine Familie ernähren, um die schon baufällige Hütte renovieren zu können? Von seinem bescheidenen Sold hatte Vater sich in all den Jahren nichts auf die Seite legen können. Weder für seine kubanische noch für seine angolanische Familie. Von den 250 Dollar für Tonya einmal abgesehen ...
„Mag sein, aber heute ist das doch anders, viel besser. Frag unsere Ärzte in Venezuela, die verdienen dort das Zehnfache."
Schon klar, Mann, schon klar! Dafür hat man jetzt zu wenige Mediziner im eigenen Land. Ist es nicht grotesk: Zuhause wird die ärztliche Versorgung immer schlechter, und sie exportieren weiterhin medizinisches Personal nach Venezuela, im Austausch für billige Öllieferungen, die ihnen die dortige sozialistische

Regierung garantiert. Dank des großen Bruders Chavez. Dafür prangt sein Bild als *mural* auf allen öffentlichen Wänden Kubas.
Hugo Chavez, der größte Freund Kubas …
„Sag mir mal nichts gegen Chavez oder Maduro, *chico*! Ohne deren brüderliche Hilfe wüssten wir nicht, wie wir wegen dem verdammten US-Embargo an erschwingliches Erdöl rankommen sollten. Das muss ich dir wohl nicht erklären!"
Nein, muss er nicht, natürlich nicht!
Seit bald sechzig Jahren erzählt man ihnen davon, vom Kindergarten bis ins Altersheim. Schuld ist immer das *imperio*, das Reich des Bösen, gerade einmal hundert Meilen entfernt und mit nichts anderem beschäftigt als damit, gegen das freie Kuba Ränke zu schmieden und die Welt dagegen aufzuhetzen. Weshalb man sich ständig nach der Decke strecken muss, bis diese einem irgendwann auf den Kopf fällt. Aber manchmal sucht ihn der Gedanke heim – der politisch völlig unkorrekte Gedanke –, dass dieses Embargo, über das sie alle so heftig, so voller Inbrunst schimpfen gelernt haben (vor allem, wenn sie Ausländern die ständige Mangellage erklären müssen), am Ende vielleicht sogar ein Segen ist. Immerhin lassen sich damit alle wirtschaftlichen Probleme tadellos begründen, alle Fehler der eigenen politischen Kader kaschieren. Und mit größter moralischer Berechtigung kann man sich im Schaukelstuhl zurücklehnen und darüber schimpfen, was alles anders, will heißen besser wäre, würde das verdammte Embargo eines Tages tatsächlich fallen.
„Willst du etwa leugnen …?"
Nein, er leugnet nichts.
Natürlich weiß er um die Probleme, an denen *el bloqueo*, die längste je gegen ein Land verhängte Wirtschaftsblockade, schuld ist. Ständig führt sie zu Engpässen,

keine Frage, jeder Kubaner und jede Kubanerin kann welche auflisten. Aber genauer betrachtet tragen dafür nicht die Amis alleine die Verantwortung, vielleicht nicht einmal die größte. Die wahren Schweine sind, seiner bescheidenen Meinung nach, jene, die sich immer wieder als willfährige, skrupellose Handlanger der Amis erweisen. Zum Beispiel jene europäischen Firmen, die, je nach Gutdünken oder Feigheitsgrad, sich nur dann an die US-Sanktionen halten, wenn es ihnen in den Kram passt.

Beispiel gefällig?

Da verkauft der renommierte Philipskonzern dem Kinderkrankenhaus in Holguín einen Magnetresonanztomografen für gute Dollars; wenige Jahre später kann Philips den kaputten Computerchip in der Steuerungseinheit des Geräts leider nicht ersetzen, mit Hinweis auf das Embargo. Wer wird schon wegen eines lächerlichen Mikrochips seine Beziehungen zu den USA unnötigen Belastungen aussetzen! Deswegen müssen jetzt kranke Kinder aus dem Oriente ins ferne Havanna verschickt werden, um sich dort für zehn Minuten in eine Röhre schieben zu lassen. Das gute Ding in Holguín steht nämlich seit Jahren still, wegen eines einzigen verdammten Chips. Nein, wegen der Scheinheiligkeit eines Weltkonzerns!

Aber wieso, zum Henker, bringen unsere Parteibonzen nicht genügend Kreativität auf, um an den fehlenden Chip über andere Kanäle heranzukommen? Bei Autos oder Handys schaffen sie das doch auch! Was die Russen seit dem Zusammenbruch der Sowjetunion nicht mehr liefern, liefert seit einigen Jahren China. Die *chinos* unterstützen uns auch nach jedem Hurrikan beim Wiederaufbau, scheinbar völlig uneigennützig, weil doch nichts über die Freundschaft der sozialistischen Völker gehe, wie es dann bei den Dankesreden im

Fernsehen heißt. Anderen, höher entwickelten Staaten klauen die Chinesen dafür zum Ausgleich die neuesten Forschungsergebnisse, die geheimsten Daten. Oh ja, es gäbe schon Mittel und Wege, an ein paar MRT-Chips ranzukommen, würden sich die Verantwortlichen in der Partei nur wirklich ins Zeug legen!

„Aber seit Obamas Besuch bei Raúl geht es doch wirtschaftlich bergauf, das wirst auch du zugeben müssen!"

Von wegen! Und wieso überhaupt *zugeben*?

Genügt es nicht, mit offenen Augen durch die Welt zu gehen, genügen nicht die Erfahrungen des Alltags? Vielleicht kommen jetzt ja ein paar US-Touristen mehr ins Land, und, okay, die amerikanische Botschaft in Havanna wurde wieder eröffnet – aber sonst? Wo bleibt die Beendigung der Blockade, wo der groß angekündigte amerikanische Investitionsboom? Nicht, dass er darauf heiß wäre, dass das Land mit McDonald's und Starbucks zugepflastert wird, beileibe nicht. Aber den Sprüchen des ersten schwarzen Präsidenten ist nichts Konkretes gefolgt.

Außer, dass es die US-Geheimdienste jetzt wieder leichter haben, sich bei uns auszutoben.

17

„Einen Cuba Libre, Juanito, mit einer extra Limette, du weißt schon. Und ein *bocadillo con jamón*. Hübsch heiß, wenn ich bitten darf."

„*Si, señor, claro que sí.* Kommt sofort!"

John Martin versucht, seine Nackenmuskeln zu entspannen, während er am ersten Cuba Libre dieses überdurchschnittlich warmen Dezembertags nippt. Das El Patchanka an der Plaza de Christo zeichnet sich nicht nur durch seine zentrale Lage aus, sondern auch dadurch, dass man hier als Weißer mit amerikanischem Akzent nicht auffällt. Keiner würde in dem Mann mit dem karierten Poloshirt einen ausländischen Agenten vermuten; viel eher einen amerikanischen Touristen, der, wie Tausende andere seit der Visaerleichterung, auf die Insel kommt, um hier seine sauer verdienten Dollars loszuwerden. Martin schätzt Juanitos Toastbrote, wie sie in den großen und berühmteren Bars nicht zu finden sind. Wenn es sich vermeiden lässt, verkehrt Martin ohnehin nicht in Lokalen wie dem Floridita, das seinen Ruf primär den Trinkgewohnheiten eines legendären amerikanischen Schriftstellers und Säufers verdankt. Ständig zum Brechen voll wird einem dort ein wahrer Schandpreis abverlangt für den Daiquiri à la Hemingway. Da ist das leicht schmuddelige Patchanka definitiv vorzuziehen, um bei einem Gläschen oder zwei ungestört nachdenken zu können.

Aktuell etwa darüber, dass die Monate der Beschaulichkeit bis auf Weiteres vorbei sein dürften. Vorbei das stressbefreite Abhocken der Bürostunden in der Embassy, mit ein paar Meetings hier und ein paar

Anrufen da. Und all das wegen einer Anordnung, die ihn gestern per Dienstmail erreichte und seinem offiziellen Titel Verbindungsoffizier so etwas wie Leben einhauchte. Von einem ranghohen Beamten des State Department wurde er darin angewiesen, bis zur Klärung eines gewissen Falls mit den hiesigen Polizeibehörden zusammenzuarbeiten, ohne Wenn und Aber. Was zweifelsohne ein Novum bedeutet in der kubanisch-amerikanischen Geschichte, wenn man bedenkt, dass die letzten sechzig Jahre auf beiden Seiten jede Menge Energie in das genaue Gegenteil investiert wurde, also in gezielte Desinformation, Spionage und Sabotage. Und das alles wegen eines jungen Amerikaners, der sich im Oriente, im Osten Kubas, in Luft aufgelöst hat! Warum man dafür auf einen alten Agenten wie ihn und nicht auf einen jungen, dynamischen Kriminalbeamten oder Detektiv setzt, fragt sich Martin, eine schlüssige Erklärung fällt ihm allerdings nicht ein. Ob ihm Benton das eingebrockt hat, dieser kleine Widerling? Wie dem auch sei: Der Außendienst hat ihn wieder.

Aus den Augenwinkeln sieht er einen Mann auf sich zukommen. Es ist derselbe untersetzte, kurzgeschorene Kerl, der schon am Tresen herumlungerte, als Martin das Patchanka betrat.

„Darf ich mich ein wenig zu Ihnen gesellen?“

John Martin hat den Mann noch nie gesehen, aber seine Stimme erkennt er sofort wieder. Sie ist fälschungssicherer als jedes Dokument, das den Mann als Angehörigen des MININT, des kubanischen Innenministeriums, ausweisen könnte.

Martins Hand weist auf den leeren Stuhl neben sich, der andere nimmt lächelnd darauf Platz. Martins scharfem Auge entgeht nicht, wie sein Gegenüber ein unter dem Sakko verborgenes Holster wie beiläufig

nach hinten schiebt, damit es ihn nicht beim Sitzen behindert. Es handelt sich dabei um eine unbewusste, fast rituelle Bewegung, wie sie Martin auch von sich selbst kennt. Nun ja, in einem gewissen Sinn sind er und dieser Kubaner ja Kollegen, wenn auch zwei Lagern zugehörig, die einander seit mehr als einem halben Jahrhundert spinnefeind gegenüberstehen.
„Morales", sagt der Fremde und streckt ihm seine Rechte entgegen. Leiser fügt er hinzu: „Colonel Morales. Wir haben heute Morgen miteinander telefoniert."
„Ich verstehe." Martin beantwortet den kräftigen Händedruck nicht weniger stark. „Da war aber keine Rede davon, dass wir uns hier treffen wollen."
Das sardonische Lächeln auf dem Gesicht des Colonel deckt sich mit seinen Worten.
„Stimmt, aber manchmal gilt es zu improvisieren. Was umso leichter fällt, wenn weithin bekannt ist, wo Sie um diese Zeit anzutreffen sind. Und die jüngste Entwicklung der Ereignisse macht meines Erachtens ein unverzügliches Handeln erforderlich – beiderseits!"
Weithin bekannt?, wundert sich Martin. Aber er will jetzt nicht darauf herumreiten. Goutiert vielmehr, dass Juanito soeben den Cuba Libre vor ihn hingestellt hat.
„Für mein *bocadillo* ist aber schon noch Zeit, oder?", fragt er. „Ich arbeite ungern mit leerem Magen."
„Selbstverständlich, Mr. Martin. Außerdem: Mit leerem Magen zu fliegen empfiehlt sich nicht. Man weiß ja nie, wann ein Flugzeug in Turbulenzen gerät." Morales bedeutet Juanito durch einen Fingerzeig, ihm auf die Schnelle ebenfalls einen solchen Cocktail zu servieren. „Unsere Vorgesetzten haben nun einmal beschlossen, dass wir in dieser Sache effizient und ohne Voreingenommenheit zusammenarbeiten sollen. Teamwork – so sagt man doch bei Ihnen dazu, oder?"
Martin presst die Lippen aufeinander. Von wegen

Teamwork, verarschen kann er sich selber! Allenthalben ist davon die Rede, und, rein technisch betrachtet, wäre die Kooperation höchst unterschiedlich gepolter Geheimdienste in Belangen gemeinsamen Interesses heute, im Zeitalter der digitalen Kommunikation, leichter möglich denn je. Doch schon innerhalb der siebzehn verschiedenen US-Geheimdienste herrschen gegenseitiges Misstrauen und Neid, sodass es zu ständigen Kompetenzstreitigkeiten und Reibungsverlusten kommt. Diesbezüglich ist ein straff organisierter, konkurrenzloser Dienst wie die kubanische DI, die *Dirección de Inteligencia*, naturgemäß im Vorteil.

Man mag über dieses Land denken, was man will, aber die Agenten hier verstehen sich auf ihr Handwerk. Martin wäre der Letzte, der das nicht zugeben würde; ein Profi erkennt und anerkennt seinesgleichen. Dennoch: Erstmals mit einem Vertreter der Gegenseite zusammenarbeiten zu sollen, erfordert doch ein gerüttelt Maß an Flexibilität.

Fraglich, ob das in seinem Alter, mit seiner jahrzehntelangen Prägung überhaupt hinzukriegen ist ...

„Möchten Sie mir nicht erst erklären, wohin wir zwei fliegen, Colonel, und wozu dieser ganze Aufwand? Heute früh erzählten Sie nur, ein von Ihnen observierter Amerikaner sei verschwunden."

„*Correcto.* Aber bei dem vermissten Amerikaner handelt es sich nun einmal nicht um einen einfachen Touristen, sondern um einen Reporter des TIME Magazine. Wenn ein solcher Mann plötzlich nicht mehr aufzufinden ist, gibt das schon Anlass zu ... nun, zu gewisser Sorge. Umso mehr, als wir in seinem Umfeld Leute geortet haben, die dort nicht so recht hinpassen."

Das kann Martin gut nachempfinden: Als prominenter Observierter einfach vom Radar eines Geheimdienstes zu verschwinden, ist so ziemlich das Letzte, was sich der dafür Verantwortliche wünscht. Aber was meint der Colonel mit Leuten, die nicht in das Umfeld des Vermissten passen?

Morales klärt ihn schnell darüber auf.

„Dieser Journalist, ein gewisser Ioannis Vazelios, war seit mehreren Tagen mit einer Frau unterwegs, über die uns keinerlei Erkenntnisse vorliegen. Es handelt sich bei ihr um eine europäische Touristin, mit der Vazelios sich zusammengetan hat. Nachdem er am Montag in Santiago de Cuba verschwunden war, hat die Frau jedenfalls nach ihm gesucht. Hat mit allen möglichen Leuten Kontakt aufgenommen, sogar mit der dortigen Polizeidirektion."

„Und aus welchem europäischen Land stammt diese ... Touristin?"

„De Austria."

Austria und Australia zu verwechseln, so wie geschätzte 95 Prozent der Amerikaner dies tun, kann einem John Martin nicht passieren. Dazu ist er zu viel herumgekommen in der Welt. Schon vor seinen zahlreichen internationalen Einsätzen pflegte er in solchen Fragen sattelfest zu sein, war Geografie doch sein Lieblingsfach an der Highschool. 2007 war Martin sogar ein paar Wochen lang in Wien stationiert, ein gewisser Saif al-Islam al-Gaddafi stand gerade wieder einmal auf der Abschussliste der CIA. Dass der Sohn des libyschen Diktators damals mit dem Leben davonkam, lag mit Sicherheit nicht an Martins mangelhaften Schießkünsten, eher an einem plötzlichen Sinneswandel der zuständigen Politiker.

„Weiß man, wieso der Amerikaner und die Österreicherin zusammen unterwegs sind beziehungsweise waren?"

Morales grinst, während er in die Jackentasche greift, eine kleine hölzerne Kassette mit der Aufschrift

Montecristo hervorzieht und dieser eine Zigarre entnimmt. Sein Angebot, sich ebenfalls zu bedienen, weist Martin mit erhobener Hand zurück.

„Nein, wissen wir nicht. Aber warum sollten nicht einfach die berühmten Pfeile aus dem Köcher des Eros, Sie wissen schon, die mit der goldenen Spitze, wieder einmal ins Schwarze getroffen haben?"

Martin ist erstaunt über die bildhafte Sprache seines kubanischen Partners. Wer würde vermuten, dass hellenistische Mythen auf dem Lehrplan kubanischer Schulen stehen? Aus den Lehrplänen amerikanischer Highschools sind sie jedenfalls seit Langem verschwunden. Stattdessen finden sich dort virtuelle Nachschlagwerke wie Google, um im Fall des Falles altklug zitieren zu können. Diesbezüglich hinkt Kuba zweifellos hinterdrein.

„Sie vermuten also, die zwei waren ein Pärchen?"

„Warum nicht? Unterstellen wir einmal: eine tropische Romanze."

„Und ich unterstelle, dass Sie Romanzen dieser Art unter Kontrolle haben?"

Martin zwinkert Morales zu. Mit ein bisschen gutem Willen ließe sich das als Zustimmung deuten. Als Zustimmung dafür, wie einig man sich letztlich in solchen Angelegenheiten ist. Oder mindestens sein sollte, wenn alles sauber, will heißen berechenbar, abläuft ...

Morales' volle Lippen ziehen genüsslich an der Zigarre.

„Nun ja", schmunzelt er, „Observationen dieser Art fallen tatsächlich in meinen Zuständigkeitsbereich. Gerade das breite Feld der Lustbarkeit eröffnet ja mitunter aufschlussreiche Einblicke in die Lebensgewohnheiten unserer Genossinnen und Genossen."

„Wobei es sich bei diesem Vazelios ja nicht unbedingt um einen *Ihrer* Genossen handelt."

„Nein, nicht unbedingt."

Jetzt lächeln beide, ohne weiteren Kommentar. Gewisse Dinge müssen zwischen Mitarbeitern zweier Nachrichtendienste nicht breitgetreten werden, dazu ähneln sich die Denkmuster hüben wie drüben zu sehr. Mit einem servilen Grinsen serviert Juanito das duftende Brötchen. „Da kommt ihr *bocadillo*, Herr Kollege", sagt Morales, „ich schlage vor, Sie verzehren es unterwegs, während ich Sie zur Botschaft fahre, damit Sie noch schnell ein paar Sachen einpacken können. Unser Flug geht bereits in zwei Stunden."

18

Als der Linienbus endlich den Busbahnhof von Santiago de Cuba erreicht, fühlt sich Frieda wie gerädert. Dabei hat die Fahrt von Baracoa über Guantánamo gerade einmal fünf Stunden gedauert. Aber die längste Zeit über waren alle Reisenden angespannt, der Stress war förmlich mit Händen zu greifen. Keine Rede vom sonst so üblichen Gelächter und Geschnatter bei Langstreckenfahrten, selbst der Chauffeur verzichtete darauf, das Radio plärren zu lassen. Was aus der Sicht Friedas das einzig Gute war, geht ihr doch der ewig gleiche Reggaeton-Sound aus den Lautsprechern mittlerweile mächtig auf die Nerven. Die Steilkurve, in der der Todesfahrer vor drei Tagen absichtlich geradeaus fuhr, war drapiert mit zahllosen Blumen und Bouquets. Frieda ist sich nicht ganz im Klaren darüber, welcher Gemütszustand bei ihr an der Unglücksstelle vorherrschte: War es Trauer oder eher Erleichterung? Oder gar eine makabre Form von Befriedigung – der Befriedigung darüber, verschont geblieben zu sein? Erst nachdem sie die Berge hinter sich hatten und der Küste entlang in Richtung Guantánamo rollten, löste sich die Anspannung der Fahrgäste ein wenig. Es fühlte sich an wie ein tiefes kollektives Ausatmen.
Das Taxi, das sie vom Busterminal ins Zentrum bringen soll, lenkt ein junger Kerl. Unentwegt fuhrwerkt er während der Fahrt auf seinem Handy herum und bringt Frieda damit erneut in Stress. Was, wenn er auf diese Weise einen Unfall verursacht, und sie landet doch noch im Graben? Handyfreaks zuhause und hierzulande unterscheiden sich jedenfalls nicht im Geringsten, so viel ist sicher.

Ykira hatte gefragt, ob sie in Santiago bereits eine Unterkunft gebucht habe. Nein, sagte Frieda, aber sie habe vor, staatliche Hotels möglichst zu meiden. In privaten Bleiben zu nächtigen gewährleiste automatisch, auch etwas über deren Bewohner zu erfahren. Schön, meinte Ykira, in dem Fall könne sie ihr ein hübsches Häuschen empfehlen, und ohne Friedas Antwort abzuwarten, rief sie im *Casa Leonardo y Karina* an. Das biete – für kubanische Verhältnisse – tollen Komfort und sei zentral, ganz in der Nähe der Plaza de Dolores, gelegen. Der Name dieses Platzes sagte Frieda etwas: Hier hat, laut einer kurzen SMS-Mitteilung, auch ein gewisser Ioannis Vazelios Unterschlupf gefunden, allerdings in einem Hotel.
Gegen Mittag klopft Frieda bei Hausnummer neun in der Calle Clarín an. Es dauert eine ganze Weile, bis das azurblaue Tor sich öffnet, den Geräuschen nach zu urteilen ist es mit mehreren Schlössern und Riegeln gesichert. Im Türspalt erscheint ein mit Lockenwicklern geschmückter Kopf, der alles andere als freundlich wirkt. Die mürrische Miene der Hausherrin verfliegt aber augenblicklich, als Frieda erzählt, wer sie geschickt hat. Doña Karina zieht sich noch schnell ein gehäkeltes Jäckchen über, um ihrem Gast würdig gegenüberzutreten; die Lockenwickler hingegen bleiben, wo sie sind.
„So erzählen Sie doch, wie geht es meiner lieben Cousine Ykira? Kocht sie immer noch so gutes *ropa vieja*? O Gott o Gott, ich habe die Gute schon über ein Jahr nicht mehr gesehen! Sie müssen mir alles über sie erzählen, ja?“
Wenn du in Kuba erst einmal in einer *casa particular* abgestiegen bist, kannst du dir die Zimmersuche für deine weiteren Destinationen ersparen. Irgendeine Verwandte oder Bekannte findet sich selbst im kleinsten

Kaff, zu der der Gast gerne weiterempfohlen wird, dieses Geschäft funktioniert ganz ohne Internet und Vorauszahlung. Zum Glück, denn wer möchte in einem Land, wo der Internetzugang mehr einer Sackgasse ähnelt als einem Datenhighway, schon auf das World Wide Web angewiesen sein. Wie hat es der bekannte lateinamerikanische Journalist Alberto Salcedo Ramos, dessen Werke Frieda so schätzt, präzise auf den Punkt gebracht: *En el mundo civilizado vamos a remolque de la tecnología; en estos parajes atrasados la tecnología va a remolque de nosotros.* In der modernen Welt sind wir ein Anhängsel der Technologie; in diesen rückständigen Gebieten ist die Technologie ein Anhängsel von uns.

Nachdem Doña Karinas Neugier zufriedengestellt ist, was Informationen aus Baracoa betrifft, hilft sie Frieda, sich auf dem Stadtplan zurechtzufinden. Die Herediastraße, die kulturelle Hauptschlagader Santiagos, liegt gerade mal um die Ecke und erstreckt sich bis zum Parque Céspedes. Ihr entlang gebe es etliche Sehenswürdigkeiten zu bestaunen, erläutert die *señora*, allen voran die Casa de la Trova und das Karnevalmuseum.

„Um diese Zeit kann man im Museumshof immer der Tanzgruppe Cutumba bei ihren Proben zusehen. Wenn Sie sich beeilen, kommen Sie vielleicht noch rechtzeitig hin."

Das lässt sich Frieda nicht zweimal sagen. Auf ihrem Zimmer gönnt sie sich nur eine schnelle Dusche, ehe sie sich, versehen mit einem dringlichen Ratschlag Karinas, zu Fuß in Richtung Zentrum aufmacht:

„Und lassen Sie sich bloß nicht von diesen leichten Jungs anmachen! Wenn die einen erst mal umschwirren, ist die Handtasche schneller weg, als du piep sagen kannst."

Einen Haustürschlüssel bekommt Frieda nicht ausgehändigt, offenbar möchte Doña Karina die alleinige Kontrolle über ihre schmucke *casa* behalten.
„Aber Sie können zu jeder Tages- und Nachtzeit läuten", säuselt die Hausherrin, „ich werde immer da sein." Ob es auch einen Hausherrn gibt, der einem nächtens öffnen könnte, bleibt vorerst ungeklärt.
Von der Calle Clarín biegt Frieda in die Calle Heredia ab, die schnurgerade und leicht bergab Richtung Westen hinunter zum Parque Céspedes führt. Auf der Straße herrscht trotz der Siestazeit geschäftiges Treiben, und kaum ein Gesicht, das nicht schwarz ist. Die meisten mustern sie lächelnd, aber sie merkt auch verschlagene Blicke. Wie es sich anfühlen mag, nach Einbruch der Nacht hier alleine unterwegs zu sein? Vor allem als Frau, als hellhäutige Europäerin, deren mausgrauer Leinenrucksack – in seiner Unauffälligkeit schon wieder auffällig – die lederne Handtasche mit der vollen Börse ersetzt.
Sie hat sich geschworen, erst einen gewissen Zeitraum vergehen zu lassen, ehe sie wieder Kontakt zu Ioannis aufnimmt. Er braucht nicht glauben, sie würde ihm nachlaufen oder auf ihn angewiesen sein! Auch wenn er zehnmal mehr Erfahrung und Kontakte mit Kubanern hat und sich ihr gegenüber bisher immer uneigennützig, ja großzügig verhielt, ist es für sie nicht zuletzt eine Frage der Ehre, alleine zurechtzukommen. Und gerade hier, in der schwärzesten aller kubanischen Städte, wie es so treffend von *la perla del sur*, der Perle des Südens, heißt.
Aus einer offenen Bar winken ihr aufgedreht ein paar Halbwüchsige, kaum halb so alt wie sie. Wie wär's mit einem Drink?, übersetzt sie die Gesten und schüttelt matt, aber lächelnd den Kopf. Im selben Moment ist sie unzufrieden mit ihrer Reaktion. Du musst dir eine

klare Strategie zurechtlegen, wie du mit derlei Anmache umgehen willst, ermahnt sie sich, bloß keine zaghaften Gesten!
Das Museo del Carnaval ist leicht zu erkennen: Riesige bunte Masken und Gewänder, wie sie beim größten und verrücktesten Karneval der Karibik verwendet werden, zieren die vergitterten Auslagen. Aus dem Inneren des Museums sind eigenartige Klänge und Rhythmen zu vernehmen. Vor allem ein greller schwebender Ton, aus einer Art Fanfare gepresst, versetzt Frieda in Aufregung. Als sie im gleißenden Licht dieses Dezembernachmittags den quadratischen Hof betritt, wähnt sie sich in einer versunkenen Welt: Afrikanische Polyrhythmik, vorgetragen von sieben, nein, acht schwitzenden Perkussionisten im Wechselspiel mit athletischen Mädchenbeinen, die barfüßig auf dem Platz herumwirbeln, als gäbe es kein Halten, keine irdische Mühsal; dazu pulsierend pumpende Becken, die schiere Lust verströmen, kontrapunktiert von lässig zurückgelehnten, vibrierenden Oberkörpern. Komm, komm doch, scheinen die winkenden Hände der Frauen zu bedeuten; und tatsächlich wagt Frieda es, sich in ihre Mitte zu begeben und mitzumachen bei dieser grandiosen, alle Grenzen sprengenden Konvulsion, die getunkt ist in immer schriller werdende Klangkaskaden. *Learning by doing* – wie sonst sollte man das nennen, was frau hier widerfährt? Oder *Enjoying by doing* – ja, auch das wäre angemessen ...
Am Ende ist sie glücklich und erschöpft, glücklich erschöpft. Die Frauen laden Frieda ein, doch zu ihrer nächsten Aufführung ins Teatro Duplex zu kommen, dort gebe es afrokubanische Folklore pur. María Elena, überaus üppig in ihren Proportionen und offenkundig die Chefin der Truppe, will es genau wissen:
„Kommst du? Du kommst doch?

„Ich will es versuchen."
„Sind wir nicht mehr als eine Versuchung?"
„Ihr seid super, perfekt! Das ist nicht das Thema."
„Okay: Was ist dann das Thema?" María Elenas Lachen kommt aus den Tiefen ihres fülligen Leibs. *La vida pura* – ein Sinnbild des strotzenden Lebens.
Ja, was genau ist das Thema? Soll sie den Mitgliedern der ehrenwerten Tanztruppe Cutumba erklären, dass sie nur hierher gereist ist, um die politische Haltung der Einheimischen zu erkunden, entsandt von einer Wochenzeitschrift, die ihren Leserinnen und Lesern möglichst authentisch vermitteln möchte, welchen Weg eine exotische Insel nach dem Tod ihres Langzeitführers einzuschlagen gedenkt? Oder soll sie ehrlich sein und sagen: Zwei oder drei Wochen müssen genügen, um die Wirklichkeit in dieser Ecke der Welt abzubilden, mehr steht leider nicht zur Verfügung. Weshalb sich eure großartige Performance leider nicht für das Hauptabendprogramm ausgeht, *so sorry!*
Frieda notiert sich die Namen aller Tänzerinnen in ihrem schwarzen Büchlein, primär deshalb, um auf die unangenehme Frage nicht eingehen zu müssen. María Elena besteht auch gar nicht darauf, eine Antwort zu erhalten, vielleicht hat sie nicht einmal eine erwartet. Trotz ihres Umfangs wirkt alles an ihr locker und leicht, genau wie ihre Art zu tanzen. Aber vielleicht bildet sich das eine verspannte Mitteleuropäerin ja auch nur ein und projiziert ihre Wünsche auf andere?
Als Frieda wieder auf die Herediastraße hinaustritt, fühlt sich ihr ganzer Unterleib wundersam stimuliert an. Sie weiß, sie sollte eigentlich dankbar und glücklich sein dafür, allzu lange hat sie solches nicht erlebt; und doch kann sie die Empfindung nicht frei und unbeschwert annehmen. Und sie weiß auch, warum: Hat sie doch schon öfters Dummheiten begangen, wenn

die Lust die Oberhand gewann über ihren Verstand. Aus einiger Entfernung ist schon wieder Musik zu vernehmen, eine ganz andere diesmal als jene, die die Tänzerinnen begleitet hat. Angezogen von süffigen Son- und Rumbaklängen landet Frieda vor dem La Trovita, der kleineren Schwester der Casa de la Trova. Der Eingang wird von einer Menschentraube belagert, die nicht mehr Einlass gefunden hat, zu voll ist der Raum bereits. Frieda reckt den Hals, um zu sehen, wer da so munter aufspielt, und ist nicht wenig erstaunt, als sie die Bandmitglieder sieht: Das Durchschnittsalter der fünf auf der Bühne Wippenden, Zuckenden, Tanzenden dürfte um die achtzig sein. Beide Sängerinnen tragen bunte Turbane aus Seidentüchern, die ihnen ausnehmend gut stehen. Auf solch grelle Farben würden österreichische Pensionistinnen sich nie einlassen! Aber vor allem die Art, wie die zwei ihre Körper zum Rhythmus der Musik bewegen, ist mit ihrem offensichtlichen Greisenalter schwer vereinbar.
„Möchtest du tanzen, *chica*?"
Es ist lange her, dass Frieda als Mädchen bezeichnet wurde. Der Fragesteller in seinem weißen Leinenanzug wirkt wie die Reinkarnation von Ibrahim Ferrer, einer Legende aus der Zeit des Buena Vista Social Club. Als seine Lippen sich zu einem breiten Lächeln öffnen, sieht Frieda die vom Rauchen gelb verfärbten Zähne. Die Zahnlücken dazwischen machen die Sache nicht attraktiver.
„Ist doch gar kein Platz da drinnen", sagt sie und lächelt ein wenig schüchtern. Darf man doch, als Mädchen um die vierzig ...
„¿Y qué?", meint er und wirft den Kopf zurück wie ein junger Geck, der keinen Widerspruch duldet. „Na und? Tanzen kann man überall, auch auf der Straße!"
Schon hält er, der samt Hut nicht größer als Frieda ist,

sie in seinen Armen und führt mit einer solchen Sicherheit, dass sie darin sofort den Profi erkennt. Die Umstehenden klatschen begeistert, als wohnten sie einer Revue im Cabaret Tropicana bei, und Frieda verliert bald ihre Scheu. Er fragt nicht, wie sie heißt, stellt sich auch selbst nicht vor, überhaupt verzichtet er auf jeglichen Smalltalk. Seine Art zu kommunizieren ist die reine, von allen Missverständnissen befreite Sprache des Tanzes. Sein Blick ist stolz und konzentriert, aber dennoch entspannt. Es ist ihm anzumerken, wie er es genießt, mit einer dreißig Jahre jüngeren Frau über die Straße zu fegen und dazu noch bewundernde Blicke einzuheimsen. Aber auch sie genießt, schon zum zweiten Mal an diesem Nachmittag, wie ihr Körper sich verselbständigt; genießt es zu schweben in einer Sphäre des Wohlbehagens, des Vertrauens. Und das in den Armen eines wenig attraktiven alten Mannes, den sie nicht einmal beim Namen kennt.
Als die Musik verstummt – die Musiker drinnen im Trovita gönnen sich gerade eine Pause –, verabschiedet sich ihr Galan, indem er den Hut lüftet und, mit dem einen Arm weit ausholend, eine theatralische Verbeugung hinlegt wie ein Schauspieler, der soeben die Rolle seines Lebens auf die Bühne gezaubert hat. Für einen Augenblick ist ein hässliches Feuermal auf der Glatze des Mannes zu sehen, ehe er den Hut wieder darüberstülpt und mit einem flüchtigen Winken in der Menge verschwindet.

*

„Was dieser Kerl wohl hat, was ich nicht habe?"
Frieda dreht sich überrascht um und blickt in das feixende Gesicht von Ioannis. Hat der Schurke sie die ganze Zeit beim Tanzen beobachtet? Sie überlegt noch

eine passende Antwort, da entschuldigt er sich bereits. „Sorry, ich war einfach ein bisschen eifersüchtig auf den Alten. Aber tanzen kann er, das muss ihm der Neid lassen. Sie haben es einfach in den Genen, diese Kubaner!“

In der kleinen Bar des Trovita gibt es nur alkoholische Getränke, Bier und jede erdenkliche Longdrink-Kombination mit Rum. Ioannis bestellt zwei Cuba Libre, die im Handumdrehen serviert werden.

„Auf Cuba libre!“, ruft der Amerikaner und hebt sein Glas. „Möge es bald so weit sein!“

Frieda versteht, worauf er anspielt. Nach dem ersten Schluck will sie wissen, wie die Sache mit seinem Kollegen von der Prensa Internacional gelaufen ist.

„Mit Julio Esteban? Keine Ahnung, wo er abgeblieben ist. Ich habe zwei Theorien für sein Verschwinden: Entweder Julio hat es vorgezogen unterzutauchen, bevor sie ihm noch andichten, ein von den USA angeheuerter Konterrevolutionär zu sein und sein Journalistenvisum für Spionagezwecke zu missbrauchen ...“

„Oder?“

„Oder er sitzt in irgendeinem Gefängnis, weil er die angebliche Rede- und Meinungsfreiheit in diesem Land ein bisschen zu penetrant ausgelotet hat. Es war ja auch nicht unbedingt schlau von ihm, nach Fidels Tod dessen Bruder Raúl in einem Interview zu fragen, wann er endlich abzudanken gedenke.“

„Und du? Würdest du solche Fragen nicht stellen?“

„Definitiv nicht! Wenn ich etwas gelernt habe in meinem Job, dann dies: Du darfst nie respektlos sein, nur weil du meinst, damit eine gute Story an Land ziehen zu können. Außerdem ist Raúl Castro nach sechs Jahrzehnten im Zentrum der Macht ein abgebrühter Hund – so einer lässt sich durch eine Provokation nicht aus der Reserve locken. Den Geheimdienst kann man

damit freilich sehr wohl auf sich aufmerksam machen. Hätte ich Julio noch angetroffen, ich hätte ihm geraten, sich höchstpersönlich bei Raúl zu entschuldigen; aber Diplomatie war noch nie Estebans Stärke, vermutlich hätte er meinen Rat ohnehin ignoriert. Na, Prosit!"
Er greift nach dem Glas, das der Kellner vor ihn hingestellt hat, und nimmt einen großen Schluck.
„Wunderbar, dieser Rum", stöhnt er, „und das Einzige, was es in der kubanischen Mangelwirtschaft zur Genüge gibt! Rum und Musik – damit kommt der Kubaner durchs Jahr. Was mich an einen Spruch unseres Freundes Miguelito aus Baracoa erinnert: *Con mentira y engaño se vive medio año. Y con engaño y buen arte se vive la otra parte.*" Mit Lug und Betrug kommst du durch die ersten sechs Monate, und mit ein wenig Theater und Übertreibung überbrückst du den Rest des Jahres. Nicht schlecht, der Spruch, oder? Für einen kommunistischen Gewerkschafter!"
„Er spricht sicher aus Erfahrung."
Beide lachen.
„Ich muss bald weiter", sagt er plötzlich in gedämpftem Ton, „in die Cienaga de Zapata; dort, wo sie die kubanischen Krokodile züchten. Wann immer ich auf Kuba bin, treffe ich mich auf dieser Farm mit meinem alten Freund León. Er hält den Kontakt zu politischen Gefangenen und ist immer auf dem Laufenden, wenn wieder irgendwo ein Oppositioneller verschwindet. Aber ehe ich weiterreise, würde ich dich gerne zu etwas Besonderem einladen", sagt er und lächelt bedeutungsschwer. „Und zwar bereits heute Abend. Falls du nicht schon mit irgendeinem Opa verabredet bist."
„Kommt darauf an, was du unter etwas Besonderem verstehst", kokettiert sie.
„Nun, in der Sala de Concierto Dolores, gerade einmal ein paar Meter von meinem Hotel entfernt, findet

derzeit das Jazz Plaza statt, ein Festival mit formidablen nationalen und internationalen Musikern. Heute Abend tritt Arturo O'Farrill auf, einer der Architekten des afrokubanischen Jazz, zusammen mit hiesigen Größen wie der Band Son de Cuba. Sag mir jetzt bitte nicht, dass du für Jazz nichts übrig hast!"

Das sagt Frieda ganz und gar nicht. Und auch wenn ihr sein Hinweis, der Veranstaltungsort sei gerade einmal ein paar Meter von seinem Hotel entfernt, ein bisschen verdächtig vorkommt, schmunzelt sie in sich hinein. Er will die Karten besorgen und sie um acht bei ihrer Pension abholen.

„Nicht nötig", sagt sie. „Ich komme selbst auf die Plaza de Dolores, ist ja fast um die Ecke!"

Er besteht darauf. „Eine Dame lässt man abends nicht alleine durch diese Stadt laufen. Das hier ist nicht Baracoa, Frieda!"

Sie weiß nicht, ob sie sich über seine Einstellung freuen oder ärgern soll. Ein bisschen hofiert zu werden mag ja ganz schön und gut sein; aber der Übergang zur Bevormundung ist, aller Erfahrung nach, oft ein fließender. Dennoch wehrt sie sich nicht länger. Zum Abschied tauschen sie, auf Latinoart, noch zwei schnell hingehauchte Küsschen aus, dann trennen sich ihre Wege auch schon wieder. Weder fragt er, was sie bis zum Abend vorhat, noch lässt sie sich über ihre Pläne aus. Es scheint ein unausgesprochenes Einvernehmen zwischen ihnen zu herrschen, das lautet: Lass du mir meine Freiheit, und ich lasse dir die deine.

Ein durchaus löblicher Modus, findet Frieda. Nicht nur für alte Paare ...

*

Längst hat sie für sich beschlossen, die Casa del Caribe im Viertel Vista Alegre zu besuchen, um ihre klaffende

Wissenslücke in Sachen Santería ein wenig zu verkleinern. Seit sie den seltsamen Initiationsritus in Baracoa miterlebt hat und erst recht nach der eindringlichen Warnung des Santeros auf dem Busterminal, sich nur ja nicht in den Bus zu setzen, der dann auf so tragische Weise verunglücken sollte, will Frieda mehr über diesen Kult erfahren. Die gut drei Stunden, die ihr noch bleiben, bis Ioannis sie abholen kommt, sollten für eine erste Orientierung reichen. Zu Fuß spaziert sie die gesamte Calle Heredia entlang in Richtung Osten, um schließlich über die Plaza de Marte – wo sich, wie auf praktisch allen öffentlichen Plätzen Kubas, eine Büste des Dichters und Revolutionärs José Martí befindet – an jenen Ort zu gelangen, den Karina für sie auf der Karte mit CC markiert hat.
Im Hof des Museums wächst ein riesiger Baum, der Frieda bekannt vorkommt. „Eine Ceiba", erklärt ihr die Führerin, eine spindeldürre alte Dame, die in jedem europäischen Land längst die Freuden der Pension genießen würde. Nicht so Señora Yovalina Baretta, die sich selbst eine Santera, Priesterin des Santería-Kults, nennt. „Die Ceiba ist für uns der heiligste aller Bäume. In ihr wohnt Irokó, Gott des Überflusses und des Wohlstands. Viele von uns pflanzen die Ceiba im Garten, weil sich an ihren Wurzeln alle Orishas versammeln."
„Die Orishas sind eure Götter?"
„Ja und nein", lächelt Yovalina. „Eigentlich heißt unser Gott Olodumaré, der sich in drei Aspekten manifestiert. Aber er ist zu groß, zu unfassbar. Es ist nicht möglich, direkt mit ihm in Kontakt zu treten. Dazu brauchen wir die Orishas als Vermittler. Von denen gibt es zahlreiche, und wir ehren und verehren sie alle, wie auch unsere Verstorbenen."
„Die Sklaven haben diesen Glauben aus Afrika mitgebracht, richtig?"

„Ja. Aber weil es ihnen die spanischen Grundbesitzer nicht erlaubten, weiterhin zu ihren alten Göttern zu beten, wandten die Schwarzen einen Trick an: Sie gaben vor, christliche Heilige zu verehren, hinter denen sich aber die Orishas der westafrikanischen Yoruba verbargen. So entspricht Elegua dem Heiligen Antonio von Padua, Ogun ist der Heilige Petrus und Changó die Heilige Barbara, deren Fest wir soeben am vierten Dezember gefeiert haben. Lustig nur, dass Changó in unserer Vorstellung ein ziemlicher Casanova ist, was die Heilige Barbara vermutlich nicht erfreuen dürfte."

Na, vielleicht doch, denkt Frieda. Wer will schon wissen, was die christlichen Heiligen sich insgeheim wünschten? Insbesondere dann, wenn es sich bei ihnen um Frauen handelte ...

„Und Oshun, die Göttin der Liebe, versteckt sich hinter der Virgen de la Caridad de Cobre", setzt Yovalina munter fort, „der Heiligen Jungfrau von Cobre, erkennbar an ihrer gelben Farbe. Deshalb legen wir an ihrem Feiertag, dem 8. September, auch alles mögliche Gelbe auf den Altar, wie Honig oder Sonnenblumen. Sie ist die offizielle Schutzpatronin Kubas. Vielleicht weil sie eine dunkle Hautfarbe hat, so wie die meisten, die sie verehren."

Seltsam, dass ausgerechnet die Jungfrau Maria eine große Liebhaberin sein soll, sinniert Frieda. Sie findet die Verschmelzung von christlicher und afrikanischer Religion einerseits faszinierend; andererseits ist sie überrascht, so etwas nach fast sechzig Jahren kommunistischer Indoktrination noch in diesem Land vorzufinden. Oder hat gerade der Materialismus der Kommunisten dazu beigetragen, dass Religion, wenn auch vorwiegend in synkretistischer Form, jetzt wieder Aufwind erhält? Aber wieso hat dann Fidel ein

Museum wie dieses zugelassen, und wieso haben sowohl er als auch sein Bruder sich bei den drei Papstbesuchen auf Kuba geradezu demütig gegeben? Ist das bloße Strategie, um in der Weltöffentlichkeit zu punkten und mit dem jeweiligen Papst einen prominenten Vermittler im ewigen Streit mit den USA zu gewinnen? Oder trifft auch auf die Castro-Brüder zu, dass, je näher der endgültige Abgang rückt, selbst gestandene Atheisten am Ende ihrer Tage gerne den Trost der Kirche suchen? Zumal dann, wenn sie in grauer Vorzeit einmal eine Jesuitenschule besucht haben ...
Das Museum ist gerammelt voll mit Objekten, die aus Holz, Leder oder Stein gefertigt sind. Die Götter der Yoruba scheinen mit einfachen Naturmaterialien das Auslangen zu finden und weder Gold noch Silber zu benötigen. Eigentlich sympathisch, wie Frieda findet.
„Und wer soll *das* sein?" Sie deutet auf eine schlanke, bemalte Holzstatue.
„Das ist Olokun", erklärt ihre Führerin. „Wenn jemand etwas Böses tut, kann Olokun sich in eine Schlange verwandeln."
Sie nickt bedeutungsvoll, weitere Erklärungen scheinen sich für sie zu erübrigen. Aber Frieda lässt nicht locker. „Kann?", fragt sie. „Wieso tut Olokun das nicht immer? Es würde den Menschen, die an sie glauben, doch eine Menge Probleme ersparen."
Die Alte sieht sie lange und durchdringend an, Frieda wird ganz unwohl dabei.
„Das ist eine Frage, die sich nicht ziemt! Die Irdischen haben über die Orishas nicht zu befinden, das wäre Anmaßung. Zudem sind sie uns nicht automatisch gewogen. Weshalb wir ja Opfer bringen, um sie uns gewogen zu stimmen."
Alles klar, denkt Frieda. Opfer, bis hin zu Menschenopfern, kennen die meisten Religionen, kennt auch das

Alte Testament. Und auch das Neue, wenn man es recht bedenkt: Letztlich wurde selbst der Sohn Gottes für uns Sünder geschlachtet, wenn sie die katholische Lehre richtig verstanden hat.

„Wie heißt du?“, fragt Yovalina. Ihre Frage klingt, als würde sie lauten: Wer bist du? Wer bist du, dass du es wagst ...

„Frieda“, lautet Friedas Antwort.

„Wie Frida Kahlo?“

„Ähnlich“, sagt Frieda, denn sie weiß, wie die berühmte mexikanische Malerin sich schrieb. Eine Frau, die litt, wie selten eine. Deren Corsagen nichts mit Mode zu tun hatten, nur mit schierem Überlebenswillen.

„Magst du mir dein Amulett zeigen?“

Die Frage überrascht Frieda, doch sie lässt es sich nicht anmerken. Sie nimmt das Amulett ab, das ihr der Santero in Baracoa in die Hand gedrückt hat.

„Schön“, sagt Yovalina und rollt den Stein zwischen ihren dünnen Fingern. „Und so selten wie das Gute. Mögest du ihn immer ehren. Darf ich fragen, wie du zu diesem Stein gekommen bist?“

„Ein Geschenk“, sagt Frieda, „das Geschenk eines Freundes.“

„Dann hast du einen sehr weisen Freund“, meint die Alte. „Einen, der sich mit deinem *Orí* beschäftigt hat.“ Sie streckt ihren Arm aus und hält die schwarze Schnur mit dem Amulett auf Augenhöhe.

„Sieh nur! Sieh nur, welche Energie ihm innewohnt!“ In Penzdorf, wo Frieda herstammt, hat sie schon mit Wünschelrutengehern zu tun gehabt, und auch das Auspendeln von Substanzen ist zuhause längst zur esoterischen Modeerscheinung geworden, selbst Apotheken spielen mittlerweile bei solchen Praktiken mit. So ist Frieda auch nicht sonderlich beeindruckt, als das Amulett in immer größeren Kreisen zu schwingen

beginnt, obwohl Yovalinas Finger sich nicht zu bewegen scheinen. Die Alte greift mit ihrer Linken nach dem Stein und verbirgt ihn in ihrer Faust. Mit geschlossenen Augen beginnt sie erst leise, dann immer lauter zu summen, was sich anhört wie ein Bienenschwarm, der seine Waben verteidigt. Frieda möchte dem Spuk ein Ende setzen und verlangt das Amulett zurück, aber die Santera ist in eine tiefe Trance abgeglitten, in der sie weder zu hören noch zu sehen scheint. Schließlich wird es Frieda zu bunt und sie greift nach Yovalinas Faust, zuckt aber sofort zurück: Die Haut der Alten brennt wie Feuer.
„Was tust du da?“, fährt Yovalina, plötzlich wieder wach, sie an, „wie kannst du es wagen, mich anzufassen!“ Ihre bisherige Freundlichkeit ist wie weggeblasen.
„Ich möchte nur mein Amulett zurückhaben, das ist alles.“
Yovalina öffnet ihre Faust. Der Stein hat sein leuchtendes Weiß vollständig eingebüßt, er wirkt jetzt matt und unansehnlich. Ein Trick, schießt es Frieda durch den Kopf, oder der Stein wurde einfach ausgetauscht.
„Ich will *mein* Amulett zurück!“, sagt sie mit harter Stimme.
„Es *ist* dein Amulett“, entgegnet die andere. „Dein schwaches *Ashé* hat es eingetrübt, nicht ich. Ich bin nur das Medium, nicht der Grund dafür, also beschuldige mich nicht. Aber lass mich dir sagen, was der Stein mir geoffenbart hat: Einem Menschen in deinem Umfeld droht große Gefahr, vielleicht sogar der Tod. Darum rate ich dir: Bring Olokun ein Opfer dar. Oder der Virgen de Regla, wenn dir das lieber ist. Sie beide sind ja eins.“
Einen feuchten Dreck werde ich tun, denkt Frieda. Grußlos verlässt sie das Museum. Sie ist zornig auf die Frau und ihr schamanistisches Geschwätz. Am meisten

aber erregt sie, dass sie selbst nicht einfach darüber lachen kann. Ist nicht gerade das das Ärgerliche an solchen Orakelsprüchen: Du glaubst nicht daran, und dennoch setzen sie sich wie Widerhaken in deinem Schädel fest? Ziehen dich runter, machen dich fertig; besonders dann, wenn die Prophezeiung eine negative ist.

Dass die Warnung aus dem Munde eines eben solchen Santeros ihr vermutlich das Leben gerettet hat, macht die Sache nicht leichter verdaulich.

*

Punkt acht läutet Ioannis an der Tür. Doña Karina öffnet ihm die Tür und säuselt ihm etwas für Frieda Unverständliches ins Ohr. Beide lachen. Hinter Ioannis' Rücken bekommt Frieda den erhobenen Daumen Karinas serviert, offensichtlich gefällt ihr der Amerikaner. Es ist stockdunkel draußen, die Straßenlaternen scheinen ausgefallen zu sein. Vielleicht ist es ja doch gut, wenn frau abends abgeholt wird ...

Ob sie den Nachmittag noch angenehm verbracht habe, will Ioannis wissen. Sie schüttelt den Kopf und erzählt, was sie in der Casa del Caribe erlebt hat. Den Orakelspruch verschweigt sie, mit solcherlei Unfug will sie Vazelios nicht behelligen.

„Wie sie das bloß hingekriegt hat, mein hübsches Amulett so schnell durch ein anderes auszutauschen?

Sie zieht den grauen Stein aus ihrer Jackentasche und zeigt ihn Ioannis. Der nimmt ihn interessiert unter die Lupe.

„Selenit, wenn ich nicht irre“, meint er, „auch Marienglas genannt. Weil es halb durchsichtig ist, wurde dieses Mineral schon von den Römern als Glasersatz verwendet. Guck mal, diese zarten Längsstreifen hier sind typisch für diesen Kristall. Man könnte sie auch seine Wachstumslinien nennen." Er lächelt maliziös. „Ein schönes Symbol, wie ich finde. Innerlich zu wachsen hat noch keinem geschadet."

Sie bleibt stehen und blickt ihn ungläubig an. „Du verarschst mich, oder? Woher willst du das wissen?"

„Mineralien zu sammeln ist eines meiner Hobbys. Ich finde, es gibt kaum etwas Entspannenderes. Solltest es auch mal versuchen. Wie auch immer: Ich kann mir nicht vorstellen, dass deine schwarze Zauberin zufällig ein ähnliches Amulett dabeihatte, um es mit dem Original auszutauschen. Und überhaupt: Was hätte sie davon gehabt?"

„Was weiß ich", murmelt Frieda, „vielleicht war es ja auch nur ein Trick, um mir zu imponieren und irgendwie Geld aus der Tasche zu ziehen. Du selbst hast mir ja erklärt, ich solle aufpassen, nicht von irgendwelchen Trickbetrügern reingelegt zu werden."

„Und wenn sie Säure dafür verwendet hat? Ich könnte mir vorstellen, dass das die Transparenz des Materials eintrübt."

„Säure – in der nackten Hand? Du bist mir vielleicht ein Chemiker!"

„Womöglich war die Hand ja durch eine Folie geschützt, keine Ahnung. Ich bin kein Experte, was Taschenspielertricks angeht. Aber deine Erklärung ist mindestens so unwahrscheinlich wie meine."

Was hätte sie dem entgegenzusetzen? Schweigend gehen sie die letzten Meter hinunter bis zur Plaza de Dolores. Hier funktionieren die Laternen wundersamerweise, der Stromausfall scheint nur die Calle Clarín betroffen zu haben.

„Es gäbe natürlich noch eine dritte Möglichkeit", brummelt Ioannis.

„Und die wäre?"

„Dass sie gar keinen Trick angewandt hat und tatsächlich über besondere Fähigkeiten verfügt. Überleg mal: Die einen schaffen es, unversehrt über glühende Kohlen zu gehen, andere laufen nackt durchs winterliche Hochgebirge. Warum soll es nicht auch noch andere für die Wissenschaft unerklärliche Phänomene geben, zumal die Frau ja, wie du gesagt hast, in Trance war? Da werden schon mal außerordentliche Kräfte frei. Glaubst du nicht?"
Er grinst sie breit an. Was hat dieser Bursche an sich, dass sie ihm nicht böse sein kann, egal, welchen Unsinn er daherredet? Von wegen Zweites Gesicht und so ...
Sie stehen an den Stufen zur Sala de Concierto Dolores, ein hübscher Winkel. Über ihnen erhebt sich der Turm der Kirche, die ebenfalls nach der Heiligen Dolores benannt ist. Ioannis zeigt auf ein großes Gebäude nebenan.
„El Colegio de Dolores, ein ehemaliges Jesuitenkolleg. Weißt du, welches berühmte Brüderpaar hier zur Schule ging?"
„Keine Ahnung", gibt Frieda zu, „aber zum Glück habe ich ja einen Kubaexperten dabei."
„Fidel und Raúl Castro, ob du es glaubst oder nicht! Die Jesuiten erzogen ihre Schüler, die *Dolorinos*, zum analytischen Denken, aber im Zentrum ihres Denkens stand die eine große Fragestellung: Willst du in deinem irdischen Leben dem Guten dienen oder dem Bösen? Für sie gab es nur diese zwei Standards, Grautöne kannten sie nicht. Also waren es wahrscheinlich die Jesuiten, die Fidel zu seiner kompromisslosen Haltung brachten. Das behauptet jedenfalls Patrick Symmes, der Verfasser von *The Boys from Dolores*, in seinem neuesten Buch."
Sie werden von Zigarettenqualm eingehüllt, augenscheinlich wollen viele vor dem Konzert noch schnell

eine rauchen. Aber schnell geht es dann ohnehin nicht. Erst um halb neun, das Konzert sollte längst beginnen, werden sie endlich eingelassen. So angenehm warm es draußen war, so eisig ist es im Saal. Die Klimaanlage läuft auf höchster Stufe, ein Wahnwitz, den Frieda schon vielerorts erlebt hat. Dass man aber selbst in einem armen Land wie Kuba dermaßen sinnlos Geld verpulvert, ist schwer zu begreifen.

Unter tosendem Applaus betritt Arturo O'Farrill die Bühne. Der Meister weiß nicht nur musikalisch das Publikum zu begeistern. *¡Soy cubano!*, ruft er, und zur Hälfte stimmt das auch, denn sein Vater Chico, ein Jazztrompeter, stammte aus Havanna. Er habe das Herz eines *Santiagueros*, behauptet O'Farrill, *seit ich vor fünfzehn Jahren das erste Mal hier spielte*. Und, wie um das zu belegen, stimmt er auf dem Klavier eine von Friedas Lieblingsmelodien an: Siboney. Alle möglichen Größen, auch Paco de Lucía, haben sich bereits an dem Stück versucht. Und auch wie Arturo O'Farrill und seine Mitmusiker über das Thema improvisieren, ist durchaus beeindruckend; doch Frieda kann vor lauter Zug und Kälte das Konzert nicht wirklich genießen. Obwohl Ioannis ihr sein Sakko um die Schultern gelegt hat, spürt sie, dass sie der Blase, ihrer Schwachstelle, gerade zu viel zumutet. Sie nutzt die Pause, um auf die Toilette zu flüchten. Danach ist ihr noch elender zumute. In der Lobby erwartet sie Ioannis mit zwei Gläsern Cuba Libre, doch sie gibt ihm einen Korb.

„Sorry, aber Eis vertrage ich im Moment gar nicht. Trink du es."

Sie weiß, dass sie im Begriff ist, eine Riesendummheit zu begehen, dass sie ihm und sich selbst den Abend vermiesen wird mit dem, worum sie ihn jetzt bittet.

„Bring mich heim, Ioannis, bitte. Ich fürchte, ich habe mich verkühlt."

„Wir müssen ja nicht in den Saal zurück, Frieda. Aber warum gehen wir nicht in irgendeine nette Bar, wo es warm ist und gemütlich."
Warm and cosy, sagt er. Er sieht sie dabei mit diesen melancholischen und zugleich feurigen Augen an, die locker mit denen des jungen Antonio Banderas mithalten können. Wieso kann sie nicht einfach alle Vorsätze über Bord werfen und sich mit ihm betrinken, oder besser noch ...
Immerhin befindet sich sein Hotel gerade einmal auf der anderen Seite der Plaza.
„Es tut mir leid, sehr sogar!" Sie sieht ihm tief in die Augen, irgendetwas verschleiert ihren Blick. „Aber ich fürchte, ich bin noch nicht so weit, wie ich gerne wäre, Ioannis. Und das hat jetzt überhaupt nichts mit dir zu tun; nur mit mir und dem, was letztes Jahr passiert ist."
„Möchtest du darüber reden?" Sie spürt seine weiche Hand auf ihrer Schulter. Wie gerne würde sie sie streicheln und festhalten.
„Nein. Sei mir nicht böse, aber mit Reden ist da nichts zu machen."
„Womit dann?"
„Mit Zeit. Ich brauche einfach mehr Zeit, um damit fertig zu werden."
Er nickt. Nickt einfach, der Mann!
„Lass es mich wissen, wenn du so weit bist", sagt er leise. „Und jetzt werde ich dich nach Hause bringen."
„Danke", sagt sie.
Den ganzen Weg zurück zur Casa Leonardo y Karina laufen sie schweigend nebeneinander. Ioannis wartet, bis Doña Karina Frieda die Tür öffnet. Seine sonst üblichen Küsschen links und rechts auf die Wange unterbleiben diesmal.
„Gute Besserung!", hört sie noch, ehe sich die Tür hinter ihr schließt.

*

In der Nacht muss sie fast stündlich auf die Toilette. Schockiert stellt sie fest, dass sie Blut im Urin hat. Die Schmerzen sind höllisch, lassen sie nicht schlafen. Gleich nach dem Frühstück macht sie sich auf den Weg zur Apotheke, wo ihr die Apothekerin spröde erklärt, dass es derzeit kein Medikament gegen Blasenentzündung gebe. Das gelte ihres Wissens nach auch für alle anderen Apotheken in Santiago, weitere Nachforschungen könne sie sich also sparen.

„Aber gibt es denn gar nichts, was ich machen kann?", presst Frieda hervor.

„Ich an ihrer Stelle würde die nächste Polyklinik aufsuchen, vielleicht haben sie dort Glück", meint die Frau und wendet sich einer anderen Kundschaft zu.

Die *policlínica* in der Herediastraße hat rund um die Uhr geöffnet. Ein großgewachsener schwarzer Arzt, erkennbar an seinem weißen Kittel, ist gerade im Begriff, das Gebäude zu verlassen, als Frieda ihn anspricht und ihr Anliegen vorträgt.

„Nein, leider, auch wir haben keine entzündungshemmenden Medikamente mehr", sagt er und zieht seinen Kittel aus. „Aber wenn Sie wollen, kann ich Ihnen etwas Alternatives besorgen."

„Was auch immer", stöhnt Frieda.

Vor der Kathedrale nehmen sie ein Taxi. Darío, so heißt der Arzt, erklärt ihr, was unter der Alternative zu verstehen ist: die Frucht des Güirabaums.

Das kann jetzt aber nicht wahr sein, staunt Frieda, ein ausgebildeter Mediziner empfiehlt ihr exakt dasselbe wie eine gewisse Galy am Río Yumurí. Warum muss so etwas ausgerechnet mir, der größten Skeptikerin in Sachen alternative Heilmethoden, passieren? Da befindest du dich in jenem Land, das sich brüstet, über

das beste Gesundheitssystem ganz Lateinamerikas zu verfügen, und dann das! Für einen Augenblick überlegt sie, ob sie nicht besser den Taxler bitten sollte, anzuhalten und sie rauszulassen.
Darío scheint ihre Gedanken lesen zu können.
„Sollten Sie Zweifel haben, kann ich das gut verstehen", lächelt er verschmitzt, „hatte ich selbst auch. So etwas wird nicht an der medizinischen Fakultät unterrichtet. Aber was die entzündungshemmende Wirkung der Güirafrucht betrifft, kann ich Ihnen versichern: An die kommt das beste allopathische Medikament nicht heran. Und deshalb habe ich bei mir im Garten schon vor Jahren einen solchen Baum gepflanzt."
In Daríos Haus angekommen wird ihr die wundersame Frucht in Form einer dunkelgrünen Paste verabreicht. Der Geschmack ist gewöhnungsbedürftig und die Konsistenz schleimig, doch Fakt ist: Das Zeug hilft. Friedas Schmerzen im Unterleib sind in null Komma nichts verschwunden. Sie fragt, was sie schuldig sei, aber Darío lacht nur und meint, sie solle die Güirapaste noch ein paar Tage lang einnehmen und nicht verabsäumen, sorgfältig auf Hygiene zu achten.
„Sofern das in diesem Land überhaupt möglich ist", feixt er. Mit Küsschen auf beide Wangen verabschiedet man sich, dann nimmt sie ein Taxi zurück in die Calle Clarín Nummer neun.
„*Como se siente, señorita* – wie fühlen Sie sich?", fragt sie der Taxifahrer, als er ihr am Ziel höflich wie ein britischer Butler die Tür aufhält.
„Wie neugeboren", lautet Friedas Antwort, die er mit einem breiten Lächeln quittiert. Offensichtlich bezieht er ihre Worte auf seine Fahrkünste.

*

Kaum hat sie sich auf ihr Bett geworfen, läutet das Handy. Ioannis will ebenfalls wissen, wie es ihr geht. „Gut", sagt sie, „überraschend gut." Von ihrem kleinen Ausflug und Doktor Daríos Naturheilkunde erwähnt sie nichts.

„Fein", sagt er, „in dem Fall bist du bereit für die ultimative Erfahrung: unseren Besuch beim großen Führer."

Sie weiß, was er meint: Der Besuch des Friedhofs Santa Ifigenia steht auf ihrer To-do-Liste, seit klar ist, dass Fidel, der alte Unruhestifter, dort zur letzten Ruhe gebettet wurde.

Weißt du, was Fidel uns hinterlassen hat? Etwas, das kein anderer uns in diesem Maße geben konnte: Zuneigung und Solidarität!

So lauteten die Worte von Laura Inés, während sie Stunde um Stunde auf der staubigen Straße in Holguín ausharrten, um der umgekehrten Karawane des Friedens beizuwohnen. Jetzt stehen die beiden wieder in einer Menschenschlange und unterhalten sich nur flüsternd miteinander.

„Typisch", spottet Ioannis, „selbst auf dem Friedhof muss alles verordnet werden, von oben herab. Sogar wie man an Fidels Grab vorbeizudefilieren hat, bestimmt ein Uniformierter. Das Herumkommandieren – es muss ihnen im Blut liegen."

Womit er nicht unrecht hat, findet Frieda. Um diese Zeit – mittlerweile ist es fast Mittag und überaus heiß – wollen nur wenige das Grab ihres *Comandante en Jefe* besuchen. Trotzdem wird alles mit strengen, martialischen Gesten dirigiert.

Sein Grab ist Castros letzte spektakuläre Inszenierung: Am Fuß eines gewaltigen Granitblocks wurde seine Asche beigesetzt, mit einem einzigen Wort auf der Gedenktafel: FIDEL. Kein Geburts-, kein Sterbedatum, auch sonst keine Daten. Der schiere Vorname – er

muss reichen für einen Giganten, ein Symbol. Als wäre dieser Name ein Akronym, das schlüssig zusammenfasst, was sein Träger für Generationen von Kubanern verkörperte:
Freiheit / Ideale / Dauer / Energie / List.
Ja, vor allem: List! Jene List, die alle Davids dieser Welt brauchen, um Goliath wenn schon nicht zu besiegen, so doch in Schach zu halten. Über Zeiträume hin, für die Politiker üblicherweise nicht planen, nur wie Fanatiker es tun oder Fantasten. Oder Langzeitdiktatoren.
Links, in einem über zwanzig Meter hohen Mausoleum, ist der Nationaldichter und Revolutionär José Martí beigesetzt, rechts befindet sich die noble, glatt geschliffene Pyramide der Familie Bacardi. Im Vergleich zu Fidels granitenem Monolith sind diese Grabmäler bombastisch, aber Castros letzte Ruhestätte beeindruckt gerade durch ihre Schlichtheit. Frieda und Ioannis spazieren ziellos durch das Friedhofsgelände und entdecken dabei die Gräber weiterer Größen der kubanischen Geschichte: Carlos Manuel de Céspedes, der als erster Plantagenbesitzer seinen Sklaven die Freiheit schenkte; Frank und Josue País, die hingerichteten Rebellen des *Movimiento 26 de Julio*; und nicht zuletzt Compay Segundo, Gründer des Buena Vista Social Clubs. An einem schlichten Grab treffen sie auf einen Knienden. Als der Mann sie sieht, erhebt er sich und spricht sie auf Englisch an.
„Sind Sie Amerikaner?“
Ioannis nickt und will schon weitergehen, aber der Mann stoppt ihn, indem er ihm die ausgestreckte Hand vor die Brust hält.
„Sicher haben Sie Fidels Grab besucht“, sagt der Mann. „Möchten Sie nicht auch das Grab eines seiner Opfer sehen?“

„Wie meinen Sie das?"
Der Mann lächelt bitter und zeigt auf die in Plastik gehüllte Holztafel mit dem Bild einer jungen Frau.
„Das da ist das Grab meiner Tochter Yolanda. Sie versuchte, der Tristesse in diesem Land zu entkommen, und machte sich zusammen mit ein paar Freunden auf nach Florida. Doch sie kam dort nie an."
„Wie starb sie?", fragt Frieda. Der Mann blickt sie forschend an. So, als müsse er die Fragestellerin erst einer Prüfung unterziehen.
„Sie ist erstickt", antwortet er endlich, wobei ihm Tränen über die Wangen laufen, „an den Abgasen des alten Motors, den sie benutzten. Sie hatten sich wohl eine Art Kabine gebastelt auf ihrem Floß und schliefen darin, eng aneinander geschlichtet wie Sardinen. Kohlenmonoxidvergiftung, so lautete die offizielle Todesursache."
Kein Einzelschicksal, wie Frieda weiß. Wie viele *balseros*, Bootsflüchtlinge, bei der gerade einmal 150 Kilometer langen Überfahrt im Verlauf der Jahre ihr Leben ließen, weiß keiner genau. Vermutlich waren es Hunderte, vielleicht Tausende, die im Sturm kenterten und ertranken oder von Haien gefressen wurden, wenn sich ihr primitives Floß aus zusammengebundenen LKW-Reifen und Plastikflaschen auflöste. Aber auf offener See zu ersticken! Klingt das nicht geradezu absurd? Andererseits: Was ist nicht absurd in diesem Land?, fragt sich Frieda, und an Ioannis gewandt sagt sie:
„Eigentlich sollte auch Samuel Beckett hier ein Denkmal erhalten. Gleich neben dem von José Martí."
Ioannis nickt, er hat verstanden. Dann verabschieden sich beide mit einem festen Händedruck von dem Mann, dem immer noch die Tränen in den Augen stehen.

*

In einem weißen, uralten Cabrio – Ioannis bestand darauf, das edelste Taxi vor Ort zu nehmen – rollen sie hinaus nach El Morro. Zu jener steinernen Festung, die die Spanier einst erbauten, um holländische und britische Piraten davon abzuhalten, Land und Schätze an sich zu reißen. So wie man es selbst, auf spanischer Seite, immer wieder getan hatte.
Auf dem Vorplatz der Festung finden sich Marktstände, wo allerlei Kunsthandwerk angeboten wird. Am meisten staunt Frieda über Skulpturen aus Ebenholz, die typisch kubanische Tänze wie Son, Rumba oder Cha-Cha-Cha stilisiert und doch voller Ausdruckskraft darstellen. Hier verschmelzen tanzende Pärchen in Feuer und Harmonie, als hätte der Künstler seinen geschnitzten Figuren die Essenz des jeweiligen Tanzes eingehaucht. Frieda erwirbt ein Exemplar, das den Musikstil des Son Cubano repräsentiert, ohne auch nur zu erwägen, über den genannten Preis zu verhandeln. Besonders angetan ist sie vom artistisch durchgedrückten Rücken der weiblichen Gestalt, was deren Po besonders zur Geltung kommen lässt. Die Gesichter des tanzenden Pärchens blicken in entgegengesetzte Richtungen – ähnlich wie beim Tango, doch weniger pathetisch –, und hoch über ihren Köpfen vereinen sich die linke Hand des Mannes und die rechte der Frau zu einem perfekten Bogen: Symbol jener Grazie und Sinnlichkeit, wie sie auf den Tanzböden Santiagos täglich zu bestaunen sind.
Freudig erregt zeigt Frieda Ioannis die Skulptur und erntet ein Schmunzeln. Ach du grüne Neune!, schießt es ihr durch den Kopf. Ob er das jetzt als Anmache verstanden hat?
Im Inneren der Festung besuchen sie zuerst einen Saal, in dem ein gewaltiges Modell von El Morro ausgestellt ist. An den Wänden hängen Seekarten und Gemälde,

die die historische Seeschlacht der Spanier gegen die Amerikaner von 1898 kartografisch und künstlerisch nachempfinden.

„Wenn man so will, fand hier die erste Blockade der USA gegenüber Kuba statt", erläutert Ioannis. So gekonnt, wie er den Historiker gibt, ist er nicht zum ersten Mal in diesem Museum. „Allerdings handelte es sich damals nur um eine Blockade des Hafens von Santiago durch amerikanische Kampfschiffe. Der Ausbruchsversuch des spanischen Flottenverbands endete in einem Fiasko: Sämtliche Schiffe wurden vernichtet. Tja, seit diesem Sieg gaben wir Amerikaner auf dieser Insel den Ton an."

„Bis Fidel kam und euch rauswarf", ätzt Frieda.

„Gott sei Dank", grinst Ioannis, „besser gesagt: Der Revolution sei Dank! Das einzige Amerikanische, das bis heute auf Kuba zählt, sind unsere Oldtimer."

„Und die Liebe zum Baseball, nicht zu vergessen!", ergänzt Frieda.

Sie verlassen den Saal und steigen die steinernen Stiegen hinab. Die Festung erstreckt sich über vier Terrassen und ist erstaunlich gut erhalten, aber es können nur wenige Räume der gewaltigen Anlage besichtigt werden.

„Vor allem die nicht, die einst als Verliese und Folterkammern dienten", erklärt Ioannis. „El Morro war ja nicht nur eine Festung zur Abwehr äußerer Feinde, sondern diente später auch als Gefängnis für politische Gefangene. Du kannst davon ausgehen, dass diese Mauern viel Leid gesehen haben."

„Gut, dass wir in anderen Zeiten leben."

„Vielleicht haben sich die Zeiten gar nicht so groß geändert, bloß die Locations", erwidert er. „Mein Freund León, der auf der größten Krokodilfarm in Ciénaga de Zapata arbeitet, hat mir genug über die Gefängnisse in diesem Land erzählt."

Er führt Frieda zu jener Eckbastion, von der aus man einen freien Blick auf die Bucht von Santiago hat. Sein Zeigefinger weist hinüber auf eine kleine Insel, die inmitten der Bucht liegt.
„Sieh mal, das ist Cayo Granma. Dort drüben treffe ich mich in einer Stunde mit jemandem, der mir brandheiße Informationen versprochen hat. Leider kann ich dich zu dem Gespräch nicht mitnehmen; ich musste zusagen, allein zu kommen. Aber wenn du magst, kannst du ja da unten ..." – er deutet auf einen kleinen Sandstrand – „in der Zwischenzeit baden, und anschließend nehmen wir die Fähre zurück in die Stadt."
„Gute Idee", meint Frieda, „vielleicht schwimme ich sogar eine Runde."
Auf einem staubigen Fußweg laufen sie hinunter zum Strand, der sich laut der Aufschrift auf einer windschiefen Tafel Playa Estrella nennt und pittoresk, aber vollkommen verlassen vor ihnen liegt. Als Frieda Ioannis darauf aufmerksam macht, dass sie die einzigen Besucher sind, interpretiert er das falsch.
„Falls du dich sorgen solltest ..."
„Falls ich mich sorgen sollte?", äfft sie ihn nach. „Keine Sorge, ich genieße es, einen Strand exklusiv für mich zu haben. Schließlich sind wir hier auf Kuba, nicht in Indien!"
Kein männlicher Beschützer nötig, soll das signalisieren. Alles klar, bedeutet sein Lächeln, Botschaft verstanden. Der Uferstraße entlang spaziert er hinüber zur Bootsanlegestelle, einem hölzernen Pier, wo zu jeder vollen Stunde eine Fähre nach Cayo Granma und eine andere zum Hafen von Santiago ablegt. In genau zwei Stunden wollen sie sich dort wieder treffen. Ehe er hinter einer Kuppe verschwindet, winkt Ioannis ihr zu. Sie winkt zurück, während ihre nackten Zehen mit dem Sand spielen.

Was den Abend betrifft, haben sie nichts ausgemacht. Aber tief in ihrem Inneren spürt Frieda, dass sie sich heute einer neuerlichen Aufforderung zum Tanz nicht mehr verweigern würde.

19

Auf den ersten Blick ist die Fähre nicht viel mehr als ein rostiger Schrotthaufen, aber sie erfüllt ihren Zweck. Stampfend und stinkend wie ein alter Raddampfer nähert sie sich der kleinen Insel, deren höchster Punkt gekrönt wird von einer weiß gekalkten Kirche. Ioannis überlegt, was er unternehmen könnte, sollte der Mann, der ihn am Vortag angerufen hat, doch nicht auftauchen. Die Telefonnummer des Anrufers war unterdrückt, ließe sich also nicht zurückrufen. Der Mann meinte, er verfüge über Insiderinformationen aus der PCC, der Kommunistischen Partei Cubas. Insbesondere wisse er über anstehende Personalrochaden nach dem Tod Fidel Castros Bescheid – ob das für einen amerikanischen Journalisten nicht interessant sein könnte? Doch, durchaus, hatte Ioannis versichert. Was ein wenig irritierte, war, dass der Mann für die angeblich brisanten Informationen nichts verlangte. Höchst ungewöhnlich, für kubanische Verhältnisse! Er äußerte nur eine Bedingung: dass das Treffen unbedingt geheim bleiben müsse, er gehe schließlich ein erhebliches Risiko ein.
Was durchaus nachvollziehbar klang.
Die Fähre legt an, die wenigen Passagiere balancieren über den schwankenden Steg an Land. Touristen sind keine darunter, soweit Ioannis dies beurteilen kann. Die meisten kehren mit prall gefüllten Taschen vom Einkauf aus der Stadt zurück und wirken erleichtert, wieder daheim auf ihrer Insel zu sein. Ioannis wendet sich nach links, vorbei an Bananenstauden und meterhohen, blühenden Sträuchern strebt er dem Bucanero zu. Obwohl es das einzige Lokal ist, das um diese Jah-

reszeit geöffnet hat, findet sich hier kein einziger Gast, auch die Bedienung ist außer Sichtweite. Ioannis lässt sich an einem Tisch nieder, von dem aus er den Eingang im Auge behalten kann. Er weiß: Jetzt ist Geduld angesagt. An Termine hält sich so gut wie keiner in diesem Land; warum sollte da ausgerechnet ein Whistleblower pünktlich sein?

Im Schatten einer Palme wartet er mit ausgestreckten Beinen auf den Unbekannten.

Er muss kurz eingenickt sein. Jedenfalls ist ihm entgangen, wie der Mann, der ihm jetzt gegenüber hockt, sich genähert hat. Seine korpulente Gestalt erinnert an jene schmierigen, mit Patronengurten behängten Mexikaner in den alten Wildwestfilmen, wie sie in seiner Kindheit ständig im Kino liefen.

Und dieser Kerl soll ein Parteibonze sein?

„Mr. Vazelios?“, fragt der andere. Ja, das ist die Stimme von gestern.

„Richtig. Und wer sind Sie?“

„Mein Name tut nichts zur Sache, *señor*, das werden Sie sicher verstehen. Aber ich schlage vor, wir bestellen erst einmal einen Drink.“

Ohne Ioannis’ Reaktion abzuwarten, ruft er in Richtung Bar.

„Zwei Mojitos, und dass du mir nicht mit dem Rum sparst! Wir haben hier einen prominenten Gast.“

„*¡Cómo no!*“, lautet die Antwort.

Während sich Ioannis noch wundert, woher plötzlich der Kellner kommt, ist dieser schon mit den Gläsern zu ihnen unterwegs. Als wären die Drinks längst vorbereitet gewesen. Aber was ist dagegen einzuwenden, wenn du ausnahmsweise einmal schnell bedient wirst in diesem Land?

„*¡Salud!*“, wünscht ihnen der Kellner. Der Bursche scheint mächtig zu schielen.

Sie stoßen an, und Ioannis nimmt einen kräftigen Schluck. Nein, an Rum wurde hier wahrlich nicht gespart. Auch nicht an Hierba Buena, jenem minzeartigen Kraut, das diesen Cocktail erst so schmackhaft macht. Und noch eine weitere Geschmacksnote glaubt Ioannis zu bemerken, irgendetwas Bitteres, das er nicht einordnen kann.

„Auf gute Zusammenarbeit", sagt er, nimmt einen zweiten Schluck.

„Auf gute Zusammenarbeit", wiederholt sein Gegenüber, hebt seinerseits das Glas. Das Sonnenlicht bringt die Eiswürfel zum Funkeln, lässt die Minzeblätter leuchten. Wie ein Dschungel im Bonsaiformat, staunt Ioannis; aber warum werde ich ausgerechnet jetzt so müde? Und wieso, verdammt noch einmal, hört dieser Typ nicht auf zu grinsen?

Er zieht das Handy aus der Tasche.

„Ich muss nur schnell jemand anrufen", sagt er entschuldigend. Wundert sich gleichzeitig, wie lallend seine Stimme tönt.

Sein Gegenüber schüttelt den Kopf. „Es gibt hier keinen Empfang", sagt er, mit einem spöttischen Unterton. „Aber Sie können es ja gerne probieren."

Kein Empfang? Das wollen wir doch erst mal sehen, murmelt Ioannis Vazelios. Der Anruf bei Frieda war der letzte, den er getätigt hat. Er drückt die Wiederholtaste. Sogleich ist ihre Stimme zu hören.

„Hör mal, Frieda! Ich möchte dich bitten ..."

Keine Reaktion.

Er wiederholt seine Aufforderung. Ein Mal, zwei Mal. Bis er begreift, dass er mit der Mailbox spricht.

Vom Eingang her nähert sich unscharf eine Gestalt. Das Gesicht unter dem breitkrempigen Hut liegt im Schatten. Doch irgendetwas an dem Gang des Mannes kommt Ioannis bekannt vor.

Dass der Neuankömmling ihn auffängt, als er vom Sessel gleitet, bekommt er schon nicht mehr mit.

*

Fast drei Stunden sind mittlerweile vergangen. Langsam beginnt Frieda sich Sorgen zu machen. Der Akku ihres Handys ist leer, von daher ist keine Hilfe zu erwarten. Unwillkürlich muss sie daran denken, dass Ioannis sie schon einmal sitzen ließ, vor einer Woche in Baracoa. Vielleicht wartet ja in der Pension wieder ein Brief auf sie, mit irgendeiner Entschuldigung?
Nein, das wäre dann doch ziemlich ungehobelt; mehr noch: ein Affront!
Sie blickt hinaus aufs Meer, das für sie jegliche Anziehungskraft verloren hat, seit sie die gallertartigen roten Monster entdeckt hat. Von wegen exklusives Baden am menschenleeren Strand! Im klaren Wasser waren die Quallen zum Glück leicht zu erkennen. Frieda verspürt wenig Lust, sich nach der Blasenentzündung auch noch einen Nesselausschlag einzuhandeln, und ist deshalb nicht ins Wasser gegangen. Sie weiß aus Erfahrung, dass ein einziger Kontakt mit Feuerquallen genügen kann, um auf dem Krankenbett zu landen.
Als auch die dritte Fähre ohne Ioannis am Pier anlegt, fällt sie einen Entschluss.
„Alles in Ordnung mit Ihnen?"
Der die Frage gestellt hat, ist der dunkelhäutige, weißhaarige Steuermann der Fähre, auf der sie soeben nach Cayo Granma übersetzt. Sie nickt, ein wenig verunsichert. Offenbar ist ihr anzusehen, dass sie sich nicht wohl fühlt. Nicht, weil sie seekrank wäre, sondern aus Sorge, *ihm* könnte etwas passiert sein.
Sie versteht nicht, was da abläuft. Aber ihr Gefühl sagt

ihr, dass etwas nicht in Ordnung ist. Die roten Quallen, die auch von Bord des Schiffes aus zu sehen sind, passen perfekt dazu; auf Frieda wirken sie wie giftige Boten, deren Botschaft nicht zu verstehen ist – noch nicht.
Auf Cayo Granma angelangt sieht die Welt gleich friedlicher aus. Bananenblätter und exotische Blumen, wohin das Auge blickt; ein paar Alte, in ein Dominospiel vertieft; und dunkle, staunende Kinderaugen, die zu fragen scheinen: Was willst du hier, weiße Frau?
Was sie hier will?
Sie will, sie muss Ioannis Vazelios finden!
Mit dem sie noch ein Hühnchen zu rupfen hat. Nein: ein Tänzchen zu wagen ...

*

Cayo Granma, der ehemalige Wachtposten von Santiago de Cuba gegen Piratenüberfälle, ist so klein, dass sich das Eiland in knapp zwanzig Minuten zu Fuß umrunden lässt. Die meisten Häuser sind aus Holz gezimmert und mit grellen Farben bemalt, was ihre Ärmlichkeit nicht kaschieren kann. Auf der höchsten Stelle der Insel – in circa zehn Metern Meereshöhe – befindet sich die einzige Kirche: La Iglesia de San Rafael.
Als Frieda den Namen auf der hölzernen Kirchentür liest, reißt es bei ihr die alte Wunde wieder auf. Sie kann sich nicht daran erinnern, wann sie zuletzt gebetet hat. Aber hier, hockend auf einer weißgekalkten Stufe, kommen ihr Worte über die Lippen, die auch jeder katholische Priester als Gebet durchgehen lassen würde.
Sie wischt sich die Tränen aus den Augenwinkeln, rappelt sich hoch. Im Uhrzeigersinn schlendert sie die ungeteerte Uferstraße entlang.

Wo wollte Ioannis sich gleich mit dem Informanten treffen? In einem Restaurant, wenn sie sich recht erinnert. Auf ihrem Weg rund um die Insel findet sie nur eines, das geöffnet hat: *El Bucanero* steht in roten Lettern über der Pforte, was so viel bedeutet wie *Der Pirat.*

Sie betritt den menschenleeren Gastgarten, der überfließt von meterhohem Hibiskus und Gewächsen aller Art. An der Bar ein junger Mann, damit beschäftigt, seinen Tresen mit einem Lappen zu säubern.

„*¡Una cerveza!*“, bestellt Frieda. Bier ist sonst nicht ihr bevorzugtes Getränk, doch im Moment vermeint sie, ein wenig Stärkung durch Hopfen und Malz gut vertragen zu können. Der junge Mann macht keine Anstalten, die Bestellung entgegenzunehmen, setzt stattdessen sein penetrantes Putzen fort. Ob er einen Reinlichkeitstick hat? Frieda versucht, sich in Geduld zu üben. Es ist nicht das erste Mal, dass sie den Eindruck hat, Kellner auf Kuba folgten anderen Regeln als üblich. Vielleicht, weil es ihnen darum geht, ihre Unabhängigkeit zu demonstrieren, ihre Freiheit?

Endlich bringt er den Mund auf, doch den Kopf hält er weiterhin gesenkt.

„Wir haben kein Bier, ist ausgegangen. Aber ich könnte Ihnen einen anständigen Mojito mixen.“

„Nein, dann lieber eine Cola. Mit Zitrone, wenn möglich.“

Er nickt wenig begeistert. Klar, an einem Cocktail ließe sich mehr verdienen.

Während er sich daranmacht, eine Zitrone in Spalten zu schneiden, inspiziert Frieda den Garten. An einem der Tische bleibt sie stehen. Von hier aus hat man den besten Überblick über das Lokal und den Eingangsbereich. Intuitiv bückt sie sich, blickt unter den Tisch. Im Staub sind Schuhabdrücke zu erkennen, die ihr

bekannt vorkommen. Ebensolche Spuren hinterließen Ioannis' Sandalen im feinen Sand der Playa Estrella! Das Komische daran: Die beiden Sohlen wiesen ein komplett unterschiedliches Profil auf. Darauf angesprochen hatte Ioannis gelacht und ihre Beobachtungsgabe gelobt. „Die linke Sohle war eingerissen, deshalb ließ ich mir eine neue draufmachen," lautete seine Erklärung. „Ich bin halt konservativ und lasse mir kaputte Schuhe richten, anstatt sie wegzuwerfen."
„Nicht konservativ – nachhaltig!", hatte sie geantwortet.
Für Frieda steht fest: Genau da muss er gesessen sein, als er sich mit dem Informanten traf. Sie kehrt zurück an die Bar und hält den Barkeeper davon ab, Eiswürfel in ihr Glas zu kippen. Zu sehr hat sie Angst davor, sich neuerlich eine Infektion zu holen.
„War in den letzten paar Stunden ein Amerikaner hier zu Gast?", fragt sie. „Ein Weißer", setzt sie hinzu, „etwa in meinem Alter?"
Der Bursche stiert vor sich hin, während er antwortet, er scheint jeden Augenkontakt vermeiden zu wollen.
„Nicht dass ich wüsste", grummelt er. „Aber ein Ausländer wäre mir sicher aufgefallen."
„Und Sie sind die einzige Bedienung hier?"
„Ja, bin ich. Ist ja auch nichts los um diese Zeit, Sie sehen ja selbst."
Nachdenklich blickt sie ihn an. Er wirkt nicht nervös, höchstens ein bisschen genervt von den vielen Fragen. Wenn er lügt, lügt er gut, denkt sie.
„Aber es waren andere Gäste da, oder? Vielleicht ein Mann, der auf jemanden gewartet hat?"
Die Antwort ist ein Achselzucken. Zorn steigt in ihr hoch.
„Könnten Sie mich bitte ansehen, wenn ich mit Ihnen rede!", sagt sie und beugt sich mit dem Oberkörper über die Bar. Als er erstmals den Kopf hebt, erkennt

sie, dass er gewaltig schielt. Es fällt ihr schwer zu entscheiden, auf welches Auge sie sich konzentrieren soll.
„Entschuldigen Sie, ich habe die Beherrschung verloren", sagt sie. „Aber ich kann einfach nicht glauben, dass mein Freund nicht hier gewesen ist. Dort drüben habe ich Spuren seiner Sandalen gefunden."
„Ach, Sie sind Spurenleserin?", fragt der Schielende. Die Ironie ist unüberhörbar. „Großartig! Ich könnte nicht einmal sagen, wie die Abdrücke meiner Schuhe aussehen. Aber vielleicht sollten Sie einmal darüber nachdenken, ob Ihr Freund Sie nicht einfach verlassen hat."
Wütend legt Frieda eine Banknote auf die Bar und stapft grußlos aus dem Lokal. Ich halluziniere doch nicht, denkt sie, die Spuren waren real und eindeutig. Aber natürlich ließe sich damit nichts beweisen, selbst wenn ich sie abfotografiert hätte.
Ihre Wut weicht einer kalten Resignation: Was kann sie hier noch tun, wo soll sie weitersuchen? Es ist bereits später Nachmittag, und mit der Fähre dauert es sicher eine Stunde zurück in die Stadt. Zudem machen sich ihre Unterleibsschmerzen wieder bemerkbar, und Frieda bereut es jetzt, Dr. Daríos Güirapaste nicht dabeizuhaben.
Bei der Anlegestelle der Fähre hockt ein Mädchen im Schneidersitz, damit beschäftigt, bunte Freundschaftsbänder zu flechten. Frieda lässt sich neben ihr auf der Bank nieder.
„Schön!", meint sie anerkennend und lächelt. Dabei ist ihr eigentlich zum Heulen zumute.
Die Kleine sieht sie mit großen Augen an. „Wieso bist du so traurig?", fragt sie Frieda und hält ihr ein paar der geflochtenen Bänder hin. „Wenn du magst, kannst du dir eines aussuchen."
„Danke, du bist aber süß!", sagt Frieda. „Okay, dann

nehme ich dieses da. Und ein zweites möchte ich für meinen Freund kaufen. Sind fünf CUC okay?"
„Nein", protestiert die Kleine, „das ist doch viel zu viel!"
Aber Frieda besteht darauf. „Für ein so hübsches Band kann man schon mal was auslegen, meinst du nicht? Außerdem hast du mir ja eines geschenkt."
Die Kleine nickt begeistert, vermutlich hat sie noch nie einen solch hohen Geldbetrag in Händen gehalten.
„Und wo ist dein Freund jetzt?", fragt sie mit kindlicher Neugier.
„Das weiß ich eben nicht! Ich bin hergekommen, um ihn zu suchen, aber er ist verschwunden." Die letzten Worte aktivieren wieder ihre Tränendrüsen. Das Mädchen streichelt ihr zart über die Schulter, wie nur Kinder es können.
„Wie sieht dein Freund denn aus?", will sie wissen.
Frieda beschreibt Ioannis, so gut sie kann. Als sie sein grünes Hemd erwähnt, wird sie unterbrochen.
„Dann habe ich ihn gesehen", ruft die Kleine aufgeregt, „er hatte ganz sicher ein grünes Hemd an, und er war nicht allein. Außerdem glaube ich", fügt sie vertraulich flüsternd hinzu, „dass er ziemlich betrunken war. *Bastante borracho, ya sabes.*"
„Wo hast du ihn gesehen, und mit wem?"
„Dort drüben ist er gesessen, zusammen mit zwei Männern, die ihn gestützt haben. Die beiden mussten ihn fast tragen, als sie ihn auf die Fähre brachten."
„Interessant!", meint Frieda. „Trotzdem glaube ich nicht, dass er betrunken war. Weißt du, mein Freund macht sich nicht viel aus Alkohol."
„Aber wieso konnte er dann nicht alleine laufen?"
„Ich habe keine Ahnung, aber ich werde es herausfinden, versprochen! Wie lange, würdest du sagen, ist das Ganze her? Ein, zwei Stunden?"

„Ich glaube, sie haben das Schiff vor zwei Stunden genommen."
„Das in die Stadt fährt?"
„Ja, genau. Wirst du ihn dort suchen?"
„Das werde ich, meine Kleine, und ich danke dir tausend Mal!"
Überglücklich gibt sie dem Kind einen Kuss auf die Stirn. „Wie heißt du eigentlich?"
„Lía", lächelt die Kleine versonnen.
Vom anderen Ufer nähert sich bereits das nächste Fährschiff. Frieda lässt sich von Lía beide Bänder um ihr linkes Handgelenk binden, dann heißt es Abschied nehmen. Frieda vergewissert sich, dass das Schiff auch wirklich den Hafen von Santiago anläuft, ehe sie an Bord geht.
Noch lange nachdem die Fähre in Richtung Norden abgelegt hat, winken die beiden einander zu. Frieda hält sich an der Reling fest, als das Schiff Fahrt aufnimmt. Die zwei Freundschaftsbänder um ihr Handgelenk leuchten im Abendlicht. Hoffentlich erreichen wir die Stadt, bevor es dunkel wird, denkt sie. Es gibt noch viel zu tun ...

*

Erst auf Höhe des Jachthafens von Santiago realisiert Frieda, dass diese Fähre ja durchaus dieselbe sein könnte, auf der sich auch Ioannis vor zwei Stunden befand. Sie fragt den Bootsmann, der für das Ausfahren des Landestegs zuständig ist, ob er sich an einen betrunkenen oder kranken Fahrgast erinnern könne, der von zwei Unbekannten auf das Schiff geschleppt wurde.
„Nein", sagt der Mann, „nein, dergleichen habe ich nicht bemerkt. Aber ich kann ja mal unsern Käpt'n fragen. Ist berühmt dafür, alles unter Kontrolle zu haben."

„Darf ich ihn selbst fragen?“, bittet Frieda. Nach der Erfahrung im Bucanero möchte sie dem in die Augen sehen, der sich in dieser Sache äußert.

„Klar“, sagt der Bootsmann, „ist mir eine Ehre, meinem Kapitän eine so schöne Frau vorzustellen.“

Da ist sie wieder, die berühmte kubanische Koketterie! Frieda schenkt dem Mann ein dünnes Lächeln. Warum nicht, wenn es hilft bei den Recherchen.

Über eine eiserne Wendeltreppe steigen sie hoch zur Brücke. Der Kapitän erweist sich als eine Frau. Schwarz, pausbäckig und ausgestattet mit enormen Hüften.

„Normalerweise dürfen nur Kinder hier herauf“, verkündet sie mit einer satten Altstimme, „aber für dich wollen wir eine Ausnahme machen, *mi amor.*“ Bestimmt tritt sie in ihrem Zweit- oder Drittberuf in der Casa de la Trova auf, so stimmgewaltig, wie sie tönt!

Frieda erklärt kurz die Situation: dass ihr Bekannter zusammen mit zwei Unbekannten gesehen wurde, die ihn vielleicht betäubt und verschleppt hätten. Ob die Frau Kapitän sich womöglich an ein solches Trio erinnern könne?

„*Claro que sí*“, lautet die überraschende Antwort, „ja natürlich, aber auf einem anderen Boot, nicht auf diesem.“

„Auf welchem anderen Boot?“, fragt Frieda verwirrt.

„Auf einem Schiff der Cayo-Linie, die seit Neuestem Konkurrenz spielen darf. Es lebe die Privatwirtschaft und so’n Zeugs, du verstehst schon! Die haben nur ein paar kleine Fähren, aber mit denen versuchen sie, uns, die staatlichen, aus dem Feld zu schlagen“, verkündet die resolute Altstimme, um dröhnend hinzuzufügen: „Was ihnen nicht gelingen wird, auch wenn ihre Schiffe mindestens zwanzig Jahre jünger sind als unsere. *Socialismo o muerte* – Sozialismus oder Tod!

Außerdem: Wir fahren für die Menschen, die fahren fürs Geld!"
„Wie alt ist denn *Ihre* Fähre?"
„Also dieses Schiff hier ist eines der ersten, das in der Bahía de Santiago den regulären Fährbetrieb aufgenommen hat. So an die sechzig Jahre wird die Santa Barbara schon auf dem Buckel haben. Damit ist sie fast gleich alt wie die Revolution." Die Kapitänin tätschelt liebevoll das riesige hölzerne Steuerrad, als wolle sie damit ihre persönliche Anerkennung bekunden. „Aber wenn es nach mir geht, hat die Santa Barbara noch lange nicht ausgedient. Ich habe mein halbes Leben auf ihr verbracht und hoffe, dies auch noch bis zu meiner Pensionierung tun zu können ..."
Frieda ist nach diesen Erläuterungen etwas mulmig zumute. An sechzig Jahre alte Oldtimer hat sie sich mittlerweile gewöhnt, aber ein rostiger Oldtimer auf hoher See ist dann doch eine andere Sache. Besser, sie wendet sich da schnell wieder ihrem eigentlichen Thema zu.
„Und auf diesem anderen Schiff wollen Sie was gesehen haben?"
„Nun, als uns dieser modische Kahn überholt hat, habe ich gesehen, dass zwei Männer sich auf dem Oberdeck um einen dritten gekümmert haben, dem es offensichtlich nicht gut ging. Ich hielt ihn für eine seekranke Landratte und habe noch gelacht, weil er wie ein Sack über der Reling hing."
„Und können Sie sich vielleicht noch an die Farbe seines Hemds erinnern?"
„Klar kann ich das. Man nennt mich nicht umsonst *lince hembra de la bahía*, die Luchsin der Bucht von Santiago." Sie lacht selbstverliebt. „Das Hemd war hellgrün, eindeutig. Bis auf ein paar Stellen, da war es rot."

„Rot?“ Friedas Stimme zittert bei der Frage. „Etwa blutrot?“
„Also solche Röntgenaugen habe ich dann auch wieder nicht, dass ich das mit Sicherheit beantworten könnte, die Entfernung betrug immerhin gut hundert Meter. Vielleicht war's ja auch nur Dreck oder Rost.“
Dreck. Rost. Blut. Immerhin weiß sie jetzt, dass Ioannis lebt, wenn auch möglicherweise verletzt.
Sie bedankt sich für die Informationen und verlässt die Brücke. Linker Hand taucht, auf einer Insel inmitten der Bucht, ein monströser Bau auf: Das kalorische Kraftwerk von Santiago de Cuba. Aus dem Schornstein steigt grauer, vermutlich ungefilterter Rauch auf. Jetzt ist es nicht mehr weit bis zum Hafen, dem Puerto Guillermón Moncada. Als Frieda wenig später über den wackeligen Landesteg die Fähre verlässt, winkt ihr wieder jemand zu.
Es ist die Luchsin der Bucht, die breitbeinig, als geeichter Seemensch, auf der Brücke steht.

*

Auf dem Hafengelände hängen um diese frühabendliche Stunde jede Menge Typen herum, die einem etwas andrehen wollen. Papierene Karten mit Strichcodes, um ein paar Minuten lang im zensierten Internet surfen zu können; Milchpulver, das in den staatlichen Läden wieder einmal nicht zu kriegen ist; oder Tickets für Veranstaltungen aller Art, darunter so dubiose wie Hahnenkämpfe im Hinterhof.
Frieda lässt sich auf keines der Offerte ein. Das Einzige, was sie jetzt braucht, ist ein Taxi, um schnell in ihre Pension zu gelangen. Schließlich gilt es, das Handy aufzuladen, um zu sehen, ob Ioannis sich gemeldet hat.

Die Sonne steht tief und taucht Bucht und Hafen in ein intensives Orange. Kinder treiben mit Stäben hölzerne Reifen vor sich her, wie man es in Europa zuletzt vor fünfzig Jahren gesehen hat. Einen regulären Taxistand gibt es hier nicht, wohl aber Männer, die sich mit ihren blechernen Kisten Marke Moskwitsch als Taxi-Ersatz anbieten. Frieda verhandelt gerade mit einem von ihnen, was die Fahrt in die Calle Clarín kosten soll, als ihr ein Straßenkehrer auf der anderen Straßenseite auffällt.
Der Mann hat den Besen neben sich abgestellt, entspannt lehnt er an der Mauer. Was an und für sich nichts Besonderes wäre; verstehen es doch die meisten hierzulande, sich die Arbeit so einzuteilen, dass man am Ende des Tages nicht tot umfällt.
Was ungewöhnlich ist, ist das Handy in seiner Hand. Nicht nur, dass es viel zu modern aussieht, als dass ein kubanischer Straßenkehrer es sich leisten könnte: Es steckt zudem in einer roten Lederhülle. Eine Hülle, die Frieda frappant an jene erinnert, die sie in den letzten vierzehn Tagen des Öfteren gesehen hat.
Frieda lässt den Taxifahrer, mit dem sie soeben verhandelt hat, links liegen und geht auf den Straßenkehrer zu. Er trägt eine Militärjacke, wie viele ältere Männer auf Kuba, doch sonst ist nichts Militärisches an ihm. Zwei Meter von ihm entfernt wird aus ihrem Verdacht unumstößliche Gewissheit: Das Handy in seiner Hand – es gehört Ioannis!
TIME steht in schwarzen Großbuchstaben auf dem roten Etui, TIME wie TIME Magazine!
Sie blickt sich kurz um, ob sie auch nicht beobachtet wird, dann spricht sie den Alten an.
„*¡Hola!*“, grüßt sie, „*¡hola, señor!*“
Ihr Gegenüber ist in seinem ganzen Leben vielleicht noch nicht mit *señor* adressiert worden. Dement-

sprechend misstrauisch blickt er sie an.
„Ein schönes Handy haben Sie da", sagt sie.
Seine Reaktion: Er schnappt sich den Besen, will abhauen.
„Bitte warten Sie doch!", versucht sie ihn zu beruhigen. „Es ist alles in Ordnung, wirklich! Ich möchte wetten, Sie haben dieses Teil irgendwo gefunden. Nicht wahr?"
Eine goldene Brücke zu bauen – um nichts anderes geht es jetzt.
„Und wenn schon", grummelt er, „was geht Sie das an?"
„Nun, ich denke, das Handy gehört einem Bekannten von mir, der es verloren hat. Weshalb ich Ihnen ein Geschäft vorschlagen möchte."
Ein Geschäft? Selbst der dümmste Kubaner würde da die Ohren spitzen.
„Lassen Sie hören!"
Frieda überlegt, ob sie selbst den Preis bestimmen soll, um billiger davonzukommen. Nein, entscheidet sie, worum es hier am allerwenigsten geht, ist Geld.
„Ich möchte Ihnen das Ding abkaufen. Wie viel wollen Sie dafür haben?"
Sie merkt, wie sich sein Rücken vor Aufregung strafft. Wie bei einem, der es geschafft hat, als Kandidat in der Millionenshow zu landen. Welche Kalkulationen da gerade in seinem Kopf ablaufen mögen?
„Vierzig", sagt er langsam und lauernd. „Vierzig CUC, und keinen Peso weniger."
„Was würden Sie zu fünfzig sagen?", hält sie dagegen.
Er schluckt kurz, dann ein Nicken. Was sonst bliebe ihm auch übrig: Wie willst du mit jemandem verhandeln, der dein erstes Angebot erhöht hat?
„Kommen Sie!", sagt er und zieht Frieda hinter eine Plakatwand, auf der der junge Fidel Castro in martialischer Pose abgebildet ist. Überall in der Stadt sind derzeit solche Poster angebracht, die an die wichtigsten

Etappen im Leben des Verstorbenen erinnern.
Frieda versteht nicht ganz, was das Versteckspiel soll. Vielleicht, damit nicht ein jeder die Transaktion beobachtet? Als sie dem Mann die Scheine aushändigt, merkt sie, wie seine Hände zittern. Verständlich, bekommt da einer nicht gerade seinen doppelten Monatslohn in bar?
Sorgfältig verstaut er das Geld in der Brusttasche seiner zerschlissenen Jacke.
„Würden Sie mir noch verraten, wo genau Sie das Handy gefunden haben?“, fragt sie.
„Dort drüben.“ Er zeigt in Richtung Osten. „Es ist einem Typen aus der Hosentasche gefallen, als er in eine uralte Kiste gestiegen ist. Besser gesagt, als er in sie verfrachtet wurde. Er war sternhagelvoll.“
Okay, denkt Frieda. Da ist sie wieder: die Version B. B wie betrunken. Oder wie bescheuert?
Jetzt, da das Geschäft abgeschlossen ist, scheint der Mann doch ein bisschen ein schlechtes Gewissen zu bekommen.
„Ich hätte es ihm natürlich zurückgegeben. Aber die drei waren schon auf und davon ...“
„Sie waren also zu dritt – ein Betrunkener und zwei Begleiter?“
„Genau. Der Größte von ihnen, ein richtiges Muskelpaket, hat sich hinters Steuer geklemmt, und sie sind in einer Kiste abgerauscht, die wahrscheinlich gleich viel Jahre auf dem Buckel hat wie ich.“
„Apropos Auto: Haben Sie sich zufällig das Kennzeichen gemerkt?“
„Nein, ich achte nicht auf Kennzeichen. Aber ich glaube, es war einer von diesen Willys“, sagt er und atmet tief durch. „Willys Americar, sieht man nicht mehr oft auf der Straße. Vor sechzig Jahren, ja, da war die Marke recht beliebt. Vor allem unter Batistas Leuten.

Weil man von außen nicht feststellen konnte, wer auf der hinteren Sitzbank saß. Beziehungsweise dort misshandelt wurde."
„Wow", macht Frieda, „ist ja großartig, dass Sie sich die Marke gemerkt haben. Und die Farbe des Autos?"
„Da muss ich passen, ich bin farbenblind. Aber wenn Sie entschuldigen: Ich muss mich jetzt wieder an die Arbeit machen."
An die Arbeit? Oder eher nach Hause, um das Geld in Sicherheit zu bringen?
Wenig später hockt Frieda in einem Moskwitsch, der Fahrt in Richtung Calle Clarín aufnimmt. Die Kiste ist nicht nur außen von Rost zerfressen. Durch das Loch in der Bodenplatte hat man freie Sicht auf den wechselnden Straßenbelag der Stadt Santiago de Cuba. Was Frieda normalerweise dazu veranlassen würde, schleunigst das Fahrzeug zu wechseln; doch im Moment hat sie andere Sorgen.
Schließlich warten zwei Handys in ihrer Handtasche darauf, gecheckt zu werden.

*

Doña Karina kann es nicht glauben: Der attraktive junge Begleiter ihres Gastes soll sich in Luft aufgelöst haben? Wenn ihm nur mal nichts zugestoßen ist, lamentiert sie; wo es doch auf den Straßen der Karnevalstadt so lebensgefährlich zugeht.
Frieda, leicht genervt von den Tiraden ihrer Pensionswirtin, überprüft gerade, auf einem hölzernen Schaukelstuhl hockend, Ioannis' Mobiltelefon, während sie darauf wartet, dass ihr eigenes endlich wieder geladen ist. Die Überprüfung ergibt: Ioannis hat tatsächlich versucht, sie zu erreichen, als er sich auf Cayo Granma befand. Aber da war ihr Handy ja bereits ohne Saft.

Doña Karina hält die Ungewissheit nicht länger aus. Ihr Vorschlag: Sie werde sich, so Frieda nichts dagegen habe, hinters Telefon klemmen und sämtliche Krankenhäuser Santiagos anrufen. Schließlich gelte es auszuschließen, dass der gute Mann irgendwo auf einer Intensivstation liege – oder etwa nicht? Großartige Idee, findet Frieda, die ihrerseits gerade eine Entscheidung gefällt hat. Mit einer Umarmung verabschieden sich die beiden Frauen voneinander.

Auf der abendlichen Plaza de Dolores herrscht jede Menge Betrieb. Dort, wo sich die angesagtesten Restaurants von ganz Santiago de Cuba befinden, trifft sich die Schickeria der Stadt zum Dinner. Oder aber zum ersten Cocktail, ehe man zur eigentlichen Nachttour startet.

Frieda weiß, warum Ioannis ausgerechnet im Hotel Dolorita auf der Nordseite des Platzes abgestiegen ist: Weil es preiswert ist, zentral gelegen und zudem diskret. Was bedeutet, dass hier noch der Gast bestimmt, was die Regierung über ihn erfährt. Und nicht umgekehrt.

An der Rezeption lehnt, Kaugummi kauend und in eine Zeitschrift vertieft, eine blutjunge Frau. Mit ihrer schmächtigen Figur und den grellroten Haaren sieht sie aus wie ein Schulmädchen, aber hier darf sie offenbar die Rezeptionistin geben. Frieda tritt näher. Beobachtet, wie die Kleine in einem Modekatalog blättert. Die Bilder auf den Hochglanzseiten zeigen internationale Mannequins in Outfits von Chanel bis Versace. Kaum anzunehmen, dass die junge Dame sich dergleichen leisten kann.

„Mein Name ist Frieda Prohaska“, stellt Frieda sich vor. „Würden Sie mir bitte die Zimmernummer von Herrn Vazelios nennen?“

Die junge Frau bläst ihren Kaugummi gekonnt zu

einer riesigen rosa Blase auf. Erst als diese platzt, rafft sie sich zu einer Antwort auf.
„Vazelios, war das der Name? Hatte Nummer neun, glaube ich. Aber was wollen Sie von ihm, er ist doch schon abgereist?"
„Abgereist, tatsächlich? Und wann soll das gewesen sein?"
Die Rothaarige schiebt das Kinn vor.
„So um Mittag?"
Was eigentlich eine Feststellung sein sollte, klingt aus ihrem Mund wie eine Frage. Und wie eine falsche dazu.
„Hören Sie, *señorita*, das können Sie jemand anders erzählen. Um Mittag war ich mit diesem Herrn noch zusammen unterwegs."
„Na, dann war's halt ein paar Stunden später, keine Ahnung."
Sie macht eine Handbewegung, wie nur pubertierende Gören es hinkriegen.
„Hat er gesagt, wohin er als Nächstes will?"
Die Rothaarige schüttelt den Kopf mit verkniffenen Lippen. Vermutlich soll es so etwas wie Bedauern ausdrücken. Was dabei rauskommt, ist Arroganz pur.
„Vielleicht hat er ja einen Brief für mich hinterlassen?", versucht es Frieda noch einmal. Wieder ist die Reaktion ein müdes Kopfschütteln. Offensichtlich, dass sich die junge Dame endlich wieder den zweidimensionalen Mannequins in ihren unerschwinglich teuren Roben widmen möchte.
„Nur noch eins: Wie sah er aus, als er ausgecheckt hat?"
„Was meinen Sie damit?"
„Ich meine, wie war er drauf? Wirkte er angespannt, müde? Oder gar betrunken?"
„Betrunken? Also, hören Sie mal! Selbst wenn – so etwas würden wir doch nicht über unsere Gäste erzählen!"

Erstaunlich, denkt Frieda: eine kaum Fünfzehnjährige, der dieses Argument einfällt! Dabei hat sie sicher keine Ahnung davon, wie wichtig Diskretion im Hotelgewerbe ist.
Frustriert verlässt Frieda das Dolorita und ruft Doña Karina an. Ob sie schon Erfolg hatte mit ihren Anrufen in den Spitälern?
„Leider nein, meine Liebe. Aber ich bin noch lange nicht durch mit allen."
Frieda bittet sie um die Adresse der nächsten Polizeidienststelle.
„Wozu?", lautet die Gegenfrage. „Du glaubst doch nicht, irgendein kleiner Polizist würde seinen Arsch vom Sessel erheben, bloß um für eine *extranjera*, eine Ausländerin, Nachforschungen anzustellen. Außer, na ja ..."
„Außer was?"
„Außer, er möchte sie flachlegen." Doña Karina lacht trocken. „Nein, du versuchst es besser bei den richtigen Chefitäten. Da hättest du wenigstens eine kleine Chance."
Die Polizeidirektion also. Zum Glück befindet sie sich fast um die Ecke.
Dennoch ist Frieda bei ihrem zehnminütigen Spaziergang durch die nächtlichen, schlecht beleuchteten Straßen nicht ganz wohl zumute.
Aber die *kleine Chance* treibt sie voran.

*

Teniente Berluza Mendez heißt der Offizier, der in dieser Nacht Journaldienst in der Polizeidirektion von Santiago de Cuba hat. Frieda ist positiv überrascht, wie schnell sie zu ihm vorgelassen wird. Der Teniente ist ein durchaus attraktiver Vertreter seiner Zunft, mit gut sitzender Uniform und markanten Gesichtszügen. Doch wie er sie mustert und zweideutig grinst, missfällt Frieda. Vielleicht weil sie darin einen allzu ausgeprägten Willen zum *Flachlegen* zu erkennen vermeint ...

„Erzählen Sie, *señorita*! Womit kann ich Ihnen helfen?"

Sie berichtet, was sie im Verlauf des Nachmittags auf Cayo Granma und im Hafen erlebt hat. Versucht Eindruck zu schinden, indem sie Ioannis als wichtige, einflussreiche Persönlichkeit darstellt. Schließlich präsentiert sie dem Polizisten Ioannis' Handy und bittet um Unterstützung bei der Suche nach dem Verschwundenen.

Berluza Mendez ist ihrer Schilderung aufmerksam gefolgt. Nun wiegt er das Handy des Amerikaners in seiner Hand.

„Ich denke, *señorita*", beginnt er, langsam und ruhig, „Sie werden verstehen, dass wir nach einem erwachsenen Mann – noch dazu einem offensichtlich betrunkenen – nicht fahnden können, der erst seit wenigen Stunden vermisst wird."

„Aber ich habe Ihnen doch erklärt, auf welche Weise er verschwunden ist. Ich fürchte tatsächlich, dass ihm etwas Schlimmes zugestoßen ist."

Er lässt sich auch durch ihren flehentlichen Ton nicht erweichen.

„Das handhabt die Polizei auf der ganzen Welt so, *señorita*. Es ist eine Frage der Ökonomie, der Schonung unserer Ressourcen! Die meisten Vermissten tauchen binnen vierundzwanzig Stunden wieder auf. Weil sie dann, zum Beispiel, ihren Rausch ausgeschlafen haben."

Frieda beteuert, dass Ioannis keinen Alkohol trinke und sich nur mit einem Informanten treffen wollte, nicht mit zweien. Weshalb die einzig logische Folgerung laute: Dass die beiden, die ihn auf die Fähre

brachten und später in einen Wagen verfrachteten, ihn offenbar außer Gefecht setzten.
„Nach denen sollten Sie suchen!", sagt sie. „Und glauben Sie nicht auch" – setzt sie hinzu und senkt bewusst die Stimme – „dass es bei Ihren Vorgesetzten gut ankommen würde, wenn ein prominenter Amerikaner wie Vazelios schnell und wohlbehalten wieder auftauchen würde? Gerade in politisch brisanten Zeiten wie diesen ..."
Die Lippen des Teniente verziehen sich spöttisch.
„Señorita Prohaska: Sie werden mich doch nicht etwa unter Druck setzen wollen?"
Nichts läge ihr ferner als das, versichert Frieda ihrem feixenden Gegenüber, allenfalls ginge es um ein bisschen Verfahrensbeschleunigung. Das werde der verehrte Herr Leutnant einer besorgten Freundin des Vermissten doch nicht übel nehmen?
„Besorgt?" Schlagartig ändert sich sein Tonfall. „Welche Beziehung haben Sie genau zu Ioannis Vazelios?"
Sie erklärt, wie, wo und wann sie den Amerikaner kennengelernt hat. Berichtet von ihren gemeinsamen Stationen: Holguín, Baracoa, Santiago. Persönliches gibt sie dabei nicht preis.
Der Teniente nickt, lächelt, nickt.
Schon glaubt sie, es geschafft zu haben, da verrät sie sich: Indem sie beiläufig erwähnt, von Beruf ebenfalls Journalistin zu sein.
„Una periodista!", wiederholt er und runzelt die Stirne. „Bis jetzt haben Sie sich als Touristin ausgegeben, meine Dame! Wissen Sie, dass ich Sie dafür einsperren lassen könnte? Sie sind mit einem Touristenvisum eingereist!"
„Na und?", gibt Frieda kämpferisch zurück, „es soll auch Journalisten geben, die bisweilen auf Urlaub gehen."

„Also rein zufällig tut sich eine österreichische Journalistin mit einem prominenten amerikanischen zusammen, der mit Informanten heimliche Interviews macht, mit Konterrevolutionären! Und ebenfalls rein zufällig spielt sich all das wenige Tage nach dem Tod unseres Revolutionsführers ab. Ein bisschen viel an Zufall, meinen Sie nicht auch?"

Frieda spürt, dass es an der Zeit ist, eine Entscheidung zu fällen. Darüber, was wohl eher zum Erfolg führt: rechthaberisch zu sein oder kleinere Zugeständnisse zu machen. Am Ende gibt das Österreichische in ihr den Ausschlag.

„Okay", räumt sie ein, „natürlich interessiere ich mich auch als Urlauberin sehr für die aktuelle Situation in Ihrem wunderbaren Land, wer kann schon aus seiner Haut schlüpfen. Auch Sie als Polizist würden sicher nicht tatenlos bei einem Verbrechen zusehen, bloß weil es gerade in Ihrer Freizeit passiert. Oder?"

Sie spürt sofort: Das war ein kecker, allzu kecker Vergleich. Und auch dass er ihr das Attribut *wunderbar* nicht wirklich abnimmt, ist an seiner Reaktion zu erkennen: Zu viel an Pathos, *chica*, zu wenig professionelle Distanz!, drückt sein Blick aus. Sie versucht den Fehler zu korrigieren, indem sie ihr charmantestes Lächeln aufsetzt.

„Vielleicht war das mit dem Touristenvisum, formal betrachtet, wirklich nicht ganz korrekt", sagt sie so demütig wie möglich, um leise hinzuzufügen: „Aber es soll ja Polizisten geben, die dann und wann mal ein Auge zudrücken."

Aha, besagt sein süffisanter Gesichtsausdruck: Ein Auge zudrücken – und was hätte ich davon?

Es sind Momente wie diese, in denen plötzlich uralte atavistische Denkmuster auftauchen, diesbezüglich hat sich seit Jahrtausenden wenig geändert. Sie spürt

genau, was ihn dazu motivieren könnte, seine Meinung zu ändern, schließlich haben seine Augen längst ihre Figur ins Visier genommen. Und er versucht nicht einmal, es zu kaschieren. Typisch für einen echten Macho, nach dessen Logik frau dafür dankbar sein sollte, wenn er, die Krone der Schöpfung, sich für sie – will heißen für ihr Äußeres – interessiert. Da macht es keinen Unterschied, ob einer aus einem sozialistischen oder kapitalistischen Land stammt.
Allem Anschein nach ist die Taxierung zu ihren Gunsten ausgefallen, denn ein anerkennendes Lächeln umspielt die Lippen des Teniente.
Was tue ich, wenn er mir jetzt einen unmoralischen Vorschlag macht?, fragt Frieda sich, und Panik macht sich breit in ihr. Wie weit würde ich gehen, nur damit er die Suche nach Ioannis sofort in Gang setzt?
Die Grimasse in seinem Gesicht verschwindet so schnell, wie er sie aufgesetzt hat. „Melden Sie sich morgen Abend wieder", sagt er in einem neutralen, verbindlichen Ton. „Sollte Ihr Freund bis dahin nicht aufgetaucht sein, werden wir weitersehen."
Frieda ist frustriert: Da versuchst du einmal, deine Weiblichkeit einzusetzen, und dann scheiterst du schon auf den ersten Metern! Müde und resignativ erhebt sie sich vom Stuhl, will nach Ioannis' Handy greifen.
Er ist schneller, legt seine Hand darauf.
„Das bleibt vorerst hier, *señorita*! Es handelt sich dabei schließlich um ein Beweisstück – für Ihre Geschichte. Und wir werden natürlich auch die Daten auf der SIM-Karte auswerten. Das ist doch sicherlich in Ihrem Interesse, oder?"
So kann man auch an ein modernes Handy kommen, denkt sie, aber sie verzichtet auf jegliche Antwort.
„Okay", murmelt sie, „bis morgen."

Der Teniente nickt nur und bedeutet dem Sargento, der die ganze Zeit über wie eine Statue in der Ecke gestanden ist, sie hinauszubegleiten. Im Korridor fallen Frieda die gerahmten Tierfotos an der Wand auf. Ungewöhnlich, solche Motive auf einem Polizeirevier zu finden, denkt sie. Bis sie begreift, dass es sich bei allen abgebildeten Tieren um Raubtiere handelt, die sich gerade im Kampfmodus befinden – also vielleicht doch nicht ganz unpassend für diese Räumlichkeiten. Angesichts eines Krokodils mit spitzem, aufgerissenem Maul fällt ihr plötzlich wieder ein, was Ioannis beiläufig als das nächste Ziel seiner Reise nannte: die Krokodilzuchtfarm in den Sümpfen von Zapata, wo er einen alten Freund aufsuchen wollte. Und hatte die freche Kleine an der Hotelrezeption nicht behauptet, der Amerikaner sei bereits ausgecheckt und abgereist? Was, wenn die ganze Sache wirklich harmloser ist, als sie befürchtet? Wenn er tatsächlich nur mit zwei Kumpeln gezecht und sich anschließend vertschüsst hat? Wenn also die schlichte Erklärung lautet, dass sie ein zweites Mal von Ioannis Vazelios versetzt wurde?

*

Den ganzen nächsten Tag verbringt Frieda in Doña Karinas Pension – für den Fall, dass Ioannis doch noch auftaucht und sie sucht. Von ihrer Hauswirtin erfährt sie gegen Mittag, dass in keinem der zehn städtischen Krankenhäuser ein Mann aufgenommen wurde, auf den die Beschreibung des Amerikaners passen würde. Frieda weiß nicht, ob sie darüber froh oder enttäuscht sein soll. Am frühen Abend serviert ihr Doña Karina einen köstlichen Gemüseeintopf mit gegrilltem Hühnerfilet, aber Frieda bringt kaum einen Bissen hinunter. Um achtzehn Uhr steht sie, wie mit Leutnant

Berluza Mendez vereinbart, wieder vor dem Eingang der Polizeidirektion und bittet darum, zu ihm vorgelassen zu werden.
„Der Teniente ist schon nach Hause gegangen", wird ihr beschieden. „Kommen Sie morgen wieder!"
„Das kann doch nicht wahr sein!", echauffiert sie sich. „Er hat ausdrücklich gesagt, ich solle heute Abend wiederkommen. Jetzt ist mein Freund schon über dreißig Stunden verschwunden, Sie müssen doch etwas unternehmen!"
Das ständige Achselzucken des Polizisten bringt sie in Rage.
„Hören Sie, ich möchte mit Ihrem Vorgesetzten sprechen!", schreit sie so laut, dass ihre Stimme kippt.
„Gerne", entgegnet der andere mit stoischer Miene. „Mein Vorgesetzter heißt Teniente Berluza Mendez, und morgen ab acht steht er gerne zu Ihrer Verfügung."
Frieda erkennt die Sinnlosigkeit ihres Unterfangens und stapft wütend zurück zur Pension. Sie fühlt sich erbärmlich, von Gott und der Welt verlassen. Was könnte sie noch unternehmen, an wen sich wenden? Auch der so gut organisierten Doña Karina fällt jetzt nichts mehr ein. Immerhin versucht sie Frieda mit einem heißen Tee zu trösten, der ziemlich stark nach Rum und Rohrzucker schmeckt. Zwecks Stärkung des Immunsystems, wie die Gastgeberin erklärt.
Während sie an ihrem Glas nippt, kommt Frieda plötzlich eine verrückte Idee.
„Wie kommt man von hier eigentlich am besten nach Ciénaga de Zapata?", fragte sie Karina.
„In den Nationalpark? Ach, das ist eine lange Reise dorthin. Ich würde einen Nachtbus nehmen, da kann man wenigstens schlafen während der Fahrt."
„Und weißt du, wann der nächste geht?"

„Um zehn vom Busbahnhof, glaube ich, also in einer knappen Stunde. Aber wozu um alles in der Welt willst du denn ausgerechnet dort hin, *amor*?“
Sie erklärt der staunenden Hauswirtin, dass Ioannis die Krokodilfarm in La Boca de Guamá als seine nächste Destination und einen Ranger namens León als Kontaktperson genannt hat. Auch wenn die Wahrscheinlichkeit nicht eben groß sei, ihren Kollegen dort zu finden, so sei diese Möglichkeit doch nicht gänzlich auszuschließen.
„Du meinst, dein Freund könnte tatsächlich abgereist sein, ohne dich zu benachrichtigen? Aber was wäre denn das für eine Art! Ehrlich, ich gäbe ihm den Laufpass, wenn einer so etwas mit mir machen würde! Und du willst ihm auch noch hinterherfahren ...“
Doña Karinas klare Worte bringen sie zum Weinen. Sie weiß: Sollte Ioannis das wirklich hinter ihrem Rücken gemacht haben, wäre es auch für sie schlimm. Aber sie ist es leid, weiterhin untätig herumzusitzen und sich das Hirn darüber zu zermartern, ob am Ende der schielende Barkeeper auf Cayo Granma tatsächlich recht hatte mit dem, was er ihr nachrief:
Vielleicht sollten Sie einmal darüber nachdenken, ob Ihr Freund Sie nicht einfach verlassen hat ...
Karina ist von ihren Tränen so gerührt, dass sie gleich mitweint.
„Weißt du was“, sagt sie mit einem aufmunternden Lächeln, „du tust das, was du tun musst! Packe du schnell deine Sachen und ich hole meinen Mann. Er soll dich zum Busbahnhof fahren, damit du es noch rechtzeitig schaffst.“
„Du bist so gut zu mir“, seufzt Frieda.
„Aber ich bitte dich, das ist doch selbstverständlich. Versprich nur, dass du mich gleich anrufst, sobald du Klarheit hast.“

„Versprochen!"
Eine Viertelstunde später tritt Frieda mit ihrem Koffer und der Kameratasche hinaus auf die Straße, wo Karinas gutmütiger Gatte bereits in einem riesigen gelben Chevrolet auf sie wartet. Leonardo hat als Präsident des Oldtimerclubs von Santiago Zugang zu gleich mehreren amerikanischen Kutschen, allesamt tadellos renoviert und bestens in Schuss. Wenn er den Deckel zum Motorraum aufklappt, um anderen Oldtimerfans genüsslich den alten, aber funkelnden Sechszylindermotor zu präsentieren, steht ihm immer der Stolz ins Gesicht geschrieben. Doch dafür ist jetzt keine Zeit, der Nachtbus wartet nicht.
Frieda und Karina verabschieden sich mit schnellen Küsschen auf beide Wangen.
„Ich halte dir für alle Fälle dein Zimmer frei", ruft die Hausherrin, „falls du dich entschließen solltest, wieder zurückzukommen. *¿Vale?*"
„*Sí, gracias*", sagt Frieda und steigt in den Chevi. Als sie Karina durch das offene Fenster zuwinkt, kann sie schon wieder ein wenig lächeln.

20

So wie es aussieht, wird die Anklage gegen ihn auf Landesverrat lauten. Oder auf versuchten Landesverrat. Was ihn an das Schicksal eines Angeklagten erinnert, von dem er einst im Literaturunterricht gehört hat. Der Mann wird über Jahre hin vor Gericht gezerrt wegen Verbrechen, die er nicht begangen hat. Am Ende bricht er zusammen und gesteht. Glaubt selbst an die Verbrechen, die man ihm fälschlicherweise zur Last legt. Vielleicht geht es ja auch in seinem Fall gar nicht darum, eines tatsächlichen Verbrechens überführt zu werden? Vielleicht geht es nur um eine Demonstration: um die Demonstration der Überlegenheit des Staates. Und um dessen Unterstützer, die an seinem großen Euter gestillt werden wollen. Für die lebenslang Milch und Honig fließen, solange sie nur bereitwillig ihre Funktion erfüllen.

Irgendetwas scheint sich zu verselbständigen, sobald einer lange genug gekostet hat von der Macht. Es funktioniert wie mit einer Tüte Popcorn: Du mampfst so lange in dich hinein, bis auch das letzte Körnchen in deinem Rachen verschwunden ist, obwohl du längst satt bist.

„Wie kann man das Land verraten, das einen immer gefördert hat?“, will der Teniente wissen, nicht zum ersten Mal.

„Ich will nicht abhauen, wie oft soll ich das noch sagen, und ich hatte es nie vor! Nicht einmal in den Neunzigerjahren, als wir vor Hunger Schlangen fraßen und trockenes Gras. Hätte ich mich davonmachen wollen, ich wäre doch schon damals mit Rosa Margarita ins Boot gestiegen. *Lógico, ¿no?*“

Der Teniente schüttelt den Kopf. Langsam und kontrolliert, ganz so, wie es sich für Siegertypen geziemt. Nur Schwächlinge bewegen sich hektisch durch die Welt, die Starken sparen Energie. Weil die Intuition ihnen sagt, wann Ruhe umzusetzen ist in Spannung, in Kraft. In den alles entscheidenden Angriff.
Wer wüsste das besser als ein Boxer?
„Nein, mein Junge", lächelt der Teniente. „Du irrst. Logik hat mit solchen Dingen nichts zu tun."
Gerne würde Osvaldo den Teniente fragen, welche Kriterien er überhaupt gelten lässt, grundsätzlich und im Besonderen. Aber er zieht es vor, ihn nicht weiter zu reizen. Stattdessen fragt er sich, was den anderen so sicher macht, dass er ein Verräter ist. Nur weil ein paar seiner Schergen beobachteten, wie er sich nach der Testamentseröffnung mit seinem Schwager unterhalten hat?
Und deshalb begeht man gleich Landesverrat?

*

Nur eines darfst du nicht verlieren, Sohn: Den Glauben an die Revolution! Ich bin in Afrika in Dreck und Schlamm gekrochen. Hab zugesehen dabei, wie mein bester Freund neben mir elendiglich krepierte. Für die Revolution, für unser Ein und Alles. Halte auch du dich an Hatuey, Sohn, an seine Kraft! Noch als sie den Häuptling der Taínos bei lebendigem Leibe auf den Scheiterhaufen warfen, lachte er seine Peiniger aus. Weil er seinen Glauben nie verlor ...
Wie soll man mit einem reden, der ständig in Parolen spricht? Der nur von einem schwafelt: seinen eigenen, nicht erfüllten Hoffnungen? Nie wurde er von ihm als selbständiges Wesen behandelt, immerzu war er nur Erfüllungsgehilfe, Projektionsfläche für seine Fantasien.

Ich hab dich lieb – so etwas Einfaches, Wichtiges ist dem Vater niemals über die Lippen gekommen!
Er wird ihn jetzt mit Fragen konfrontieren, die er schon lange mit sich herumschleppt; die tabu waren, solange der andere noch lebte. Jetzt kommt er ihm nicht mehr aus!
Könnten wir uns darauf einigen, dass wir zwei uns den Himmel auf Erden immer ganz anders vorgestellt haben, Vater? Und wieso unentwegt den Glauben beschwören, obwohl wir doch zu Atheisten erzogen wurden? Wenn ich dich erinnern darf: Viel war nicht mehr übrig von deinem revolutionären Eifer, als eure Wohnung nach jedem Wolkenbruch unter Wasser stand. Durch halb Angola bist du gerobbt für das Vaterland, aber zuhause blieb dir eine anständige Bleibe verwehrt. Und was Hatuey betrifft, den so gerne von dir Zitierten: Ist es ein Zufall, dass sein Kopf heute die Banderole der Cohiba schmückt? Eine Zigarre, die sich nur Ausländer leisten können? Einst von den Christen auf dem Scheiterhaufen verbrannt, wird er heute geraucht. Nicht zu vergessen: Auch eine Biersorte in Santiago wurde nach ihm benannt. Auf meinem Weg ins Boxstudio bin ich täglich an der Brauerei vorbeigelaufen, auf deren Tor Hatueys Bild prangt. Vielleicht kam mir deshalb nie in den Sinn, ihn als Vorbild zu begreifen. Vom kämpferischen Anführer der Ureinwohner zum papierenen Bier- und Zigarrenetikett: Soll das der gesellschaftliche Aufstieg sein, von dem wir, seine Nachkommen, träumen?
Der Teniente scheint mitbekommen zu haben, was er mit Vater zu besprechen hat.
„Und du – welchen Aufstieg hast *du* dir erwartet? Eine Karriere als Profi? Glaubst du, die Deutschen oder die Amis warten darauf, dass ein Sechsunddreißigjähriger bei ihnen einsteigt?"

Osvaldo weiß natürlich, worauf der Teniente hinauswill. Kubanische Boxer sind im westlichen Ausland ähnlich begehrt wie brasilianische Jungs im Fußball. Die Besten von ihnen beim Abhauen zu unterstützen und künftig für einen deutschen oder amerikanischen Boxstall antreten zu lassen, zahlt sich schon aus. Für Fluchthelfer ebenso wie für Manager. Er sieht den Teniente an wie ein müder Hund, versucht es erneut mit Argumenten.

„Wenn Sie selbst sagen, dass eine neue Karriere im Ausland nicht besonders viel Sinn macht in meinem Alter, verstehe ich nicht, warum sie nicht endlich damit aufhören, mir das zu unterstellen. Nie habe ich mein Land verraten, keinen Gedanken habe ich verschwendet an Flucht. Wieso fragen Sie sich nicht, wer versucht, mir das anzudichten, und warum?"

Er streckt dem Polizisten seine malträtierte Rechte hin. Die Spuren, die der geborstene Balken darauf hinterlassen hat, sind auch jetzt, Wochen nach dem Einsturz der Decke, unübersehbar.

„Sehen Sie sich bloß mein Handgelenk an! Wie sollte ich damit Profi werden, wie überhaupt noch einmal boxen?"

Für einen Augenblick wirkt der Teniente verunsichert. Er umkreist ihn, mit beiden Händen auf dem Rücken. Wie ein alter Lehrer, der seiner zum Stillsitzen verurteilten Klasse allein mit seiner Körpersprache demonstriert, wer hier das Sagen hat. Knapp hinter Osvaldo hält er inne. Der spürt seinen Atem an seinem Ohr, seine Pranke auf der Schulter.

Gut gebrüllt, Löwe! Aber glauben wird dir den Mist keiner, soll das wohl heißen.

„Vielleicht willst du ja tatsächlich nicht mehr aktiv einsteigen", zischt der Teniente ihm ins Ohr. „Vielleicht hast du einfach ein gutes Angebot als Trainer erhalten. Einer, der unser Sportsystem durchlaufen hat von ganz unten bis fast ganz oben – so einer hätte den Feinden des Sozialismus doch einiges zu verraten, nicht wahr? Gegen gute Dollars oder harte Euros, versteht sich."

Osvaldo läuft ein Schauer über den Buckel, kalt und heiß zugleich.

Hat er nicht Pepe und Don Carlos gegenüber erwähnt, dass die staatliche Ausbildung zum Boxtrainer ihn durchaus reizen könnte? Wobei nie von einem Job im Ausland die Rede war, mit Sicherheit nicht. Vielleicht sollte er mehr auf der Hut sein vor seinen lieben Zellengenossen?

„Wie lange sind Tonya Mendez Coroza und du eigentlich schon ein Paar?

Die Frage kommt aus heiterem Himmel, trifft Osvaldo wie ein Schwinger unterhalb der Gürtellinie. Verdammt, woher weiß er von Tonya, denkt er, seit wann lässt er ihn schon beobachten? Dem Teniente entgeht die Wirkung nicht. Genießerisch steckt er sich mit dem silbernen Benzinfeuerzeug eine Zigarette an.

„Wenn du mir die Wahrheit sagst, kriegst du auch eine."

Grinsend hält er das Päckchen in die Höhe.

„Wir sind kein Paar, Tonya und ich. Wer auch immer Ihnen das erzählt hat, lügt."

„Dann erzähl du mir doch, wie du eure Beziehung siehst!"

Osvaldo beschließt, bei der Wahrheit zu bleiben. Zumindest, was die überprüfbaren Fakten anlangt.

„Wir haben uns beim Karneval kennengelernt, zuvor habe ich sie noch nie gesehen. Danach sind wir ein paar Mal ausgegangen, das ist alles."

Der Teniente blättert in seiner Mappe, zieht ein Blatt heraus. Es ist eine Aufnahme von Tonya und Osvaldo,

beide halb nackt im Schlafzimmer, fotografiert in ihrer ersten gemeinsamen Nacht.
Das es überhaupt möglich ist, bei derart schlechten Lichtverhältnissen ein solch scharfes Foto hinzubekommen!
„Na ja, da fehlt schon noch ein bisschen", meint der Teniente süffisant. „Immerhin hast du sie mindestens zwei Mal gevögelt, nicht wahr?"
Nein, genau das ist es, genau das macht den Unterschied aus: Nicht *er* hat sie gevögelt, *sie* haben es miteinander getan. Im besten Einverständnis. Aber wozu sich mit einem Polizisten über solche Feinheiten austauschen?
„Wieso fragen Sie, wenn Sie ohnehin bereits alles wissen?"
Er merkt, wie heiser seine Stimme plötzlich klingt, wie wenig sie trägt. Der Tiefschlag – er scheint auch seine Stimmbänder angeknackst zu haben.
„Ich habe nur die Rohdaten. Auswertung und Interpretation stehen noch an."
„Was gibt es da zu interpretieren? Okay, wir haben miteinander geschlafen. Soll ja nicht verboten sein."
„Nicht frech werden, *chico*, bloß nicht frech werden! Ich kann auch anders, ganz anders ..."
Der Teniente fuchtelt mit der brennenden Zigarette knapp vor Osvaldos Augen herum, mit gespitzten Lippen. In Osvaldo kommt Panik auf, aber er versucht, sich nichts anmerken zu lassen. Stattdessen presst er eine knappe Entschuldigung hervor, die der andere zu akzeptieren scheint. Jedenfalls wandert die Zigarette wieder dorthin zurück, wo sie hingehört.
„Also?"
„Also was?"
„Kannst du mir euer Verhältnis vielleicht ein bisschen genauer erläutern? Was hatte die Genossin Tonya bei

der Testamentseröffnung zu suchen, wo ihr doch angeblich nie ein Paar wart?“
„Sie wurde ebenso wie ich geladen. Ganz offiziell.“
„Welchen Grund sollte es dafür geben?“
Seiner Miene nach zu urteilen weiß der Teniente tatsächlich nicht, was da gelaufen ist. Wenigstens einmal scheinen seine Informanten versagt zu haben.
„Ganz einfach: Mein Vater hat Tonya in seinem Testament erwähnt. Immerhin war sie seine Tochter.“
Dem Teniente bleibt die Luft weg. Oder ist er nur ein verdammt guter Schauspieler?
„Alle Achtung: Du vögelst also deine eigene Schwester! Bist mir ja ein ganz ein Wilder.“
Seine Finger vollführen eine einschlägige Bewegung.
Osvaldo schüttelt heftig den Kopf, als könnte er damit etwas ungeschehen machen.
Ihm ist klar, wie fertig er ist, was alles schiefgelaufen ist. Der Tod der Eltern; die Schwester todkrank, die Halbschwester als Geliebte. Und der Gipfel: die Entführung eines Menschen!
Der in seinem Verlies schmachtet. Dessen Schreie niemand hört.
Schon Kolonialgouverneur Pedro Rojas y Borja, der die Festung El Morro erbauen ließ, legte Wert darauf, Gefangene foltern zu können, ohne dass dabei ein Laut nach außen drang.

*

Moment einmal, ihr zwei! Verbreitet mir bloß keinen solchen Mist!
Immer wenn ein Satz mit „Moment einmal“ beginnt, weiß Osvaldo, dass der Vater in der Leitung ist. Dass er wieder einmal durchgewählt hat, von seinem neuen Wohnsitz aus, wo immer der sich auch befinden mag.

In himmlischen oder in höllischen Gefilden. Oh ja, seine Stimme ist nicht zu überhören, sie quält wie ein Tinnitus …

Ihr habt sie ja nicht alle: Landesverrat! Wieso sollte ein waschechter Indio aus Baracoa sein Land verraten? Der beste Boxer nach Teófilo Stevenson. Und du, Sohnemann: Wie kannst du ihnen einen Anlass dafür geben, dich einzusperren? Wie kannst du mir das nur antun!

Er – *ihm?* Wie kann der Vater es ihm antun, ihn auf dieselbe Stufe zu setzen mit einem Polizisten, der einen einlochen und tagelang festhalten darf, auf einen bloßen Verdacht hin?

Doch der Alte lässt nicht locker, selbst im Jenseits nicht.

Vielleicht stammen wir sogar von Hatuey selbst ab, dem großen Häuptling der Taíno. Jedenfalls haben wir Indioblut in unseren Adern, aufmüpfiges Blut. Wir sind nicht gemacht für die Arbeit im Bergwerk oder auf der Zuckerplantage, Sohn, aber sehr gut zum Kämpfen! Egal, ob als internationalista in Angola oder im Quadrat eines Boxrings.

Nach Vorstellung des Vaters sollte er genau so stark und berühmt werden wie der große Teófilo Stevenson, der drei Mal Olympiagold und ebenso viele Weltmeisterschaftstitel erkämpft hatte. Ein Superstar in der Welt des Boxens und angesehener noch als Odlanier Solís, der sieben Mal kubanischer Meister wurde und nach seinem Olympiasieg ins Ausland ging. „Vaterlandsverräter“, schimpfte ihn Vater. Er verzieh ihm nie, dass Solís sich 2007 bei einem Auslandsaufenthalt von der kubanischen Mannschaft absetzte und fortan in Deutschland boxte. Für den Vater war es klar: Er, Osvaldo, würde in Bälde kubanischer Meister werden und irgendwann auch einmal Profi. Natürlich erst dann, wenn das professionelle Boxen auch in Kuba

offiziell erlaubt sein würde. Dass es bereits 2016, in seinem Todesjahr, soweit sein sollte, hätte Paco Rivera Santos wohl nie geglaubt.
Werde ein würdiger Nachfolger von Teófilo oder Muhammad Ali, und die Zukunft gehört dir!
Vater war es egal, ob ein Boxer kubanischer oder amerikanischer Herkunft war. Hauptsache, der Kerl war einer aus dem Volk. Dass sein Sohn mit seinen knapp achtzig Kilo höchstens in der Kategorie Halbschwergewicht antreten konnte, war für ihn kein Argument.
Wenn du erst einmal genug verdienst, kannst du dir die fehlenden Pfunde immer noch hinauffuttern. Auch der Verräter Solís kam nicht mit 130 Kilo auf die Welt, verdammt noch einmal!
Selbst wenn Vater über Odlanier Solís fluchte, merkte man, dass er dessen boxerische Klasse insgeheim bewunderte.
An seinem zwölften Geburtstag nahm er Osvaldo den alten Sandsack weg.
Dieser Sack ist für niños, *für kleine Kinder. Ich habe dir einen neuen besorgt. Der ist doppelt so schwer und doppelt so hart. Auch du musst hart werden, Sohn, eine Dampflokomotive!* Los Cocodrilos Cubanos, *das ist der beste Club in ganz Oriente. Und du, Osvaldo, wirst seine Speerspitze sein. Doch zuerst musst du diesen Sack bearbeiten.*
Schlag zu, Junge, schlag zu! Bis der verdammte Sack explodiert!

21

Nach elfstündiger Busfahrt ist Frieda erst gegen Mittag in La Boca de Guamá angekommen, für die letzten Kilometer bis zu der Krokodilfarm in den Zapatasümpfen musste sie auch noch ein Taxi nehmen. León, der Freund und Informant von Ioannis, war schnell aufgetrieben; doch von Ioannis selbst, wie befürchtet, keine Spur. León hat versucht, sie aufzumuntern. Hat neue Erklärungsversuche für Ioannis' Verschwinden ins Spiel gebracht wie jene, wonach der TIME-Reporter vielleicht eine geheime Mission verfolgt haben könnte. Sie fand das mehr als unwahrscheinlich. Um sie etwas abzulenken, bot León ihr eine Privatführung durch das Gelände an, was Frieda dankend annahm.
Der beleibte Ranger lehnt am Geländer einer hölzernen Brücke, er ist die Entspannung in Person. Keine zwei Meter unter ihm peitschen hunderte Krokodilschwänze das Wasser, größer könnte der Kontrast zwischen oben und unten nicht sein.
„Kubanische Krokodile gelten als besonders aggressiv", sagt Frieda und wischt sich die Schweißperlen von der Stirn. Die Luftfeuchtigkeit ist hoch in Ciénaga de Zapata. „Können Sie das bestätigen?"
Die Zigarre in Leóns Mundwinkel schmückt eine bekannte Banderole: kleine weiße und schwarze Quadrate auf gelbem Hintergrund. Wie kann ein einfacher Ranger auf der Krokodilfarm sich eine edle Cohiba leisten? Vielleicht besorgt er sie sich ja über einen Neffen oder Cousin, der in der Zigarrenmanufaktur Habanos SA arbeitet und dem ein Teil seines Lohns in Form dieser Luxuszigarren ausbezahlt wird? Fast jeder Kubaner hat irgendwo einen Verwandten, der an

Dinge rankommt, die sich in den staatlichen Läden nicht finden; nur in ausgewählten Touristenshops und ausschließlich bezahlbar in CUC, jener Währung, die für Ausländer und Superreiche erfunden wurde. León zählt mit Sicherheit nicht zu ihnen. Er bekommt seinen Lohn in kubanischen Pesos ausbezahlt, das reicht fürs nackte Überleben. Bestenfalls stecken ihm Besucher ein paar Dollar oder Euro zu, als Trinkgeld oder für kleine Extradienste. Wie für diese private Führung, die er soeben für Frieda macht.

„Besonders aggressiv?", wiederholt er nachdenklich und zieht dabei an seinem Stumpen, wodurch die Spitze der Zigarre aufglimmt wie das Licht einer Bootslaterne, weit draußen auf dem Meer. „Na, ich weiß nicht. Sie schützen doch nur ihr Territorium, wie jedes Lebewesen. Ist doch ihr gutes Recht, oder? Wenn Sie mich fragen: Aggressiv sind eher wir Menschen."

Erneut saugt er an der Zigarre, als müsse er sich für sein Statement belohnen.

Frieda mag Krokodile nicht, nicht einmal im Handtaschenformat. León hat ihr zwar erklärt, dass es sich auf dieser Krokofarm um ein ökologisch nachhaltiges Projekt handle, bei dem darauf geachtet werde, die Tiere unter artgerechten, naturverträglichen Bedingungen zu züchten, doch sie kann seine Begeisterung für die Kaltblütler nicht teilen.

„Man hat bei fossilen kubanischen Faultieren Bissmarken von Krokodilen gefunden", erläutert der Ranger, „obwohl Faultiere kaum jemals von ihren Bäumen runterkommen. Was bedeutet, dass die Krokos zu ihnen rauf kamen. Heute gibt es ja keine Faultiere mehr auf Kuba; aber ich habe selbst schon beobachtet, wie sich ein Kroko eine *jutía*, eine Baumratte, vom Ast geholt hat. Dabei hat es einen solchen Sprung hingelegt – bewunderungswürdig, wie *Jumping Jack Flash*!"

Zur Demonstration der Höhe des Sprungs breitet León seine Arme aus, gerade so wie die monumentale Christusstatue auf dem Corcovado. Mit der Nennung des Rolling Stones-Titels will er vielleicht demonstrieren, dass auch er zu jener Million Kubaner zählt, die Havana Moon, das gigantische Gratiskonzert der Stones am Karfreitag 2016, live miterlebt haben. In derselben Woche, als Obama sich in Havanna zu seinem später historisch genannten Treffen mit Raúl Castro einfand. Rollende Steine, deren Abrollgeräusche auf Kuba jahrzehntelang verboten waren. *You can't always get what you want ...* Und schon gar nicht: *Satisfaction.* Nein, das schon gar nicht.
Friedas Sympathie für Kaltblütler wird durch Leóns offensichtliche Begeisterung nicht größer. Wenn es nach ihr ginge, dürften die monströsen Nachkommen der Saurier gerne aussterben. Oder besser, sie hätten das bereits vor 65 Millionen Jahren tun sollen, so wie Dinosaurier, Flugsaurier und andere furchterregende Zeitgenossen auch.
Warum gerade Rautenkrokos die Apokalypse überlebten? „Vermutlich, weil sie es besser als die meisten anderen verstanden, sich an widrige Verhältnisse anzupassen", lautet Leóns Antwort. „Trotz oder gerade wegen ihrer Millionen Jahre alten Stammesgeschichte sind die kubanischen Krokodile nämlich äußerst flexibel, wenn es darum geht, auf klimatische Änderungen richtig zu reagieren. Ehrlich gesagt", fügt er schelmisch hinzu, „ich würde mir diese Fähigkeit auch für unsere Politiker wünschen."
Wie wahr, pflichtet Frieda ihm bei. Aber was bringt jemanden dazu, diese ekelhaften Viecher zu züchten, um sie bei entsprechender Größe im Lanier-Sumpf auf der Isla de Juventud auszuwildern? Ihr fällt ein, dass Ioannis kurz vor seinem Verschwinden erzählte, auf

der Isla de Juventud habe sich einst das größte und gefürchtetste kubanische Gefängnis für Schwerverbrecher und politische Gefangene befunden, er selbst habe vor Jahren seinen ersten Kubaartikel im TIME Magazine darüber verfasst. Es mochte schon einen gewissen Sinn ergeben, ein Hochsicherheitsgefängnis nicht nur durch Mauern und Stacheldraht, sondern auch noch durch besonders aggressive Räuber zu sichern.
„Obwohl wir alleine hier im Naturschutzgebiet Ciénaga de Zapata mittlerweile wieder auf gut 5000 Exemplare kommen", führt León weiter aus, „ist der Fortbestand des Kubakrokodils erst dann gesichert, wenn in freier Wildbahn mindestens zwei voneinander unabhängige Populationen in diesem Ausmaß existieren. Sie sind ja nicht nur wegen der Gier der Menschen nach Krokodilleder gefährdet, sondern auch wegen der aus den USA eingewanderten Spitzkrokodile. Die sind um etliches größer und gefährden den Lebensraum unserer *cocodrilos.* Weshalb unsere Regierung auch die amerikanischen Krokodile zum Abschießen freigegeben hat. Aber, ob Sie es glauben oder nicht: Die größte Bedrohung ist nicht die Dominanz der Spitzkrokodile – die größte Bedrohung ist, dass sie sich mit den Kubakrokodilen vermischen! Jüngste Untersuchungen haben ergeben, dass selbst in unserer Zuchtanlage sechzehn Prozent der Rautenkrokodile bereits Gene des Spitzkrokodils in sich tragen. Und das, obwohl unseres in Süßwassersümpfen lebt und das amerikanische im Salzwasser."
Unwillkürlich fällt Frieda ein altes deutsches Lied ein, das sie in ihrer Kindheit so gern gesungen hat: *Es waren zwei Königskinder, die hatten einander so lieb, sie konnten zusammen nicht kommen, das Wasser war viel zu tief* ... Den weiteren Text weiß sie nicht mehr; aber endet diese Liebesgeschichte nicht tragisch?

León ist unbeleckt von solch düsteren Assoziationen. Dafür weiß er den wirklichen Grund für die Vermischung der Arten zu nennen.
„Das Salzwasser gerät in diesen Sümpfen über Kanäle unter das Süßwasser, so finden die beiden Echsenarten zusammen. Wir sprechen hier von einer natürlichen Salzwasserintrusion, der man natürlich niemals Herr wird."
„Halten wir fest: Die Kubaner flüchten nach Florida, und die amerikanischen Krokodile wandern nach Kuba aus und infiltrieren eure", versucht Frieda es mit Ironie. „Was hätte Fidel dazu gesagt, wenn er das noch erlebt hätte?"
„Oh, er hat es mit Sicherheit gewusst! Fidel schätzte das Kubakrokodil sehr, er betrachtete es quasi als unser Wappentier. Gelegentlich hatte er sogar mal ein Exemplar dabei, wenn er einem ausländischen Staatsgast imponieren wollte. Erich Honecker, so hört man, soll dabei gar nicht wohl gewesen sein."
León lacht hell auf, und Frieda lacht mit: Die Vorstellung, wie Fidel dem ostdeutschen Gast ein lebendiges Krokodil unter die Nase hält, ist gar zu komisch.
„Castro hat schon vor Jahren befohlen, unsere Krokodile zu schützen", fährt León fort, „und durch Aufzuchtstationen wie dieser hat man dazu beigetragen, die Art zu erhalten. Überspitzt gesagt: Das Schicksal der Kubakrokodile ist eng mit der Revolution verbunden. Das gilt auch für andere Bereiche des Naturschutzes. Man kann Fidel alles Mögliche nachsagen, aber eines steht fest: Ohne seinen Einsatz für Naturparks und Wiederaufforstung sähe Kuba heute verdammt kahl aus. In den Siebzigerjahren des vergangenen Jahrhunderts hatten wir nicht einmal die Hälfte des jetzigen Waldbestands, die Zuckerrohrplantagen dominierten einfach alles. Heute verfügen wir, im Ver-

hältnis zur Größe des Landes, über die meisten Naturschutzgebiete weltweit."
Wieder so ein Weltrekord, denkt Frieda. Kubaner werden es einfach nicht müde, sich in einem fort mit dem Rest der Welt zu vergleichen. Aber sie will sich mit León gar nicht erst auf ein Streitgespräch einlassen, will ihm seine Illusionen nicht rauben.
Sein Hinweis auf die großartigen Leistungen Kubas und die Tatsache, dass sie sich hier inmitten einer riesigen Krokodilfarm befindet, erinnert sie an Osvaldo. Hat der bullige Taxifahrer aus Santiago nicht erzählt, er selbst sei früher Mitglied der *Cocodrilos Cubanos*, einer erfolgreichen Boxertruppe, gewesen? Warum muss sich dann einer wie er, anstatt als Profiboxer wenigstens gegen Ende seiner Karriere angemessen zu verdienen, als Taxifahrer und Museumswärter durchschlagen? Es war Ioannis, der diese Frage in der Casa de la Trova von Baracoa aufs Tapet gebracht hatte: Soll das die Belohnung dafür sein, dass man sich jahrelang die Nase platt klopfen oder das Jochbein zertrümmern lässt? Als staatlich gezüchteter Zwangsamateur, dessen höchstes Ziel es ist, einmal einen chinesischen Kleinwagen als Lohn für einen Olympiatitel zu gewinnen? Was naturgemäß nur die wenigsten kubanischen Boxer je schaffen.
Wenn das die Ultima Ratio von Castros Modell sein soll, der Gipfel dessen, was man in diesem Land erreichen kann – nein danke, dann bleibe ich lieber beim Kapitalismus amerikanischer Prägung!
Sagte Ioannis und grinste breit übers ganze Gesicht; und sie, davon angesteckt, hatte mitgegrinst.
Aber erzähle so etwas einem stolzen Kubaner! Und gar einem wie León, Herr über hunderte Krokodile! Der wäre am Ende noch imstande, dich seinen Tierchen zum Fraß vorzuwerfen ...

„Darf ich Sie auf einen Kaffee einladen, *señora*? Die meisten unserer Gäste finden ihn durchaus trinkbar."
León drückt die Reste seiner Cohiba an der hölzernen Brüstung aus. Den Stummel schnippt er ins Becken, direkt in das aufgerissene Maul eines hochschießenden Reptils. Es spritzt gewaltig, als das Tier ins Becken zurückfällt. Allem Anschein nach sind kubanische Rautenkrokodile keine Kostverächter. Schon gar nicht, wenn es um ausgesuchten Zigarrentabak geht.
„Sehr gerne, danke!", sagt sie. „Aber eigentlich wollte ich doch Sie einladen."
„Nein, nein, der Kaffee geht auf mich ..."
Wahrhaftig: Ein schlaues Bürschchen, dieser León! Sicher hat er frühzeitig kapiert, dass man ein Vielfaches zurückbekommt, wenn man Touristen von sich aus auf eine Kleinigkeit einlädt. Wodurch die sich genötigt fühlen, später die weitaus größere Rechnung für das Essen oder die obligate Flasche Rum zu übernehmen. Diese Methode ist nicht nur vornehmer, sie bringt auch mehr als die klassische Abzockerei, die die sogenannten *jineteros* betreiben. Indem sie etwa Touristen vor deren reserviertem Quartier abfangen und mit der Begründung, das gebuchte Zimmer sei leider schon belegt, in ein anderes verschleppen, wofür sie dann von den Besitzern eine Provision kassieren.
Wie konstatierte Ioannis so richtig: *Die Abzocker leben in natürlicher Symbiose mit den Touristen.* Gerade so wie die Galzas, jene kleinen weißen Reiher, die mit Ochsen oder Pferden eine Zweckgemeinschaft eingehen. Wenn immer mehr Touristen diese Insel besuchen, ist es auch kein Wunder, dass die Zahl der *jineteros* und *jineteras* zunimmt – eine überschaubare Gleichung! Die meisten Kubanerinnen und Kubaner verlangt es eben nach einer anderen Art von Zucker als jenem braunen, der auf den Haziendas der Zucker-

barone einst auf feinstem spanischem Porzellan serviert wurde; über Jahrhunderte vorbehalten einer schmalen Elite, nach der siegreichen Revolution endlich zugestanden der Masse des Volkes. Wenn auch rationiert.
Brown Sugar und You can't always get, what you want – but you get what you need ...
Wenn du über die Grundbedürfnisse der Menschen nachdenkst, fallen dir schnell jede Menge Rolling Stones-Hits ein ....
Aber wie realisieren, wonach allen so dringend ist, in den verborgenen Kammern ihrer Herzen? Worauf sie schlappe sechzig Jahre lang *verzichten* mussten (ein Wort, das im revolutionären Vokabular nicht einmal vorkam, ebenso wenig wie *satisfacción*); verzichten auf materielle Genüsse aller Art, auf Gedanken-, auf Wahlfreiheit? Werden die neuen, staatlich verordneten Maßnahmen dafür reichen? Und, zuletzt, die Kardinalfrage: Wie viel ist jeder Einzelne bereit, für dieses neue Glück zu opfern?
Selbst *das System*, selbst die rote Seele?
Erst als der Hauptgang im Colibrí-Restaurant verzehrt ist – natürlich hat sich Frieda nicht lumpen lassen und Hummer bestellt, auf die Alternative Krokodilfleisch hatte sie nun wirklich keinen Bock –, fragt sie León, was ihr schon eine Weile auf den Lippen liegt:
„Woher kennen Sie und Ioannis sich eigentlich?"
León zündet sich eine weitere Cohiba an, dreht sie genießerisch zwischen seinen vollen Lippen.
„Von der Isla de Juventud", flüstert er in einem scherzhaft verschwörerischen Ton, denn niemand im Lokal befindet sich auch nur annähernd in Hörweite. „Vor gut zehn Jahren haben wir dort einige Zeit zusammen verbracht."
„Sie stammen von der Insel?"

„Nein, meine Familie kommt aus Bayamo. Aber ich hatte dort etwas aufzuarbeiten. Eine Familiengeschichte – wenn Sie verstehen, was ich meine."
Frieda schüttelt den Kopf.
„Ganz einfach: Ioannis wollte auf der Isla de Juventud recherchieren, wegen des dortigen Gefängnisses, und ich durfte den Guide für ihn spielen. Aber bitte nicht weitersagen!"
Frieda verkneift sich die Frage nach dem Warum. Nie hat Ioannis erwähnt, dass er León schon aus der Zeit seines allerersten Kuba-Artikels kennt, in dem er über *Presidio Modelo* berichtete. Über jenes Mustergefängnis, das zuerst dem Batistaregime und später Fidel Castro dazu diente, politische Gegner wegzusperren. Aber wurde das Gefängnis nicht bereits in den späten Sechzigerjahren geschlossen? Damit kann León, der höchstens vierzig ist, doch nichts zu tun haben.
Als könnte er ihre Gedanken lesen, beugt er sich vor zu ihr und beginnt zu erzählen.
„Vielleicht sollte ich ein bisschen ausholen. Heute ist das Gefängnis auf der Insel ja nur noch ein Museum, eine makabre Touristenattraktion. Wo einem erklärt wird, in welcher Zelle Fidel und seine Genossen einst einsaßen. Eigentlich hätte der spätere *Máximo Líder* nach seinem gescheiterten Überfall auf die Moncada-Kaserne fünfzehn Jahre absitzen sollen, doch dank einer Generalamnestie kam er schon nach zwei Jahren wieder frei. Meinem Großvater ging es leider nicht so gut. Als Vertrauter des ehemaligen Comandante Huber Matos Benítez wurde Opa zusammen mit diesem eingebuchtet, und keiner der beiden kam vorzeitig frei. Man konnte dort auch nicht, so wie Fidel und die anderen Aufständischen, Bücher in der Zelle lesen, um sich weiterzubilden. Stattdessen musste Opa sich mit Ratten, Flöhen und Kakerlaken herumschlagen, und

Folter und Hunger waren an der Tagesordnung."
Folter im sozialistischen Kuba? Frieda merkt, wie es in ihrem Schädel zu rotieren beginnt: Ist das jetzt perfide antikommunistische Propaganda oder eher ein blinder Fleck ihrerseits? Wieder einmal spürt sie, wie zwiespältig sie dem kubanischen Modell von Castros Gnaden gegenübersteht.
„Dieser Huber Matos ... War er nicht ursprünglich ein Kampfgefährte Fidels?"
León holt tief Luft, ehe er antwortet.
„Richtig, genau wie mein Großvater. Doch kaum war Fidel an der Macht, waren ihm abweichende Meinungen seiner ehemaligen *compañero*s ein Beweis für deren antirevolutionäre Haltung. Dafür ins Gefängnis geworfen zu werden, war nicht das Schlimmste, was einem passieren konnte. Der für Fidel gefährlichste – weil beim Volk überaus populäre – Kampfgefährte der ersten Stunde, Comandante Camilo Cienfuegos, kam 1959 angeblich bei einem Flugzeugabsturz ums Leben, so die offizielle Version. Doch seine Leiche wurde nie gefunden, und so konnte es auch keine Obduktion geben. Immer wieder wurde gemunkelt, seine Cessna sei auf Fidels Befehl abgeschossen worden. Oder dass Cienfuegos gar nicht in der Maschine saß, sondern schon vor dem Flug beseitigt wurde, es gibt viele Gerüchte darüber. Jedenfalls war Castro fortan der Erste unter den *comandantes*."
„Und über solche Dinge haben Sie mit Ioannis gesprochen?", staunt Frieda.
Nie hätte sie vermutet, in dem Krokodilflüsterer einen so scharfen Regimekritiker zu finden, einen solch klugen Kopf! Auch dieser Mann bestätigt Friedas Eindruck, viele Kubaner seien für ihre Berufe deutlich überqualifiziert. Aber vielleicht liegt es ja einfach daran, dass Leute mit Uniabschluss sich hierzulande

zusätzlich als Taxifahrer und Ranger verdingen müssen, um überleben zu können ...

„Ja, wir haben uns über manches unterhalten“, antwortet León, und erstmals klingt seine Stimme ein bisschen müde. „Auch darüber, was meinen Opa dazu brachte, einen Hungerstreik zu beginnen, den erst sein Tod beendete. Er war nicht der Einzige, der diese Konsequenz zog. Immerhin war es für mich eine gewisse Genugtuung zu wissen, dass eines der führenden politischen Magazine der Welt unsere vergessenen Toten mit einem Artikel würdigte. Auch wenn das Fidel nicht wirklich gekratzt haben dürfte. Was im Imperium des Bösen publiziert wurde, interessierte ihn nur dann, wenn es seinem Ego diente. Ansonsten nannte er es Gegeifer des Klassenfeindes.“

„Das mit Ihrem Großvater tut mir sehr leid!“

„Danke, aber ich bin darüber hinweg. Die Sache ist schon ewig her, ich selbst habe Opa nicht einmal persönlich kennengelernt.“

„Und Ioannis? Haben Sie ihn später noch öfters getroffen?“

„Ja, fünf oder sechs Mal. Er vertraut mir, und ich ihm. Es ist nicht so einfach in diesem Land, mit einem Ausländer, noch dazu einem Yankee, befreundet zu sein. Das erregt schnell einmal den Neid der lieben Nachbarn, und mir nichts, dir nichts steckst du in Schwierigkeiten.“

Was Frieda erneut Fermíns Schicksal in den Sinn bringt. Wo er jetzt wohl stecken mag – Fidelito, ihr kleiner Dolmetscher? Für den sie keinen Finger gerührt hat, nachdem er verschwunden war. Weil sie am Abend zuvor gerade einen attraktiven TIME-Reporter kennengelernt hatte ...

„Wo haben Sie Ioannis eigentlich das letzte Mal gesehen?“

Die Frage Leóns holt sie in die Gegenwart zurück.
„An einem kleinen Strand unterhalb der Festung El Morro, in der Bahía de Santiago. Danach habe ich ihn zuerst auf der Insel Cayo Granma gesucht, dann in der ganzen Stadt. Ich war auch in seinem Hotel und im Polizeipräsidium, und meine Hauswirtin hat sämtliche Krankenhäuser von Santiago angerufen – vergeblich! Meine letzte Hoffnung war, dass er bereits hierher zu Ihnen unterwegs ist, immerhin nannte er Ihre Adresse als seine nächste Destination. Hat er sich eigentlich bei Ihnen gemeldet, seitdem er wieder im Land ist?"
„Nein. Das letzte Mal haben wir vor seinem Flug miteinander telefoniert. Da meinte er, er wolle mich unbedingt wieder treffen, könne aber noch keinen fixen Termin nennen. Was für mich kein Problem war. Ich hatte ohnehin nicht vor, in nächster Zeit zu verreisen." Er lächelt verschmitzt. „Meine Krokodile würden es nicht aushalten ohne mich."
In der Folge berichtet Frieda detailliert von ihrer seltsamen Begegnung mit dem Straßenkehrer, der beobachtet haben wollte, wie ein Weißer von zwei Männern in einen Oldtimer gezerrt worden war.
„Das sieht mir doch sehr nach einer Entführung aus", meint León.
Was León da in den Raum stellt, entsetzt Frieda, zumal sie Ähnliches selbst schon fantasiert hat.
„Entführt? Aber von wem? Ich dachte bisher immer, Kuba sei eines der sichersten Länder auf diesem Planeten. Gerade wegen der Omnipräsenz von Militär und Polizei!"
León zuckt mit der Schulter, schnaubt ein wenig durch die Nase.
„Wer sagt, dass nicht auch die Herrschenden einen Missliebigen entführen lassen können? Zumal es sich bei Ioannis Vazelios zweifellos um einen auslän-

dischen Journalisten handelt, der schon mehrmals unangenehm aufgefallen ist. Verhaftung, Verschleppung – sind das nicht die Mittel, um den Widerstand gegen ein autoritäres Regime zu brechen?“

Allerdings, befindet Frieda: Von Pinochets Chile bis zu Erdogans Türkei zieht sich ein blutroter Faden durch die Geschichte aller Militärregimes.

„Aber dann müsste sich Ioannis doch in einem Gefängnis befinden? In Santiago, oder sonst wo in der Nähe?“

„Das ist anzunehmen. El Prisión de Boniato nördlich von Santiago de Cuba – es würde sich dafür anbieten.“

So trocken seine Argumente klingen: Frieda fällt auf, wie besorgt León dreinblickt. Das Schicksal des Amerikaners scheint ihn wirklich zu bekümmern.

Unvermittelt erhebt sie sich, winkt nach der Bedienung. *„¡La cuenta, por favor!“* Zu León gewandt fügt sie hinzu: „Ich muss so schnell wie möglich zurück nach Santiago, hätte wohl nie weg sollen von dort. Wenn Ihr Verdacht stimmt, steckt womöglich die Polizei beziehungsweise die Regierung hinter seinem Verschwinden. Wissen Sie, ob heute noch ein Bus nach Santiago geht?“

„Nein, der nächste geht erst morgen, und das erst spät nachts. Am besten, Sie übernachten hier und reservieren über Internet ein Viazul-Ticket, damit sie sicher einen Sitzplatz bekommen. Wenn Sie wollen, bringe ich Sie auch gerne zur Busstation nach Jagüey Grande. So sparen Sie sich das Taxi und wir können uns noch ein bisschen unterhalten.“

„Me encantaría“, sagt sie, ¡gracias!“

Sie umarmt ihn; ein wenig linkisch, aber eng genug, um zu vermitteln, wie seine Ehrlichkeit und Hilfsbereitschaft sie freuen. Der Freund des Freundes – schnell ist er auch ihrer geworden.

*

Vierundzwanzig Stunden später nimmt Frieda in Leóns Jeep Platz. Ehe er den Gang einlegt, reicht ihr der Ranger eine zusammengefaltete Landkarte.
„Sehen Sie sich Kuba doch mal genauer an!“, sagt er. „Was fällt Ihnen auf?“
Sie öffnet die Karte. Vor ihr liegen die Großen Antillen: Kuba, Jamaika, Hispaniola und Puerto Rico. Sie versteht nicht, worauf er hinauswill.
„Ganz einfach“, grinst León, „die Umrisse meines schönen Landes – sind sie nicht beinahe deckungsgleich mit der Silhouette eines Rautenkrokodils? Eines Krokodils, dessen Schnauze, wohlgemerkt, nach Osten zeigt!“
Klassischer Fall von Projektion, denkt Frieda. Aber wenn du nur mit Krokodilen zu tun hast, ist diese Interpretation von Kubas Konturen vielleicht nachvollziehbar.

22

„Sie haben mir ja noch gar nicht gesagt, was die Situation seit heute Morgen so dramatisch verändert hat", merkt John Martin an und versenkt seine Schneidezähne genüsslich in das heiße Schinkenbrötchen.
„Richtig", räumt Colonel Morales ein, „diesbezüglich schulde ich Ihnen noch eine Antwort." Er legt eine Pause ein, wohl um die Spannung zu steigern.
„Nun?", hakt Martin nach.
Morales lächelt. Ganz offensichtlich genießt er es, dem Amerikaner gegenüber einen Informationsvorsprung zu haben.
„Halten Sie sich fest, Herr Kollege: Seit einer Stunde wissen wir, dass der vermisste Journalist entführt wurde, um seinen Arbeitgeber zu erpressen. Die Lösegeldforderung erfolgte an den Herausgeber des TIME Magazins in Form einer SMS. Darin wird gedroht, Vazelios umzubringen, sollte das Lösegeld nicht bezahlt oder die Polizei eingeschaltet werden. Und die Dramatik der Forderung bringt mich dazu, ganz gegen meine Natur zur Eile zu mahnen."
„Was war denn so dramatisch an der Forderung?"
„Nun, angehängt war ein kurzes Handyvideo, das den Entführten zeigt, panisch vor Angst. Die einzigen Worte, die auf dem Video klar zu vernehmen sind: *Ich flehe euch an! Zahlt, was sie verlangen!* Es hörte sich wirklich schlimm an. Womöglich haben sich die Entführer ja etwas von euren erweiterten Verhörmethoden abgeschaut. Immerhin ist Guantánamo Bay vom Ort der Entführung gerade einmal zwei Autostunden entfernt ..."
Martin versteht, worauf Morales anspielt: auf Schlafentzug, Zwangsbäder im Eiswasser, auf Scheinhinrich-

tungen und simuliertes Ertrinken, im internen Sprachgebrauch beschönigend Waterboarding genannt. Alles Praktiken, wie die CIA sie in ihrem Spezialgefängnis auf kubanischem Boden anzuwenden pflegt, vor allem gegenüber terrorverdächtigen Muslimen. Ob der Colonel mit seinem Hinweis auf Guantánamo erkunden möchte, wer Martins eigentlicher Arbeitgeber ist? Denn dass der sogenannte Verbindungsoffizier an der amerikanischen Botschaft einem amerikanischen Dienst angehört, muss für den Kubaner sonnenklar sein. Die Frage ist nur: Welches Mitglied aus der großen Familie der Intelligence Community bezahlt konkret die Brötchen von Special Agent John Martin? Neben der CIA kämen dafür zumindest NSA und DIA in Frage, unter Umständen auch noch der National Security Branch des FBI, erst 2005 gegründet, insbesondere zum Schutz gegen Anschläge mit Massenvernichtungswaffen.
Aber eine solche Gefahr geht von Kuba ja schon lange nicht mehr aus ...
Martin beschließt, auf Morales' indirekten Vorwurf gar nicht erst einzugehen.
„*¡Vamos!*", sagt er und beißt herzhaft in sein Brötchen. „Sie können mich ja im Auto beziehungsweise im Flugzeug weiter instruieren. Falls wir den Flug noch erwischen ..."
„Keine Sorge, den kriegen wir, in jedem Fall. Zur Not rufe ich den Tower an und bitte, mit dem Start noch ein wenig zu warten. Ist hierzulande vermutlich einfacher als bei Ihnen zuhause."
Ja, vermutlich, denkt Martin und lässt einen Schein auf dem Tisch liegen, der locker seinen morgendlichen Konsum abdecken sollte.
„Thank you so much, Sir!", ruft Juanito ihm laut hinterdrein.

Der Wirt ist gleich doppelt froh, als die Männer sein Lokal verlassen. Einerseits weil er selten so viel Trinkgeld für ein simples Frühstück erhalten hat; andererseits weil ihm die Anwesenheit der beiden ganz und gar nicht geheuer war.
Zwei offensichtlich hochrangige Geheime – und das in seiner bescheidenen Kneipe!
Man musste nicht verstehen, worüber sie redeten. Allein die Art, wie sie kommunizierten, vermittelte ihm, dem geschulten Beobachter: Dieses Treffen fand nur deshalb hier statt, um nicht aufzufallen. Seltsam nur, dass der eine der beiden Kubaner war und der andere ein Amerikaner. Äußerst seltsam!
Vielleicht bleibt in diesem Land ja tatsächlich kein Stein auf dem anderen – jetzt, wo Fidel nicht mehr ist?
Sagt sich Juanito und wendet sich wieder seinen wenigen Gästen zu.

*

Nachdem John Martin in die Botschaft zurückgekehrt ist, informiert er DeLaurentis höchstpersönlich über den Dienstauftrag aus dem Außenministerium und über seine Mission in Santiago. Zum Glück ist der Botschaftssekretär bei dem Gespräch nicht anwesend, so erspart man sich dumme Fragen. Im Büro schnappt Martin sich den metallenen Reisekoffer, der die wichtigsten Utensilien für spontane Einsätze enthält, und steckt seine Dienstwaffe in das Brustholster. Dann begibt er sich hinunter zur Uferpromenade, wo Morales bereits im Schatten einer Palme auf ihn wartet.
So schnell wie im alten roten Lada von Morales hat es Martin noch nie von der Botschaft zum Flughafen geschafft. Kann es daran liegen, dass die russische

Blechbüchse mit einem neuen Motor ausgestattet ist, so wie manche der Oldtimer auf Havannas Straßen? Nein, dazu tönt die Maschine zu vorsintflutlich, zu original sowjetisch. Aber wundersamerweise scheinen sie an jeder Kreuzung Vorrang zu genießen, egal, ob sie von links oder rechts kommen. Warum teilte sich das Rote Meer einst vor Moses und den Israeliten? Genau: Weil Gott ihnen zuliebe ein bisschen an den Naturgesetzen herummanipulierte. Eine Intervention, die in diesem Fall eher unwahrscheinlich ist, auch wenn der greise Comandante Fidel von Papst Franziskus bei dessen Kubabesuch 2015 einige religiöse Bücher als Geschenk erhielt. Vielleicht liegt es ja einfach am Autokennzeichen? Als gut informierter Agent weiß John Martin natürlich, wofür die Buchstaben auf den blau gerahmten kubanischen Nummernschildern stehen: Ein A kennzeichnet offizielle staatliche Fahrzeuge, die Buchstaben C, D und E sind für Diplomaten reserviert, F für die Armee. Das T steht für Tourist und K bleibt ausländischen Unternehmern vorbehalten, und an die Masse der Privatpersonen wird bevorzugt der Buchstabe P vergeben. Ein M aber signalisiert die Zugeörigkeit zum ebenso mächtigen wie gefürchteten Innenministerium. Und eben dieser Buchstabe schmückt das Nummernschild des roten Lada.

Er fragt Morales, ob er richtig liegt mit seiner Vermutung. Ein fröhliches Lachen ist die Antwort.

„Irgendwie müssen wir ja die Nachteile kompensieren, die euer Embargo für uns bringt! Und da wir keine neuen Motoren zu kaufen kriegen, beschleunigen wir halt die real existierenden alten – auf unsere Art. Ein schlichtes M im Rückspiegel zu sehen, bringt den größten Schurken dazu, mir den Vorrang zu überlassen.“

Schurken?!

Pflegten bis vor Kurzem nicht diverse amerikanische Präsidenten Kuba als Schurkenstaat zu bezeichnen, so wie Nordkorea oder den Iran?
Martin behält den Gedanken für sich, man will ja seinen neuen Partner nicht vergrämen. Und auch wenn er sich selbst als eher politisch konservativ einschätzt: Realitätsverweigerung ist seine Sache nicht. Dass das seit über fünf Jahrzehnten praktizierte US-Handelsembargo gegen Kuba ebenso sinnlos wie kontraproduktiv ist, müsste, seiner bescheidenen Meinung nach, mittlerweile jedem klar sein, selbst dem strammsten Republikaner. Nicht zuletzt hat es sich als Schuss ins Knie für die eigene Wirtschaft erwiesen, insbesondere für die amerikanische Landwirtschaft. Weshalb auch texanische Rinderfarmer derzeit von der neuen Reisefreiheit Gebrauch machen und scharenweise nach Kuba pilgern, um vor Ort Kooperationsmöglichkeiten zu sondieren. Aber die republikanische Mehrheit verhindert im Kongress weiterhin, dass das amerikanische Embargo gegenüber dem ehemaligen Erzfeind abgeschafft wird. Und nicht genug damit: Der Senat sperrt sich sogar dagegen, Jeffrey DeLaurentis, seit letztem Juli Missionschef in Havanna, formell zum Botschafter zu ernennen. Eine ebenso lächerliche wie sinnlose Weigerung, denn was würde sich an DeLaurentis' Befugnissen dadurch ändern? Immerhin demonstriert dieser Widerstand – wenn auch eher symbolhaft als realpolitisch – die Sturheit der Republikaner in der Causa Cubana. Zum Glück wurde mit DeLaurentis ein ausgesprochener Kubakenner und Diplomat der alten Schule ins Amt gehievt, der schon zuvor die Interessen der USA in Havanna vertreten hat; einer jener, der, wie man hört, von Raúl Castro abwärts bei den meisten *autoridades* Vertrauen genießt. Doch die Castros sind ein Auslaufmodell und Obamas zweite Amtszeit geht

in Kürze zu Ende. Was, wenn dem soeben neu gewählten Präsidenten der Vereinigten Staaten, politisch ebenso unerfahren wie impulsiv, nichts Besseres einfällt, als die frisch aufkeimenden Beziehungen zu Kuba gleich wieder einzufrieren, zurückzustutzen nach der Logik aller kalten Krieger? Dann würde Benton wohl aus der zweiten Reihe in die erste aufsteigen.
Ein Gedanke, der Martin erschaudern lässt.
Morales' sonnengebräunte Linke, die während der ganzen Fahrt locker aus dem geöffneten Fenster baumelt, deutet nach vorne. „Wir sind da. Sind Sie bereit für Santiago?"
„Und wie!", antwortet Martin. Trotz seiner Flugangst freut er sich auf den anstehenden Tapetenwechsel. „Nur schade, dass wir nicht zur Karnevalszeit einreiten."
Der Colonel winkt ab.
„Seien Sie froh, im Juli würden Sie sich dort zu Tode schwitzen. Außerdem: In Santiago geht es auch im Winter närrisch zu, keine Sorge!"

*

Die sonst so nervige Personenkontrolle auf dem Flughafen José Martí entfällt diesmal. Die Zeit vor dem Abflug nutzen sie, um ihre nächsten Schritte zu besprechen. Martin bietet Morales an, jene Telefonate und Nachrichten rückverfolgen zu lassen, die auf dem von der Polizei requirierten Handy des Entführten getätigt wurden.
„Was dann ja wohl eine Premiere wäre", ätzt Morales. „Das erste Mal, dass die NSA uns nicht ausspionieren, sondern helfen würde! Danke für das Angebot, aber ich denke, dass wir das selbst hinkriegen werden."
„Wo und von wem wurde das Ding eigentlich gefunden?"
„Im Hafengelände von Santiago de Cuba. Und zwar

von jener österreichischen Journalistin, die, wie schon erwähnt, Vazelios begleitet hat."
„Können wir mit ihr sprechen, oder ist sie schon abgereist?"
„Sie hält sich noch in Santiago auf und geht unseren Leuten dort ziemlich auf die Nerven mit ihren ständigen Interventionen. Aber jetzt sollten wir wirklich los, unser Flug wurde soeben aufgerufen.
„*Entonces, por Dios*", gibt Martin sich christlich.
„*Amén*", ergänzt Morales.
Sie treten ins Freie. Der Sonnenschein und die frische Luft auf dem Rollfeld beruhigen den Amerikaner ein wenig. Doch beim Anblick des Flugzeugs, das in Startposition auf sie wartet, zuckt er zusammen: Die zweimotorige Propellermaschine präsentiert sich als ein Relikt der Nachkriegszeit. Es erinnert John Martin daran, wie er einst, während eines Einsatzes in El Salvador, in einer Junkers 52 – der berühmten Tante Ju – saß. In einer dreimotorigen Maschine, die, aufgrund des überlangen Fahrwerks der Bugräder, vorne steil aufragte.
Im Zweiten Weltkrieg mochte deren Technik noch auf der Höhe der Zeit gewesen sein; Ende der Achtzigerjahre war es hingegen normal, dass man sich vor dieser fliegenden Blechdose mehr fürchtete als vor den Killerkommandos der Todesschwadronen.
Jedenfalls wenn man John Martin hieß und an Flugangst litt.
„Keine Sorge", tröstet ihn Morales, „diese Dinger aus dem Hause Antonow sind im Grunde nicht umzubringen. Für Inlandsflüge leistet die An-24 nach wie vor tadellose Dienste, auch wenn sie faktisch gleich alt ist wie unsere Revolution. Grundsolide sowjetische Ingenieurskunst, wenn Sie mich fragen. Sollten Sie anderer Meinung sein, können Sie sich gerne bei Ihrer Regie-

rung dafür einsetzen, dass wir neuere Flugzeuge ordern dürfen. Wir nehmen auch jederzeit welche amerikanischer Herkunft."
Der Spott in der Stimme des Colonel ist unüberhörbar.
„Sollten wir diesen Flug überleben, will ich sehen, was ich für Sie tun kann", stöhnt Martin mit einem schiefen Lächeln. Gerade ist ihm eingefallen, dass schon ein gewisser Camilo Cienfuegos, einer der glorreichen *comandantes* der kubanischen Revolution, nach dem Sieg gegen das Batistaregime in einer Propellermaschine des Typs Cessna abstürzte.
„Willkommen an Bord", flötet die dunkelhäutige Stewardess, die zum Empfang an der offenen Flugzeugtür abgestellt ist. „Aerogaviota wünscht Ihnen einen angenehmen Flug nach Santiago de Cuba." Mit einem verführerischen Lächeln überreicht sie jedem Passagier ein in Cellophan verpacktes Bonbon. Doch John Martin hat im Moment keinen Sinn für Süßigkeiten und exotische Schönheit. Er ist damit beschäftigt, im Geiste sein Testament zu machen. Auch wenn er im Grunde nichts zu vererben hat.
Das Leben eines amerikanischen Geheimdienstlers kann ganz schön trist sein, wenn man es im Inneren einer russischen Antonow so Revue passieren lässt ...
Morales blättert stumm in der Parteizeitung *Granma*, die die freundliche Stewardess ihm zusätzlich zum Bonbon überreicht hat. Als die Maschine sich langsam in Gang setzt und die Propeller beginnen, auf Höchstgeschwindigkeit zu beschleunigen, beugt er sich zu seinem amerikanischen Kollegen hinüber.
„Wissen Sie eigentlich, dass, statistisch betrachtet, an die zehn Prozent aller Maschinen dieses Typs abstürzen?", flüstert er dem entsetzten Martin ins Ohr. „Was ich allerdings für maßlos übertrieben halte. Wir haben die ersten Modelle der AN-24 in den Sechziger-

jahren von den sowjetischen Genossen erhalten, und kaum eines hat bisher Probleme gemacht. Schätze, es ist alles nur eine Frage der Wartung. Und im Instandhalten von alten Teilen sind wir Kubaner ohnehin Weltmeister, oder?"
„Herzlichen Dank für Ihre trostreichen Erläuterungen", knurrt Martin, während er die Musik in seinen Kopfhörern auf volle Lautstärke stellt.

23

Dank der Spitzel vom Komitee zur Verteidigung der Revolution weiß die Polizei so ziemlich alles über ihn und seine Familie. Nur von seinem wahren Verbrechen scheinen sie keinen Schimmer zu haben.
Der Teniente stellt immer noch die gleichen nervenden Fragen. Als gäbe es nichts Schlimmeres auf der Welt, als sein Land verlassen zu wollen.
„Kannst du mir verraten, warum Rosa Margarita, deine Schwester, nicht zum Begräbnis eurer Eltern gekommen ist, ihr Ehemann aber sehr wohl?"
„Weil sie Krebs hat, deshalb! Weil die Reise zu beschwerlich gewesen wäre für sie."
Yonatan Berluza Mendez blickt ihn lange an. Hübsche Geschichte, steht in seinen Augen geschrieben. Leider erstunken und erlogen.
„Von einer solchen Krankheit wissen unsere Agenten in Miami aber rein gar nichts. Im Gegenteil: Deine liebe Schwester scheint sich bester Gesundheit zu erfreuen. Besucht regelmäßig Tanzklubs, treibt sich in Bars herum ... Willst du mir nicht lieber doch die Wahrheit erzählen, hm? Willst du es nicht einfach zugeben?"
Hay preguntas pero no respuestas. Viele Fragen, keine Antworten ...Wieso fällt Osvaldo die alte kubanische Redensart gerade jetzt ein?
Der Teniente holt tief Luft. Als gälte es, aus Gründen der Dramaturgie den alles entscheidenden Schlag entsprechend zu inszenieren.
„Ich denke, Rosa Margarita sollte deshalb zu Hause bleiben, weil sie bei deiner geplanten Flucht nur gestört hätte."

Bei seiner geplanten Flucht – die alte Leier, was für ein Idiot! Aber wovon gewisse Vögelchen in Florida gezwitschert haben sollen, gibt Osvaldo dann doch zu denken: Hat Pedro ihm womöglich etwas vorgemacht, ist Margy gar nicht krank? Brauchte es nur einen Vorwand, um ihn dazu zu bringen, bei der Entführung des Amerikaners mitzuhelfen? Und sollte er deshalb seine Schwester nicht anrufen?

Irgendwie scheint das Misstrauen des Teniente auf ihn abzufärben. Doch davon braucht der Polizist nichts zu erfahren; lieber will er versuchen, ihn mit seiner eigenen Logik zu schlagen.

„Margy hätte als amerikanische Staatsbürgerin nach der Beerdigung unserer Eltern doch problemlos jeden x-beliebigen Flieger nach Hause nehmen können, oder? Ganz legal, ohne Problem!"

Der Teniente schürzt die Lippen. Auf die Schnelle fällt ihm nichts ein, womit er das Argument widerlegen könnte. Ein Blick auf die Uhr, und er winkt den Sargento herbei.

„Für heute machen wir Schluss. Bring ihn zurück in seine Zelle."

Der Sargento packt Osvaldo rüde am Oberarm, zerrt ihn hoch. Als würde er nicht ohnehin liebend gern den Raum verlassen. Aber solch grobe Manieren gehören zum Repertoire eines jeden Polizisten, jedenfalls in diesem Land. Sollen Respekt und Autorität verschaffen, so die Idee. Vor allem in Gegenwart eines Vorgesetzten.

Im Türrahmen dreht sich der Teniente noch einmal zu Osvaldo um.

„Bis morgen hast du Zeit, deine Einstellung zu ändern", droht er. „Ein bisschen Kooperation hat noch keinem geschadet!"

Sein Grinsen ist eines Geiers absolut würdig.

Sargento Argüelles Moran bringt Osvaldo zurück in

die Zelle. Auf dem Gang liegt ein unangenehmer Geruch in der Luft, vielleicht vom Rasierwasser der Polizisten. Aber vielleicht bildet er sich das auch nur ein. Manchmal riecht man Dinge, die es gar nicht gibt. Die strapazierte Nerven frei erfinden, wie ein falsches Geständnis ...

*

Zurück in der Zelle wird er von Pepe begrüßt, als hätte man ihn eine Woche lang gefoltert. Pepes Umarmung beantwortet er mit Zurückhaltung.
Ein bisschen Kooperation hat noch keinem geschadet.
Von wegen!
Vielleicht gab es ein solches Kooperationsangebot ja auch an Pepe? Auch wenn dieser behauptet, er würde gut und gerne längere Zeit hier verbringen wollen, so angenehm, wie das Leben im Untersuchungsgefängnis sei: Immer genügend zu essen, und gerade einmal drei Leute pro Zelle. Was natürlich nur für die U-Haft gelte. Im Hochsicherheitsgefängnis Combinado del Este bei Havanna oder im Prisión de Boniato im Norden von Santiago – dort, wo all jene landen, die ums Verrecken nicht das Maul halten können –, sehe die Sache natürlich anders aus. Da würden auf fünfzehn Quadratmetern acht bis zehn Mann zusammenstecken, mit Ungeziefer in den Matratzen und bei einer Kost, die früher keinem Sklaven zugemutet wurde. Das Prisión de Boniato hat bereits kein Geringerer als Fidel Castro von innen kennengelernt, nach seinem gescheiterten Aufstand auf die Moncada-Kaserne. Fidel sei von den Leuten Batistas entschieden nobler behandelt worden, als die revolutionären Wächter seither mit angeblichen und tatsächlichen Spionen umgehen. Behauptet jedenfalls Pepe. Seine Erkenntnis: Dergleichen solltest du

dir ersparen, *hombre*, koste es, was es wolle!
Pepe kennt sich mit vielem aus, vielleicht bringt das der Beruf eines Devotionalienhändlers so mit sich. Stundenlang kann er davon erzählen, wie El Cobre und die dortige Wallfahrtskirche zu solch hoher Reputation kamen, was es mit dem Kupfer- und Goldbergbau in der kleinen Gemeinde auf sich hat oder welche Wundertaten die barmherzige Heilige Jungfrau, die *Virgen de la Caridad del Cobre*, an armen Kranken im Verlauf der Jahrhunderte vollbrachte. Und – natürlich – welche seiner Devotionalien bei bestimmten Gebrechen am meisten helfen. Für einen Halunken wie ihn gehört es zur beruflichen Weiterbildung, in Sachen Gefängnisse immer auf dem aktuellsten Stand zu sein. Pepe will schon mehr Zeit hinter Gittern als in Freiheit verbracht haben, das bekommen Don Carlos und Osvaldo täglich zu hören. Aber vielleicht ist das auch nur eine seiner vielen Übertreibungen. Wobei er sicher nicht übertreibt, sind seine Berichte über das Schicksal politischer Gefangener. Denen gehe es im Kittchen von allen Insassen am miesesten, bei ihnen ließen sich die Wärter die fiesesten Gemeinheiten einfallen.
„Hat dich El Buitre selbst verhört?", wird er von Pepe gefragt. Mit einer Neugier, die Osvaldo nicht gefällt.
„*Claro que sí*", murmelt er kurz angebunden.
„Der Teniente ist kein Geier, er ist ein verdammtes Schwein!", entrüstet sich Pepe. „Der lässt seine eigene Mutter einlochen, wenn es ihm politisch was bringt."
„Aber er ist schlau, das muss ihm der Neid lassen", meint Don Carlos, „und er kann auf den ersten Blick erkennen, ob du die Wahrheit sagst oder nicht." Er tönt ganz so, als hätte er eine gewisse Hochachtung vor dem Mann, der über ihr Schicksal bestimmt wie ein Gott.

Wenn Pepe eine kleine Ratte ist, ist Don Carlos ein schlauer Fuchs, ein nobler Herr, das *Don* vor seinem Namen kommt nicht von ungefähr. Er hat Osvaldo ein Foto von seinem Haus gezeigt, das sich in der Herediastraße befindet: zwei Stockwerke im Kolonialstil, weiße Fassade, blaue Balkone mit gedrechselten Holzpfeilern – ein architektonisches Juwel. Was gäbe Osvaldo dafür, einen solchen Bau sein Eigen zu nennen! Zwei der vier Schlafzimmer vermietet Don Carlos an Touristen. Offiziell. In Wirklichkeit logieren in allen vier Zimmern irgendwelche Ausländer, während er selbst bei seiner Freundin wohnt. Irgendein missgünstiger Nachbar muss das ausgeplaudert haben, weshalb Don Carlos derzeit eben ist, wo er ist. Aber auch im Gefängnis versteht er es, standesgemäß aufzutreten. Seine grandiosen Schnurrbartgirlanden pflegt und hegt er mit echter Bartwichse, wo immer er diese auch aufgetrieben hat. Und natürlich käme er nie auf die Idee, mit einem Fremden per Du zu sein. Auch nicht, wenn er mit ihm bis auf Weiteres die gleiche Adresse teilen muss. Räumliche Nähe bringt einen wie Don Carlos Dominguez nicht dazu, sich vorschnell zu verbrüdern. Vielleicht weil er weiß, wie leicht man dabei seine Stellung verliert.
„Ich traue diesem Pepe nicht über den Weg“, hat er Osvaldo erst gestern gestanden. Sie waren nur zu zweit im Raum, der kleine Devotionalienhändler befand sich noch draußen auf der Latrine, die ihnen beim Hofgang zur Verfügung steht und die ein jeder dem stinkenden Loch in der Zelle vorzieht. „Und gerade *Sie* sollten ihm gegenüber vorsichtig sein.“
„Wieso gerade ich?“
„Weil in Ihrem Fall die Dinge weniger klar liegen als in meinem. Okay, sie werden auch mich noch ein bisschen schmoren lassen; ein, zwei Wochen, schätze ich

mal, länger nicht. Warum sollten sie mich für etwas einbuchten, das ohnehin jeder Zweite macht? Der Staat profitiert doch davon, wenn ich meine kleinen – sagen wir mal – Versäumnisse nachzahle und in Zukunft brav meine Abgaben an den Fiskus leiste. Ist ja schließlich nicht ganz unbeträchtlich, was ein Besitzer von drei *casas particulares* an Bruder Staat abzuführen hat. Jedenfalls im Vergleich zu dem, was andere Genossen im Durchschnitt so an Steuern zahlen."
Sein Blick verriet, dass er auch Osvaldo zu eben jenen Genossen zählte.
„Sie haben wirklich drei Pensionen?", staunte der Boxer. „Ist es nicht verboten, mehr als eine Immobilie zu besitzen?"
Don Carlos lachte hellauf, die Frage klang in seinen Ohren wohl sehr naiv. Aber er fing sich schnell und entschuldigte sich für seine Reaktion.
„Theoretisch haben Sie schon recht", sagte er, „dieses Gesetz gibt es. Es lässt sich aber leicht umgehen, indem man Immobilien an Verwandte im Ausland überschreibt. Damit ist dem Gesetz Genüge getan, und alle sind zufrieden."
Osvaldos frustriertes Schnauben sollte signalisieren, dass solcherlei Winkelzüge nicht sein Thema waren.
„Ich weiß, Sie haben andere Probleme", versuchte Don Carlos ihn zu trösten. „Aber kennen Sie nicht jemanden in der Partei, der sich für Sie einsetzen könnte? Am Ende sind gute Verbindungen alles, was zählt."
„Nein", sagte Osvaldo, „ich habe mich immer nur um Sport gekümmert, nie um Politik."
„Nirgends gehören Sport und Politik enger zusammen als in diesem Land!", meinte Don Carlos. „Denken Sie doch einmal scharf nach. Vielleicht hat Sie ja irgendein hoher Funktionär des Boxverbands ins Herz geschlossen?"

Ihm fiel nur ein einziger ein: Bonzo Gonzáles, sein ehemaliger Boxlehrer an der Sportakademie in Holguín. Hatte es nicht geheißen, er habe in der Partei eine steile Karriere hingelegt?
Osvaldo nannte Don Carlos den Namen. Der zeigte sich begeistert.
„Na bitte! Bonzo Gonzáles wird bereits als der nächste Sportminister gehandelt. Wenn der für Sie interveniert, werden sich alle Anschuldigungen gegen Sie schnell in nichts auflösen."
Osvaldo war diesbezüglich weniger optimistisch. Wie sollte er Bonzo überhaupt erreichen? Und falls doch, würde er sich überhaupt noch an ihn erinnern?
Don Carlos versprach, er werde seine Kontakte spielen lassen, um Osvaldos Anliegen an den künftigen Minister heranzutragen.
„Wir kriegen das schon hin, keine Sorge!", versicherte er. „Aber reden Sie bloß mit niemandem darüber! Es wäre kein Wunder, wenn man versuchen würde, Sie zu bespitzeln. Warum nicht zum Beispiel mithilfe eines fiesen kleinen Schurken wie dem da?"
Sein Kopf deutete in Richtung Pepes Pritsche.
Pepe – ein Denunziant? Aber warum nicht? Vielleicht ist einer, der seine Gegner immer deutlich vor Augen hatte, einfach zu naiv, wenn es um Intrigen geht? Oder es kommt von den vielen Schlägen auf die Birne, die man berufsbedingt einsteckt ...
Oh Osvaldo, abgehalftertes Halbschwergewicht – du bist doch stehend k. o.!
Genau das erkannte er in diesem Augenblick.
Und dass es an der Zeit war, ein letztes Mal in den Ring zu steigen. Nicht, um andere zu schlagen, nein: um sich selbst in den Griff zu kriegen!

24

Nach der bitterkalten Nachtfahrt – der Chauffeur des Viazul-Busses ließ die Klimaanlage ungeachtet aller Proteste auf Höchststärke laufen – ist Frieda jetzt froh, wieder die Wärme Santiagos zu verspüren. Selbst im Dezember bringt es diese Stadt auf über dreißig Grad. Welche Temperaturen es hier erst im Juli, zur Zeit des Karnevals, haben mag? Das Taxi vom Busbahnhof zur Calle Clarín ist ein reguläres, ohne Löcher in der Bodenplatte. Auf ihr Läuten öffnet ihr Doña Karina. Die Dame des Hauses ist wenig erstaunt darüber, Frieda nach nur zwei Tagen wieder zu sehen.
„Wie es aussieht, hast du deinen Freund nicht bei den Krokodilen gefunden?"
Frieda schüttelt traurig den Kopf. Ihr ist nicht nach Scherzen zumute.
„Hast du wirklich ein Zimmer für mich freigehalten?"
„Klar", bestätigt Karina und legt ihr tröstend die Hand auf die Schulter. „Und mach dir bloß keine Sorgen wegen Ioannis, der taucht schon wieder auf. Männer verschwinden mitunter, die brauchen das. Kommen sich dann wichtiger vor oder so."
Karinas Tröstungsversuch zeigt Wirkung. Frieda umarmt ihre Wirtin und lässt es zu, dass diese ihr den Koffer abnimmt und aufs Zimmer bringt. Es ist dasselbe pink gefärbte, das sie schon zuvor hatte. Auch das Nachbarzimmer scheint momentan nicht belegt zu sein, denn die Tür steht sperrangelweit offen.
Der Anblick der offenen Tür löst in Frieda eine Erkenntnis aus. Dumme Kuh!, schimpft sie sich, dass sie nicht gleich diese Frage gestellt hat: Wo sind Ioannis' Sachen geblieben? Sollte sich sein Koffer noch im

Hotel befinden, wäre dies doch ein klarer Hinweis darauf, dass er nicht abgereist ist, sondern dass ihm etwas zugestoßen ist. Wieso hat sie gegenüber der Rezeptionistin nicht darauf bestanden, Ioannis' Zimmer zu besichtigen? Die kleine Rothaarige meinte zwar, der Gast in Zimmer Nummer neun habe bereits ausgecheckt, aber ihre erste Zeitangabe war ja offensichtlich falsch, erst auf Nachfrage hatte sie die Zeitangabe korrigiert. Wie um alles in der Welt konnte ich mich bloß so schnell abwimmeln lassen?, fragt Frieda sich, ist doch sonst nicht meine Art!

Sie zieht sich eine frische Bluse an, dann macht sie sich zu Fuß auf den Weg zu Ioannis' Hotel. Die Plaza de Dolores mit ihren Riesenbäumen präsentiert sich selbst um die Mittagszeit als kühle Oase. Taxifahrer rauchen und unterhalten sich im Schatten, während sie auf Kundschaft warten. Das Hotel Dolorita befindet sich genau gegenüber dem Konzerthaus, wo Frieda sich die Blasenentzündung geholt hat. Ihr fällt auf, wie vergammelt die Frontseite des Hotels bei Tageslicht wirkt. Als sie hier vor zwei Tagen stand, hatten Lampen und Neonröhren die Fassade bunt bestrahlt; jetzt lässt sich kaum der Hotelname über dem Tor entziffern.

Sie tritt ein, ihre Augen müssen sich erst an das Halbdunkel der schmalen Lobby gewöhnen. Von der rothaarigen Rezeptionistin ist nichts zu sehen, aber am Tresen lehnt eine müde Gestalt. In seinem hellen Leinenanzug wirkt der Mann wie ein betuchter Zeitreisender aus einem früheren Jahrhundert. Als er Frieda erblickt, nimmt er den Panamahut ab und platziert ihn neben sich auf dem Tresen. Seine schweißnassen Haare zerstören schlagartig den Eindruck von Vornehmheit.

„Hi, Mam", sagt er mit einem deutlich amerikanischen Akzent. „Mrs. Prohaska, wenn ich nicht irre?"

Frieda ist verblüfft, sie hat den Mann noch nie gesehen. Erst jetzt merkt sie, dass er ein Papier in Händen hält.
„Richtig", erwidert sie zögerlich. „Aber woher ... ?"
Wortlos hält er ihr das Dokument hin. Es scheint sich um einen offiziellen Wisch zu handeln, dem Stempel nach zu urteilen. In der rechten oberen Ecke ist ihr eigenes Porträt zu erkennen. Ernst sieht sie darauf aus, auch ein wenig verspannt; eben so, wie jemand dreinschaut, der gerade in einer kubanischen Zollkabine verhört und dabei abfotografiert wird.
„Wir müssen miteinander reden", sagt er mit einem Akzent, den sie als texanisch einstuft. Und mit einer Intonation, die sich bedrohlich anhört.
„Müssen wir das?", gibt sie zurück. „Wer sind Sie überhaupt? Polizist?"
„Etwas Ähnliches", grinst er. „Mein Name ist Martin, John Martin. Ich bin Mitarbeiter an der amerikanischen Botschaft in Havanna. Aber derzeit arbeite ich tatsächlich mit der hiesigen Polizei zusammen."
Er deutet mit dem Daumen hinüber zur schmalen Holzstiege, die in die oberen Stockwerke führt. Dort lehnt, wie hingezaubert, ein weiterer Mann. Schlanker und dunkelhäutiger als Martin, und sicher um zehn Jahre jünger. Vermutlich der Repräsentant der hiesigen Polizei.
Frieda ist nicht ganz wohl bei seinem Anblick. Unbewusst dreht sie den Kopf in Richtung Tür. Versucht einzuschätzen, wie ihre Chancen stehen, sie vor den beiden Männern zu erreichen. Gering, lautet der Befund, äußerst gering.
Martin scheint schon eine Weile zuvor zur selben Schlussfolgerung gekommen zu sein. Er wirkt sehr entspannt.
„Darf ich Ihnen Colonel Morales vom Innenministerium vorstellen?", sagt er mit einem spöttischen Unterton.

„Ich kann Ihnen versichern, dieser Mann versteht etwas von seinem Job.“
„Soll heißen?“
„Soll heißen, dass es ratsamer für Sie ist, wenn Sie meine Fragen beantworten. Andernfalls würde ich mich genötigt sehen, Sie ihm und seinen Männern zu überlassen.“
Langsam löst sich Morales vom Stiegengeländer, zwischen seinen wulstigen Lippen glüht eine fette Zigarre. Frieda nimmt schnell wieder Augenkontakt mit Martin auf.
„Bitte sehr“, sagt sie betont höflich, „stellen Sie Ihre Fragen. Ich bin ganz Ohr.“

*

Sie hocken einander in einem Dreieck gegenüber: Morales, immer noch schweigend an seiner Montecristo saugend, Martin mit den Händen in den Sakkotaschen und Frieda mit nassen Flecken unter den Achseln und einem vom vielen Reden ausgetrockneten Gaumen. Unwillkürlich fällt ihr der Mythos vom Bermudadreieck ein, wonach ganze Schiffe dort auf mysteriöse Weise verschwinden sollen.
Schnell hat sich herausgestellt, dass der amerikanische Agent eine ganze Menge über Ioannis weiß: Wer dessen Arbeitgeber ist, dass der TIME-Journalist mit Frieda unterwegs war und wann er verschwand. Als Martin dann auch noch Ioannis’ Handy aus der Tasche zieht, ist Frieda klar, dass der Agent bereits Kontakt mit dem fürchterlichen Teniente Berluza Mendez von der Polizeidirektion hatte.
„Ich habe die Nummern überprüft, von denen aus Vazelios angerufen wurde beziehungsweise die er selbst gewählt hat“, sagt Martin. „Abgesehen von

einem Telefonat, das er mit einem unterdrückten Anschluss führte, kamen die letzten Anrufe alle von dieser Nummer." Er hält ihr das Display unter die Nase. „Gehe ich recht in der Annahme, dass es sich dabei um Ihre handelt?"
„Ja, klar. Wir haben in den vergangenen zwei Wochen öfters miteinander telefoniert. Und wie Sie sicherlich festgestellt haben, hat er auch am Tag seines Verschwindens versucht, mich zu erreichen, vermutlich während er auf Cayo Granma war. Aber der Akku meines Handys war zu der Zeit bereits leer, deshalb habe ich davon nichts mitbekommen."
„In welcher Beziehung stehen Sie eigentlich zu Ioannis Vazelios? Würden Sie sagen, dass es sich um mehr als ein berufliches Verhältnis handelt?"
Gute Frage, denkt Frieda, das würde ich auch gerne wissen. Was wiederum Mr. Martin nicht wissen muss.
„Nein, wir haben uns erst vor Kurzem kennengelernt, gleich an meinem ersten Abend in Holguín."
Die Reste seiner Zigarre mit der Schuhsohle zerreibend, mischt Morales sich in die Befragung ein.
„Erst vor Kurzem? Wollen Sie damit sagen, dass die Zeit nicht reichte, um mit ihm ins Bett zu steigen?"
Frieda verkneift es sich, auf die Provokation zu reagieren. Stattdessen wendet sie sich wieder Martin zu.
„Genau genommen hatten wir auch beruflich betrachtet nichts miteinander zu tun. Es stimmt zwar, dass ich Journalistin bin, aber hier auf Kuba bin ich rein privat unterwegs."
Martins ironischer Gesichtsausdruck drückt aus, was er von dieser Auskunft hält.
„Außerdem spielen Ioannis Vazelios und ich in zwei völlig unterschiedlichen Ligen", setzt sie hinzu. „Im Gegensatz zu mir ist er ein Promi. Das können sie leicht überprüfen."

„Oh, nicht nötig, sein Name ist mir durchaus geläufig. Aber seine Prominenz hat hoffentlich nichts mit seinem Verschwinden zu tun, oder?"
Er kneift die Augen zusammen und mustert sie, ernst und durchdringend. Ob er damit ausdrücken will, sie selbst könnte in dieser Sache eine dubiose Rolle spielen?
„Woher soll ich das wissen?", verteidigt sie sich. „Allerdings: Sollte es sich hier um eine Entführung handeln, wäre Ioannis' Bekanntheitsgrad vielleicht schon von Relevanz."
Morales und Martin blicken sich an. „Um eine Entführung?", fragt Morales. „Wie kommen Sie denn darauf?"
„Mir fällt einfach kein anderer Grund ein, warum er von einem Augenblick auf den anderen verschwinden sollte. Ich habe Ihnen ja bereits erklärt, was ich auf Cayo Granma beziehungsweise auf der Fähre und im Hafen in Erfahrung bringen konnte. Und dann die Sache mit seinem Handy. Äußerst unwahrscheinlich, dass Ioannis sein wichtigstes Arbeitsgerät auf der Straße verliert. Außerdem würde er nicht sang- und klanglos abhauen, ohne jede Verabschiedung. Ist nicht seine Art."
„Dann kennen Sie ihn also doch schon ganz gut?", ätzt Morales mit einer anzüglichen Geste. Wieder geht sie nicht darauf ein, wendet sich stattdessen an Martin.
„Und da ist noch etwas, was mich stutzig gemacht hat: Der alte Straßenkehrer, der mir das Handy verkauft hat, will auch gesehen haben, wie Ioannis von zwei Männern in einen Oldtimer verfrachtet wurde; der Alte sprach von einem Willys Americar. Ioannis habe dabei völlig groggy gewirkt. Was mich beziehungsweise meine Wirtin dazu bewog, in den Spitälern und Ambulanzen Santiagos nachzuforschen, ob er irgendwo eingeliefert wurde."

„Was offenbar kein Ergebnis zeitigte“, stellt der Amerikaner fest. „Und deshalb glauben Sie, er sei entführt worden?“
Frieda bejaht mit einem Kopfnicken. Dass auch León in Ciénaga de Zapata diesen Verdacht äußerte, lässt sie unerwähnt.
„Kommen wir noch einmal zurück auf das Auto, in dem ihr Freund angeblich abtransportiert wurde“, greift Morales den Faden wieder auf. „Sie sagten, es sei ein Americar gewesen, nicht wahr?“
„Das behauptete jedenfalls der Straßenkehrer. Ich kenne mich mit Oldtimern nicht aus.“
„Einen Augenblick!“, ruft Martin und zückt sein Handy. Mit geübten Fingern beginnt er etwas zu googeln. Das Ergebnis der Suche hellt seine Miene auf.
„Bitte sehr, da haben wir ihn ja: Willys Americar, sowohl als Sedan als auch als Coupé erhältlich. Wurde in den Jahren 1941 und 1942 als ziviles Fahrzeug gebaut und aus patriotischen Gründen Americar getauft. Danach konzentrierte sich Willys Overland Motors Company ausschließlich auf die Herstellung seiner kriegswichtigen Jeeps, und die Produktion des Americar wurde eingestellt. Was bedeutet, dass dieses Modell schon über siebzig Jahre auf dem Buckel hätte.“
„Was sogar hierzulande ungewöhnlich ist“, brummt Morales.
„Und so sieht das Teil aus.“
Martin hält Frieda das Handy hin. Wie die meisten Oldtimer aus den 1940er Jahren ist auch dieser verführerisch schön. In Schwung und Schnittigkeit ähnelt seine Motorhaube dem Bug einer altehrwürdigen Windjammer, jenem Segelschiff, das vor Zeiten die Weltmeere beherrschte. Die Lüftungsschlitze an beiden Seiten des Bugs wirken hingegen wie eine blecherne Imitation der Kiemenspalten von Haien. Ja, verdammt,

genau so hat die alte Kiste ausgesehen, in der sie vor einer Woche, am Tag von Fidels Begräbnis, zusammen mit Ioannis die Berge Guantánamos überquerte! Mit einem Chauffeur namens Osvaldo, der von den Vereinigten Staaten von Amerika wenig hielt und bei dessen Vorwürfen sogar der eloquente TIME-Reporter in Bedrängnis geriet.
Irgendwo müsste sie sogar noch die Karte des Taxlers haben, mit seiner Telefonnummer.
„Ihrer Reaktion nach zu urteilen, scheinen Sie das Auto wiederzuerkennen?"
„Möglicherweise, ja."
Frieda erzählt, bei welcher Gelegenheit sie selbst schon auf der Rückbank eines Americar hockte, direkt neben Ioannis.
„Nun, angesichts dessen, dass selbst auf Kuba nicht mehr viele Modelle dieses Typs, Baujahr 1941, durch die Gegend rollen dürften, wäre es gut möglich, dass es sich um ein und dasselbe Fahrzeug handelt", meint John Martin.
Frieda nickt nachdenklich. Wäre es nicht eine besondere Ironie der Geschichte, sollte der Amerikaner Vazelios ausgerechnet in einem Americar verschleppt worden sein? Und das fünfundsiebzig Jahre nach dem Bau des Wagens und ein halbes Jahr nach dem Beginn von Obamas Öffnungspolitik gegenüber Kuba ...
„Wissen Sie zufällig, wie der Fahrer hieß, der Sie nach Baracoa brachte?", will Morales wissen.
Sie muss nicht lange überlegen. „Er nannte nur seinen Vornamen: Osvaldo."
„Wie sicher sind Sie sich?"
„Ganz sicher. Der Name erinnerte mich an einen Schriftsteller, den ich sehr schätze."
Martin atmet tief durch und nimmt Blickkontakt mit Morales auf.

„Dann sollte sich wohl schnell klären lassen, wer dieser Osvaldo ist, oder?"
Morales nickt. „Klar, als Erstes lasse ich die Autozulassungen überprüfen. Wenn dieser Osvaldo die Kiste nicht illegal erworben hat, müsste sein Name ja in der Datei aufscheinen."
Martin findet es an der Zeit, Frieda jetzt reinen Wein einzuschenken.
„Also hören Sie, Mrs. Prohaska: Tatsächlich ist Ioannis Vazelios Opfer einer Entführung geworden. Wir stehen in ständiger Verbindung mit den amerikanischen Behörden wie auch den Vertretern des TIME Magazine. Letztere gedenken, das geforderte Lösegeld zu bezahlen. Vorausgesetzt, es bleibt bei den bisherigen Vereinbarungen. Darf ich davon ausgehen, dass Sie uns bei der Sache unterstützen werden?"
Frieda nickt leicht verwirrt. Wozu benötigt man ihre Unterstützung? Sollte die kubanische Polizei zusammen mit einem amerikanischen Agenten das nicht locker alleine hinkriegen? Zumal der Deal mit den Entführern allem Anschein nach bereits unter Dach und Fach ist ...
Ihr kommt Ioannis' Brief in den Sinn, den er in Baracoa zurückgelassen hat. Als Begründung für seine überhastete Abreise nannte er darin, der Journalistenkollege Julio Esteban sei als Konterrevolutionär und Spion verhaftet worden; weshalb er, Ioannis, ihm helfen wollte, was offenbar nicht gelang. Danach war das Schicksal Estebans zwischen ihnen kein Thema mehr, was, im Nachhinein betrachtet, höchst eigenartig anmutet: Kümmert man sich so um einen Kollegen, der von Ausweisung und Schlimmerem bedroht ist? Aber vielleicht hat Ioannis ihr ja auch nicht alles anvertraut. Was, wenn diese Sache am Ende etwas mit seiner Entführung zu tun hat beziehungsweise mit dem Motiv

seiner Entführer? Und hat Ioannis' Freund León nicht gemeint, hinter dem Verschwinden kritischer Geister stünden nicht selten die Herrschenden selbst?
„Was wissen Sie eigentlich über die Entführer?"
Sie hat die Frage an Martin gerichtet, doch es ist Morales, der antwortet.
„Ihre Identität ist noch ungeklärt, aber es gibt eine Aufzeichnung des Telefonats, das einer der Entführer in Sachen Lösegeldübergabe mit der Polizei führte. Laut Stimmanalyse dürfte es sich dabei um einen Kubaner handeln. Um einen Exilkubaner, genauer gesagt."
„Das kann man echt hören?", wundert sich Frieda. „Tönen Kubaner anders, sobald sie im Exil sind?"
Erstmals umspielt so etwas wie ein Schmunzeln die strengen Lippen des Colonels.
„Nein, hören kann man das freilich nicht. Aber es lässt sich unschwer folgern. Vor allem, wenn man weiß, dass das Lösegeld in Miami übergeben werden soll.
„Auch möglich, dass die Entführer politische Gründe haben", fügt Martin hinzu. „Colonel Morales und ich sind uns nur noch nicht darüber einig, welches Motiv das primäre ist."
Hohe Politik oder niedrige materielle Gründe ... Scheiße oder Scheiße, welch eine Alternative! Frieda fragt sich, nicht zum ersten Mal in diesen Tagen, in was sie da hineingeraten ist.
„Dürfte ich, bevor wir gehen, noch kurz das Zimmer ansehen, in dem Ioannis genächtigt hat?", bittet sie Morales. „Das ist nämlich der eigentliche Grund, warum ich hierher gekommen bin."
„Wozu?", fragt der Colonel, „Sie werden dort nichts finden. Wir haben das Zimmer bereits untersucht."
„Dann hat Ioannis seine Sachen also noch abgeholt, ehe er ...?"

„Irrtum“, unterbricht Morales sie, „das Mädchen an der Rezeption hat zugegeben, sie gestohlen zu haben. Und offenkundig wurde sie von jemandem dafür bezahlt, jedem, der sich nach dem Amerikaner erkundigen sollte, eine falsche Auskunft zu geben. Ioannis Vazelios ist in diesem Hotel nicht mehr aufgetaucht, nachdem Sie ihn in der Bahía de Santiago de Cuba aus den Augen verloren haben.“
„Aber das ist doch eine Spur!“, ruft Frieda erregt, „Sie müssen nur herausfinden, wer das Mädchen bestochen hat.“
Martin und Morales blicken einander amüsiert an.
„Die Kleine wurde von uns bereits verhört“, erklärt John Martin, „und zwar durchaus intensiv. Aber sie konnte weder einen Namen nennen noch eine brauchbare Personenbeschreibung des Typen liefern, der ihr ein paar Dollar zusteckte, damit sie Leute wie Sie anlog. Was wir wissen: dass es sich um einen weißen Kubaner oder jedenfalls um einen Kubastämmigen handelt, leider um einen mit einer äußerst durchschnittlichen Visage. Es lohnt sich nicht, von ihm ein Phantombild anfertigen zu lassen. Aber jetzt kommen Sie bitte und begleiten Sie uns in die Polizeidirektion. Dort wird sich schnell feststellen lassen, ob dieser Osvaldo der Mann ist, den wir suchen.“
Sie verlassen das Hotel, Morales mit wiegendem Schritt vorneweg, der Amerikaner zwei Schritte hinter ihm. Ob mein Status wirklich der einer Zeugin ist, die um Mitarbeit gebeten wurde?, fragt sich Frieda. So oder so folgt sie den beiden.
Was sonst bliebe ihr auch übrig?

25

Zunehmend macht er sich Sorgen um das Wohl des Amerikaners. Seit Tagen ist der jetzt ohne Nahrung, auch das Wasser dürfte langsam zur Neige gehen. Seine eigenen Chancen, das Untersuchungsgefängnis bald verlassen zu können, stehen schlecht, das ist ihm beim gestrigen Verhör klar geworden. Der Teniente hat es nicht eilig. Im Gegenteil: Es ist Teil seiner Strategie, einen im eigenen Saft schmoren zu lassen. Aber wie soll er Pedro benachrichtigen, wo sie ihm doch das Handy abgenommen haben? Er kann ja schlecht die Polizisten bitten, ihn mit seinem Schwager telefonieren zu lassen. Mit dem, den sie für seinen Fluchthelfer halten ...

Pepe scheint zu merken, wie deprimiert er ist. Ständig versucht er, ihn mit neuen Geschichten aufzumuntern, schwer zu sagen, ob sie wahr sind oder erfunden. Er, der auch schon mal Touristen bestiehlt, um den Verlust im Devotionaliengeschäft auszugleichen, sorgt sich um Osvaldos Moral, um seinen Kämpfergeist: *Feigheit ziemt sich nicht für einen Kubaner, erst recht nicht für einen Boxer! Wozu all die Aufstände gegen Kolonialherren und Grundbesitzer, wenn wir jetzt kneifen?*

Pepe hält sich für einen Nachkommen der *cimarrones*, der in die Berge geflüchteten Sklaven. Oberhalb von El Cobre gebe es ein Denkmal ihnen zu Ehren, erzählt er, *El Monumento al Cimmarón.* Eine lange Treppe, gepflastert mit grünlich schimmernden Steinplatten, führe hinauf zu dieser modernen Skulptur aus rostigem Eisen, deren Bedeutung wenige verstünden. Von dort habe man einen fantastischen Blick auf die Kathedrale der Barmherzigen Jungfrau und auf die vom

Kupfertagbau zerklüfteten Hänge. Meint jedenfalls Pepe.
„Die *cimarrones* waren beileibe keine Heiligen, verdad. Haben auch schon mal ihre Herren erschlagen, wenn es nicht anders ging. Aber irgendwie musst du ja überleben als Sklave."
Ja, genau so lautet die Absolution, wenn sie von einem Dieb und Devotionalienhändler erteilt wird!
Sie mag verwerflich erscheinen, diese elastische Ethik; dennoch kommt Osvaldo nicht umhin sich einzugestehen, dass sie große Ähnlichkeiten aufweist mit seiner eigenen. Diebstähle, Betrügereien – in Pepes Darstellung werden sie zum ehrenwerten Widerstandskampf. Wie auch Osvaldo die Entführung des Amerikaners damit rechtfertigt, was die USA Kuba angetan haben.
„Wie komme ich an ein Telefon?", fragt er seine Zellengenossen. „Wen muss ich dafür bestechen?"
Pepe zuckt mit den Achseln. Garantiert hat er schon etliche Touristen um ihre Handys erleichtert; wobei er hier herinnen natürlich nicht auf sein Diebesgut zugreifen kann.
Aber Don Carlos weiß Rat: In einer Nachbarzelle hockt der alte Gerardo, dem sie – erstaunlicherweise – das Handy gelassen haben. Vielleicht weil es sich dabei um ein vorsintflutliches Modell handelt. Aber zum Telefonieren reiche es allemal, und gegen einen gewissen Obolus dürfe ein jeder es benutzen.
Gott sei Dank hat er sich Pedros Telefonnummer gemerkt. Er erreicht den Schwager bereits beim ersten Versuch. Der gerät in Panik, als er hört, von wo Osvaldo anruft. Er versucht ihm zu erklären, dass er nur wegen eines Missverständnisses einsitze und verhört werde, niemand wisse von ihrem Coup. Aber Pedro flucht in einem fort: *„¡Mierda, hombre, mierda!"*
„Du musst den Amerikaner mit Essen und Wasser

versorgen", flüstert Osvaldo. „Dringend! Sonst haben wir bald einen Toten auf dem Gewissen."

Er erklärt Pedro, wo die Schlüssel deponiert sind: Unter einem großen Stein nahe dem Haupteingang. Es war ihm einfach zu umständlich, den schweren Bund ständig mit sich herumzutragen. Zu ihrem Glück, wie sich jetzt herausstellt.

„Zwischen zwei und vier Uhr morgens ist es am sichersten. Um diese Zeit findet garantiert keine Veranstaltung mehr statt in El Morro, und nächtliche Security können sie sich dort schon lange nicht mehr leisten. Pass auf, ich erkläre dir, wie du es machst. Hast du etwas zum Mitschreiben?"

Pedro notiert sich Osvaldos Anweisungen und verspricht, den Entführten noch heute Nacht zu versorgen.

„Wie sieht es mit den Verhandlungen aus?", fragt Osvaldo. „Werden die Amerikaner zahlen?"

In dem Augenblick stolziert Don Carlos an ihm vorbei, winkt ihm zu. Nervös winkt er zurück.

Pedro versichert, alles laufe bestens. Sein Bruder Yamil habe die Lage in Miami gecheckt, Boot und Drohne stünden bereit. Jetzt gelte es nur noch, den idealen Zeitpunkt für die Geldübergabe zu fixieren. Er tönt laut und selbstsicher, und dennoch: Irgendetwas an seinem Tonfall will Osvaldo nicht gefallen.

„Und es gibt wirklich keine Probleme?", hakt Osvaldo nach.

„*¡No te preocupes!*", versichert Pedro. „Mach dir keine Sorgen, alles wird gut!"

Osvaldo legt auf, bezahlt Gerardo einen fürstlichen Preis für die fünf Minuten.

„Gerne wieder einmal!", grinst der Alte.

Es ist nicht zu leugnen: Der Kapitalismus ist eindeutig auf dem Vormarsch in diesem Land, selbst im Gefängnis.

26

Von seinem Anlegeplatz auf Fisher Island aus blickt Yamil Martínez Lorca Richtung Norden. Er ist auf ein einziges Gebäude konzentriert, der Rest der Skyline von Miami interessiert ihn nicht. Das Boot, in dem er hockt, hat, zugegeben, schon bessere Jahre gesehen: der abblätternde Lack, die rostigen Beschläge, der Schimmel in allen Fugen des kleinen Außenborders würden eine gründliche Überholung im Trockendock nahelegen. Doch daran denkt sein Besitzer nicht einmal; denn wenn hier und heute alles klappt, sollte dies ohnehin die letzte Fahrt der Santa Lucía sein. Ja, es ist beschlossene Sache: Das Erste, das Yamil sich für seinen Anteil an der Beute leisten wird, ist eine niedliche kleine Jacht. Womit man den *chicas* erfahrungsgemäß am meisten imponieren kann, und auch bei den *muchachos* der exilkubanischen Community gewinnst du damit unter Garantie an Respekt.

Was, alles in allem, so ziemlich das Wichtigste ist für einen Latino, der auf der amerikanischen Erfolgsleiter noch keine einzige Sprosse erklommen hat.

Sein geliebter Quadrocopter ruht in Startposition auf der vorderen Sitzbank. Im Gegensatz zum desolaten Boot ist die Drohne tadellos in Schuss. Mehrfach hat Yamil ihr Flugverhalten getestet und ist sich sicher, dass sie auch ein weit höheres Ladegewicht als fünfundzwanzig Pfund locker verkraften würde. Eine Million Dollar in Hunderterscheinen ergibt – wenn man pro Schein ein Gramm veranschlagt – in Summe zehn Kilo; das konnte selbst Yamil, der alles andere als ein Mathematikgenie ist, im Kopf ausrechnen. Dazu kommen noch zwei bis drei Kilo Verpackungsmaterial, was

er deshalb so genau weiß, weil nicht nur die Materialangaben von ihm stammen, sondern er ein ebensolches Paket wie das zu erwartende verpackt und abgewogen hat. Die dicke Plastikfolie, in der die vakuumverpackten Dollarbündel reiß- und wasserfest geliefert werden müssen, sei zusätzlich mit acht Kabelbindern zu umwickeln. So die schriftliche Anweisung, die der Bruder von Kuba aus an das TIME Magazine gesimst hat. Und wenn *die* sich an die Vorgaben halten – woran, laut Pedro, kein Zweifel besteht –, sollte es dem Quadrocopter mit seinen ferngesteuerten Klauen problemlos möglich sein, sich das Paket zu greifen und es vom Dach des Kimpton Epic *directamente* auf das zugegeben bescheidene Deck der Santa Lucía zu befördern.
Mit seinem Prepaid-Handy hat Yamil sich bereits vertraut gemacht. Immerhin soll es ihm ermöglichen, Kontakt mit der Polizei aufzunehmen und kurzfristige Planänderungen bekanntzugeben. Bis jetzt wurde ja nur vereinbart, ein Mann in einem knallroten Overall werde das Paket mit dem Lösegeld auf die Wellnessterrasse im sechzehnten Stock des Hotels liefern und dort auf neue telefonische Anweisungen warten. Natürlich ist davon auszugehen, dass diese Terrasse, ebenso wie sämtliche Ausgänge des Gebäudes, mit Polizisten in Zivil gespickt sein werden, doch das tut nichts zur Sache. Das Hübsche an ihrem Plan ist ja gerade, dass auch eine ganze Armee von Bullen nichts gegen eine kleine, aber feine Drohne ausrichten kann.
Ein Blick auf die Handyuhr zeigt ihm, dass es so weit ist: Der Zeitpunkt der Übergabe ist in zehn Minuten. Knappe zwei Minuten weniger benötigt der Quadrocopter, um die Biscayne Bay zu überqueren. Er drückt einen Knopf auf der Fernbedienung, und leise schnurrend hebt die Drohne ab. Wie bei seinen beiden Testflügen lässt er sie zuerst vertikal auf Zielhöhe gehen,

wobei er sich selbst auf dem Monitor der Fernbedienung beobachten kann. Das Bild ist scharf und ruckelt nicht, auch das Heranzoomen funktioniert tadellos. Kurz muss er lachen, die Vogelperspektive auf seinen glatt geschorenen Schädel ist gar zu witzig. Dann gibt er volle Kraft voraus, und die Drohne fegt durch die Lüfte in Richtung Norden, gut zweihundert Meter über den windgepeitschten Wellen des Meeres.
Genau dieser Wind ist es, der Yamil ein wenig Sorgen bereitet. Was, wenn der Quadrocopter dadurch ins Trudeln gerät? Doch wie sich herausstellt, halten sich die Turbulenzen über dem Festland in Grenzen, das vom Drohnenauge übermittelte Bild ist ruhig und stabil. Yamil vermeidet es, seine Drohne allzu nahe an die Wellnessterrasse im sechzehnten Stock heranzuführen, um keine Aufmerksamkeit zu erregen. Außerdem herrscht auf der Terrasse lautes, geschäftiges Treiben, was verhindern sollte, dass das kleine Flugobjekt frühzeitig wahrgenommen wird. Gestochen scharf, als wäre es auf einem Stativ befestigt, fängt das schwenkbare Objektiv das Geschehen unter sich ein, nichts entgeht dem drei Meilen entfernten Beobachter an seiner Fernbedienung. Präzise um 15 Uhr erscheint wie vereinbart ein rot gekleideter Mann mit einem Paket unter den Armen. Yamil zoomt näher heran und grinst erfreut: Das Pakct sieht tatsächlich so aus wie befohlen, gehüllt in eine wasserdichte, schwarze Folie. Welch unscheinbare Verpackung für eine Million Dollar! Er erinnert sich an die Worte des Bruders, wonach dieser Betrag für ein großes Unternehmen wie TIME nur ein Klacks sei und wahrscheinlich schon dadurch wieder hereingespielt werde, dass man exklusiv über die Entführung des eigenen Reporters berichten könne. Und wenn sie ihren Mann erst einmal zurückhätten, würde wohl keiner der Million eine Träne

nachweinen. Aus den SMS der Zeitungsfritzen vermeinte Pedro zudem herauszulesen, dass sie, die Entführer, als Amateure eingeschätzt wurden, die früher oder später ohnehin auffliegen würden. Die Position der Polizei steht allerdings auf einem ganz anderen Blatt. Erfahrungsgemäß lassen sich die Bullen ungern verschaukeln, schon gar nicht von Amateuren ...

Yamil könnte darauf wetten, wer von den leger gekleideten, in Liegestühlen sich sonnenden oder an der Bar flirtenden Hotelgästen im Hauptberuf Polizist ist. Als einer, der es mit dem Gesetz nicht immer so genau nimmt, hat man einfach einen Riecher dafür. Er zückt das Handy, wählt die gespeicherte Nummer. Auf dem Monitor sieht er, wie der Rote das Paket abstellt und seinerseits ein Handy aus dem Overall zieht. Jetzt kommt es auf jedes Wort an, ermahnt sich Yamil, auf präzise, schnörkellose Befehle.

„Nimm den Lift ins oberste Stockwerk. Dort befindet sich eine Stiege, die aufs Dach führt. Deponiere das Paket neben dem großen Kühlaggregat und verschwinde sofort wieder."

„Und was ist mit Vazelios? Es hat geheißen, dass wir zeitgleich ein Video von seiner Freilassung bekommen!"

Diese Frage war natürlich zu erwarten, aber Yamil geht nicht darauf ein. Er weiß, dass sie den Anruf rückverfolgen können, wenn er den Zeitplan nicht einhält.

„Du hast genau drei Minuten Zeit, um das Paket auf das Dach zu bringen. Das ist knapp, aber möglich, ich habe es selbst getestet. Also beweg dich!"

Auf dem Monitor sieht er den verwirrten Blick des Mannes, der sich nicht erklären kann, von wo er beobachtet wird. Er zögert, scheint mit sich zu ringen. Dann schnappt er sich das Paket und läuft los in Richtung Lift. Guter Mann, grinst Yamil, hast begriffen, dass jetzt nicht die Zeit für Verhandlungen ist.

Er lässt die Drohne noch etwas höher steigen, bis sie sich direkt über dem Flachdach des Hotels befindet. Kurz darauf öffnet sich die eiserne Tür neben dem Kühlaggregat und der rote Overall erscheint. Wie befohlen legt der Mann das Paket neben dem Aggregat ab, ehe er die Tür hinter sich schließt.
Ob im Hintergrund bereits ein Dutzend Bullen lauern, die auf den Einsatzbefehl warten?
Yamil reduziert die Fluggeschwindigkeit des Quadrocopters, je näher dieser seinem Ziel kommt. Erst knapp über dem Flachdach werden die Greifklauen ausgefahren.
Es beginnt der heikelste Teil der Mission: Das Ergreifen und Fixieren der Ladung. Yamil hat es zigfach geprobt, mit unterschiedlich befestigten Kabelbindern, um auf alle Eventualitäten vorbereitet zu sein. Die selbstkonstruierten Klauen aus Leichtmetall müssen spitz und dünn genug sein, um damit auch festgezurrte Kabelbinder fassen zu können; andererseits dürfen die Klauen nicht zu scharf ausfallen, weil sie sonst die Plastikstreifen versehentlich durchtrennen könnten – ein heikler Balanceakt.
Schon beim ersten Versuch schafft Yamil es, die Greifklauen unter die straff gespannten Kabelbinder zu zwängen. Aber ob sich das Paket so auch sicher befördern lässt? Vorsichtig lässt er die Maschine abheben, doch wie es scheint, ist die Fixierung geglückt. Dann mal vorwärts, murmelt Yamil, und heim in die gute Stube! Der Quadrocopter befindet sich noch immer im lotrechten Aufstieg über dem Kimpton Epic, als die Eisentür aufschwingt. Sechs Gestalten in Zivilkleidung, aber allesamt bewaffnet laufen auf das Flachdach. Yamil bereut es jetzt, sein Gerät nicht zusätzlich mit einem Mikrofon ausgestattet zu haben, denn natürlich wäre es hilfreich zu wissen, welche

Befehle der wild gestikulierende Anführer der Truppe gerade seinen Leuten erteilt. Aber dass es sich hier eher um polizeiliche Observanten als um eine Zugriffstruppe handelt, ist auch so offensichtlich. Und natürlich ergäbe es wenig Sinn, in dieser Situation vermummte und gepanzerte Kampfkräfte einzusetzen, die darauf trainiert sind, jeden Gegner unter Einsatz von Gewalt zu neutralisieren. Es würde auch nicht zusammenpassen, erst das Lösegeld anzuliefern und dann dessen Übergabe zu verhindern. Nein, solange sie nicht wissen, wo der Gekidnappte sich befindet, werden sie nicht zuschlagen, hat Pedro vorausgesagt. Dass einer der Männer plötzlich sein Gewehr auf die aufsteigende Drohne richtet, löst bei Yamil dann doch ein wenig Stress aus.

Aber schnell wird klar, dass hier einer das Zielfernrohr zur reinen Beobachtung nutzt. Vielleicht möchte er auch nur einen letzten Blick auf ein schwarzes Paket werfen, das gerade im Begriff ist, den Besitzer zu wechseln. Was durchaus nachvollziehbar wäre, sagt sich Yamil; man sieht ja nicht jeden Tag so viel Geld durch die Luft entfleuchen.

*

Solange sich die Drohne noch im Vertikalflug befand, war nicht auszuschließen, der Polizist mit der Langwaffe könnte seine Meinung noch ändern. Doch jetzt, da sich der Quadrocopter schon über der Biscayne Bay befindet, ist er definitiv außer Reichweite jedes Gewehrs.

In der Bucht segeln ein paar Boote, ein Kreuzfahrtschiff peilt seinen Ankerplatz an. Nichts, was den friedlichen Eindruck stören würde. Ihr verdammten Idioten, lacht Yamil sich ins Fäustchen, damit habt ihr nicht gerechnet! Der Plan des Bruders, er hat sich als genial erwiesen. In wenigen Minuten wird er ihn anrufen, um vom großen Erfolg zu berichten.

Drohne und Fracht sind bereits mit freiem Auge zu erkennen, und Yamils Zuversicht steigert sich zur Euphorie: Alles hat geklappt, die Beute ist unser! Eine Million Dollar, reduziert auf die Größe eines Freigepäckstücks. Nichts anderes bleibt zu tun, als das Paket aus den Greifklauen zu befreien, es unter der Sitzbank zu verstauen und mit der Santa Lucía gemütlich nach Hause zu schippern. Unterwegs wird er sich dann noch schweren Herzens von seinem Quadro verabschieden müssen und ihn im Meer entsorgen, gemäß Pedros Befehl.

Die Drohne schwebt jetzt direkt über dem Boot, vorsichtig lässt Yamil sie tiefer sinken. Er setzt einen Schritt rückwärts in Richtung Außenbordmotor, um mehr Platz für die Drohne zu schaffen. Auf der Backbordseite huscht ein Schatten vorbei, irritiert für einen Augenblick. Mit dem rechten Fuß bleibt Yamil an etwas hängen, gerät aus dem Gleichgewicht. Im Fallen erkennt er, dass der Schatten nur eine Möwe war. Und noch etwas weiß Yamil in diesem Augenblick: Es wird sich nicht ausgehen, beides zu retten. Die Fernbedienung oder er, darauf läuft es hinaus, letztlich ist ja alles nur eine Frage der Reflexe. Instinktiv versucht er, das Gerät nach vorne zu werfen – vergeblich. Während er mit dem Rücken hart auf der Sitzbank aufschlägt, versinken Fernbedienung und Monitor im Wasser.

Seltsamerweise hält sich das Fluggerät noch einige Sekunden in der Luft, ehe die Rotoren abstellen. Mit der Fracht fest in seinen Klauen stürzt der Quadrocopter ab und verfehlt dabei das Boot nur knapp.

Minuten später. Yamil liegt noch immer auf dem

Rücken wie ein Käfer, unfähig, sich zu bewegen. So muss sich eine Querschnittslähmung anfühlen! Aber nein, sein rechter Oberschenkel beginnt auf einmal wie verrückt zu zucken, die Lähmung scheint eher sein Hirn zu betreffen. Er rappelt sich hoch, zieht das Handy aus der Tasche, wählt die vertraute Nummer.
Während er darauf wartet, dass Pedro den Anruf entgegennimmt, kommt ihm eine Idee. Noch nie hat er seinen älteren Bruder angelogen. Aber gibt es nicht für alles ein erstes Mal?
Außerdem handelt es sich hier wohl eindeutig um eine Notlüge.
„Wie ist es gelaufen?“, fragt Pedro. „Sag schon!“
„Sie ... sie haben sie erwischt!“, schluchzt Yamil, und ein paar Tränen laufen ihm über die Wange. „Die Scheißkerle haben die Drohne abgeschossen, direkt über dem Hotel.“
„Und das Geld?“
„Es ist weg. Was ... was soll ich bloß machen, Pedro?“
Er wartet auf den Wutanfall des Bruders, doch dieser bleibt aus. Kein einziger Fluch, kein Kommentar. Es herrscht eine merkwürdige Stille, im Telefonhörer ebenso wie ringsum.
Eine Stille, die nur durchbrochen wird vom gelegentlichen Kreischen der Möwen.

27

Mit aufgeknöpfter Uniformjacke macht es sich Teniente Berluza Mendez auf seinem Schaukelstuhl gemütlich. Der Kaffee, den ihm Sargento Argüelles Moran unaufgefordert hingestellt hat – ein Ritual, das sich zu jeder vollen Stunde wiederholt –, ist natürlich wieder einmal zu dünn geraten, welch lauwarmer Sud! Dennoch hilft die Tasse in der Hand beim Denken. Brütet der Teniente doch gerade über der Frage, warum es ihm so wichtig ist, den inhaftierten Boxer der versuchten Landesflucht zu überführen. Tatsächlich empfindet er dessen (leider noch nicht nachgewiesenes) Vergehen als eine höchst persönliche Angelegenheit. Mit der Überführung des Verdächtigen hofft Berluza Mendez, eine alte Kränkung wenn schon nicht zu tilgen, so doch zu mildern. Was der Gefangene nämlich nicht weiß und er ihm auch gewiss nicht auf die Nase binden wird: dass der jetzige Leutnant der Polizei in seiner Jugend ebenfalls Boxer werden wollte.
Ein Held des Vaterlands!
Was hätte er nicht für eine solche Karriere gegeben ...
Anfangs galt er, zumindest auf lokaler Ebene, mit seinen überlangen Armen und seiner schnellen Reaktion auch durchaus als vielversprechendes Talent. Mit siebzehn versuchte er an die Boxakademie zu kommen und investierte dafür jede Menge Energie und Zeit. Was seine damalige Freundin Ely dazu brachte, ihn von einem Tag auf den anderen zu verlassen. Er hielt sie nicht auf; dachte, dem künftigen Champion würden ohnehin bald alle Frauen nachlaufen. Der Knockout kam noch vor Beginn der Karriere: Bei der Aufnahmeprüfung fiel er durch, mit Bomben und Granaten.

Es war eine Demütigung, die er bis heute nicht verwunden hat. Manche glauben, dass er deshalb zu El Buitre wurde, dem Aasgeier des Polizeikorps von Santiago. Einer, der sich mit Kadavern begnügt, ausgespäht aus großer Distanz.
Frischfleisch schmeckt besser, keine Frage. Dafür ersparst du dir die Anstrengungen und Gefahren des Nahkampfs.
Umso wütender macht es ihn, wenn ein Privilegierter wie dieser Osvaldo versucht, sich nach all dem, was das Vaterland für ihn getan hat, aus dem Staub zu machen, um im feindlichen Ausland Geld zu scheffeln. Zwar unterlässt es die Regierung mittlerweile, einfache Leute an der Flucht zu hindern, und Fidel Castro höchstpersönlich öffnete 1980, auf dem Höhepunkt der landesweiten Absetzbewegung, kubanische Gefängnisse, damit Kriminelle sich unter die Ausreisewilligen mischen konnten. So belasteten sie nicht länger den kubanischen Staatshaushalt, und gleichzeitig exportierte Kuba damit – welch kluger Schachzug des gewieften Taktikers – einen Gutteil der Asozialen dorthin, wohin sie gehörten: in die USA, die Vereinigten Staaten der Asozialen! Kubanische Spitzensportler dürfen freilich nach wie vor nicht emigrieren. Was nur recht und billig ist, wenn man bedenkt, wie viel der kubanische Staat jahrelang in deren Ausbildung investiert hat. Und am Ende sollen amerikanischen oder deutschen Boxpromotoren die reifen Früchte in den Schoß fallen? Nein: Wenn es nach ihm, Berluza Mendez, ginge, dürfte dieses Verbot gerne bestehen bleiben, für alle Zeit …
Im Übrigen: Was wäre die Polizei ohne Verbote!
Erneut nippt er an seinem Kaffee. Dass er einen der beiden Zellengenossen Osvaldos, den Geschäftsmann Carlos Dominguez, dazu anstiften konnte, den Boxer

ein wenig auszuhorchen, war zweifellos eine kluge Idee. Der gute Don Carlos hat auch bereits erste Informationen geliefert, die bestens ins Bild passen, das sich der Teniente von Osvaldo gemacht hat. Demnach hat dieser mit einem Verwandten in den USA telefoniert und dabei überaus nervös gewirkt. Don Carlos schnappte sogar einen Satz auf, der praktisch bestätigt, wessen der Bursche verdächtigt wird. *Werden die Amerikaner zahlen?*, soll Osvaldo gefragt haben. Was ja nur bedeuten kann, dass er mit amerikanischen Boxmanagern bereits konkrete Verhandlungen führt! Ein weiteres Puzzleteil also an der richtigen Stelle. Und Don Carlos wird auch weiterhin liefern. Immerhin wurde ihm dafür die vorzeitige Haftentlassung in Aussicht gestellt.

*

Ein Klopfen reißt den Teniente aus seinen Überlegungen. Auf sein *¡Adelante!* steht Sargento Argüelles Moran in der Tür; mit rotem Gesicht und schwer atmend, als hätte ihn jemand gehetzt.

„Colonel Morales vom Innenministerium möchte Sie sprechen", keucht er, „und ein weiterer Mann. Ein Yankee. Sie mögen umgehend ins Besprechungszimmer kommen."

„Ich komme, Sargento, nur eine Sekunde." Die doch reichlich ausgedehnte Sekunde benötigt er, um sich ordentlich zu adjustieren.

Im Besprechungszimmer warten nicht nur zwei Männer, sondern auch noch eine Frau. Es ist die lästige Europäerin, die ihn vor ein paar Tagen aufgesucht hat. So wie es aussieht, hat der Colonel sie mitgebracht. Angesichts des hohen Tiers aus Havanna schwingt der Teniente sich zu einem ungewohnt förmlichen Salutieren auf.

„Colonel: Teniente Berluza Mendez meldet sich zur Stelle!“
Morales befiehlt ihm sich zu rühren und stellt ihm John Martin als Mitarbeiter der amerikanischen Botschaft vor. „Wir beide arbeiten zurzeit gemeinsam an einem Fall. Einem Fall mit internationaler Dimension!“, erklärt er mit Nachdruck.
Der Teniente versucht erst gar nicht, seine Überraschung zu verbergen.
„Es geht um den verschwundenen amerikanischen Staatsbürger Ioannis Vazelios.“ Er zeigt auf Frieda. „Diese Dame hier hat zugesagt, uns bei den Ermittlungen zu helfen. Sie war in den letzten zwei Wochen die Reisegefährtin des Amerikaners. Und sie hat mir erzählt, dass sie bereits bei Ihnen um Unterstützung angesucht hat, um Vazelios zu finden. *¿Justo?*“
„*Justo*“, bestätigt der Teniente widerwillig. Morales' Worte lösen in ihm eine diffuse Angst aus. Hat er diese Journalistin neulich nicht vor die Tür gesetzt, ihr sogar gedroht? Wenn ihm das jetzt bloß nicht auf den Kopf fällt!
„Nun“, setzt der Colonel fort, „es hat sich herausgestellt, dass der Journalist Vazelios entführt wurde.“
„Entführt?“, staunt der Teniente. „Woher haben Sie ...“
„Das tut nichts zur Sache“, unterbricht ihn Morales unwirsch. „Aber nicht genug, dass der Amerikaner auf kubanischem Territorium gekidnappt wurde: Nach den neuesten Informationen meines Kollegen ist bei der Lösegeldübergabe in Miami etwas gründlich schiefgelaufen. Was die ganze Angelegenheit noch ... sagen wir ... komplizierter macht. Sie verstehen?“
Klar versteht das Teniente Berluza Mendez! Die Menschen im Oriente sind nicht so einfältig, wie die *habaneros,* die neunmalklugen Großstädter, es ihnen unterstellen. Natürlich weiß man auch in der öst-

lichsten Provinz, dass die Verhandlungen zwischen Kuba und den USA in den letzten Wochen ins Stocken geraten sind, weil sich Präsident Obama im Senat nicht gegen die Mehrheit der Republikaner durchsetzen konnte. Wenn die jetzt auch noch die Karte spielen, amerikanische Staatsbürger würden auf Kuba neuerdings gekidnappt, könnte das dem zarten Pflänzchen der politischen Wiederannäherung schnell den Garaus machen. So weit, so schlecht, so nachvollziehbar. Was der Teniente indes nicht versteht, ist, welche Rolle ihm in dieser Geschichte zugedacht ist.
Der Colonel lässt ihn darüber nicht lange im Unklaren. „Ich erwarte mir von Ihnen, dass Sie und Ihre Leute uns bis auf Weiteres Tag und Nacht zur Verfügung stehen. Vergessen Sie, womit Sie bisher beschäftigt waren. Die Suche nach dem Amerikaner hat Priorität, alles andere ist zweitrangig. Habe ich mich klar ausgedrückt?"
Der Teniente nickt und schluckt. Das klingt schwer danach, als werde er auf das abendliche Baseballspiel Santiago de Cuba gegen Trinidad, für das er bereits eine Karte erworben hat, wohl oder übel verzichten müssen.
„Beginnen wir damit, dass Sie für mich einen Namen im Zulassungsregister ausheben", sagt Morales, „und lassen Sie uns ein paar doppelte Espressos bringen. Wir haben eine lange Nacht vor uns."

*

„Osvaldo", wiederholt der Teniente den Namen, den der Colonel gerade genannt hat. „Und der Nachname?"
„Mannomann", stöhnt Morales und verdreht genervt die Augen, „den müssen wir doch erst herausfinden!

Was wir hingegen wissen: Unser Mann fährt einen roten Willys Americar, Baujahr 1941. Ich würde vorschlagen, Sie gleichen den Vornamen mal damit ab. Jede Wette, dass die Liste der Verdächtigen danach kürzer ist als Ihr Schwanz."
Der Teniente findet den Vergleich höchst unangebracht, verzichtet jedoch darauf zu protestieren. Gerade ist ihm nämlich etwas noch viel Peinlicheres in den Sinn gekommen.
„Ich weiß ja nicht, ob das wichtig ist, Colonel", sagt er mit rotem Kopf, „aber wir haben hier seit ein paar Tagen einen Untersuchungshäftling, der zufällig auch Osvaldo heißt. Osvaldo Rivera Costas, ein Boxer. Welche Karre er fährt, kann ich allerdings nicht sagen."
Morales, John Martin und Frieda blicken einander verdutzt an. Die Spannung im Raum ähnelt der in einem Transformator.
„Der Mann, der uns von Santiago nach Baracoa brachte, hat erwähnt, dass er Boxer ist oder jedenfalls war!", ruft Frieda aufgeregt.
„Dann würde ich vorschlagen, dass Sie uns den Burschen mal vorstellen", blafft Morales in Richtung Teniente. „Schaffen Sie ihn ins Vernehmungszimmer – und zwar ein bisschen hurtig, wenn ich bitten darf!"
„Selbstverständlich, Colonel, *inmediatamente!*", lautet die unterwürfige Antwort.
Während der Teniente durch den Korridor in Richtung Zellentrakt flattert wie ein gerupfter Geier, fragt er sich, womit er diesen Haufen gequirlter Scheiße bloß verdient hat. Der – und das spürt Berluza Mendez mit der Erfahrung des langgedienten Apparatschiks – durchaus das Potenzial in sich birgt, seiner Karriere bei der Polizei ein abruptes Ende zu bereiten.

28

Solange er sich noch unter seinesgleichen befindet, ist ihm nicht anzumerken, wie es in ihm brennt. Doch kaum ist das Meeting mit Botschafter DeLaurentis und den Repräsentanten der texanischen Landwirtschaft zu Ende und er wieder allein in seinem Büro, bricht es aus ihm heraus: in Form eines ganz und gar undiplomatischen Fluchs.
Denn was in den letzten paar Stunden passiert ist, könnte gut und gern auch einen weniger extrovertierten Typen als Timothy Benton in Rage bringen.
Natürlich ist er sich dessen bewusst, dass es bei so gut wie jeder verdeckten Operation Bauernopfer gibt, wahrscheinlich geben muss, von den sogenannten Kollateralschäden ganz zu schweigen. Derlei Opfer und Schäden sind durchaus eingeplant, von Anfang an. Aber was sich jetzt, nach den jüngsten Telefonaten, am Horizont abzeichnet, geht weit über das akzeptable Maß hinaus. Es sind Fehler passiert, kardinale sogar, die Zweifel auslösen. Zweifel, ob sich der ausgetüftelte Plan je wird umsetzen lassen.
Jedenfalls gilt es ab jetzt zu improvisieren, nach allen Regeln der Kunst. Womit beileibe nicht die Kunst der Diplomatie gemeint ist.
Was ihn besonders wütend macht: dass er vom Missionschef erst im Nachhinein darüber informiert wurde, welche Rolle der ehemalige Special Agent Martin in dieser Sache spielt. Dass Martin der kubanischen Polizei bei ihrer Suche nach dem verschwundenen amerikanischen Journalisten unter die Arme greifen soll, erwähnte DeLaurentis erst, als er ihn direkt daraufhin ansprach.

Wie konnte man ihn, Timothy Benton, seiner Funktion nach immerhin zweitwichtigste Person an der Botschaft, einfach übergehen, wenn es um die völlige Neuausrichtung der politischen Strategie ging?
Denn was sonst bedeutet die ins Auge gefasste Kooperation mit den hiesigen Behörden als das Ende einer bewährten, fast sechzigjährigen Doktrin? Benton fühlt sich ausgebootet, sowohl durch den Botschafter selbst als auch durch einen Agenten, dem er nicht über den Weg traut. Bei verschiedenen Anlässen hat dieser sich als reichlich eigenwillig erwiesen, weshalb er ihn ein wenig durchleuchten ließ. Was dabei zum Vorschein kam, war nicht geeignet, die Sympathiewerte des Agenten JM bei seinem Vorgesetzten TB anzuheben: John Martin ist Katholik, steht den Demokraten nahe und hat Obama bei dessen Präsidentschaftskampagne aktiv unterstützt! Zudem dürfte es sich bei Martin um einen heimlichen Säufer handeln; die Rumflasche, die Benton in seinem Büro gesichtet hat, als er einmal unangemeldet hereinschneite, sprach Bände. Wenn es etwas gibt, das in Bentons Auge noch schlimmer ist als ein linker Demokrat, ist es ein versoffener Katholik. Lieber schlage ich mich mit gestandenen Atheisten herum als mit solchem Gesindel, denkt Timothy Benton und schüttelt sich vor Ekel. Schon seine protestantischen Vorfahren lagen in ihrer alten Heimat Nordirland mit den Katholiken im Clinch und nannten den Papst die Hure in Rom, was TB auch so sieht, aber in seiner Funktion nicht laut sagen kann. Dennoch hat er sich in Sachen Religionsgemeinschaft vor ein paar Jahren neu orientiert, indem er sich der zweitgrößten lutherischen Kirche in den USA anschloss, was nur den einen Grund hatte: dass in der *Missouri Synod* die Prinzipien der W.A.S.P., der White Anglo Saxon Protestants, am kompromisslosesten, am reinrassigsten

vertreten werden. Hier sind das christliche Sendungsbewusstsein und der Wille, das Licht der Zivilisation immer weiter gen Westen zu tragen, deutlich spürbarer als bei den alten Presbyterianern. *Manifest Destiny*, die göttliche Bestimmung des weißen Mannes in Amerika – das ist die fleischgewordene, auf zwei Wörter reduzierte Doktrin jenes amerikanischen Traums, dem schon der kleine Timothy mit Inbrunst anhing, um wie viel mehr erst der erwachsene. Waren es bis ins späte neunzehnte Jahrhundert die Indianer, die es galt, in den Pazifik zu treiben, sind es jetzt eben die politisch gefärbten Rothäute, deren Ausmerzung das Gebot der Stunde ist. Dazu müssen die Fronten allerdings klar sein, glasklar. Ein wenn auch nur punktuelles Nachgeben würde eine solche Klarheit torpedieren und mit Recht als Schwäche ausgelegt werden. Ist es nicht die geradezu schicksalhafte Bestimmung aller Rechtschaffenen, sich der Rothäute jeglicher Provenienz zu entledigen? So wie es die Bestimmung der Verlierer ist, im Wasser zu enden oder in umzäunten Reservaten. Jedenfalls ohne Rechte, ohne Perspektive. Außer dieser einen: dem weißen Mann, der Herrenrasse, zu dienen. Seit einer geschlagenen Stunde hat er sich bereits in seinem Büro verbarrikadiert; hat keinen Anruf angenommen, keine E-Mail gecheckt. Was er jetzt braucht, ist Ruhe und Konzentration, um an einer Strategie zu feilen. Einer Strategie, die ihm einerseits den renitenten Martin schnell und effektiv vom Hals schaffen soll und gleichzeitig den Botschafter dazu zwingt, in seinem, Bentons Sinn, zu handeln. *Divide et impera*, teile und herrsche – war das nicht schon das Motto der alten Römer?

Leck mich, John Martin, und leck mich auch du, DeLaurentis! Es wäre doch verdammt noch einmal gelacht, wenn ich euch alte Säcke nicht austricksen könnte.

Und in einem Monat, nach Trumps Vereidigung am zwanzigsten Januar, weht hier ohnehin ein anderer Wind!

29

John Martin und Colonel Morales sind unter sich, weil die österreichische Journalistin gerade die Toilette aufgesucht hat und Teniente Berluza Mendez unterwegs ist, um den ominösen Boxer herbeizuschaffen.
Zu zweit hocken sie in einem Raum, dessen Wände bemalt sind mit überlebensgroßen Porträts von Fidel und Raul Castro, beide in Felduniform und in martialischer Pose. Sozialistischer Realismus in Reinkultur, könnte man meinen; wären da nicht die ausgeprägten Altersflecken in Fidels Gesicht. So viel Realismus hätte sich jeder Sowjetführer ausdrücklich verbeten.
„Auch einen Schluck?", fragt Morales. Der Flachmann in seiner Rechten ist mit einer bernsteinbraunen Flüssigkeit gefüllt, was sehr nach einem mindestens sieben Jahre gereiften *Havana Club* aussieht.
„Im Dienst?", fragt Martin ungläubig zurück.
„Wann sonst, Kollege?", lächelt Morales. „Wer die wenigen Privilegien, die einem dank seiner Funktion zustehen, nicht nutzt, hat sie nicht verdient. Ich dachte, das hätte sich auch im Kapitalismus durchgesprochen?"
Aus dem Munde eines Repräsentanten der kubanischen Revolution klingt so eine Ansage doch reichlich desillusionierend, schmunzelt Martin in sich hinein; jedenfalls, wenn man noch Illusionen hat. Aber er verwehrt sich nicht gegen das Angebot, zumal Morales gar nicht erst seine Entscheidung abgewartet hat und den Rum bereits fingerbreit in zwei Gläser eingeschenkt hat.
Sie stoßen an und nehmen einen kräftigen Schluck.
„*¡Fantástico!*", entfährt es John Martin. Er hat sich lange genug in karibischen Breiten herumgetrieben,

um beurteilen zu können, dass er es hier mit etwas ganz Besonderem zu tun hat.
„*¡Ron Santiago de Cuba!*“, verkündet Morales mit einer gewissen Ehrfurcht in der Stimme. „Der Rum aus Santiago ist dem aus Havanna allemal vorzuziehen. Nicht zufällig hatte die Familie Bacardi hier ihre wichtigste Niederlassung. Wissen Sie eigentlich, dass dieses zwölf Jahre alte Flüssigjuwel ...“ – Morales hält das Glas gegen das Licht der Deckenlampe, was den Rum zum Leuchten bringt – „noch immer nach der Originalrezeptur und in den alten Fässern der Bacardis hergestellt wird, auch wenn sich die feine Familie schon 1960 auf die Bermudas abgesetzt hat? Vaterlandsflüchtlinge und Revanchisten allesamt! In den späten Neunzigerjahren waren sie die treibende Kraft hinter dem Helms Burton-Act, einem Gesetz, das das US-Embargo gegen uns noch einmal verschärfte.“
„Vielleicht waren sie ja sauer, weil ihr sie nach der siegreichen Revolution entschädigungslos enteignet habt?“, hält Martin dagegen. „Dabei haben die Bacardis doch ursprünglich euren Kampf gegen Batista unterstützt, oder nicht?“
Ehe es zu einer politischen Diskussion kommen könnte, läutet Martins Handy. Im Wissen darum, wem diese Töne zuzuordnen sind, runzelt er die Nase und aktiviert den Handyrecorder, um das Gespräch mitzuschneiden. Eine kleine Rückversicherung kann nie schaden, erst recht nicht bei diesem Anrufer ...
Botschaftssekretär Timothy Benton hält sich erst gar nicht lange mit Freundlichkeiten auf.
„Hi John“, bellt er, „wir haben hier eine dringende Mission für Sie. Ich möchte, dass Sie alles stehen und liegen lassen und auf dem schnellsten Wege nach Havanna zurückkommen.“
Wie bitte?!, entrüstet sich Martin innerlich. Wo er

doch gerade gelernt hat, weshalb Santiago de Cuba Havanna klar vorzuziehen ist. Aber er hütet sich, TB irgendetwas von seinen persönlichen Vorlieben mitzuteilen.
„Und worum geht es bei dieser Mission?“, fragt er stattdessen ganz sachlich.
„Es gibt neue Hinweise bezüglich der Ultraschallwaffe, mit der die Kubaner die Botschaft beschallen, na, Sie wissen schon! Dem gilt es nachzugehen, solange die Spur noch heiß ist.“
Und dazu braucht ihr *mich*?, wundert sich Martin. Das ist wohl eher ein Job für einen Techniker.
„Wir vernehmen hier in Kürze einen dringend Tatverdächtigen“, sagt er, „außerdem deutet einiges darauf hin, dass sich ein weiterer Entführer noch im Raum Santiago befindet ...“
Benton ist nicht willens, sich auf Argumente einzulassen.
„Die Sache ist gegessen, John! Das Lösegeld wurde bereits übergeben, und in diesem Augenblick dürfte der gekidnappte Reporter schon frei sein. So sehr ich verstehen kann, dass Sie die Playa Siboney der schlechten Luft in Havanna vorziehen, aber ...“
Der Rest von Bentons Gewäsch plätschert an Martin vorbei. Was hat dieser Schnösel gerade behauptet: dass das Lösegeld erfolgreich übergeben wurde, dass Vazelios vielleicht schon frei sei? Wer, bitte, soll hier verarscht werden, und warum? Was TB nämlich nicht weiß: dass John Martin vor nicht einmal vierundzwanzig Stunden einen Anruf von seinem guten alten Freund Fred Zimmermann aus Langley erhielt, in dem es um besagte Lösegeldübergabe ging. Die sollte vor zwei Tagen in Miami stattfinden, fiel jedoch ins Wasser, im wahrsten Sinn des Wortes. Und auch keine Rede davon, dass das Opfer demnächst freikommen

werde, im Gegenteil: Die Entführer meldeten sich mit einer neuerlichen Geldforderung, brachen das Telefonat aber vorzeitig ab, sodass die Ermittler vor Ort derzeit nicht wissen, wie es weitergeht.
Wie kann Benton dann sagen, die Sache sei *gegessen*! Und warum will er ihn vom Schauplatz des Geschehens abziehen?
Wie gut, dass sich heutzutage alles mit einem Knopfdruck aufzeichnen lässt!
„Okay", lässt er Benton wissen, „ich werde versuchen, morgen einen Flug nach Havanna zu kriegen."
„Besser noch heute Abend!", drängt dieser. „Geben Sie auf jeden Fall in der Botschaft Bescheid, sobald Sie wissen, wann Ihre Maschine landet, damit man Sie vom Flughafen abholt. Ich selbst werde nicht da sein, habe auswärts zu tun. Aber das Dossier mit den Anweisungen für Sie liegt bereits auf Ihrem Schreibtisch."
Nachdem TB aufgelegt hat, nimmt Martin erst einmal einen kräftigen Schluck vom flüssigen Juwel.
„Probleme?", fragt Morales mit einem maliziösen Lächeln. Das Telefongespräch wurde auf Englisch geführt, aber Martin ist sich sicher, dass der Colonel jedes Wort verstanden hat, auch die Sache mit der angeblichen Ultraschallwaffe.
„Nichts von Bedeutung", antwortet Martin. „Aber was berichten eigentlich *Ihre* Informanten aus Miami? Wie ist die Lösegeldübergabe Ihrer Wahrnehmung nach gelaufen, und wer könnte dahinterstecken?"
Alte Kämpen wie Martin und Morales müssen einander nichts vormachen. Beide wissen ganz genau, dass der kubanische Geheimdienst die exilkubanische Community in Florida seit Jahren mit Spitzeln infiltriert, und das durchaus effektiv. Einige wenige Agenten konnten vom Inlandsgeheimdienst der USA enttarnt werden, wie die berühmten *Miami Five* – in Kuba hießen

sie *Los Cinco Héroes*, die fünf Helden, ihre Porträts schmückten ganze Häuserwände wie Popstars –, die 1998 verhaftet und erst sechzehn Jahre später begnadigt wurden, im Zuge der politischen Wiederannäherungsversuche unter Obama. Aber ebenso wissen sowohl Martin als auch Morales, dass die *Dirección General de Inteligencia*, der größte kubanische Auslandsgeheimdienst, nach wie vor genügend Leute in Miami sitzen hat, um die Situation dort zu kontrollieren. Oder, wie patriotische Kubaner es nennen würden: um terroristische Aktivitäten gegen ihr Land zu verhindern.

Weshalb Colonel Morales John Martins Frage auch nur mit einem milden Lächeln quittiert.

„Ich werde alle unsere Informationen gerne mit Ihnen teilen, verehrter Kollege", verkündet er mit einer emphatischen, geradezu weltumspannenden Geste. „Vorausgesetzt, Sie erzählen mir, was Ihnen dieser Fred gestern am Telefon gesteckt hat. Ein bisschen Datenabgleich ist doch das beste Schmieröl für jegliche Kooperation, nicht wahr?"

30

Wie spät es wohl ist, welcher Tag? Es gibt kein Licht in diesem Loch, keinen noch so schmalen Spalt, der einen Blick nach außen gewährte.
Mein Handy ist verschwunden, aber Geldtasche und Pass haben sie mir gelassen. Auch die Armbanduhr, das Geschenk meines Chefredakteurs zu meinem fünfundreißigsten Geburtstag. Mit den berühmten TIME-Lettern inmitten des Ziffernblatts. Welch ein Hohn, da doch die Zeit nicht abzulesen ist! In absoluter Finsternis verweigern selbst phosphoreszierende Zeiger den Dienst.
Dabei durfte ich wählen: zwischen einem digitalen und einem analogen Chronometer. Mit beleuchtbarem Ziffernblatt ersteres, mit einem mechanisch tickenden Räderwerk das andere. Logisch, was ich wählte. *Weil du durch und durch retro bist!*, wie mein Chef mich aufzuziehen pflegt. Er weiß um meine Neigung zum Altmodischen.
Mit den Armen um die Knie kauere ich an der modrigen Wand und spüre, wie die Zeit – meine Zeit – verfließt, hinausfließt aus mir. Als wäre mein Inneres mit ihr synchronisiert. Gelegentlich überprüfe ich mit drei Fingern der Rechten meinen Puls und wundere mich, dass er noch zu fühlen ist.
Vergangenheit, Gegenwart, Zukunft. In der feuchten Finsternis fließen sie ineinander wie Brei.
Aber kann es für mich überhaupt eine Zukunft geben, ein Leben in Freiheit?
Nüchtern betrachtet: nein! Allein dadurch, dass sich meine Entführer keinerlei Mühe machten, ihre Identität zu verschleiern, gaben sie mir zu verstehen: Du wirst

keine Gelegenheit bekommen, uns zu identifizieren. Ich habe ihre Gesichter gesehen, habe gehört, wie sie sich gegenseitig beim Namen nannten: Pedro und Osvaldo, Osvaldo und Pedro.
Zuerst habe ich geheult ob dieser Einsicht. Ein Heulen, das widerhallt im eigenen Kopf. Bis die Stimmbänder versagen. Bis du einsiehst: Angesichts des Unausweichlichen ist eher Schweigen angebracht.
Stille und Besinnung. Auf das Wesentliche.

*

Wirklich gläubig bin ich nie gewesen. Meine Zugehörigkeit zur griechisch-orthodoxen Kirche habe ich immer pragmatisch betrachtet. Als Teil einer unumgänglichen Sozialisierung, als Enkulturation eher denn als Religion. Ganz anders Papa und Mama, die nicht nur regelmäßig in die Kirche gehen, sondern Geborgenheit im Gebet finden und in allem das Wirken des Einen sehen. Ich habe sie immer beneidet um ihr ungebrochenes Vertrauen in Gott. Was werden sie empfinden, wenn sie erfahren, dass ihr Sohn umgebracht wurde, des schnöden Mammons wegen? Wird auch dann ihr Glaube sie trösten?
Ich höre schon die Nachrufe auf mich: Welch Ende einer glänzenden Reporterkarriere ... Ausgerechnet einer, der sich immer für die Sache der Kubaner eingesetzt hat, wird von Kubanern getötet, aus niedrigsten Motiven ...
Aber vielleicht geht es ihnen ja um mehr als ums Geld?! In der Videobotschaft, zu der sie mich genötigt haben, war von politischen Forderungen keine Rede. Aber sind politische Gründe deswegen völlig ausgeschlossen? So sehr ich mir den Kopf darüber zermartere, ich komme zu keinem Ergebnis.

Okay, Osvaldos Wut auf die Vereinigten Staaten war deutlich zu spüren, schon bei unserem ersten Aufeinandertreffen, als ich mit ihm über das Gefangenenlager in Guantánamo Bay diskutierte. Aber er kann mich doch nicht ernsthaft als Repräsentanten der USA betrachten, an dem man sich stellvertretend rächt?
Osvaldo wusste genau, wo und wann ich in Santiago seine Chauffeurdienste nach Baracoa benötigen würde. Wie kam er an diese Informationen, und warum wurde gerade ich ausgewählt? Je länger ich darüber nachdenke, umso sicherer bin ich mir: Es steckt noch ein Dritter dahinter, die beiden hatten mich nicht von sich aus im Visier. Es braucht einen Mastermind, einen von langer Hand Planenden, der über die nötige Übersicht verfügt.
Wie auch immer: Egal, ob das Lösegeld nun bezahlt wird oder nicht, für mich wird es keinen Unterschied machen. Vielleicht ist es klüger, nützlicher für die Seele, alle Hoffnung fahren zu lassen und sich auf das Unabwendbare zu konzentrieren. Sich mit der Auslöschung des Ichs zu befassen, sich ihr zu stellen. Keiner wird für den anderen sterben, sondern ein jeder in eigener Person für sich mit dem Tode kämpfen. Ich glaube, es war Martin Luther, der das gesagt hat.
The Green Mile fällt mir ein; jener Film mit Tom Hanks, in dem ein unschuldig Verurteilter sich auf seinen letzten Gang vorbereitet. Am Ende wird er hingerichtet – trotz seiner übersinnlichen Kräfte, trotz der Unterstützung durch die Gefängniswärter.
Sogar das Angebot zur Flucht schlägt er in den Wind. Weil er sich am Ende aufgibt, verzweifelt an der Grausamkeit der Welt? Oder weil er, wie mancher Philosoph, die menschliche Existenz ohnehin nur als fortwährendes *Sein zum Tode* betrachtet, dank dessen wir die klebrige *Zeitlichkeit* endlich hinter uns lassen?

Eine andere Erinnerung, die mich verfolgt wie ein ständig sich wiederholender Albtraum: das graue, greise Gesicht des kaum fünfzigjährigen John Tally. Ein Freund und Journalistenkollege, von den Taliban entführt und erst nach einem Jahr Gefangenschaft freigekauft. Als ich ihn das letzte Mal traf, war er kaum wiederzuerkennen. Folter und Scheinhinrichtungen hatten aus ihm, dem immerzu Humorigen, ein zittriges Nervenbündel gemacht. Der Mann wagte sich kaum mehr allein auf die Straße. Um nicht zu verhungern, lief er mit gehetztem Blick die paar Meter bis zum nächsten Supermarkt. Ständig mit der Angst im Nacken, erneut in einen Lieferwagen gezerrt zu werden.

Oder jener Film über gefangene GIs, die der Vietcong in Käfige steckte, bis zum Hals im brackigen Flusswasser. Herausgeholt nur zu dem einen Zweck: Um so oft zum russischen Roulette antreten zu müssen, bis endlich der Schuss sich löst.

Und alle johlen.

Ich nehme nicht an, dass sie auch mit mir solche Spielchen planen. Dennoch frage ich mich: Ist das Überleben à la John Tally wirklich besser als die schnelle Kugel?

Was ich am meisten bedaure?

Nie ein Kind gezeugt zu haben. *Ich bin noch nicht so weit* – das bekannte Frieda an unserem letzten gemeinsamen Abend. Aber wäre *ich* denn bereit gewesen? Zu mehr als einer schnellen Nummer? Oft genug hatte ich Frauengeschichten am Laufen, etwas Längerfristiges ist nie daraus geworden. Wie auch, wenn man ständig auf Achse ist.

Einer wie ich ist nicht für sichere Häfen gemacht, schon gar nicht für den Hafen der Ehe.

Oder zählt auch dieser Spruch nur zu jenen Phrasen, die verhindern, dass wir uns je verändern? Wie arm-

selig! So wie einer, der erst im Angesicht des Todes beginnt zu beten. Zu einem Gott, an dessen Existenz er nicht glaubt, nie geglaubt hat ...
Imagine: And no religion too.
War nicht genau das Lennons letzter Geniestreich? Der Streich, für den er auf ewig zu bewundern ist?

*

Das Geräusch ist undefinierbar, eine Mischung aus Quietschen und Kreischen. Doch er weiß, was es bedeutet.
Es besagt, dass die Klappe sich in Kürze öffnen wird. Und tatsächlich: Der Verschlag wird hochgeklappt und ihn blendet das Licht einer Lampe. Aber anstatt des üblichen Leinensacks, gefüllt mit Nahrung und Wasserflaschen, wird diesmal etwas anderes zu ihm heruntergelassen: eine Leiter.
„Komm schon!", ruft eine schnarrende Stimme von oben. „Du kannst ruhig hochkommen, es passiert dir nichts."
Es ist nicht Osvaldo, der ihn bisher mit Essen versorgt hat, sondern der andere, Pedro. Er war es, der ihn auf Cayo Granma in die Falle gelockt und kaltgestellt hat. Wenn Ioannis etwas gelernt hat in seinen zwanzig Jahren als Reporter, dann ist es gesundes Misstrauen. Nichts und niemandem blindlings zu glauben, alles zu hinterfragen und unermüdlich nachzuhaken, wenn einem angebliche Fakten serviert werden – exakt das zeichnet den investigativen Journalisten aus. Was impliziert: immerzu Distanz zu bewahren. Besonders jenen gegenüber, die behaupten, keine eigenen Interessen zu vertreten, deretwegen sie sich doch ständig prostituieren. Die allergrößten Zweifel sind auf dem Gebiet der Kriegsberichterstattung angebracht, weil

dort Vertuschen, Leugnen und Beschönigen systemimmanent sind. Da gilt es, auf feinste Nuancen zu achten; auf Unstimmigkeiten in Betonung, Körpersprache und Mimik. Solche Beobachtungen können helfen, die Dinge zurechtzurücken, sie womöglich als Lüge zu entlarven.

Und weil es momentan um seinen eigenen Überlebenskampf geht, ist Ioannis umso argwöhnischer.

Zwar kann er das Gesicht seines Entführers nicht sehen; doch allein dessen Bemerkung, es werde ihm *nichts passieren*, klingt verdächtig. Pedro will ihn hier herausholen – aber was dann? Er hat keinen blassen Schimmer, wie er von Cayo Granma in dieses Loch gekommen ist. Vermutlich haben sie ihn mit irgendwelchen Substanzen betäubt. Soll sich das jetzt wiederholen? Um ihn anschließend umso leichter töten und entsorgen zu können?

„Was ist los mit dir?", ruft Pedro ungeduldig, „willst du nicht raus hier? Wo sie doch für dich bezahlt haben!"

„Wer hat bezahlt?"

„Na, deine Firma oder die amerikanische Regierung oder beide zusammen, ist doch scheißegal! Hauptsache, es hat geklappt."

Natürlich, das wäre die Hauptsache, die Erlösung. Aber ist dem Kerl zu trauen? So sehr er es sich auch wünschte: Die angeblich frohe Botschaft, sie klingt nicht stimmig, Ton und Inhalt klaffen meilenweit auseinander. Wie gelähmt verharrt Ioannis am Fuß der Leiter. Das verhasste Kerkerloch: In diesem Augenblick erscheint es ihm fast sicherer als der Weg nach oben. Der Strahl von Pedros Taschenlampe fällt auf seine Armbanduhr und erlaubt ihm, die Zeit abzulesen: drei Uhr. Ob drei Uhr nachts oder nachmittags lässt sich nicht sagen, denn auch der Raum über ihm liegt in

vollständigem Dunkel. Kein Fenster, kein Tageslicht. Nur feuchte, massive Mauern aus Stein.
„Kommst du endlich, ich warte nicht ewig!“ Die Stimme hört sich gepresst an. So, als hätte der andere Angst, man könnte ihn hören.
„Sag mir nur das eine: Haben wir jetzt Tag oder Nacht?“
„Natürlich Nacht“, lautet die unwirsche Antwort. „Glaubst du, ich hole dich heraus, wenn es hier von Leuten nur so wimmelt?“
Das klingt einleuchtend, auch wenn Ioannis nicht weiß, wo dieses Hier sich befindet. Schon will er die Leiter hochklettern, als ihm noch etwas einfällt.
„Aber wo ... wo ist dein Partner geblieben? Der, der mich bisher versorgt hat.“
Den Namen Osvaldo erwähnt er bewusst nicht. Man reibt seinen Entführern nicht unter die Nase, dass man ihre Namen kennt. Auch wenn diese nie ein Geheimnis daraus gemacht haben.
Pause. Nachdenkpause. Dann wird die Leiter kommentarlos hochgezogen, die Taschenlampe ausgeschaltet.
„Kannst gerne verrecken da unten!“, ertönt es höhnisch von oben. „Ich wette, sie finden nicht einmal deine Gebeine. Nicht in den nächsten fünfhundert Jahren.“
„Nein, bitte, ist ja gut!“, brüllt Ioannis in die Finsternis hinein. „Ich tu alles, was du willst, versprochen!“
Die Lampe geht wieder an, die Leiter wird erneut heruntergelassen. Ioannis hantelt sich mühsam hoch, er fühlt sich schwach wie ein Greis. Oben angekommen bekommt er als Erstes ein Paar Handschellen verpasst. Wozu das, wenn du mich doch angeblich freilassen willst?, schießt es ihm durch den Kopf. Aber er beschließt, den Mund zu halten und den anderen nicht zu provozieren.

Die eisenbeschlagene Tür wird aufgestoßen und Ioannis taumelt ins Freie. Im Licht der Sterne erkennt er, wo sie sich befinden: im mit Kanonen bestückten Innenhof des Castillo San Pedro de la Roca, besser bekannt als El Morro de Santiago. Jenes zu Stein gewordene Ungetüm, das er mit Frieda am Tag seiner Entführung besuchte; wo er ihr gegenüber den Fremdenführer spielte und von unzugänglichen Räumen sprach, von ehemaligen Verliesen und Folterkammern. Welche Ironie des Schicksals! Und kein Wunder, dass niemand da unten seine Schreie gehört hat ...

Sie überqueren den Hof, durch eine Flucht von Gewölben gelangen sie zum Ausgang. Pedro öffnet die Tür einen Spalt, um die Lage zu sondieren, aber offenbar ist alles in Ordnung.

„Los jetzt!", zischt er. „Dort drüben steht mein Wagen."

Wenig später hockt Ioannis, mit der Handschelle an den Türgriff gekettet, auf dem Beifahrersitz. *La esperanza no se pierde*, die Hoffnung stirbt zuletzt, kommt ihm in den Sinn. Es ist eine dieser Nummern, die beim ersten Hören zum Ohrwurm werden. Eine Salsa im wahrsten Sinn des Wortes: jene musikalische Sauce, in der du dich suhlen möchtest wie ein fröhliches Ferkel. Bloß, dass dieser Ohrwurm jetzt so gar nicht zu seiner Situation passt.

Der Motor startet, röhrend setzt sich die Karre in Bewegung.

„Wo bringst du mich hin?", haucht Ioannis.

„*¡No te preocupes!*"

Keine Sorge, so die wenig beruhigende Antwort.

*

Sie rollen durch eine sternenklare Nacht.

Die Kiste scheppert und dröhnt, so kann der Fahrer

wenigstens nicht einschlafen. Geschickt weicht Pedro den tiefsten Schlaglöchern aus, die der Achse den Rest geben könnten. Es ist ein Road Movie der kubanischen Art, das hier stattfindet: kaum eine Straßenlaterne, die noch funktioniert – oder liegt es an der staatlich verordneten Stromrationierung? – und nur vereinzelte Fahrzeuge auf der breiten vierspurigen *carretera.* Im Westen, auf einer kleinen Insel in der Bucht, erkennt Ioannis die Umrisse des kalorischen Kraftwerks von Santiago, sonst ist wenig auszumachen. Welch müde Skyline einer tagsüber so pulsierenden Stadt.

Er hat keine Ahnung, wohin die Reise geht. Wenigstens hat er Wasser bekommen und die Flasche auf einen Sitz leergetrunken.

Was, bitte, habe ich euch angetan?

Wäre das nicht die Mutter aller Fragen? Doch er verzichtet darauf, sie zu stellen. Wieso sollte ausgerechnet dieser Schurke darauf antworten?

Das Ziel ist zu riechen, ehe es zu sehen ist: eine gigantische Müllhalde. Ihr Gestank passt nicht zu einem Märchen, das gut ausgeht. Endlich glaubt Ioannis zu verstehen: Dort, wo der Dreck von Santiago de Cuba verfault, soll auch sein Kadaver verrotten.

Trotz dieser Einsicht empfindet er weder Angst noch Entsetzen. Eigenartig, denkt er, oder nur folgerichtig? Weil ich endlich begriffen habe, dass es nichts bringt, sich an das bisschen Leben zu klammern?

Oder bin ich einfach zu schwach, zu müde, um zu kämpfen?

Müde auf den Tod, wie es so schön heißt. So beschönigend ...

31

Durch den Einwegspiegel studiert John Martin den Gefangenen im Verhörraum.
Osvaldo Rivera Costas sitzt aufrecht auf seinem Sessel und wartet, ohne sichtliche Regung, auf den Beginn seiner Vernehmung. Was der Mann nicht wissen kann: dass diesmal kein kubanischer Polizist ihn vernehmen wird, sondern eine österreichische Journalistin. Martin ist immer noch erstaunt darüber, dass Morales sich auf den Vorschlag der Frau eingelassen hat. Vielleicht ist der Colonel ja flexibler, als es bisher den Anschein hatte? Die Idee der Journalistin: den Gefangenen davon zu überzeugen, den Aufenthaltsort ihres entführten amerikanischen Kollegen preiszugeben. *Mit meiner Methode*, wie Prohaska betonte, wohl in der Annahme, *ihre* Methode würde sich von der eines Repräsentanten des kubanischen Innenministeriums deutlich unterscheiden. Warum nicht, meinte Morales; sollte die *señorita* an der selbst gestellten Aufgabe scheitern, könne man ja noch immer die Daumenschrauben anziehen. Sowohl der Amerikaner als auch der Kubaner grinsten an dieser Stelle wie alte Kumpane. Es gibt viele Varianten des guten alten Good-Cop-Bad-Cop-Spiels; aber sämtliche fußen auf der Idee, dass dadurch die Psyche eines Verstockten eher geknackt wird als durch Gebrüll oder Schläge. Was daran liegen mag, so Martins ganz persönliche Theorie, dass selbst die größten Verbrecher, die härtesten Hunde, in die Enge getrieben allesamt nach ein bisschen Empathie lechzen – und sei es nur eine vorgetäuschte ...
Der Kontrollraum, von dem aus Martin und die drei

anderen den Untersuchungshäftling beobachten, ist vom Verhörraum nur durch eine einseitig verspiegelte Glasscheibe getrennt. Moderner und effektiver wäre natürlich eine Kombination von hochauflösender Videokamera und großformatigem Monitor, um damit das Verhör nicht nur übertragen, sondern gleichzeitig aufzeichnen zu können; aber vermutlich hat ja das Fehlen einer solchen Einrichtung auch mit dem US-Embargo zu tun, jedenfalls würde jeder Kubaner es so begründen. Wie auch immer: Frieda Prohaska hat den Gefangenen durch die Scheibe zweifelsfrei als jenen Taxifahrer identifiziert, der sie und Ioannis Vazelios vor zwei Wochen von Santiago nach Baracoa chauffierte. Worum es jetzt geht, ist der Austausch der aktuellsten polizeilichen und geheimdienstlichen Ermittlungen sowohl auf amerikanischer als auch kubanischer Seite und die Instruktion der Journalistin, um dem Burschen da drinnen so richtig einheizen zu können.
Die Anwesenden: Colonel Victor Morales von der *Dirección de Inteligencia*, wie immer entspannt und mit seiner obligaten Zigarre im Mundwinkel; er selbst, John Martin, offiziell Verbindungsoffizier an der amerikanischen Botschaft in Havanna, inoffiziell erfahrener CIA-Agent; ferner die Journalistin Frieda Prohaska, je nach Lesart vor allem Zeugin eines Verbrechens oder Vertraute des Entführten; und zuletzt der etwas geknickt wirkende Teniente Berluza Mendez von der hiesigen Polizeidirektion.
Die Fakten, oder, wie Colonel Morales es nennen würde, der *Datenabgleich*: Die Übergabe des Lösegelds fand vor zwei Tagen statt, und zwar auf dem Dach des Kimpton Epic in Miami. Überraschenderweise wurde das Geldpaket dort nicht von einem der Entführer, sondern mittels einer ferngesteuerten Drohne abgeholt. Wie die Auswertung des im Paket verbauten

Peilsenders ergab, stürzte die Drohne mitsamt ihrer Ladung nur Minuten später ins Meer, vermutlich aufgrund eines technischen Versagens. Kurz darauf kam es zu einer neuerlichen telefonischen Kontaktaufnahme seitens der Entführer, doch das Gespräch wurde abgebrochen, ehe über neue Forderungen verhandelt werden konnte; immerhin dauerte es lange genug, um die Ortung der bereits bekannten IMEI des Entführerhandys zu ermöglichen, also jenes fünfzehnstelligen Zahlencodes, mit dem jedes Handy identifiziert werden kann, auch wenn der Anrufer die SIM-Karte austauscht, um seine Spuren zu verwischen. Die Funkzellenauswertung des zuständigen Netzbetreibers ergab, dass besagter Anruf vor zwei Tagen von Santiago de Cuba aus getätigt wurde.

Schlussfolgerungen und Fragestellungen, zusammengefasst von Colonel Morales:

Wenn sich einer der Entführer jedenfalls bis vorgestern noch in Santiago aufhielt – warum dann nicht auch das Entführungsopfer? Zweitens: Welche Beziehung hat der inhaftierte Boxer zum Anrufer und ist er über den Aufenthaltsort des Entführten informiert? Und drittens: Wieso stellten die Entführer keine neuerliche Lösegeldforderung?

Zu Frage zwei meldet sich Teniente Berluza Mendez zu Wort.

„Wir wissen, dass sich Osvaldo Rivera Costas in den vergangenen vierzehn Tagen mehrmals mit seinem Schwager Pedro Martínez Lorca getroffen hat, erstmals anlässlich des Begräbnisses von Osvaldos Eltern. Aufgrund der vorliegenden Informationen mussten wir davon ausgehen, die beiden würden die Flucht Osvaldos in die USA planen, auch wenn der Mann das immer abgestritten hat. Aber vielleicht hat dieser Pedro ja etwas mit der Entführung zu tun?“

Morales nickt anerkennend und macht sich ein paar Notizen. John Martin registriert, wie sich der Teniente über das Nicken seines Vorgesetzten freut.
Frieda Prohaska will wissen, ob es möglich sei, im Nachhinein herauszukriegen, von wo aus Ioannis zuletzt mit ihr telefoniert hat.
„Sie meinen via Funkzellenabfrage? Technisch kein Problem, aber wozu sollte es gut sein?“, fragt Martin. „Wie Sie selbst uns erzählt haben, hat Vazelios sein Handy bereits im Hafenbereich verloren. Selbst wenn die kubanischen Behörden den Netzbetreiber dazu brächten, die Daten herauszugeben, würden wir dadurch nichts Neues über den späteren Aufenthaltsort Ihres Kollegen erfahren.“
„Apropos Aufenthaltsort“, mischt Morales sich ein. „Ich empfehle Ihnen, bei Ihrem Gespräch mit Rivera Costas herauszustreichen, dass es Ihnen ausschließlich um das Leben Ihres Freundes geht. Nennen Sie so oft wie möglich seinen Namen und spielen Sie ruhig die emotionale Karte. Sie können dem Mann versprechen, was immer er fordert: den Status eines Kronzeugen im Fall seiner Kooperation, die Erlaubnis auszureisen etc. Am Ende sind ja nicht Sie es, die solche Versprechen einlösen muss ...“
„Wenn ich auch noch einen Tipp geben darf“, fügt Martin hinzu, „achten Sie darauf, ihr Pulver nicht zu rasch zu verschießen! Sie verfügen jetzt über jede Menge Informationen, mit denen Sie ihn beeindrucken können. Lassen Sie erst den einen Schlag wirken, bevor Sie ihm den nächsten verpassen.“
„Und ich dachte immer, beim Boxen gelte es sofort nachzusetzen, wenn man einen Schlag gelandet hat“, erwidert Frieda spöttisch. „Aber ich verstehe schon, was Sie meinen. Ich werde versuchen, mein Bestes zu geben. Kann es losgehen?“

Martin und Morales nicken gleichzeitig. Mit einem Wink bedeutet der Colonel dem Teniente, die Journalistin in den Verhörraum zu geleiten.
„*¡Mucha suerte!*", murmelt Berluza Mendez, als sie vor der geschlossenen Tür stehen, „viel Glück!"
Mit Staunen nimmt sie zur Kenntnis, wie freundlich der Polizist plötzlich tönt. Dann atmet sie tief durch und drückt die Türklinke nach unten.

*

Seit einer geschlagenen Viertelstunde sitzt er da und darf Däumchen drehen. Es ist offensichtlich: Der Teniente will ihn wieder einmal im eigenen Saft schmoren lassen. Sicher beobachtet er ihn gerade durch die Scheibe und überlegt sich neue fiese Tricks, um seinen Widerstand zu brechen. Und so, wie es um ihn zurzeit bestellt ist, braucht es dazu auch keine große Verhörkunst.
Vor vierundzwanzig Stunden hat er letztmalig mit Pedro telefoniert, seither ist er nicht mehr zu erreichen. Vielleicht hat er ja die SIM-Karte weggeworfen, aus Angst, sie könnte geortet werden? Osvaldo hofft, dass er den Amerikaner wenigstens mit Wasser versorgt hat. Falls nicht, sieht es schlecht für den Mann aus; wie auch für sie, sollte alles auffliegen.
Gerne würde er seinen Schwager jetzt fragen, was er dazu meint, dass Margy sich in Little Havana angeblich bester Gesundheit erfreue. Von wegen Krebs in fortgeschrittenem Stadium, von wegen teure Operationen! Ist er wegen einer Lüge zum Verbrecher geworden?
Im letzten Verhör sagte der Teniente etwas, was ihm den Atem verschlug: *Du brauchst dir keine Hoffnung machen, dass Bonzo Gonzáles oder sonst ein Parteibonze dir aus der Patsche hilft. Helfen kannst du dir*

nur selbst, und zwar durch ein vollständiges Geständnis. Indem er den Namen seines alten Boxtrainers nannte, verriet ihm El Buitre, welcher seiner Zellengenossen ihn verpfiffen hat, denn nur einem gegenüber hat er Bonzo erwähnt. Welch böse Ironie: Ausgerechnet Don Carlos, der feine Herr, der ihn immer vor Pepe warnte, hat den Judas gespielt!

*

Sie öffnet die Tür und ihr wird bewusst: Das erste Mal in ihrem Leben betritt sie einen polizeilichen Verhörraum. Und das in einer komplett neuen Rolle!
Er sitzt kerzengerade auf seinem Stuhl, mit dem Rücken zu ihr. So hat sie den gleichen Blickwinkel auf ihn wie bei der langen Fahrt von Santiago nach Baracoa vor zwei Wochen. Sie erinnert sich an die kurze aber harte Diskussion zwischen ihm und Ioannis, als sie an Guantánamo vorbeikamen.
Habt ihr Amerikaner euch jemals an Verträge gehalten, wenn es um euren backyard *ging?*
Ein einfacher Taxifahrer und Boxer im verbalen Infight gegen einen prominenten amerikanischen Reporter – was für ein ungleiches Duell! Dennoch: Am Ende war es der Amerikaner, der angezählt wirkte.
„Hallo, Osvaldo!“, sagt sie leise.
Er fährt herum, starrt Frieda an.
„Erkennst du mich wieder?“, fragt sie, wissend, dass daran eigentlich kein Zweifel bestehen kann. Aber sie hat sich nun einmal vorgenommen, mit simplen, harmlosen Fragen zu beginnen, deretwegen keiner gleich in Panik gerät.
Ja, bestätigt er mit einem Nicken.
Auch ihre Antwort ist ein Nicken, garniert mit einem freundlichen Lächeln. Ein paar Sekunden lang hält er

den Augenkontakt zu ihr, dann driftet sein Blick ab. Woran er jetzt denkt? An den anderen Fahrgast in seinem Taxi?
„Was wollen Sie von mir?", fragt er. „Und was haben Sie hier überhaupt zu suchen?"
Frieda geht nicht darauf ein.
„Ich erinnere mich noch gut an deinen tollen Wagen, Osvaldo. Ein Willys Americar, wenn ich nicht irre."
Jetzt ist er es, der die Antwort verweigert, aber sie spürt, wie es in ihm arbeitet.
Wie empfahl doch Morales: So oft wie möglich den Namen des Opfers zu erwähnen und die emotionale Karte zu spielen. Frieda beschließt, den Tipp sogleich zu befolgen.
„Ioannis hat mir erzählt, dass das Americar eine Rarität ist", blufft sie. „Wie viel auf dem Schwarzmarkt wohl dafür bezahlt wird?"
„Für meine alte Kiste? Nichts! Heute will ein jeder was Neues, einen Toyota oder Nissan. Ich kenne deinen Ioannis nicht, aber er muss ein Idiot sein."
„Oh doch, du kennst ihn!", insistiert sie, „und ich möchte, dass du dich an dein Gespräch mit ihm erinnerst. Ihr zwei habt euch darüber unterhalten, wie die USA mit ihren lateinamerikanischen Nachbarn umgehen, über das Gefangenenlager in der Marinebasis von Guantánamo und welche Grausamkeiten sich dort tagtäglich zutragen. Und so wie ich mich erinnere, hat Ioannis dir in fast allen Punkten recht gegeben. Aber weißt du auch warum?"
Nein, scheint sein Blick zu besagen, und es interessiert mich einen feuchten Dreck.
„Weil er als Mensch und Journalist sich immer für die Belange der Kubaner eingesetzt hat", beantwortet sie selbst ihre Frage und wiederholt: „Als Mensch ... und als Journalist!"

Sie macht eine lange Pause und folgt damit John Martins Rat, einen Schlag erst wirken zu lassen, ehe man zum nächsten ausholt. Osvaldos Hände, die die ganze Zeit über flach auf der Tischplatte lagen, ballen sich plötzlich zu Fäusten – wenn das kein Zeichen ist! Sie stellt sich seine Fäuste in roten Boxhandschuhen vor, wie sie ausholen in Richtung ihres Kopfes, auf sie einzudreschen beginnen.
„Wie kannst du es zulassen, dass Ioannis für etwas büßen muss, das er nie getan hat?"
Ihre Frage kommt wie ein Uppercut aus kurzer Distanz.
„Ich ... etwas zulassen? Ich weiß nicht, wovon du redest!"
„Ich rede davon, dass Ioannis Vazelios ein zweites Mal in deinem Wagen gesessen ist, und zwar alles andere als freiwillig. Es gibt Zeugen dafür, dass er von dir und einer weiteren Person gekidnappt wurde. Im Bucanero auf Cayo Granma hat es begonnen, wo ihr ihm vermutlich irgendwelche Drogen verabreicht habt, oder was sonst ihn außer Gefecht gesetzt hat. Mit der Fähre habt ihr den Betäubten in den Hafen gebracht und dann in dein Auto verfrachtet. Wohin diese Fahrt ging, weiß ich leider nicht. Aber ich weiß, dass du, Osvaldo, an einer Entführung beteiligt bist und in Kauf nimmst, dass ein mir lieber Mensch zu Tode kommt. Und ich habe Angst – schreckliche Angst! –, dass es bereits zu spät sein könnte."
Er dreht stumm den Kopf zur Seite, starrt die Wand an. In seinen Backenknochen glaubt sie das Erbe von Tausendschaften an toten Indios zu erkennen, die sich lieber von Felsen stürzen, anstatt als Sklaven in irgendwelchen Minen zu verrotten.
Ya murí ... Ich bin schon tot. Nicht nur vom Klang her erinnert der Flussname an das römische *morituri te salutant.*
„Wieso habt ihr eigentlich keine weitere Lösegeldfor-

derung gestellt, nachdem die Übergabe scheiterte?“, setzt sie nach. „Ich bin sicher, das TIME Magazine hätte auch ein zweites Mal bezahlt.“
Seine zuckenden Lider zeigen: Dieser Schlag war ein Volltreffer. Vergeblich versucht er, mit der Zunge seine Lippen zu befeuchten. Er wirkt ausgetrocknet, im wahrsten Sinn des Wortes. Ob sie den Häftlingen zu wenig zu trinken geben?
„Hast du Durst“, fragt sie, „soll ich dir Wasser bringen?“

*

Sie reagierte, als ob sie befürchtete, er könnte vom Stuhl kippen und nicht mehr imstande sein, ihre Fragen zu beantworten! Stand auf und ging raus, ohne seine Antwort abzuwarten.
Vermutlich, um sich mit neuer Munition zu versorgen. Von einem Polizisten verhört zu werden, ist eine Sache. Unangenehm genug, aber berechenbar. Mit der Zeit gewöhnst du dich an Typen wie den Teniente, lernst sie und ihre Methoden einzuschätzen. Irgendwann ist klar, wie weit sie gehen und wie weit du gehen darfst, ohne dass es gefährlich wird.
Aber was hat diese Frau, diese Ausländerin, hier zu suchen? Wieso haben sie ausgerechnet sie auf ihn angesetzt? Er ahnt nicht im Entferntesten, welche Rolle sie spielt. Es ist, als müsste er gegen jemanden in den Ring steigen, von dem er noch nie ein Wort gehört hat.
Unfassbar, welche Details sie kennt! Angefangen mit der Betäubung des Amerikaners bis hin zur Verschleppung in seinem Wagen. Und was die Sache mit dem Lösegeld anlangt, ist sie sogar besser informiert als er! Hat Pedro am Telefon nicht behauptet, alles sei okay, die Yankees würden bezahlen?
Und sie fragt, wieso keine zweite Lösegeldforderung

gestellt wurde!
Wie kann sie behaupten, dass die Geldübergabe, die in Miami stattfinden sollte, fehlschlug? Steckt diese Journalistin womöglich mit den Amis unter einer Decke?
Wie auch immer: Wenn sie davon weiß, wissen die Bullen es erst recht. Die Frage ist nur: woher? Da helfen doch keine Spitzel, das muss einer gezielt recherchieren! Was er dem Teniente, der immer auf dem Holzweg war mit seinen Fragen, einfach nicht zutraut. Aber vielleicht hat jetzt ja ein größeres Tier als El Buitre das Sagen? Eines, das sich besser aufs Jagen versteht ...
Welchen Fluchtweg gibt es dann noch für ihn?

*

Frieda hatte keine Hintergedanken dabei, als sie Osvaldo fragte, ob er durstig sei. Sie hat sich draußen auch mit niemandem abgesprochen, hat nur um ein Glas Wasser für den Gefangenen gebeten. Der Teniente beeilte sich, ihr einen ganzen Krug voll zu bringen.
Sie stellt Krug und Glas auf den Tisch, schenkt ein und schiebt ihm das volle Glas hinüber. Ihre Blicke treffen sich. Müde sieht er aus, denkt sie, müde und ausgebrannt.
„Da, trink erst einmal!“
Mit zitternden Händen führt er das Glas an die Lippen und beginnt langsam zu schlucken. Als er das leere Glas auf den Tisch zurückstellt, ist so etwas wie ein Seufzer zu hören. Ein tiefer Seufzer, der übergeht in ein leises Schluchzen.
Ein Entführer, der heult – gibt es das, gibt es das wirklich? Wieso bricht ein harter Hund wie er ein, bloß weil ihm ein Glas Wasser angeboten wird?!

Sie blickt in seine feuchten dunklen Augen. Und plötzlich spürt sie das Kind dahinter, dessen Eltern gerade zu Grabe getragen wurden. Das kleine, traurige, immerzu getretene Kind, das beschlossen hat, nicht länger zu kämpfen ...

Bevor du jetzt selbst noch anfängst zu flennen, stelle endlich die entscheidenden Fragen!, ermahnt sie sich.

„Lebt Ioannis noch, Osvaldo? Du musst es mir sagen – auf der Stelle!"

„Ich hoffe es", flüstert er. „Falls Pedro ihn tatsächlich mit Wasser versorgt hat. Versprochen hat er es jedenfalls."

„Pedro ist dein Schwager aus Miami, oder?"

Er nickt.

„Und wo haltet ihr Ioannis fest?"

Er zögert. Ein letztes Mal scheint er zu überprüfen, ob es noch einen anderen Ausweg gibt. Der Befund fällt negativ aus.

„In einem Verlies im Castillo San Pedro de la Roca", flüstert er.

„In El Morro de Santiago? Aber wieso gerade dort, um Himmels willen?"

Sie erinnert sich an die kleine Führung, die Ioannis für sie in dem ehemaligen Gefängnis für politische Gefangene machte, und wie ihr dabei ein kalter Schauer über den Rücken lief. *Du kannst davon ausgehen, dass diese Mauern viel Leid gesehen haben* – genau das waren seine Worte!

„Weil ich dort einen Nebenjob als Security habe und deshalb überall reinkomme", erklärt Osvaldo. „Wir hatten nie vor, deinem Kollegen etwas anzutun, ehrlich! Wir wollten nur Geld von seiner Firma erpressen. Ich dachte, das reiche für die Krebsoperation meiner Schwester in Miami. Wer konnte schon ahnen, dass man mich hier wegen eines lächerlichen Vorwurfs

einbuchtet und ich den Amerikaner deshalb nicht mehr versorgen kann."
Die Tür geht auf und Colonel Morales tritt ein, gefolgt von John Martin und einem gewissen Teniente.
„Wir haben genug gehört", sagt Morales. „Kannst du mir aufzeichnen, wo genau in der Festung sich dieses Verlies befindet?"
„Wäre es nicht einfacher, wir nehmen den Burschen einfach mit?", mischt Martin sich ein. „Der Mann ist Boxer, nicht Zeichner!"
Morales denkt kurz nach. Dann beugt er sich so weit zu Osvaldo hinunter, dass die Nasenspitzen der beiden Männer einander fast berühren.
„Ich will dir etwas verraten, Rivera Costas: Wenn du kooperierst, wird das vor Gericht zu deinem Vorteil sein. Und unter Kooperation verstehe ich: Wir erfahren alles über sämtliche Beteiligte und Hintermänner. Haben wir uns verstanden?"
Osvaldo nickt müde.
Der Colonel winkt, woraufhin der Teniente Osvaldo vom Stuhl hochzieht und ihm Handschellen anlegt. Während sie durch den langen Korridor laufen, in dem Frieda schon bei ihrem ersten Besuch die Raubtierbilder an der Wand registrierte, erntet sie ein anerkennendes Lächeln von Morales.
„Nicht schlecht fürs erste Mal", meint er. „Und vor allem psychologisch gesehen sehr clever: Mit dem Angebot, ihm etwas zu trinken zu bringen, haben Sie voll ins Schwarze getroffen. Es hat ihm wohl bewusst gemacht, dass sein Opfer gerade am Verdursten ist."
„*Gracias*. Aber ehrlich gesagt: Ich dachte mir nichts Großartiges dabei. War wohl eher ein Lucky Punch, wie die Boxer sagen."
„Selbst ein Lucky Punch ist nicht bloß dem blinden Zufall geschuldet; er ist das in einem einzigen Schlag

gebündelte Ergebnis boxerischer Intuition, Erfahrung und Konzentration", gibt sich der Colonel fachmännisch. „Ich denke, es gibt genügend Weltmeister und Olympiasieger, die das bestätigen könnten."

*

Zu fünft hocken sie in einem olivgrünen chinesischen Kleinbus, den die Polizei von Santiago de Cuba stolz ihr Eigen nennt. Die Fahrt zur Festung führt durch den ganzen Südwesten der Stadt und vorbei am Flughafen Antonio Maceo. Der Teniente lenkt das Steuer, neben ihm Morales, in seiner Rechten schon wieder eine glühende Zigarre. Obwohl Frieda den Gestank ekelhaft findet, legt sie keinen Protest ein. Zwischen ihr und John Martin sitzt mit unbewegter Miene Osvaldo. Der Boxer scheint sich mit seinem Knockout abgefunden zu haben.

Die Polizisten nutzen die Fahrzeit, um ihn weiter auszuquetschen. So erfahren sie, dass der Entführungsplan von Pedro stammt, dass dessen Bruder Yamil die Lösegeldübergabe in Miami verbockt hat und aus welchen Gründen Osvaldo sich auf Pedros Plan eingelassen hat. Sein Angebot, Ioannis und Frieda am Tag von Fidels Begräbnis nach Baracoa zu fahren, hatte nur einen Zweck: die Telefonnummer des Amerikaners auszukundschaften. Diese wurde benötigt, um den amerikanischen Reporter auf Cayo Granma zu locken. Und es war Pedro, seines Zeichens Exilkubaner und Kommunistenhasser, der bei dem Telefonat mit Vazelios einen Insider der Kommunistischen Partei mimte, der angeblich auspacken wollte.

Zweimal bohrt Colonel Morales nach, ob nicht doch noch weitere Personen in das Komplott verwickelt sind, doch Osvaldo kann oder will dazu nichts sagen.

„Aber wie seid ihr überhaupt auf Vazelios als potenzielles Entführungsopfer gekommen?“, fragt Morales. „Es treiben sich doch derzeit bedeutend reichere Leute auf Kuba herum als ein – wenn auch angesehener – Journalist.“
„Pedro wollte von Anfang an, dass wir uns einen Mitarbeiter oder Boss einer großen amerikanischen Firma greifen. Irgendwie muss er dann erfahren haben, dass dieser TIME-Journalist im Anrollen ist.“
„Und du hast dich nie gefragt, woher dein Schwager diese Information hatte? Er ist doch nicht bei einem amerikanischen Reisebüro angestellt oder beim CIA.“
„Nein“, antwortet Osvaldo Rivera Costas kleinlaut. Es bleibt offen, welche der drei Fragen des Colonels er damit verneint. Klar ist hingegen, warum John Martin bei Morales’ letzter Frage in sich hineinlächelt.
Je näher sie El Morro kommen, umso nervöser wird Frieda. Osvaldo will selbst nicht gewusst haben, ob sein Schwager den Gefangenen auch tatsächlich mit Wasser und Nahrung versorgt hat.
Was, wenn sie Ioannis tot auffinden?
Verdurstet oder hingerichtet?
Der Kleinbus hält an, alle fünf steigen aus. Über eine schmale Holzbrücke gelangen sie in die Festung. Osvaldo zeigt auf den Stein, hinter dem er seinen Schlüsselbund versteckt haben will. Morales sieht nach und findet – nichts!
„Was natürlich alles Mögliche bedeuten kann“, kombiniert der Colonel. „Entweder war Pedro hier, um Vazelios wie vereinbart mit Lebensmitteln zu versorgen, hat die Schlüssel aber aus irgendeinem Grund nicht wieder zurückgelegt. Oder er kam nicht mehr dazu, die Schlüssel an ihrem ursprünglichen Ort zu deponieren, weil er, zum Beispiel, von Vazelios überwältigt wurde. In diesem Fall könnte jetzt der Entführte im Besitz des

Schlüsselbunds sein. Oder wir wurden von Señor Rivera Costas schlicht und einfach angelogen!"
„Ich habe nicht gelogen!", empört sich Osvaldo. „Wieso sollte ich alles zugeben, aber in diesem Detail lügen?"
Gutes Argument, muss auch Morales zugeben; zumal Osvaldo den Namen eines Angestellten nennt, der ebenfalls über den kompletten Schlüsselsatz verfügt. Der Teniente macht sich auf die Suche nach ihm. Wenig später ist er zurück, mit einem großen Schlüsselbund in der Hand.
Sie stehen in einem Tonnengewölbe, wo in früheren Zeiten vermutlich die Pferde der Ritter versorgt wurden. Heute befindet sich hier die Ticketbox, vor der die Besucher brav eine Schlange bilden. Morales zeigt der Ticketverkäuferin nur kurz seinen Dienstausweis, und schon werden sie durchgewunken. Vorbei an einigen museal eingerichteten Räumen geht es hinaus in den großen Innenhof, von wo man Zugang zu den verschiedenen Ebenen der Festung hat. Osvaldo führt sie eine steinerne Treppe empor zu einer Plattform, die einen großartigen Ausblick auf das offene Meer und die Bucht von Santiago de Cuba bietet. Auch Cayo Granma ist gut zu erkennen, sogar der weiß gekalkte Kirchturm von San Rafael.
Welch eine Idylle, denkt Frieda, das reinste Paradies ...
Osvaldo sperrt eine Tür auf, die in einen quadratischen, fensterlosen Raum führt. Ihre Augen müssen sich erst einmal an das Halbdunkel gewöhnen. Wortlos wählt Osvaldo einen weiteren Schlüssel aus, den er in das antik anmutende Schloss der eisernen Platte steckt, die in den Boden eingelassen ist. Zweimal dreht er den Schlüssel um, dann lässt sich die Platte anheben. Erst jetzt erkennt Frieda, dass es sich dabei um eine Falltür handelt.

„Ioannis!“, ruft sie, „Ioannis, bist du da unten?“
Die Antwort ist das Echo ihrer Worte.
Frieda beugt sich über die quadratische Öffnung, doch nichts ist zu erkennen. Finster wie ein Grab, schießt es ihr durch den Kopf.
Der Teniente zückt eine Taschenlampe und leuchtet hinunter. Von der Klappe aus ist nur ein Teil des Raums einsehbar, aber auf dem steinernen Boden ist ein Stück Stoff auszumachen. Worum genau es sich dabei handelt, lässt sich nicht sagen. Dafür ist nicht schwer zu erraten, was der Grund für den Gestank ist, der ihnen in die Nase steigt.
Osvaldo deutet auf die hölzerne Leiter. „Soll ich?“, fragt er.
„Verdammt, ja!“, herrscht Morales ihn an.
Osvaldo stemmt das gut fünf Meter lange Ding hoch, als handelte es sich um Plastikspielzeug. Dabei trägt er noch immer Handschellen. Langsam lässt er die Leiter nach unten gleiten, ihre Länge reicht gerade einmal aus.
Nacheinander steigen sie in die Tiefe, nur der Teniente bleibt auf Befehl von Morales an der geöffneten Klappe zurück. Er beleuchtet das Verlies von oben, während John Martin unten angekommen seine Handylampe einschaltet.
An der Wand lehnt eine blanke Matratze, auf ihr zusammengelegt eine dünne Decke, daneben mehrere leere Mineralwasserflaschen. Auf der gegenüberliegenden Seite des Raums finden sich Reste menschlicher Fäkalien. Frieda hebt den Stofffetzen vom Boden auf, den sie schon von oben sah. Es handelt sich um ein verschmutztes, stinkendes T-Shirt mit einem labyrinthartigen Muster darauf, das Frieda bekannt ist. Ioannis Vazelios trug es in der Nacht, als sie zusammen mit ihm Arturo O’Farrills Klängen in der Sala de Concierto

Dolores lauschte. Offenbar hat der Gefangene es verwendet, um sich in der Finsternis nach der Notdurft zu reinigen. So grausig der Fund ist, bestätigt er doch: Ioannis wurde tatsächlich in diesem Verlies festgehalten, eingesperrt wie ein Tier.
Angeekelt lässt Frieda das T-Shirt fallen, reißt John Martin das Handy aus der Hand und leuchtet Osvaldo damit ins Gesicht.
„Wie konntest du nur", brüllt sie ihn an, „das ist ... das ist doch unmenschlich!"
Mit der Faust trommelt sie auf ihn ein.
Er hält den Kopf gesenkt, schützt sich nicht vor ihren Schlägen. Fast könnte man meinen, er sei froh, geschlagen zu werden.
„Gehen wir, wir haben genug gesehen", sagt Morales. „Die Spurensicherung wird sich um das hier kümmern."
Als sie endlich wieder im Freien sind, atmen alle erst einmal tief durch.
„Wohin könnte dein famoser Schwager ihn gebracht haben?", wendet sich der Colonel an Osvaldo. Seine Stimme tönt anders als sonst, auch ihm scheinen die letzten Minuten an die Nieren gegangen zu sein.
„Ich habe nicht die geringste Ahnung", bekennt der Boxer. „Wir haben nie darüber gesprochen, was passiert, wenn die Sache schiefgeht."

32

Schweigend hocken Entführer und Entführter nebeneinander auf zerschlissenen Sitzen. Der Gestank der Mülldeponie hat mittlerweile nachgelassen – oder ist es nur der Gewöhnungseffekt?

Warten auf Godot kommt Ioannis in den Sinn. Der absurde Klassiker, den die Theatergruppe seiner High School einst zur Aufführung brachte und in dem er eine bescheidene Rolle spielen durfte. Wie alle anderen darüber rätselnd, wer dieser Godot war, auf dessen Ankunft man vergeblich wartete ...

Er reibt sich die wunden Handgelenke. Keiner hat ihm erklärt, wie es weitergehen soll.

Pedro neigt sich zu ihm herüber, mit seiner Rechten öffnet er das Fach auf der Beifahrerseite. Plötzlich hält er etwas in der Hand, was Ioannis die Augen schließen lässt: Okay, jetzt ist es wirklich so weit! Die Erkenntnis, während der letzten Minuten eine geladene Waffe in Griffweite gehabt zu haben, lässt ihn bitter auflachen. Der andere reagiert nicht darauf. Stattdessen versenkt er den kleinen Revolver in seiner rechten Jackentasche, öffnet die Wagentür.

„*¡Espera aquí!*“, befiehlt er. „Du wartest im Auto!“

Ein Befehl, der völlig unsinnig anmutet, ist Ioannis doch noch immer mit der Handschelle am Türgriff fixiert. Aber im Aussteigen deutet Pedro grinsend auf einen kleinen Schlüssel in der Mittelkonsole.

„*¡Gracias!*“, sagt Ioannis, völlig perplex. Schnell befreit er sich von den metallenen Fesseln. Sollte doch noch alles gut werden?

Draußen fingert Pedro eine weiße Schachtel aus seiner Brusttasche, zieht eine Zigarette heraus und steckt sie

sich in den Mund. Die Marke mit dem roten Kreis und dem schwarzen Schriftzug auf der Verpackung kennt ein jeder, selbst ein Nichtraucher wie Ioannis. Aber ob es sich wirklich um echte *Lucky Strike* handelt? Und wenn ja, wo hat Pedro sie her? Jeder weiß, wie scharf die Kubaner auf amerikanische Zigaretten sind, denn hierzulande werden nur billige Imitate vertrieben. Wobei einen am Ende das Original genauso umbringt wie die Kopie.
Er beobachtet Pedro, der ein paar Meter vor dem Wagen steht. In schnellen Abständen leuchtet die Zigarettenspitze auf, denn Pedro raucht hektisch, mit tiefen Lungenzügen. Der Mann ist eindeutig nervös, konstatiert Ioannis – aber warum?
Und worauf wartet er an diesem gottverlassenen Ort? Von der Hauptstraße her hält ein Fahrzeug auf sie zu. Das Scheinwerferlicht hüpft auf und ab, wohl wegen der vielen Schlaglöcher. Kurz vor Pedro bleibt der PKW stehen. Von hinten und von vorne beleuchtet wirft Pedros Silhouette Schatten in beide Richtungen, wie in einem Film-noir-Klassiker. Das Fahrzeug des Neuankömmlings hat wenig mit den stinkenden Oldtimern auf der Insel gemein, bei dem SUV handelt es sich eher um einen Toyota oder Nissan oder sonst einen Asiaten. Jedenfalls um ein Modell, das auf dem kubanischen Markt nicht zu kriegen ist. Höchstens, wenn du über beste Kontakte und Beziehungen verfügst ...
Im Scheinwerferlicht von Pedros Karre kann Ioannis das Kennzeichen entziffern: E 232 200.
Die schwarzen Lettern auf weißem Hintergrund gehören demnach zu einer Nummerntafel, die es in dieser Form erst seit ein paar Jahren gibt, wurden doch 2013 in Kuba neue Autokennzeichen eingeführt, die sich in Größe, Farbe und Layout nicht mehr an den US-ameri-

kanischen, sondern an den europäischen orientieren. Und auch was der Buchstabe E vor der sechsstelligen Zahl bedeutet, weiß Ioannis: Er steht für *Embajada*, für Botschaft. Nur akkreditierte Diplomaten und Botschaftsangehörige bekommen so ein Kennzeichen.
Aber was, in drei Teufels Namen, hat das Auto eines Diplomaten mitten in der Nacht auf der größten Müllkippe von Santiago de Cuba zu suchen?

*

„Hi!", hört er Pedro grüßen.
Ihm steht ein schlanker, mittelgroßer Mann gegenüber, gekleidet in feines Tuch.
Sie schütteln einander die Hände, wechseln ein paar Worte. Dann dreht Pedro sich halb um, deutet in Richtung Ioannis. Wird das jetzt eine Gefangenenübergabe?, fragt sich Ioannis. Und wenn ja, an wen soll ich übergeben werden?
Die zwei Schüsse kommen so unerwartet, dass Ioannis zusammenzuckt, als hätten sie ihn getroffen. Pedros Miene drückt ungläubiges Staunen aus, ehe seine Beine nachgeben und er lautlos zu Boden sinkt. Grotesk überstreckt liegt sein massiger Körper im Staub, ausgeleuchtet von vier Scheinwerfern.
Ioannis ist entsetzt und verwirrt zugleich. Gerade eben haben die beiden sich mit Handschlag begrüßt, und Sekunden später schießt der eine auf den anderen, ohne ersichtlichen Grund!
Er duckt sich, so tief wie möglich. Fast berührt seine Wange die schmutzige Bodenmatte.
„Mr. Vazelios, I guess?"
Die schnarrende Stimme über ihm lässt Ioannis erstarren. Dem Akzent nach zu urteilen ist der Mann, der jetzt die Wagentür öffnet, Texaner, jedenfalls ein Südstaatler.

Trotz seines Lächelns wirkt er wenig vertrauenerweckend. Was in erster Linie daran liegt, dass er noch immer eine Pistole in der Hand hält. Die, mit der er gerade getötet hat. Einen guten Bekannten, einen Partner ...
Etwas ist da wohl ganz fürchterlich aus dem Ruder gelaufen!

*

Es gibt Augenblicke, in denen Ioannis Vazelios sich fühlt wie in seiner frühesten Kindheit.
Wie der kleine Junge, der den Ziegen hinterherjagt, mit dem Duft von Bergthymian und Oregano in der Nase.
Ja, immerzu sind es Düfte, die solch starke Erinnerungen bei ihm auslösen; nie Bilder oder Musik, wovon andere berichten.
Der Tote liegt keine zwei Meter vor ihm, der Oberkörper gebettet in eine dunkelrote, fast schwarze Lache. Der Geruch des eben erst gerinnenden Blutes katapultiert Ioannis zurück in der Zeit. Zurück an jenen Tag, als Großvater eines seiner geliebten Zicklein packte, es auf den Rücken warf und die zarte Kehle durchtrennte, mit einem einzigen Schnitt. Worauf der kleine Ioannis sich weigerte, auch nur einen Bissen des Kitzragouts zu kosten, das Mutter tags darauf für sie kochte. Der Vater tobte und seine Strafe war streng: stundenlanges Knien auf einem scharfkantigen Holzstück. Doch es brachte den Knaben nicht aus dem Gleichgewicht. Vielleicht, weil er begriff, schon mit fünf Jahren, dass den eigenen Willen durchzusetzen mitunter Opfer erfordert.
Kleinere und größere.
Wer sich nicht wehrt, lebt verkehrt!

So hat Ioannis diese Haltung als Erwachsener in Worte gefasst. Schlagartig wird ihm bewusst, dass sich das mit dem Wehren jetzt mehr denn je lohnen würde. Bloß wie? Es gibt nichts, womit er sich verteidigen könnte; nicht einmal eine spitze Feder, die er seinem Gegenüber ins Fleisch rammen könnte.

„Wieso haben Sie ihn erschossen?“, fragt er den Mann im Anzug.

Dessen Reaktion: ein ekelhaftes Lachen.

„Typisch Journalist! Selbst in deiner letzten Minute musst du noch herumschnüffeln! Ihr verdammten Kommunisten könnt es einfach nicht lassen, wie?“

Er – ein Kommunist? Ioannis Vazelios hat sich nie als sonderlich links stehend begriffen. Wenn es denn einer Punzierung für seine politische Ausrichtung bedürfte, käme liberaler Demokrat am ehesten hin, oder schlicht: Humanist. Aber was hilft die zahmste Selbstzuschreibung, wenn dein Gegenüber mit gezückter Pistole darauf beharrt, dass du einer von den ganz Bösen bist? Eine verschrobene Ideologie als Motiv für seine Entführung – ist es tatsächlich so simpel?

„Warum wollen Sie nicht sagen, wieso Sie ihn erschossen haben?“, insistiert er. „Pedro war doch *Ihr* Mann, oder?“

Der andere grinst süffisant, das Nachbohren des Journalisten im Angesicht des Todes scheint ihn zu belustigen. Als Ioannis schon nicht mehr damit rechnet, bekommt er doch noch eine Antwort.

„Stimmt, Pedro war so etwas wie ein freier Mitarbeiter. Aber er und sein Kumpel haben die Sache versaut, gründlich versaut. Da darf man als *mastermind* schon ein bisschen sauer werden, oder?“

Jetzt ist es heraußen: Vor ihm steht der, der von Anfang an hinter allem stand: der Pate, der Auftraggeber. Wenigstens diesbezüglich bin ich richtig gelegen, tröstet

Ioannis sich, zwei mittelmäßig intelligente Kubaner hätten das alleine nicht aushecken können. Haben in diesem Land nicht seit jeher Mafiosi und Politiker miteinander kollaboriert? Vor allem, wenn es darum ging, im sogenannten Hinterhof Amerikas ein wenig aufzuräumen?

E wie *Embajada* – es kann kein Zufall sein!

Ioannis beschließt, den ultimativen Bluff zu wagen. Frei nach dem Motto: Was habe ich noch zu verlieren?

„Ich weiß, dass Sie Mitarbeiter der amerikanischen Botschaft sind. Und ich bin nicht der Einzige, der von Ihrem Part weiß. Aber lassen Sie mich einen Vorschlag machen. Ein Angebot, wie Sie vielleicht ..."

Er wird von einem Fauchen unterbrochen.

„Woher zum Teufel ...?"

Woher zum Teufel willst du das wissen? So sollte der vollständige Satz wohl lauten.

Der Blick des Mannes besagt, dass er sich soeben verraten hat. Könnte tatsächlich jemand von seiner Rolle wissen, hat einer seiner Handlanger sich womöglich verplaudert?

Aber wie hätte der Gefangene es schaffen sollen, Informationen nach draußen weiterzugeben? Selbst wenn er an ein Handy kam: Hieß es nicht, in dem unterirdischen Loch sei jeglicher Empfang unmöglich? Und davor? Davor war der Journalist doch vollgepumpt gewesen mit Drogen und schon deshalb außerstande, Außenstehende zu kontaktieren.

Die Lippen des Mannes verziehen sich zu einer gefährlichen Grimasse. Wie bei einem Pokerspieler, der spürt, dass sein Gegenüber kein Blatt in der Hand hat und aus schierer Verzweiflung weiter setzt.

„*Rien ne va plus*, Vazelios, es hat sich ausgespielt! Mit dem, was du da sagst, hast du dir endgültig das Grab geschaufelt."

Sie blicken einander schweigend an. Siegessicher triumphierend der eine, im Bewusstsein der Unausweichlichkeit seines Schicksals der andere. Aber noch nicht am Ende seiner Fantasie.
„Eine letzte Zigarette, okay?"
Zugegeben, es tönt wie der klassische Abgesang.
„Woher willst du eine Zigarette nehmen?"
Ioannis deutet auf den Toten zu seinen Füßen. „Pedro hatte immer welche in seiner Jackentasche. Darf ich?"
„In deiner Vita steht nichts davon, dass du Raucher bist!"
„Bin ich auch nicht. Aber wenn Atheisten in ihrer letzten Stunde zu Gläubigen werden, warum nicht auch Nichtraucher zu Rauchern?"
Aus irgendeinem Grund akzeptiert der Mann die abstruse Erklärung.
„Na schön, dann mach mal!", knurrt er.
Ioannis bückt sich, greift in die rechte Jackentasche Pedros. Obschon er weiß, dass sich die angebrochene Zigarettenschachtel nicht in der Jackentasche, sondern in der Hemdtasche des Toten befindet.
Aber nach einer Zigarette ist ihm ohnehin nicht zumute ...
Im Verlauf seiner achtunddreißig Lebensjahre hat Ioannis Vazelios noch nie eine Faustfeuerwaffe in der Hand gehalten. Geschweige denn, dass er diese auf einen Menschen gerichtet hätte. Aber wie Mama Vazelios immer zu sagen pflegt: Lernen durch Tun! Nicht für alles im Leben gibt es eine Gebrauchsanweisung. Manchmal genügt es, einfach ein bisschen schneller zu sein. Schneller beim Drücken des Abzugs, zum Beispiel. Und, nicht ganz unwesentlich, dann auch zu treffen ...
Ein Unterfangen, das noch um einiges schwieriger ist, wenn gerade eine entsicherte Pistole auf deinen Kopf zielt.

Nein, gesteht sich Ioannis Vazelios ein: Ginge es hier um eine Wette, er würde keinen Cent auf sich setzen! Keinen gottverdammten Cent ...

33

Manuel Oruba Céspedes hat, trotz seines fortgeschrittenen Alters von siebenundsiebzig Jahren, keine große Erfahrung mit Leichen.
Natürlich sind ihm im Verlauf seines langen, ereignisreichen Lebens da und dort welche untergekommen; hat Gevatter Tod, wenn man so will, auch an ihn ein paar Mal angestreift. Vielleicht, um ihn daran zu erinnern, dass auch sein letztes Stündlein so fern nicht ist. Aber doch bitte nicht hier und jetzt, nicht auf der größten Abfalldeponie von Santiago de Cuba, die durch die aufgehende Sonne gerade in zarte Pastelltöne getunkt wird! Als wollten ihre Strahlen die geballte Hässlichkeit menschlichen Mülls für einige Augenblicke schönfärben.
Trotz seiner Kurzsichtigkeit ist Manuel auf den ersten Blick klar: Für das blutverschmierte Bündel zu seinen Füßen kommt jede Hilfe zu spät. Mit gichtigen Fingern holt er eine filterlose Zigarette aus der angebrochenen Packung, zündet sie an; die Augen auf die Leiche geheftet macht er den ersten Lungenzug.
An welche leblosen Gesichter kann er sich noch erinnern? Die meisten bekam er wohl 1962 zu sehen, als er, ein blutjunger Gefreiter der Volksmiliz, dabei half, die Invasion in der Schweinebucht abzuwehren. Als es galt, etliche von Maschinengewehrsalven und Handgranaten zerfetzte Körper zu beseitigen, zum Glück stammten die meisten davon nicht aus den eigenen Reihen. Am eindrücklichsten, am schmerzhaftesten aber erinnert Manuel sich an den Abschied von Eric, seinem besten Kumpel aus der Schulzeit, verstorben mit knapp sechzehn. Sie hatten ihn, wie damals noch

üblich und erlaubt, im einzigen Raum der schäbigen Wellblechhütte aufgebahrt. Verwandte und Freunde konnten an dem Verstorbenen vorbeidefilieren und einen letzten Blick auf sein bleiches Antlitz und auf die über der Brust gefalteten Hände werfen, ehe man im gemeinsamen Gebet murmelnd den katholischen Ritus vollzog. Bakterielle Meningitis, so hatte die Diagnose von Doktor Mendoza, einem allseits beliebten Arzt aus dem eigenen *barrio*, gelautet, zu dem sie den Jungen nach Ausbruch des heftigen Fiebers gebracht hatten. Mendoza ließ Eric umgehend in das nächste Krankenhaus einweisen, doch es war bereits zu spät. Gut möglich, dass heute, mit den Mitteln und Erkenntnissen der modernen Medizin, Eric noch zu retten wäre. Damals, in den finsteren Jahren der Militärdiktatur, gab es für einfache Leute, die das Pech hatten, sich mit Meningokokken zu infizieren, kaum eine Chance zu überleben. Schon gar nicht, wenn der Kranke aus einem Viertel stammte, das bekannt war für aufrührerische Umtriebe, für illegale Streiks und Appelle zum Aufstand gegen die Herrschaft Batistas und seine amerikanischen Mafiafreunde. So stellte man Eric einfach in irgendeinem Korridor des Krankenhauses ab, wo sich sein Gehirn schnell verflüssigte.
An eben dieses traurige Ereignis muss der greise Lumpensammler denken, während er mit seinem Stock die Brust des Toten antippt. Der hölzerne Stock hilft Manuel beim Gehen, aber auch beim Sondieren und Aussortieren des Mülls. Er hat hier schon manches gefunden, das sich mit ein bisschen handwerklicher Fertigkeit zu etwas Brauchbarem zusammenbasteln lässt. Seine ertragreichsten Funde stammen allerdings aus längst vergangenen Tagen. Heute gibt es allzu viel Konkurrenz auf der Kippe. Jüngere und flinkere Hände schnappen Manuel zumeist die besten Stücke vor der

Nase weg. Weshalb er sich auch bemüht, früher als alle anderen vor Ort zu sein. Der Aasgeruch, der über den Müllbergen liegt, die sich wie apokalyptische Landstriche im Westen der Stadt ausbreiten, macht Manuel wenig zu schaffen, zu schlecht ist sein Geruchssinn mittlerweile geworden. Was der Alte nicht einmal als Einschränkung empfindet: Vergleichst du den kolossalen Gestank auf dieser Welt mit dem seltenen Wohlgeruch, der es wert wäre, wahrgenommen zu werden, kannst du auf eine feine Nase gut und gerne verzichten. Es gibt nicht genügend Aasgeier, die all das, was der Mensch an Dreck hinterlässt, zu entsorgen vermöchten ...
Bis auf das kreisrunde Loch in der Mitte der Brust weist der Tote keine sichtbare Verletzung auf. Manuel fragt sich, warum der Mörder die Leiche nicht einfach mit Müll bedeckte, um sie so zu verstecken. Aber vielleicht sollte die Leiche gar nicht versteckt, sondern im Gegenteil möglichst schnell entdeckt werden? Und vielleicht kommt sogar dem Auffindungsort eine unmissverständliche Bedeutung zu: um zu zeigen, was der Täter von seinem Opfer hielt ...
Staunend betrachtet der Alte das Tattoo, das beide Brusthälften fast zur Gänze bedeckt. Es ist die Darstellung einer wehenden Fahne, die jeder auf der Welt kennt: das Sternenbanner, Nationalflagge der USA. Seit Obamas Besuch in Havanna schmückt es auch hierzulande viele Fahrzeuge und Häuser, oft in trauter Gemeinsamkeit mit der kubanischen Fahne. Was für Manuel noch ein bisschen gewöhnungsbedürftig ist, wurde doch von der kommunistischen Obrigkeit jahrzehntelang über das Symbol des feindlichen *imperio* hergezogen. Obwohl, wie Manuel in der Schule gelernt hat, die US-Flagge den ersten Politikern Kubas als Vorbild für die eigene Fahne gedient hatte. Mit dem wesentlichen Unterschied: Bildete auf den *Stars and*

Stripes das Blau des Himmels den Hintergrund für die fünfzig weißen Sterne, prangt der einzige Stern Kubas auf einem roten Wimpel. Als gälte es zu demonstrieren, welche Ideen die Gründerväter Kubas mit den amerikanischen teilten, ohne auf die eigene Identität verzichten zu müssen.

Manuels Einschätzung nach handelt es sich bei dem Toten um keinen Kubaner, darauf deutet schon die Qualität der Hose hin. Sorgfältig durchsucht er alle Hosen- und Jackentaschen, ohne fündig zu werden. Den Ledergürtel und die teuren Schuhe packt er ohne Schuldgefühle in seinen Rucksack. Egal, ob einer im Himmel oder in der Hölle landet – derlei Utensilien werden im Jenseits sicher nicht mehr benötigt.

Manuel kann sich nur darüber wundern, welch offenkundige Qualitätsware hier verschmäht wurde. Ein solcher Verzicht passt nicht in sein Weltbild. Was ist denn seit über einem halben Jahrhundert die größte Herausforderung für einfache Kubaner? Genau: das Auftreiben von Ersatzteilen! Ob auf legale Weise erworben oder nicht: Ersatzteile brauchst du, um den kaputten Ventilator, das kaputte Auto, den kaputten Kühlschrank wieder in Gang zu setzen. Und gehortet werden sie, um damit Handel zu treiben oder sie gegen Lebensmittel einzutauschen. Ersatzteile als Ersatz für das nicht lieferbare Original, für den nie und nimmer erschwinglichen Luxusartikel. Den sie, in anderen Gegenden der Welt, Artikel des täglichen Bedarfs nennen. Die Jagd nach den einfachsten Dingen des Alltags: Sie ist der seit nun bald sechzig Jahren brummende Motor, uralt und doch topaktuell wie die Oldsmobiles und Cadillacs auf Kubas Straßen, mit einer Mischung aus Überlebenswillen und Galgenhumor als Treibstoff. Er treibt jeden an, egal, ob Funktionär oder einfacher Arbeiter, ob gestandener Kommunist oder korrupter

Kapitalist. Und hübsche junge Frauen und Männer setzen bei dieser Jagd auch schon mal ihre nackte Haut als Köder ein.
Was hat ihm die eigene Urenkelin Yulaimi zur Antwort gegeben, als Manuel ihr, der grandios Aufgetakelten und fürchterlich Überschminkten, vorhielt, eine echte Revolutionärin dürfe sich nicht auf der Straße verkaufen?
Der Staat ist okay, wenn es ums Überleben geht, Urgroßväterchen, für mehr aber auch nicht. Schon lange nicht mehr. Um mir ein Handy anschaffen zu können, muss ich selbst anschaffen gehen. Und nur, wenn ich Fleisch zeige, kann ich mir selbst einmal pro Woche Fleisch leisten ...
Manuel ist sich unschlüssig: Soll er den Leichenfund nun melden oder nicht? An jeder Ecke des Areals sind Tafeln aufgestellt, auf denen in großen Lettern geschrieben steht, dass der Zutritt für Unbefugte verboten ist: *Acceso prohibido para personas no autorizadas.* Jeder, der lesen kann, weiß das. Und natürlich kann keiner im sozialistischen Kuba sich darauf hinausreden, des Lesens nicht mächtig zu sein. Böse Zungen behaupten gar, Fidel sei der Kampf gegen den Analphabetismus deshalb so wichtig gewesen, weil er sicherstellen wolle, dass wirklich jedermann, selbst der letzte Holzfäller in der Sierra Maestra, imstande ist, die vielen Gebote und Verbote der Revolution auch lesen zu können.

Manuel weiß natürlich, dass es verboten ist, sich auf dieser Deponie zu schaffen zu machen, die vielen Schilder sprechen eine klare Sprache. Aber wie alle anderen Lumpensammler, die sich hier auf *Goldsuche* begeben, empfindet er die Verbote als bloße Lippenbekenntnisse. Die Stadtverwaltung hat sich nicht einmal bemüht, die Müllhalde mit einem Zaun zu sichern; vielleicht aus dem Wissen heraus, dass sich ein solcher Zaun wie anderes staatliches Gut auch schnell in privates Eigentum verwandeln würde.

Dennoch: Das Eingeständnis, auf der Deponie gewesen und so nebenbei eine Leiche gefunden zu haben, könnte wegen des Betretungsverbots durchaus eine Strafe zur Folge haben. Warum also die Meldung dieses Fundes nicht lieber anderen überlassen? Angestellten der städtischen Müllabfuhr etwa, denen deswegen nichts angehängt werden kann und die sich leichter tun beim Ausfüllen seitenlanger Formulare. Es ist vor allem dieser letzte Gedanke, der den Ausschlag gibt für seine Entscheidung.

Nein, bei aller Liebe zu Fidel, zur Partei: Den Toten wird es nicht kümmern, mit einer kleinen Verspätung auf der nächsten Polizeistation zu landen, in deren Protokollen und Akten. Als ein Fall, dessen Klärung ohnehin keinen interessiert. Außer, ja außer ...
Außer es steckt etwas Politisches dahinter!
Dann braut sich natürlich schnell mal ein Hurrikan zusammen, dann springen alle wie die Verrückten.
Noch einmal blickt Manuel auf die Flagge auf der Brust des Toten. Könnte sie nicht ein Hinweis sein?
Als gelernter Kubaner verbindest du grundsätzlich jede zur Schau gestellte Fahne mit Politik, also mit Gefahr. Und jede andere Flagge als die eigene verursacht erst einmal ein flaues Gefühl im Magen.
Bisweilen auch die eigene ...
Er blickt sich um. Nur wenige Schritte entfernt liegt eine löchrige Plastikplane. Mithilfe seines Stocks zieht er sie über die Leiche, bis sie vollständig bedeckt ist. Ruhe in Frieden, betet er und bekreuzigt sich. Dann

schultert er den Rucksack und klettert mit schmerzenden Knien die Müllhalde hinunter. Das Wissen um die drei Beutestücke auf seinem Rücken gibt ihm Kraft: Schuhe und Ledergürtel würden sich bestimmt um einen guten Preis verhökern lassen und so seine kärgliche Pension ein bisschen auffetten. Trotz des grausigen Fundes hat sich der kleine Ausflug also gelohnt. Denkt Manuel Oruba Céspedes und lächelt.
So lange, bis er, keine zehn Meter von der Leiche entfernt, über einen weiteren Toten stolpert.

34

Auf dem Display sieht John Martin, wer ihn gerade anruft, und nach den letzten tristen Minuten kehrt wieder so etwas wie professionelle Routine in sein Oberstübchen zurück.
„Hi, Fred!“, begrüßt er den alten Kumpel. „Irgendwelche Neuigkeiten?“
„Hängt immer davon ab, auf welchem Informationsstand wir uns gerade befinden“, lautet Freds kryptische Antwort. „Aber ich vermute mal, dass du das hier noch nicht weißt ...“
Wovon Martin tatsächlich nichts weiß, nichts wissen kann: dass das Handy jenes Entführers, der Kontakt mit dem TIME Magazine hielt, dank deren IMEI erst vor wenigen Minuten wieder geortet wurde.
„Und rate mal, wo es sich eingeloggt hat?“
Weil es sich hierbei eindeutig um eine rhetorische Frage handelt, liefert Fred Zimmermann auch gleich von sich aus die Antwort: „Hat sich nichts mehr mit Oriente – euer Mann ist in der Hauptstadt angekommen. Definitiv!“
Eigenartig!, grübelt John Martin. Da will mich ein gewisser Botschaftssekretär unter Vorspiegelung falscher Tatsachen nach Havanna zurückbeordern, und jetzt das! Fakten und Fake News – offensichtlich können sie bisweilen zum selben Fazit führen ...
Er setzt Morales von der neuen Information in Kenntnis. Der ruft die Flughafenpolizei am Aeropuerto Internacional Antonio Maceo an und lässt überprüfen, ob in den letzten vierundzwanzig Stunden ein gewisser Pedro Martínez Lorca einen Flug in die Hauptstadt gebucht hat. Das Ergebnis liegt schnell vor und ist

negativ. Was freilich nicht viel zu besagen hat, wie der Colonel zu bedenken gibt; Pedro könnte auch gut unter einem ganz anderen Namen reisen.
In einem weiteren Anruf erkundigt sich Morales, ob es heute noch einen Flug von Santiago de Cuba nach La Habana gebe. Ja, um sechzehn Uhr dreißig, wird ihm beschieden.
„Dann reserviere ich jetzt zwei Plätze für uns, okay?", fragt er John Martin, der zustimmend nickt. Dann dreht sich der Colonel zu Frieda um. „Möchten Sie vielleicht auch mit nach Havanna kommen?", fragt er sie. „Das Ticket würde ich spendieren. Immerhin haben Sie das Ihre zum Geständnis von Osvaldo beigetragen."
Frieda muss nicht lange überlegen.
„Sehr gerne", sagt sie, „mich hält hier ohnehin nichts mehr. Oder sehen Sie noch eine Chance, dass ...?" Der Rest des Satzes wird durch einen plötzlichen Weinanfall ihrerseits erstickt.
Colonel Morales blickt hilfesuchend in Richtung John Martin. Der zuckt traurig mit der Achsel. „Ich wünschte, ich könnte Ihnen Hoffnung machen", sagt er, „aber da sich der Entführer seit fast achtundvierzig Stunden nicht mehr gemeldet hat, erachte ich unsere Chancen für nicht mehr allzu groß."

*

In der Maschine hockt Frieda neben zwei Teenagern, die miteinander reden und scherzen. Einfach so! Die nicht, wie die meisten Kids, in einer virtuellen Welt surfen, die sie aus irgendwelchen Gründen für bedeutsamer halten als die reale.
Es hat auch Vorteile, wenn der Zugang zum Internet beschränkt ist.
Sie überfliegen die Sierra Maestra, wo die kubanische

Revolution ihren Ausgang nahm. Hier kämpften Fidel Castro, Che Guevara und ein paar Dutzend idealistische Selbstmordkandidaten gegen eine hundertfache Übermacht, versteckten sie sich erfolgreich in den dichten Wäldern des Gebirgszugs. Trotz Verrätern und modernster Technik wurden sie nie aufgespürt.
Warum eigentlich nicht?, mag man sich fragen. Batista, Diktator von Washingtons Gnaden, hätte doch, wie die Amis in Vietnam, Entlaubungsmittel einsetzen können, oder gleich Napalm. Geht es letztlich nicht darum, ob du bereit bist, zur Durchsetzung deiner Ziele jedes, auch das schrecklichste, Mittel einzusetzen?
Es sind trübe Gedanken wie diese, die Frieda in den Sinn kommen. Jetzt, wo alles vorbei ist ...
Aus Verzweiflung schläft sie ein. Verschläft den größten Teil des Flugs. Als sie aufwacht, tuscheln Martin und Morales miteinander. Frieda bekommt nur Brocken ihrer Konversation mit, aber irgendwie scheint das Gespräch um einen Verdacht zu kreisen, den Martin gegenüber einer bestimmten Person hegt. Der letzte Satz des Colonels ist auch für Frieda verständlich:
„Sehen Sie“, verkündet Morales schelmisch, „so etwas könnte in einem Einparteiensystem wie dem unsrigen nicht passieren!“
Die Aussage bringt auch den Amerikaner zum Schmunzeln. Da scheinen sich zwei Angehörige unterschiedlicher Welten gefunden zu haben.
Es ist nur ein schmaler Mittelgang, der Friedas Sitzplatz von dem der beiden Agenten trennt. Und doch fühlt sie sich in diesem Augenblick einsamer und verlassener denn je.
Ausgelaugt, ausgebrannt ...
Ioannis!!!
Gleich drei Rufzeichen setzt sie in Gedanken hinter den Namen des Freundes.

Klar hat John Martin recht mit seiner Einschätzung: Was sollte dafür sprechen, dass Ioannis Vazelios noch lebt?
Ein auf der Flucht befindlicher Entführer?
Ein weiterer, der im Gefängnis sitzt?
Ein verlassenes Verlies voller Fäkalien?
Immerhin: Blut fand sich nicht darin. Aber wozu sollte Pedro Ioannis herausgeholt haben, wo doch keine Übergabe vereinbart war? Wenn er vorhatte, sich nach Havanna abzusetzen?
Im Polizeipräsidium ist sie ein letztes Mal mit Osvaldo zusammengetroffen. Auch er schien bereits fix mit dem Tod des Reporters zu rechnen. Oder wie sonst wären seine flehentlichen Worte zu verstehen?
„Verzeihen Sie, *señora*, aber das habe ich nicht gewollt. Bitte, Sie müssen mir glauben!"
Sie würdigte ihn keiner Antwort.
Möge dir dein schlechtes Gewissen zur Hölle werden!, dachte sie voller Hass.
Mit Höllen kennt eine Frieda Prohaska sich aus ...
Dann wurde der Boxer vom Teniente abgeführt. Das Bild hat sich ihr eingeprägt: Wie sich die Silhouetten der beiden durch den langen Korridor entfernen, vorbei an den gerahmten Fotografien kubanischer Krokodile. Die, wie man weiß, vom Aussterben bedroht sind, dank ihrer amerikanischen Artgenossen.
„In wenigen Minuten landen wir in Havanna", verkündet eine dunkle Stimme aus dem Lautsprecher. „Ich darf Sie bitten, alle elektronischen Geräte auszuschalten und die Gurte anzuschnallen."

35

Der Flughafen José Martí in Havanna ist nicht nur nach dem großen nationalen Dichter benannt, er ist auch von seinen Dimensionen her groß, vielleicht sogar zu groß für eine Insel, auf der schon lange keine riesigen sowjetischen Frachtflugzeuge mehr landen. Weshalb auch Terminal 1, wo alle innerkubanischen Flüge abgewickelt werden, vom internationalen Terminal 2 kilometerweit entfernt ist. Da ist man schon froh, eine Mitfahrgelegenheit zu kriegen, noch dazu in einem nagelneuen Cadillac, den die amerikanische Botschaft für John Martin geschickt hat.
Eigentlich hat John Martin Frieda ja angeboten, sie mit in die Stadt zu nehmen.
„Bringen Sie mich lieber zum Terminal 2, wenn es Ihnen keine Umstände macht“, bittet sie. „Ich habe nicht vor, in Havanna zu bleiben. Vielleicht gibt es ja heute Nacht noch einen Flug nach Deutschland oder Österreich.“
„Sie wollen also nicht abwarten, was die Suche nach dem Entführer ergibt?“, fragt er verwundert, „beziehungsweise die nach Vazelios?“
Frieda spürt, dass er Ioannis' Namen nur erwähnt hat, um den winzigen Funken Hoffnung in ihr nicht auszutreten. Aber was soll es noch groß zu hoffen geben? Auch ein Laie kann es sich an den Fingern einer Hand ausrechnen, was es bedeutet, wenn das Entführer-Handy plötzlich in Havanna geortet wird, fast achthundert Kilometer von Santiago entfernt.
Welcher Entführer würde sein Opfer mit ins Flugzeug nehmen?
„Nein“, sagte sie. „Aber Sie haben ja beide meine Tele-

fonnummer – für den Fall, dass sich etwas Neues ergibt.“
Sie verabschiedet sich von Morales und bedankt sich für den Gratisflug.
„Keine Ursache!“, sagt der Colonel, und an Martin adressiert fügt er hinzu: „Bis morgen, ich rufe Sie um neun Uhr an.“ Dann steigt er in seinen roten Lada und knattert davon.
Der fein herausgeputzte Chauffeur des Diplomatenwagens hält Frieda die Tür auf, sie nimmt hinter dem Fahrersitz Platz. Durchs Fenster beobachtet sie fünf Minuten lang schweigend, wie die Sonne untergeht. Genau als der Cadillac vor dem Eingang zu Terminal 2 hält, läutet Martins Telefon.
„Einen Augenblick, bitte!“, entschuldigt er sich bei ihr und nimmt den Anruf entgegen. „Ja, ich höre, Fred!“
Das Telefonat ist nur kurz und hauptsächlich redet der andere. Frieda merkt, wie überrascht John Martin auf die Informationen reagiert. Mehrfach schüttelt er den Kopf, ehe er sich bedankt und auflegt.
„Schlechte Neuigkeiten?“, fragt Frieda.
„Schwer zu sagen“, meint Martin und verzieht die Lippen, „zumindest eigenartige. Soeben habe ich erfahren, dass Pedros Handy schon wieder weitergereist ist. Die IMEI wurde vor einer halben Stunde in den USA geortet. Mitten in New York City, um genau zu sein.“

*

Die kitschige Dekoration im Inneren des Flughafens erinnert Frieda daran, dass in zwei Tagen bereits Weihnachten ist.
Sie verbindet keine besonderen Gefühle mit der Geburt des Heilands. Abgesehen davon, dass ihr jetzt natürlich Rafi wieder in den Sinn kommt, ihr toter Engel.

Der als Einziger das Potenzial hatte, zu ihrem Heilsbringer zu werden.
Doch so, wie die Dinge nun einmal liegen, wird sie die Feiertage wohl alleine verbringen in Wien. Vielleicht wird sie sich auch nach Penzdorf zurückziehen, um in der Abgeschiedenheit des Waldviertels ihre Kubareportage zu schreiben.
Stoff genug hätte sie ja zusammen für eine fette Sonderausgabe von *opinion*, nein, für ein ganzes Buch!
Zum Glück hat sie noch ein Ticket für den Nachtflug nach München ergattert, die Maschine geht in knapp drei Stunden. Es würde sich nicht lohnen, auf einen kurzen Abhänger in die Stadt hineinzufahren, und wozu auch? Betrinken kann frau sich auch in der schlecht beleuchteten Flughafenbar mit dem nostalgischen Namen Hasta Siempre, in der auf einem großen TV-Monitor dieselben Bilder und Videos des jungen Fidel Castro gesendet werden, die sie schon vor knapp drei Wochen in der Küche von Laura Inés in Endlosschleife zu sehen bekam.
Dabei lautete der letzte Wille des greisen *Comandante* – veröffentlicht in der Parteizeitung Granma –, er wünsche keinen Personenkult um seine Person und keine Denkmäler. Nun ja: Nennen wir es die klassische Differenz zwischen Anspruch und Wirklichkeit, denkt Frieda bitter. Wenn einer sich sein ganzes politisches Leben lang huldigen lässt wie ein Erlöser, werden seine Anhänger die Bedeutung des angeblich letzten Willens schon richtig einzuschätzen wissen ...
Indem sie einen kräftigen Schluck nimmt, bringt sie die Eiswürfel in ihrem Rumglas zum Klingeln. Hört sich an wie Jingle Bells auf Kubanisch, denkt sie, schon leicht besäuselt. Doch auch wenn dies bereits ihr zweites gut gefülltes Glas ist, kann sie sich nicht entspannen. Wahrscheinlich liegt es am Reggaeton-

Sound, mit dem auch das Hasta Siempre beschallt wird. Da hat dieses Land die großartigste Musik hervorgebracht, vom Son Cubano über Rumba und Mambo bis zur Nueva Trova, und jetzt dieses immer gleiche monotone Gewummer! Oder bist du einfach schon zu alt dafür, Frieda, zu konservativ? Wenigstens kannst du so deinen Flug nicht verschlafen, tröstet sie sich und nimmt einen weiteren Schluck.

Als das Handy in ihrer Tasche läutet, erschrickt sie dermaßen, dass sie beinahe das Glas fallen lässt. Die Nummer auf dem Display ist ihr nicht bekannt.

„Ja?“, fragt sie, so scharf wie irgend möglich. Sie will bei ihrem redlich verdienten Besäufnis nicht gestört werden.

„Frieda?“, tönt es aus dem iPhone. *„Can you hear me?“* Halluziniert sie jetzt, ist sie endgültig abgestürzt? Aber vier Zentiliter Ron Santiago de Cuba können doch nicht eine solche Wirkung zeitigen! Sie schnappt sich die Handtasche und läuft aus dem Lokal. Es ist ihr egal, ob man sie für eine Zechprellerin hält oder nicht, aber da drinnen ist es einfach zu laut für eine Auferstehung.

„Ioannis, *is it really you?*“, fragt sie flüsternd.

„Ja“, bestätigt seine vertraute Stimme, und sie klingt ganz und gar nicht wie ein Ruf aus der Gruft. „Ja, ich habe es geschafft, ich bin in Sicherheit. Lass es mich erklären ...“

„Gottseidank!“, stammelt sie. Dann bricht es aus ihr heraus. Es sind Tränen der Erleichterung, aber sie kann sich kaum einkriegen. Es dauert eine Weile, ehe sie wieder sprechen kann.

„Wo bist du überhaupt – in Havanna?“

„Nein“, sagt er, „in New York, bei mir zuhause. Ich bin gerade erst angekommen. Dieser Anruf ist mein erster als freier Mann.“

Ein Verdacht überkommt sie. „Sag mal: Rufst du womöglich von Pedros Handy aus an? Du weißt schon: Pedro Martínez Lorca, einer deiner Entführer."
„Hey, sehr gut!", staunt er. „Bist du unter die Polizisten gegangen? Woher weißt du das?"
„Ach, nicht so wichtig", meint sie, „aber tatsächlich hatte ich in den letzten Tagen viel mit der Polizei zu tun. Nachdem Osvaldo, unser Chauffeur nach Baracoa, seine Beteiligung an der Entführung gestanden hatte, führte er uns zu deinem Verlies in El Morro. Und was ich da zu sehen bekam ..." Die Erinnerungen übermannen sie, zwingen sie neuerlich zu einer Pause. „Jedenfalls hat keiner mehr daran geglaubt, dich lebendig wiederzusehen."
„Es ist schön zu hören, dass man sich solche Sorgen um mich gemacht hat", sagt er, um sich sogleich zu korrigieren: „Dass *du* dir solche Sorgen um mich gemacht hast."
Sie malt sich das Lächeln auf seinem Gesicht aus, wischt sich über die nasse Wange.
„Ja", flüstert sie, „ich habe mir sehr große Sorgen gemacht, lieber Ioannis!"
Jetzt muss sie über sich selbst staunen: *Lieber Ioannis* zu einem, dem sie sogar ein harmloses Tänzchen verweigert hat?
Egal, denkt sie, jetzt ist es wenigstens heraußen.
Er schweigt, endlose Sekunden lang.
Vielleicht, weil das seine Art ist, mit solch einem Geständnis umzugehen? Oder schweigt er aus Gründen, die gar nichts mit ihr zu tun haben? War sie wieder einmal zu selbstbezogen, zu wenig sensibel?
„Ioannis", fragt sie irritiert, „bist du noch da?"
„Ich habe einen Menschen erschossen", erklärt er übergangslos. „Was auch der Grund dafür ist, warum ich Kuba auf schnellstem Wege verlassen habe."

„Du hast diesen Pedro ... getötet?“
„Nein, das hat der erledigt, den ich getötet habe,“ sagt er. Jetzt ist sie endgültig verwirrt.
„Das erste Mal in meinem Leben schieße ich auf einen Menschen“, setzt er fort, „und dann ausgerechnet auf einen Landsmann. Aber es gab keine Alternative, ich schwöre es!“
Den letzten Satz hat er geradezu herausgebrüllt.
„Ich glaube dir, Ioannis!“, versucht sie ihn zu beruhigen. „Du hast dich nur verteidigt, oder?“
„Ja“, bestätigt er dumpf, „ich habe mich nur verteidigt.“ Wieder schweigt er, eine gefühlte Ewigkeit lang.
„Aber wie bist du überhaupt freigekommen? Und wieso hast du dich nicht bei der Polizei gemeldet, oder bei mir?“
„Okay“, sagt er, „lass mich versuchen, deine Fragen in der richtigen Reihenfolge zu beantworten. Zuerst hat Pedro mich mitten in der Nacht aus dem Verlies geholt. Angeblich, um mich freizulassen, nachdem das Lösegeld bezahlt wurde.“
„In dem Punkt irrst du“, wirft Frieda ein, „die Lösegeldübergabe hat nicht geklappt. Das weiß ich von den Polizisten, die nach dir gesucht haben.“
„Das erklärt allerdings einiges!“, staunt er. „Pedro benahm sich nämlich ziemlich seltsam. Von El Morro brachte er mich zu einer riesigen Mülldeponie, mit Handschellen gefesselt; ich dachte schon, mein letztes Stündlein habe geschlagen, als er einen Revolver aus dem Handschuhfach zog. Aber er steckte ihn nur ein und wartete. Wartete auf den, der diese ganze verdammte Sache ausgeheckt hat: einen Mitarbeiter der amerikanischen Botschaft in Havanna. Sein Name: Timothy Benton!“
„Woher kennst du den Namen? Er wird sich dir nicht vorgestellt haben, oder?“

„Nein, hat er nicht. Nachdem alles vorbei war, fand ich den Diplomatenpass in seinem Auto. Kannst du dir vorstellen, was in mir abging, als ich kapierte, dass ein amerikanischer Diplomat in die Sache verwickelt war? Und zwar als führender Kopf, wie er selbst zugab."

„Wahnsinn!", bricht es aus ihr hervor. „Aber was hat sich dieser tolle Landsmann bloß von deiner Entführung versprochen?"

Sie hört, wie Ioannis wütend ins Telefon schnaubt.

„Seine genauen Motive kann ich nur vermuten", sagt er, „jedenfalls ging es ihm, im Gegensatz zu seinen Handlangern, nicht um Lösegeld. Offenbar steckte er mit Leuten unter einer Decke, denen das gegenwärtige Tauwetter zwischen Washington und Havanna ein Dorn im Auge ist. Vielleicht bekämen wir jetzt ja einen anderen Präsidenten – eine Präsidentin! –, hätten die Exilkubaner in Florida nicht mehrheitlich diesen irren Showmaster gewählt. Ein republikanischer Falke wie Benton wusste natürlich, was seine Partei den Castro-Gegnern schuldet. Ich schätze, meine Entführung und anschließende Ermordung sollte sowohl das kubanische Regime als auch Obama desavouieren; gleichzeitig wäre man damit einen – aus Bentons Sicht – kommunistischen Journalisten losgeworden, der es wagte, im TIME Magazine den neuen *President Elect* Donald Trump öffentlich zu kritisieren. Weil ich mich seit geraumer Zeit für das Ende des US-Embargos gegen Kuba aussprach, wurde Benton vermutlich auf mich aufmerksam. Für seine Beteiligung an dem Komplott durfte es natürlich keine Zeugen geben, weshalb er Pedro, der als Einziger von seiner Rolle wusste, umbrachte. Dasselbe hatte er mit mir vor."

„Du bist ihm also nur zuvorgekommen. Aber woher hattest du die Waffe?"

Ioannis lacht.
„Von Pedro, sie steckte in seinem Sakko. Damit hat der Scheißkerl mir am Ende sogar das Leben gerettet. Und weißt du, was ich bei diesem Showdown gelernt habe?"
Er legt eine kleine Pause ein.
„Na was?"
„Dass man die Waffe besser gar nicht erst zieht, wenn es um die entscheidenden Bruchteile von Sekunden geht. Du kannst auch abdrücken, während der Revolver sich noch in der Tasche deines Sakkos befindet. So zu treffen ist natürlich alles andere als einfach, aber ..." – er legt eine Kunstpause ein – „ich habe bewiesen: Es kann gelingen!"
„Du hast unglaubliches Glück gehabt", ruft Frieda. „Weißt du das überhaupt?"
„Könnte man so sagen", pflichtet er ihr bei. „Aber angesichts dessen, dass es keinen Zeugen gab für die Schießerei und ich gerade einen amerikanischen Diplomaten erschossen hatte, wollte ich mein Glück nicht überstrapazieren. Zumal ich nicht wusste, wer sonst noch in die Geschichte verwickelt war. Deshalb entschied ich mich dafür, das Land so schnell wie möglich zu verlassen. Ich hatte keine Lust, nach den Tagen im Verlies auch noch in einem kubanischen Gefängnis zu landen. Also schaffte ich die beiden Leichen auf die Müllkippe, damit sie nicht so schnell gefunden werden. Dann fuhr ich in Bentons Wagen zum Flughafen Antonio Maceo, wo ich den ersten Flug nach Havanna nahm."
„Hast du eigentlich vor, dich der Polizei zu stellen?", erkundigt sie sich. „Die Ermittler werden ja bald erfahren, dass du frei bist."
„Ich denke schon. Auch wenn man mir wahrscheinlich gar nicht beweisen könnte, dass ich Timothy Benton getötet habe. Nach mehreren Tagen wären wohl kaum

mehr Schmauchspuren an meinen Händen festzustellen."

Frieda erzählt ihm, dass John Martin und Colonel Morales momentan davon ausgingen, es sei Pedro gewesen, der es zurück in die USA geschafft habe.

„Sobald Pedros Leiche in Santiago gefunden wird, werden sie andere Schlüsse ziehen. Vielleicht solltest du sein Handy schleunigst in den Hudson River werfen", schlägt sie vor.

„Sicher nicht!", entgegnet er. „Verzeih, dass ich widerspreche. Aber ich glaube, es ist klüger, das Ding der Polizei zu überlassen. Immerhin stellt es ein Beweismittel erster Klasse dar für all die Anrufe und SMS, die Pedro mit Benton und den anderen in Sachen Entführung getätigt hat."

Clever!, staunt sie. Dass sein Aufenthaltsort geortet werden konnte, indem er Pedros Handy an sich nahm, hat er also bewusst in Kauf genommen.

„Und was wirst *du* jetzt machen?", fragt Ioannis nach einer kleinen Pause. Er klingt bereits deutlich entspannter.

„Ich fliege nach Hause und schreibe erst einmal meine Reportage. Du weißt schon: für *opinion*, den größten Konkurrenten des TIME Magazine."

„Sehr gut", feixt er, „Konkurrenz belebt den Markt! Und danach?"

„Das steht noch in den Sternen. Nur eins ist sicher: Ende Februar gehe ich auf Urlaub. Irgendwo in der Provinz, wo es keine CIA-Agenten gibt und keine durchgeknallten Exilkubaner."

„Schade. Wo ich doch geplant hatte, Ende Februar nach Wien zu kommen. Der Wiener Opernball findet doch am 23. Februar statt, oder?"

„Richtig. Aber wieso, um alles in der Welt, interessiert du dich ausgerechnet *dafür?*"

„Weil du mir noch einen Tanz schuldest, schon vergessen?"
„Ich weiß", flüstert sie, „ich weiß."
Wieder folgt eine Pause, wie es sie nur am Telefon gibt.
„In dem Fall werde ich meinen Urlaub wohl verschieben müssen. Aber ich schwöre dir: Auf den Opernball bringst du mich nicht, nicht in diesem Leben!"
„Egal", lacht er. „Mit Sicherheit gibt es in Wien ein Lokal, wo sie den Son und die Rumba und ein bisschen Cha-Cha-Cha spielen. Hauptsache, man kann dort tanzen, Frieda – tanzen!"

Namensverzeichnis der handelnden Personen
in chronologischer Reihenfolge

Frieda Prohaska
Journalistin, stammt aus Penzdorf im Waldviertel, Freelancerin bei der Wochenzeitschrift *opinion*

Fermín Ochoa / „Fidelito"
kubanischer Übersetzer und Informant Friedas, wohnhaft in Holguín

Fillinger
Chefredakteur der Wiener Wochenzeitschrift *opinion*

Osvaldo Rivera Costas
Boxer, Taxifahrer und Museumswächter, zurzeit Untersuchungshäftling im Polizeipräsidium von Santiago de Cuba

Paco Rivera Santos
verstorbener Vater von Osvaldo, kubanischer Patriot, Angolakämpfer und Boxfanatiker

Karl
Tiroler Sextourist

Ioannis Vazelios
griechischstämmiger Reporter beim amerikanischen TIME Magazine

Laura Inés
eine *fidelista* (Anhängerin Fidel Castros) und Betreiberin einer *casa particular* (Privatpension) in Holguín, Mutter von José

Ramón
Ehemann von Laura Inés und Vater des homosexuellen Tanzlehrers José

Alfonsina
Bewohnerin einer Holguíner Mietskaserne

Bonzo González
Boxtrainer von Osvaldo

Pedro Marínez Lorca
Schwager Osvaldos und Ehemann von Rosa Margarita

Rosa Margarita / „Margy“
angeblich krebskranke Schwester Osvaldos, verheiratet mit Pedro, lebt in Miami

Tonya Mendez Coroza
Halbschwester und Kurzzeitgeliebte von Osvaldo, geboren in Angola

Notario Fuentes
Notar, der die Nachlassverhandlung anlässlich des Todes von Osvaldos Eltern leitet

Tante Vivi
Tante von Osvaldo, stammt aus der Provinz Las Tunas

Ykira
Besitzerin der gleichnamigen *casa particular* in Baracoa

Miguel / „Miguelito“
Betreiber der Casa de la Trova in Baracoa, Vertrauter von Ioannis und leidenschaftlicher Tänzer

Diego Velázquez
ehemaliger Grundschullehrer, Jeepfahrer und Fremdenführer in Baracoa

Señora Rosa
Besitzerin einer Kakaoplantage nahe Baracoa

René Hernández Rubio
Fischer und Gitarrist in der Bahía de Mata

Galiniuska Estevez / „Galy"
Fremdenführerin im Cañón del Río Yumurí

John Martin
Special Agent der CIA und Verbindungsoffizier an der US Botschaft in Havanna

Timothy Benton / „TB"
Diplomat an der US Embassy, Havanna, rechte Hand von Missionschef DeLaurentis

Colonel Victor Morales
Oberst der *Dirección de Inteligencia*, des kubanischen Geheimdienstes, außerdem Zigarrenliebhaber und Rumexperte

Fred Zimmermann
Angestellter des CIA in Langley, Freund von John Martin

Yamil Martínez Lorca
Exilkubaner in Miami, Florida, und jüngerer Bruder von Pedro

Teniente Yonatan Berluza Mendez / „El Buitre“ (Der Geier)
Leutnant der Polizei in Santiago de Cuba, der Osvaldo verhört

León
Ranger auf einer Krokodilfarm in Cienaga de Zapata, Regimekritiker und Freund von Ioannis

Yovalina Baretta
Santera (Priesterin) des Santería-Kults in Santiago de Cuba

Doña Karina
Besitzerin der *Casa Leonardo y Karina*, einer Privatpension in Santiago de Cuba, und Cousine von Ykira

María Elena
Tänzerin der Tanztruppe Cutumba in Santiago de Cuba

Darío
Arzt an der Poliklinik in Santiago de Cuba

Lía
ein kleines Mädchen auf der Insel Cayo Granma

„Lince hembra de la bahía“ (Die Luchsin der Bucht)
Kapitänin einer Fähre in der Bucht von Santiago de Cuba

Pepe
Devotionalienhändler und Kleinganove, Zellengenosse von Osvaldo und Don Carlos

Don Carlos Dominguez
Vermieter von Touristenwohnungen, zurzeit Zellengenosse von Osvaldo und Pepe in der U-Haft

Sargento Argüelles Moran
Polizist, Untergebener von Teniente Berluza Mendez

Manuel Oruba Céspedes
Müllsammler auf der Abfalldeponie von Santiago de Cuba

Kubanische Impressionen

Unter dem nachstehenden Link und dem QR-Code können Sie Fotos von Franz Kabelka ansehen, die während mehrwöchiger Kuba-Aufenthalte entstanden sind.

www.edition-tandem.at/kubanische-impressionen

E-Book

Mit dem nachstehenden QR-Code und/oder dem Link können Sie das vorliegende Buch als E-Book gratis herunterladen.

www.edition-tandem.at/kubanische krokodile

Danksagung

Ich möchte mich bei folgenden Personen, die mir als Probeleser mit ihren Rückmeldungen, Anregungen und Korrekturen wertvolle Hilfe geleistet haben, herzlich bedanken:

Christoph Janacs
Josef Thaler
Tone Kriegler
Birgit Hämmerle
Norbert Schwendinger
Johann Poiger
Roland Wegerer
und Sibylle Kabelka-Kecht

Franz Kabelka

geboren 1954 in Linz, aufgewachsen in Perg und Arbing, OÖ; 1973 Matura am BRG Steyr; 1974-79 Studium der Germanistik und Anglistik in Salzburg und Dublin; Mitarbeit bei der Literaturzeitschrift projektIL und im ORF als Textautor; lebt als freier Schriftsteller in Feldkirch / Vorarlberg; verheiratet, zwei Töchter.

Mitglied der Grazer Autorinnen Autorenversammlung, von Literatur Vorarlberg und krimiautoren.at

Preise und Auszeichnungen
1. Preis beim Prosapreis Brixen-Hall 2003,
insgesamt fünf Literaturstipendien der Länder OÖ und Vorarlberg,
Reisestipendium der österreichischen Bundesregierung 2013.

Franz Kabelka
Kubanische Krokodile
Roman

Lektorat: Christoph Janacs
Gestaltung: Katharina Eckschlager und Volker Toth
Coverbild: Franz Kabelka
Druck: Florjancic, Maribor
ISBN 978-3-904068-73-4

www.edition-tandem.at

Gefördert von:
Stadt und Land Salzburg, Land Vorarlberg
Bundesministerium Kunst, Kultur, öffentlicher Dienst und Sport